U0830987

暮色苍茫

艾米 著

时代出版传媒股份有限公司
北京时代华文书局

北京时代华文书局 & 北京长江新世纪文化传媒有限公司
www.cjxinshiji.com
出品

目　录

CONTENTS

第一章　彼岸前缘

韦真到美国的第一天，就被人放了鸽子！

那个说得铜铜铁铁会来机场接她的人，压根儿就没来！

而她还老老实实按照约定，特意从 Z 市候机厅走出来，站在外面 US Airways（美国航空公司）的路边检票站前傻等。

正值盛夏，虽然已近黄昏，但室外的气温仍然很高，差点儿把她热昏。

她愤懑地想，早知道是这样，就该让 Z 大中国学生会的人来接机了。

瞧人家多热情，高举着“Z 大中国学生会欢迎各位新生”的牌子，一路深入机场内部，直接冲到地下通道的电梯口去接，那可是最有战略意义的位置，绝对不会错过任何一个猎物，因为到达 Z 市机场的任何一个航班的乘客都必须经过这里，真乃一夫当关，万夫莫开！

学生会派来的还不止一夫，而是三夫！

当她乘着电梯冉冉升上地面的时候，劈面看到的就是那个举着迎新牌子的 Z 大一夫。几乎是在同时，又看到另外两夫，一边一个，左右护法。

其他接机人都站在一条看不见的弧线后面，像被一根粗大的绳子给圈住了一样，无法上前。只有 Z 大的那三夫，像三位勇敢的剑客一样，冲出包围圈，站在弧线之外，像一个凸起的乳头。

其实她也就是在电梯刚冒出地面的时候看了他们两眼。

说“看”都嫌太过主动，因为她完全是无意识地看见他们三个的，只怪他们占据了乳头的位置，又正对着电梯，她想不看见都不太可能。

这种情况，应该用个“映入眼帘”才传神，也才对得起中学语文老师。

此刻，映入她眼帘的那三个夫应该都是二十来岁的小毛孩，与旁边人高马大胡子拉碴的老外们相比，显得非常娇小，简直就是几个萌娃，黑眼睛黑头发黄皮肤，完完全全是龙的传人，连身上穿的T恤衫牛仔裤运动鞋都散发着浓浓的淘宝风味，让她这个看了一路外国面孔的中国人感到格外亲切。

她当时就有一种冲动，想几大步跑过去，跟那几个家伙寒暄寒暄，不为别的，就为了看看自己憋了这一路没讲中文，还分不分得清“妈麻马骂”。

但她不仅没冲过去寒暄，还把头转向一边，生怕那几个接机人看出她也是Z大的新生，会冲过来要接她。她那时还不知道接机人会放她的鸽子，所以肯定会拒绝Z大的那三夫。

但是，还有一种尴尬的情况，如果那三夫不仅看出她是Z大新生，还看出她那奔三的年龄，说不定会别过脸去，装作没看见她的样子，生怕她会死乞白赖要他们接机，更怕她会死乞白赖要跟他们结婚。

别以为这是天方夜谭杞人忧天，是真的有这样的人的！

曾经就有那么一个同事，长得其貌不扬，家境也很一般，工作更是毫无可圈可点之处，但就因为比她小几岁，就觉得自己条件顿时好了若干倍，配她就绰绰有余了。

那时单位有热心人在中间撮合，她还没答应呢，那个男同事就到处传播，说她想嫁给他，而他呢，还在她和一个小自己五岁的女生之间徘徊，诚恳地请人帮忙拿主意。

那个德行，那副嘴脸，真是让人恶心！

而更恶心的，是居然有人相信他的话！真是把她给气昏了！

怎么声明都没用，所有人都认为现在是他配她正好，但再过几年，就是他配她绰绰有余了。

又把她给气醒了！

这也是她在奔三年纪谋求出国的原因之一。还有一个说不出口的原因，就是到美国来找个对象。听说美国人不在乎女人的年龄。在美国留学的中国人受了美国佬的影响，也变得不在乎女人年龄了。但她没想到Z大中国学生会的干部们会这么——年幼！

可能是因为她真把自己当“新生”了，所以觉得先她来到Z大的“老生”肯定比她老；又或者是因为她真把“学长”当长辈了，以为他们肯定比她年长。

哪知道，他们只是几个嘴上无毛的小孩子。她突然有种苍老的感觉，还是她妈妈英明。

她妈坚决不同意让 Z 大中国学生会的人来接机，一定要让美国的熟人来接机。

其实她妈找来接机的也不是熟人本人，而是熟人的儿子。

而她妈妈和那个熟人也不算真熟，顶多是“熟 -ed”（熟过），勉强算个“熟 ing”（正熟着），但绝对不是“has been 熟”（一直都很熟），因为两人已经有很多年没联系了，差点儿连名字都想不起来，是她被 Z 大录取之后，她妈妈才通过层层关系，蜿蜒曲折地联系上的。

说来真是夸张，自从她开始报考美国学校，她妈就开始向人打听，看有没有哪个熟人朋友在美国的，可以托付人家照顾她，只因为她是家里的独女，一直潜心读书，涉世不深。

她那时生怕老妈棋局开早了，会兆头不好，把她的留学计划给搞黄了，不禁抱怨说：“考不考得上都还两说呢，你这么早张罗个啥呀？”

“怎么会考不上呢？我女儿可是踏了我的代的，最会考试了！”

这可不是吹牛，她妈妈的老同学都这么说她妈：“她呀，别看她平时跟我们学得差不多，甚至还不如我们。但一到了考试，她就像有神助一样，总比我们考得好！比如说多项选择题吧，大家都不知道该选哪一个，给的四个答案，都是连字都不认识，都是靠蒙。但她就能蒙对，而我们都蒙错了。”

她妈当着人家的面不说什么，只呵呵笑，但背地里总是说：“嘁，考试靠蒙能行吗？你们听说过谁是靠蒙取得好成绩的？”

她曾经不知好歹地问过：“妈，你总说你考试厉害，那你怎么不参加高考呢？”

老妈脸上顿时几道黑线：“谁说我没参加高考？”

“你参加高考了？那你怎么没考上？”

妈妈义愤填膺了：“你以为我跟你一样，从上小学起就在为高考做准备？我们那时根本就不兴读书，刚进学校门，‘文革’就开始了，停课闹革命，一闹就是好几年。然后才兴复课……”

“那不就可以为高考做准备了吗？”

妈妈那么高雅的人也爆粗了：“准备个屁啊！我们那时根本不兴上文化课，都是学工学农学军……”

“还有唱歌跳舞！”

说到“唱歌跳舞”，妈妈就兴奋起来：“那倒不假，我们那时候的生活比你们现在好玩多了！你们从进学校起，每天都是读书读书，学习学习。我们那时可不一样，什么都兴，就是不兴读书。我是学校文艺宣传队的骨干，嗓子又好，上哪儿演出都少不了我的压轴戏，那些工人农民都知道我的大名，每次出去宣传，如果还没见到我出场，他们就知道演出还没结束，如果我已经出来演唱了，他们就搬起小凳子走人，免得走晚了人家都想走，就很难挤出去了。”

韦真在候机厅外等得越久，就越后悔不该让妈妈来安排接机的事。

她妈在衡量她年龄的时候，有两套完全相反的标准，如果是在说她结婚的事，那么她就已经人到酱油；但如果是在说结婚以外的事，那她就永远都是人到奶瓶。

她刚一决定去 Z 大，她妈就向她宣布：“我已经给你找好接机的人了！”这人就是她妈那个熟人的儿子，那个不知道多少年都没见过的、漂洋过海到了美国的老同学的儿子。

她觉得不妥：“你们刚联系上，怎么好意思让人家去接机？我还是跟 Z 大中国学生会联系接机的事吧。”

“绝对不能让学生会的人去接机！你以为那些人会是活雷锋？拉倒吧！他们就是想趁接机的当口，捷足先登，跟新生拉上关系！有对象谁还劳神费力去接机？就算他们自己愿意去接，他们的对象还不同意呢。”

“那怕什么，你不是一天到晚担心你女儿嫁不出去吗？”

爱情这个事，说到底是个机会问题。

你说要是祝英台她不突发奇想女扮男装跑那学堂去读书，她能遇见梁山伯吗？如果他俩人不遇上，能成就一段咱们东方世界的旷世奇缘吗？

还有朱丽叶，要是她不在半夜三更头脑发热跑到阳台上去吐槽，罗密欧会看见她吗？如果看都没看见，又怎么能成就一段西方世界的旷世奇缘呢？

而机会，就像车祸一样，有频发地段，也有少发地段，还有不发地段。想邂逅爱情，就一定要到机会频发的地段去。

而机场，就是机会频发地段之一。

于是，她心照不宣地接受了妈妈的安排，但心里却有几分无奈。

曾几何时，她最讨厌人家给她安排“机会”了，因为“安排”和“机会”

是势不两立的。

什么叫机会？

按照她的理解，“机”就是随机；“会”就是相会；“机会”就是随机的相会，如果事先就做了安排，那还怎么能叫“机会”呢？

在这个世界上活了这么多年，步入“剩女”行列也有好几年了，她对爱情已经没有了别的要求，只希望是自己遇上的，别是外人安排的，因为一安排就不叫“爱情”，而叫“相亲”了。

她妈知道她这个底线，总是挖空心思为她寻找机会、创造机会。

这次能说动老同学的儿子来接机，她妈很有一种成就感：“只比你大三岁，男大三，抱金砖，正好！”

她有点狐疑：“三十多了还没结婚？是不是有问题哦？生理方面的还是心理方面的？”

“怎么说话呢？你也是二十七八还没结婚，但你有问题吗？”

她咕噜说：“可能我也有问题吧，只不过我这个当事人不知道而已。”

“完全不是这么回事，我可是头脑最冷静、最实事求是的妈。你想啊，他是学医的，光读书就读了七八年，毕业了还要做四五年住院医师，一个星期工作七八十个小时，哪里有时间结婚？”

她默算了一下，觉得有道理，但仍然挑刺说：“难道美国的医生都是到了三十多岁还不结婚？他们不能在读书期间或者做住院医师期间结婚？”

“别人要在读书期间结婚当然可以结，但他不结你也不能说他有问题啊。美国人独立得很，三十多岁不结婚算什么？一辈子不结婚的都有！”

“你知道一辈子不结婚的都有，干吗还逼着我结婚呢？”

妈妈十分委屈：“我哪里有逼着你结婚呀？我早就说了，这是你的终身大事，一切都随你。你不愿意相亲，我就从来没逼过你相亲。如果单从我个人的角度考虑，我还巴不得你不结婚呢！那就可以陪我一辈子。”

“那我就陪你一辈子吧。”

“那怎么行？妈妈已经是奔六的人了，还能活多久？到时候眼一闭，腿一蹬，就剩下你一个人……”

“不是还有爸爸吗？”

“你爸能活一万年？他比我还大两岁，又是男人，说不定还在我前面闭眼。

再说，光是爸妈陪着你——也不是个事啊，你自己总得有自己的小家庭。”

她知道妈妈说得没错。

父母再好，也不能陪她一辈子，且不说他们迟早会过世，就算他们能活一万岁，从头到尾陪着她，也不是个事啊！他们能给予她的，只能是亲情。自己作为一个女人，生活中没有一个男人，没有一份爱情，还是很孤独很凄凉的。

这几年，她的同事同学都陆续结婚了，没结婚的也都有了对象，一个个就像上了笼头的马，再不能陪着她到处疯到处野了。偶尔聚一下，也都是拖家带口，牵牵挂挂，搞得她浑身不自在，比自己一个人独处还觉孤独。

所以，找对象经成了她的当务之急，如果三十岁时还找不到，就准备走相亲这条路了。

她装作不经意地问：“他长什么样？”

妈妈可能被自己说的“眼一闭，腿一蹬，留下女儿一个人”的悲惨场景攫住了，竟然没悟出她在说什么：“谁长什么样？”

“就是——你美国那个老同学的儿子呀。你没要张照片来看看？”

“我问他妈要了，但他妈说他不爱照相。”

她笑了：“恐怕不是不爱照相，而是——长得太丑吧？”

“不可能！他妈是有名的美女，儿子怎么会长得丑？我听说她嫁的是外国人，那她儿子就是混血儿，说不定长得跟费翔一样。”

她见她妈兀自在那里做着黄粱美梦，不由得泼冷水说：“如果人家长得跟费翔一样，又是美国的医生，人家会看得上我？”

“肯定看得上！不然的话，他会愿意从 X 市跑到 Z 市去接机？”

她有点吃惊：“他不是住在 Z 市？”

“X 市离 Z 市有一百多英里呢。”

哇，一百多英里？一英里就是一点六公里，那一百多英里就是二三百公里啊！

这等于是让住在石家庄的他开车到北京去接她的机！

她妈这样安排就相当于放着北京蝗虫般的出租车不让她坐，却让一个陌生人大老远地从石家庄开车到北京去接她，把她送到北京大学或者人民大学，然后再大老远地开车回石家庄。

怎么看都很诡异！

但她妈一点不觉得诡异，反而很得意："扎克这孩子很有心，愿意跑这么大老远去接你。"

"他叫扎克？"

"是啊。Z——A——C，就三个字母，挺好记的。"

天啊，人家是英文名字 Zac!

不知道为什么，她妈一说"扎克"，她脑海里就浮现出一个蒙古大叔的形象，身上穿着黄棕色的长袍子，腰里扎着红棕色的宽布带，头上包着烟棕色的头帕，脸儿晒成了黑棕色。

想到是这么一条莽汉去机场接她，真不知道妈妈怎么会放心。

她心虚地问："他又没见过我，怎么可能——看上我？"

"他没见过你，但是见过你的照片嘛。"

她大吃一惊："什么，你把我的照片给他看了？"

老妈理直气壮："不把你照片给他看，他去接机怎么认得出你来呢？"

"你把我哪张照片给他了？"

"就是你床头柜上那张。"

她舒了口气，那张还算可以，是化了妆，又 PS 过了的。

她偷偷上网查了 Zac 这个名字的含义，"God remembers"，直译就是"上帝惦记着"，如果一定要来个信达雅的翻译，那就是"天之骄子"！

"天子骄子"的中文名字也好生了得，姓"资"，叫"天"，全名"资天"。

"资天"当然没什么好生了得的，甚至狗屁不通，不像一个人名。但按照英文姓名那种倒行逆施的念法，就成了"天资"！

天资，再加上 Zac，那就是既有天资，又受到上帝眷顾。或者说正因为有天资，所以受到上帝眷顾。

或许应该这样说：正因为受到上帝眷顾，所以很有天资。不管了，知道接机人的中英文名字就行了。

她知道有些老外爱给自己起个中文名字，而且貌似老外也很重视他们的姓，把姓称为家传符号，舍不得丢掉，哪怕是起中文名，都要想方设法保持住自己的姓的发音。至于名嘛，那就随意了。

"那他爸到底姓什么？"

“他爸？我没问呢。”

“应该是以 Z 开头的。不然他中文的姓怎么会是‘资’呢？”

“哦，他是随他妈姓的。”

“她妈姓‘资’？”

“是啊。”

“那她在你们那个年代时不是遭老罪了？”

“那还用说！”

她听她妈讲过她们年轻时的雷人事，貌似那时的人对名字特别讲究，名字起得不好，可能让你挨批斗。

扎克的妈妈叫资祖芳。那时资祖芳绝对不认识张卓娅，但张卓娅却认识资祖芳，还认识资家老老小小三代人。

可以这么说，Y 市的革命群众，谁不认识资家人？

在 Y 市这个小地方，资家就是唯一的土豪之家，吃的，住的，穿的，用的，都比 Y 市普通人高出几个档次。

据说解放前，资祖芳原本在上海的爷爷因为爱国，痛恨日本鬼子，见不得日货在中国猖獗，决心发展中国自己的民族工业，便把家里的积蓄都拿出来，还借了一些债，跑到 Y 市这个产棉区来开了一家纺织厂，生产中国自己的布料，想气死日本人。

从技术上来讲，资家新开的纺织厂当然比不上日本鬼子办了多年的纺织工业，织出来的都是粗拉拉的土布，但一样能遮风挡寒，遮羞盖丑。加上资家以身作则，带头穿自己厂子织出来的布，又廉价卖给中国顾客，生意还是不错的。

那时的 Y 市人，很多都把资家当恩人：“资老板真是个好人，我们有口饭吃，多亏他开了这个厂……”

解放后，公私合营了，资老板也下台了，政府另派了一个转业军人来当厂长。但转业军人不懂纺织技术，技术员又不懂工厂管理，于是政府让资老板留在厂里，挂了个“技术员”的头衔，实际上是没有“厂长”头衔的厂长。

资老板只要能继续办厂就行，顶什么头衔，坐哪个办公室，住多大房子，都无所谓。

于是，两下相安无事。

资家的日子没以前那么滋润了，但也比 Y 市的普通市民好上若干倍。俗话说，瘦死的骆驼比马大，资老板这匹骆驼还没瘦死呢，还在厂子里拿着技术员的高工资呢。

资家的女眷以前是不工作的，现在还是不工作，专职做 Y 市的一道风景。

她们到 Y 市若干年了，但绝不入乡随俗，坚持说一口上海话，放着好好的“我”不说，偏要说什么“阿拉”，还“侬”来“侬”去的，格外一根筋。她们连骂人都要独树一帜，不是按照 Y 市习惯问候人家的老妈，而是叫人“小赤佬”。

最惹眼的是她们的长相和打扮，一个个都是又高又瘦，眉毛弯弯，鼻子尖尖，嘴巴红红，眼睛大大，特爱穿高跟鞋，走起路来，咔咔地响，老远就能听见，也不怕崴脚！

她们那个肤色，简直不像中国人，白得令人发指。

不知道是谁把她们的美容秘方给泄露出来了：“听说都是用牛奶洗脸洗澡洗出来的。”

对这一点，Y 市人愤愤不平：“难怪 Y 市的牛奶这么难买到呢！都让她们拿去洗脸洗澡了。”

“还不光是用牛奶洗，还用鸡蛋滚。”

鸡蛋在当时可是个稀罕物件，寻常人家一年到头也吃不上几次鸡蛋，更别说用鸡蛋“滚”了：“用鸡蛋滚？怎么滚？”

“就是把鸡蛋煮熟了，剥掉壳子，放在脸上滚，皮肤才白。”

“那鸡蛋滚完了，还能不能吃呢？”

“人家才不会吃那样的鸡蛋呢！人家吃的是吃的鸡蛋，滚的是滚的鸡蛋，不相同的。”

“那鸡蛋滚完就扔了？”

“不扔还能咋地？”

“哎呀，太可惜了！”

“你嫌可惜？那你去他家垃圾桶里捡回来吃啊！”

“你以为我不敢？”

“你去试试，看人家不一顿乱棍把你打将出来！”

那时去过资家的人不多，因为他们孤芳自赏，从来不请人去他家玩。只有他们家请的保姆有幸瞥见他家的内景，所以谁要是到他家当几天保姆，身价立即翻番，成了二线明星，总有自产散装狗仔队围着打听资家的事。

“文革”开始后，红卫兵到全国各地去串联，将革命的火种撒向四面八方，Y 市也荣幸地收到了火种，燃起熊熊大火。

Y 市革命群众的觉悟得到了空前的提高：“你以为是资老板养活了你们？错！不是资本家养活了工人，而是工人养活了资本家！你们想想看，资老板他织过一尺布吗？从来没织过吧？都是工人织的！他不织布，哪来的钱养活工人？是工人在那里织布，创造了财富。资本家是靠剥削我们工人才发财的！”

这么一分析，有些人就纠结了，不知道该如何看待资老板，是继续点赞呢，还是扔几个臭鸡蛋？

播火种的革命小将注意到 Y 市的政治糊涂虫比较多，居然说资本家养活了工人！这还得了？他们傲娇地问：“‘剥削’听说过没有？‘剩余价值’听说过没有？”

没听说过不要紧，因为听说过了你也未必真懂。

但懂不懂是技术问题，恨不恨资本家就是态度问题和立场问题了。

于是革命群众赶紧站稳立场，表明态度：资老板是资本家，是剥削阶级，是敌人，应该打倒，我们要坚决与他划清界限。

怎么划？

到资老板那里抄家去！

张卓娅是听着资家人的传奇故事长大的，但还没真正见识过资家人，现在机会来了，正好她爸妈忙着干革命，都不在家，她就像没套嚼子的野马，撒欢跑出家门，跟在抄家队伍的后面，去资家看热闹。

那扇革命群众想进而从来没进过的门，被一脚踢开了，大家蜂拥而进，翻箱倒柜，找到什么拿什么，有人看见就上交组织，没人看见就装入腰包。

资老板家是真有钱，一个装针头线脑的竹编的圆匣子里，就翻出了两大把硬币！

革命群众大获全胜，挑的挑，扛的扛，把抄家所获赃物悉数搬走，不知道搬哪里去了。

张卓娅那时还小，对金元宝什么的还没有认识，但对资家大玻璃柜子里的大玻璃罐子很感兴趣，因为那里面装满了花花绿绿的糖！

她巴望革命哥哥、革命姐姐、革命阿姨、革命叔叔们能把罐子里的糖拿出来——批判批判，批倒了，批臭了，就往天上一撒，落到谁头上就是谁的。

她兴许也能捡到几颗，那就太美了！

因为她一年到头都吃不到几颗糖，而这个资老板家居然有这么多糖，真是太不公平了！

资老板太该挨斗了！太该扫大街了！

他家的糖太该拿出来瓜分了！

后来，张卓娅被音乐老师看中，选入学校的毛泽东思想宣传队，担任芭蕾舞剧《白毛女》的伴唱。

她赫然发现，扮演剧中喜儿的，不是别人，就是资老板的孙女。

那个用牛奶洗澡洗脸，洗得雪白雪白的女孩。

很多人对音乐老师有意见，喜儿是雇农杨白劳的女儿，杨白劳穷得还不起账，才被地主逼着在卖身契上按手印，把女儿卖给了黄世仁抵债。这样一个劳苦人民的女儿，怎么能够让资本家的孙女来扮演呢？她能演出雇农女儿的无产阶级感情来吗？

但音乐老师有说法：我让她扮演喜儿，是对她的一种考验。

Y 市一中是 Y 市最大的中学，还带着附小，全校最少得有八九百号人，但也没有足够的能力排演整部芭蕾舞剧《白毛女》。

听说连 Y 市歌舞团都没能力排演整部《白毛女》，要省歌舞团甚至中央歌舞团才有这个本事，因为《白毛女》从头到尾需要四个女一号，从黑毛到灰毛到灰白毛最后到白毛，每个毛都需要一个女一号扮演，不然换毛都来不及。

Y 市一中可找不出四个女主来，只勉强找出了一个，就是洪学林，因为她小时候学过几天芭蕾，能用脚尖站起来，别的人都没学过，都没这个本事。

这个洪学林不是别人，就是资老板的孙女资祖芳。

现在当然没人叫她爷爷“资老板”了，都是叫“资老头”。资祖芳也不叫“资祖芳”了，改成了“洪学林”。

但派出所的人说没有“红”这个姓，要不就姓“洪”吧，发音是一样的，样板戏《红色娘子军》里的党代表就姓洪，叫洪常青。

就这样，资祖芳变成了洪学林。

洪学林虽然学过几天芭蕾舞，但也就是能用脚尖站立而已，别的高难动作都不会，所以音乐老师决定只排《白毛女》的序幕和第一场。

序幕的场面比较热闹，有一大帮群众出场，穿着破衣烂衫，背上背着竹筐和枕头，弓腰驼背地在台上走来走去。

哦，忘了解释，群演背上背的，虽然是枕头，但象征着粮食，也就是交给地主的租子。“文革”那会儿粮食是计划供应的，每个人每月才二十多斤，吃都不够，哪来粮食演戏呢？所以只好用枕头了，里面装的是空谷壳，很轻，但背的人必须做出沉重的样子。

序幕里这么多群演上场，总算满足了广大革命群众参演的要求。

然后是第一场。那时“白毛女”还是“黑毛”，且有个很喜庆的名字，叫“喜儿”。

开场的时候，剧情很喜庆，有几个妙龄少女到喜儿家来剪窗花，贴窗花，跳起“窗花舞”。

再然后同村青年王大春来给喜儿送年货，按照原来的剧情，王大春和喜儿是恋人关系，但经过伟大旗手江青同志修改之后，这层关系就去掉了，改成了一般的村民的关系。

夜幕降临，喜儿的爸爸杨白劳从外面回来了，给喜儿带回二尺红头绳，看着女儿那么兴奋，做父亲的不禁悲从中来。

然后，剧情迅速从大喜跳跃到大悲。

杨白劳欠了地主黄世仁的债，还不起，被迫签下了卖身契，把女儿卖给黄世仁当小老婆。

不过，这个情节也被江青同志修改过了，不是杨白劳自己在卖身契上按的手印，而是地主狗腿子把他打昏之后，抓着他的手在卖身契上按的手印。

于是地主黄世仁理直气壮地带着狗腿子抢人来了，杨白劳与他们拼死搏斗，最后被活活打死，喜儿也被抢走。

王大春闻讯赶来，已经晚了一步，他一怒之下，参加了游击队。

以上这些情节用舞蹈来表现，都不是太难，即便是好人坏人打作一团，也就是肉搏而已，不需要用高难度芭蕾舞动作来表现。

但后面几场就不同了，喜儿为了逃避给黄世仁做小老婆的厄运，跑到山里躲了起来，风餐露宿，爬树上崖，过着野人般的生活。

舞蹈动作为了表现这一点，也相应地艰苦卓绝起来，动不动就来个“劈叉大跳”，就是跳到半空中，两腿画个“一”字，像一条扁担横在空中，上面坐着一个没腿的人。

或者来个“倒踢紫金冠”，也是跳到半空中，两腿画个“一”字，不过是道斜着的“一”字，像一条斜放的扁担，两手要使劲向脑后举，腰要使劲向后弯，一直弯到头挨着腿才行。

这可不是谁都能做到的，所以民间很少有能演后面那几场的，都是点到第一场为止。

张卓娅就是在排练《白毛女》的过程中跟资祖芳成为熟人的。

只不过她们那时的官方名字已经是“张拥真”和“洪学林”了——张卓娅也改了名字，拥护真理。

那时的洪学林，非常不合群。她一声不吭笔直地站在那里，该她上场的时候，她就上去跳，跳完了就下场，再一声不吭笔直地站在那里。

群众对她的意见堆成山，说她骄傲自大，瞧不起群众；说她爱打扮，资产阶级思想严重；说她缺乏无产阶级感情，看到她爹杨白劳被狗腿子打死，眼泪都没流一滴。

别的意见，音乐老师都可以不听，听了也有办法解释，但这个“缺乏无产阶级感情”，连音乐老师都听不下去了，找洪学林严肃地谈话，让她注意改进，不然的话，不光不能让她演喜儿，还要给她开批判会，深挖思想根源。

洪学林这下慌了，偷偷来找张拥真，恳求说：“你晚上可不可以陪我单独排练？”

“我爸妈不让我晚上到处跑。”

“我们不到处跑啊，就在一个地方排练就行。”

“但他们只许我在门口玩，不许我到别处去。”

“那我们可以在你门口排练。”

“那会有很多人跑来看的。”

“看怕什么，我们是为了宣传毛泽东思想在练功！”

张拥真狐疑地问：“但是你为什么要晚上单独排练呢？白天宣传队不是在学校排练了吗？”

洪学林把音乐老师的话转述了一遍，郁闷地说：“我当着那么多人的面就是哭不出来，我想先偷偷练练，练到哭得出来了，到学校排演时就好办了。”

“但你干吗要我陪你练？我又不跳舞，只给你们伴唱。”

“就是要你伴唱啊！如果你不伴唱，我什么音乐都没有，怎么跳呢？”

张拥真还是不敢答应，怕人家知道她跟洪学林搞在一起，会连她也不理了。

洪学林小声说：“如果你陪我排练，我就给你糖吃。”

张拥真想起抄家时看到的那几罐子糖，嘴里开始生津了，但她狠斗私字一闪念，坚定地说：“我可以陪你练，但那是为了演好革命样板戏，而不是为了你的糖。”

“我知道，我只是觉得吃糖对嗓子有好处！”

“真的？”

“当然是真的，我还有润喉糖呢。”

“你的糖——是哪来的？”听说有些阶级敌人就爱用糖衣炮弹拉革命群众下水，咱可不能上那个当。

“是我伯伯从上海带来的，但你可别对人说，因为我妈已经和我爸离婚了。”

这个“婚”字，可是个黄色字眼，张拥真从来没说过这个字，连听都很少听。现在听洪学林这么毫无顾忌地说出来，顿时吓了一跳，低下头，不敢出声。

洪学林的脸皮好像有城墙厚，继续说：“我爸很疼我，但他现在这样，很怕连累我，所以就把我让给我妈了，但他私底下还是会来看我，带糖给我吃。你可千万别告诉任何人……”

“我不会的。”

两人达成了协议，每天晚上吃过饭后，洪学林就到张拥真家来找她，然后两人在门外的空地上排练。

洪学林真是找对了人！因为张拥真对整个序幕和第一场的歌曲都烂熟于心了，连伴奏音乐都记得清清楚楚，有时音乐老师参加政治学习，或者在给别的剧组排练，没空来给《白毛女》剧组伴奏，她就在那里用嘴给剧组伴奏。

她俩晚上练的主要是杨白劳被地主和狗腿子打死后，喜儿扑向爹爹的尸体，呼天抢地的那一段。

排练了几个晚上，洪学林就哭得出来了，她开心地说：“其实我还是哭得出来的，就是那个演我爹的罗红，每次倒在地上都还在喘气，肚子一鼓一鼓的，一点都不像死了的样子，有时还冒出一个鼻涕泡来，我一看就哭不出来了。”

最终洪学林真的哭出来，并不是张拥真的功劳，而是自己爷爷的缘故。扮演贫苦农民的女儿，想着自己的资本家爷爷哭出来，总让人觉得有一种莫名的喜感，可是，这件事在当时一点都不搞笑，要是被别人知道是要掉脑袋的。

“她爷爷，一个风烛残年的老人，头发都白了，风一吹，像乱稻草一样，看着就让人心酸。但这还不算，革命群众还让他劳动改造，叫他扫街。他一手拿着个绑了长棍子的扫帚，另一手拿个绑了长棍子的畚箕，在大街上蹒跚着扫垃圾。因为他腰不好，不能弯。”张拥真回忆道。

韦真想象一个腰都不能弯的老人在街上扫地的情景，也觉得很可怜，但貌似还哭不出来。

“革命群众看了他扫地的样子，很不满意，说他没有改造好，腰杆挺得笔直，这哪像扫地的样子？”

“他可以告诉革命群众，说他腰不好啊！”韦真问。

“他是告诉他们了呀！他说他腰不好，做过手术，里面打了钢钉的，所以不能弯。但革命群众不相信，说你骗谁呀？脚上扎根刺都走不了路，你腰里打根钢钉还能走路？分明是狡辩！有人提议说：踹他几脚，我包他马上就弯得下去了！他被踹倒了，可是腰是真的不能弯，他直接趴地上了，像我们学军的时候学过的一个动作一样——匍匐前进。”

韦真的眼泪已经流下来了。

妈妈擦了擦眼角，说：“这都是她告诉我的。我听了之后，担心得要命，怕人家知道她跳舞时在想什么，会把她抓去坐牢。”

“你没揭发她吧？”

“没有。”

“那你还挺够朋友的。”

“哪里是我够朋友啊！是你外公外婆叫我别对任何人说。他们也是怕连累到我，进而连累到全家人，因为我知道这事，但没有立即去揭发，那就是同案犯。而且你外公外婆出身都不好，两个人都是泥菩萨过江——自身难保，随时有被揪出来批斗的可能，所以只能谨小慎微，尽量别惹事。”

韦真恍然大悟：“难怪资阿姨这么热心帮忙呢，因为当年你有恩于她。但是你怎么说是最近刚联系上的呢？你们没有一直保持着联系？”

“没有，因为后来我们就分开了。”

“你们下到不同的农村了？”

“不是，她还没读到中学毕业，就被市歌舞团招走了。后来我们见过面，因为她有时还回一中来帮我们排节目。之后她又被省歌舞团挖走，去了省城，离太远了，就没联系了。听说是因为上面有当官的看上了她。”

“真的？那她跟当官的——结婚了没有？”

“不知道，有的说结了，有的说没结。我觉得应该没结，因为她那时还小。再说如果结了婚的话，恐怕就不会出国了。按当年的说法，她是‘叛国投敌’——随团出国访问期间跑掉的。她们团到亚非拉的某个小国去访问，所以她失踪之后，大家都以为她被当地土人掳走了，一直到她去了美国，才知道她是‘叛国投敌’了，而且早有预谋。”

“她是怎么去美国的呢？”

“这个我都还没机会问她呢，等你去了美国，上她家玩的时候，慢慢问吧。”

“你这么肯定我去了美国会去她家？”

“肯定会去的，她托我给她在国内找裁缝定做了几件旗袍，我也给她和她丈夫买了一些礼物，你去的时候带过去给她。”

韦真故意说：“那我可以在机场就交给她儿子。”

妈妈急忙制止：“交给她儿子干什么？先留下，等过几天再给资阿姨打电话，说周末把旗袍送过去。”

她打趣说：“那是不是先只送旗袍，把你给他们买的礼物留到下一次再送？或者一次只送一件旗袍？”

“那倒不必，我相信你资阿姨会经常邀请你去她家玩的。”

“哇，听你的口气，好像你和资阿姨已经成了亲家似的。”

妈妈乐呵呵地说：“我和资阿姨是肯定没问题的，就看你们两个有没有缘分了。”

“悬乎。”

“我觉得一点都不悬乎。资阿姨和她儿子都看了你的照片的，如果不喜欢，就会找个借口不去接你了。我一再客气，说他们住太远，你可以找中国学生会接机，但他们坚决不同意，一定要亲自去机场接你。”

韦真听得心花怒放，嘴里却说：“那是人家在报答你当年不揭发之恩呢。”

8 月的美国，是最能显示平等宗旨的月份，从南到北，从东到西，全国各地都是那么炎热。

韦真一边擦汗，一边踮起脚尖，眯缝着眼睛，朝着车来的方向张望。

她这一生可能还从来没有这么聚精会神地观察过这么多车，她的头随着一辆辆车从左转到右，然后很快回到左，再从左转到右，再很快回到左，脑海里滚动播放着同一句诗“过尽千帆皆不是”，“过尽千帆皆不是”……

也有一些“帆”就在她眼前停下，让她的小心脏因为欣喜而怦怦乱跳。但车门开了，跳出几个不是太老就是太小反正绝对不是“天之骄子”那个年龄段的人来，直奔后备厢，拿出大大小小的箱子，到 US Airways 的路边检票点托运行李，然后就走进候机大厅去了。

而送行的车则加入到车流之中，徐徐向右开去，消失在地平线下。

她越等越着急，越等心里越没底。这人到底是怎么回事啊？是路上堵车了，还是出车祸了，或者根本就没打算来？

她越想越觉得是最后一种可能。

她妈跟资阿姨多年没联系了，这次是辗转经过了多道关系才联系上的。那多道的关系，就像相声里说的一样，无比纠结，是妈妈的一个老同学的丈夫的亲戚的朋友在上海工作，那朋友跟着自己的丈夫去参加同学会，见到了从美国回来探亲的资阿姨，不过那个圈子的人并不知道资阿姨姓资，叫资祖芳，他们只知道她叫“洪学军”。

也亏得妈妈有“人肉精神”，就根据“洪学军”这个名字，再加上“叛国投敌”的典故，还有“文革”中爷爷匍匐在地上扫大街的细节，终于确定这个美国华侨不是别人，就是多年前一起演过《白毛女》的洪学林。

想必“洪学军”这个名字也是出于革命的需要才改的。

妈妈就凭着推理把资阿姨给“人肉”出来了，然后就给人家打电话，发电邮，终于接上了关系，并双双推出自家的剩男剩女，编导了一出接机的闹剧。

说不定资阿姨根本没跟儿子商量，就自作主张敲定了接机的事；或者商量还是商量了的，但是在跟老同学敲定之后才商量的，儿子看了照片，完全没有接机的兴趣，当然不会到机场来露面了。

她恼怒地想，你不接就不接，直说不就得了？难道我还会死乞白赖求着你接？就算你临时有事走不开，你也该通知我一下啊！但她立即想起自己没有美国的手机，人家怎么通知她？

当初她妈说给她国内的手机办个漫游，就能在美国用了。但她听人说漫游很贵，就没答应办漫游，想到这里，她决定去候机大厅给那位“天之骄子”打个电话，她有他的电话号码，还准备了几个美国硬币，就是以防这种万一的。

她正在钱包里找硬币，US Airways的一位工作人员走到她跟前，跟她说话。

那人是个黑人，长得倒还和蔼可亲，但嘴唇厚得让人无法根据其嚅动来判断他在说什么。

她以为他是嫌她挡住了他们的摊位，急忙拉着行李往旁边让，但那人不屈不挠地跟着她，嘴里还在叽里咕噜地说呀说。

她用英语解释说，我是从中国来这里读书的，我的朋友说好来接我的，我在这里等他。

那人指着候机大厅的方向，好像是叫她去那里。

但她哪里敢离开？站在这里都怕错过了接机的人，还能躲进大厅去乘凉？“天之骄子”叫她在外面等，肯定是有道理的，因为她已经注意到了，车到跟前不能久停，都是停一下，让人下个车，然后就开走了，根本没机会进大厅找人。

她一边“No”着，一边再往旁边挪一点，心想你不就是嫌我挡住了你那小摊了吗？我让开还不行？

那人无可奈何地摊开两手摇摇头，就自己跑进候机大厅去了。

她慌了，这是几个意思？难道是去叫城管来执法吗？如果不能站在这里，那“天之骄子”干吗让我站在这里等呢？难不成是故意坑我？

她心说“天之骄子”应该不会毒到这种地步，就算鄙视我的长相，也用不着放了我的鸽子，还害我被警察抓走吧？很可能是暂时在这里站站还是可以的，但像她这样长期站在人家的摊点前，就会影响人家做生意，人家就不高兴了。

她正在急急忙忙地打英语腹稿，想着待会儿城管来了该如何为自己辩白，就看见那位黑人兄弟带着一个亚洲人模样的男生走过来了。

那个男生一上来就用中文问道：“你是Z大新生吧？”

一个“新生”，把她的脸都听红了，一大把年纪了，真不好意思承认自己是“新生”，只好嗫嚅道：“我是来Z大读硕士的。”

“刚到？”

“到了半个多小时了。”

“怎么站在这里？”

“是接我的人让我在这里等的。”

“不会吧，这里是 departure（离开，乘机），怎么会让你在这里等？”

她心说我不就是要 departure 吗？难道你还准备让我在机场常住下来，安居乐业？但她突然想起刚才看到的那些车，全都是送人的，看来这条通道是供那些送行的车辆用的。Departure 是指乘机离开 Z 市，而不是像她这样，乘车离开机场。

她很不好意思：“是我搞错了。我听他说在 US Airways 的标志附近等，我就跑这里来了。”

“没事，我带你去 arrival(到站) 那边吧。”说着，就拉起她那个大箱子。

她赶紧拉起另一个箱子，跟在男生后面，走了两步，想起应该谢谢那位黑雷锋，便转过头，看见黑雷锋正亲切微笑地目送着他们。

她感激地说：“Thank you！”

那人回了一句，不知道说的是什么，但肯定不是书上教的标配“You are welcome（不用谢）”，也不是“Not at all（别客气）”。

中国男生边走边问：“你叫什么名字啊？”

“我叫韦真。”

“魏征？”

“不是，是韦伯的韦，真理的真。你呢？”

“禹杰。”

“庾澄庆的庾？”

“不是，曹禺的禺。”

“还有这个姓？”

“怎么没有呢？我不就姓这个吗？”

两人默默地走了几步，禺杰问：“你哪个系的啊？”

“Social work（社会工作）.”

“哇，还有人出来学这个？毕业了干什么？”

这个问题，连她自己都不知道答案。她选这个专业，完全是因为它好录取，而且有奖学金。至于毕业之后干什么，她真的没想过。

她装作没听见的样子，反问道：“你学什么的？”

“MBA（工商管理硕士）.”

她顿时失去了往下问的兴趣。

MBA，那就是来读硕士的，顶多二十三四岁。虽然她自己也是来读硕士的，但她本科毕业后工作了好些年，肯定比这个小硕大很多岁。

她现在看人都要经过两道筛选工序。

第一道：看年龄。

如果年龄比自己小，马上筛掉，根本没兴趣打听他的其他方面。无论他是好是坏，是丑是帅，是人是鬼，是高是矮，都跟自己无关。

过了年龄这道关，她才进行第二道工序：看婚否。

如果是已婚的，也马上筛掉，根本没兴趣打听他其他方面。无论他是好是坏，是丑是帅，是人是鬼，是高是矮，都跟自己无关。

也就是说，她现在看异性的眼光完全是找对象的眼光，一个不能成为对象候选人的异性，对她来说就是毫不相干的路人甲，没有关注的必要。

禺杰把她带到候机大厅的另一边，这里也有 US Airways 的标志，但没有刚才那种小摊点，只有带着行李的男男女女，显然是在等人来接。

这边的车也是一辆接一辆地开来，但停下之后，不是车里的人跳出来直奔后备厢取行李，而是外面站的人直奔后备厢放行李，然后火速钻进车里，绝尘而去。

看来今天完全是她自己的错。估计“天之骄子”也曾开着车从这里经过，但没看见她老人家，只好悻悻而去。

发现了这一点，她心里好过多了，虽然错过了接机人是个很严重的问题，但总比被人放鸽子强。

禺杰问：“你就站这里等？”

她拿不定主意：“我把地点搞错了，不知道他——”

“他没接到你，肯定会转回来的。”

“但是这么久了……”

“没事，他可以一圈一圈在这里转。”

“转半个多小时？”

“如果他聪明的话，他会把车停在 short time parking（短时停车场）那里，然后进来找你。要不你到大厅里面等吧，凉快些。”

“我——还是站这里等吧。”

“也行。那我进去了，我师妹的飞机应该快到了。”

她听到“师妹”两个字，不由得一阵心酸，自己也不知道在酸什么。

她谢了他，看着他离去的背影，突然说：“喂，禺杰，可不可以把你的手机借我打个电话？”

他走回来，把手机递给她。她找出“天之骄子”的电话号码，一下就拨通了，却是一个女人的声音，她心一慌，立即挂掉，然后再看一遍号码，再拨一次，还是那个女人的声音。

她尴尬地把手机还给禺杰：“算了，不用打了。”

“怎么了？”

“打不通，可能我把号码记错了。”

电话里的女声肯定不是资阿姨，因为英语发音非常纯正，只有美国土生土长的人才能说这么地道的英语。再说，资阿姨也是奔六的人了，声音不可能那么年轻，只能是“天之骄子”的女朋友。除此之外，韦真再想不出还能有什么别的解释。

都是妈妈闹的！成天在她耳边“扎克”长“扎克”短的，把她这么没自信的人都说得信以为真，让他连过两道筛选工序，哪知道人家是有主的人！说明她妈又被人骗了，是的，你没看错，是“又被”。

那是前年秋天，她妈妈学校新调来了一个老师，姓木，跟她同年。木老师是教体育的，长得人高马大，在这个“一高遮三丑”的年代，木老师就算得上一个帅哥了。

自从她跨入“大龄剩女”的行列以来，她妈就开始着急她找对象的事，虽然还没到求神拜佛的地步，也没到逢人就托付“帮我女儿找个男朋友”的地步，但已经亲自动手了，视线范围内所有年龄相当的未婚男性都被纳入考虑范围，都要私下拿来跟自己的女儿匹配一下，如果觉得还合适，就要想方设法撮合。

这个木老师是她妈认为最合适的人选，成天在她面前讲这个木老师，说他虽然姓木，但其实一点也不木，不光会打球跑步，还会唱歌，又特虚心好学，听人说张卓娅老师以前是教音乐的，便经常来跟老前辈切磋技艺。

其实张老前辈也就是师范刚毕业的那会儿正儿八经地教过几年音乐，风光了一段时间。那时学校还兴搞汇演，六一儿童节、五四青年节什么的，各班都要表演节目。作为全校唯一的一个音乐老师，唯一的一个风琴高手，唯一的一个金嗓子，张老师总是忙得要命，每个班级都在等着张老师去伴奏，有些班级还要靠张老师帮忙排节目，甚至伴唱。

但好景不长，学校越来越重视考试，越来越不重视音乐美术等与统考无关的科目，语数外老师经常占用音乐课的时间，学生也越来越不在乎音乐课，反正又不统考，上不上无所谓。

不仅如此，老师的收入也跟课时挂起钩来，你课时少，收入就少，所以张老师老早就改行教语文去了，虽然是半路出家，但她特别用心，天分又高，还到教师进修学院拿了个汉语大专文凭，所以不仅一直教下来，还成了毕业班的把关老师。

至于张卓娅的老行当，也没完全丢掉，一直是Y市业余合唱团的主唱，还抽空搞点家教，辅导辅导那些想考声乐专业的学生，赚几个外快。木老师也有一条好嗓子，不过不是张老师那种民族唱法的亮嗓子，而是通俗唱法的暗嗓子，音域不宽，高腔唱不上去，但模仿那些当红歌星，唱唱流行歌曲，还是绰绰有余的。

张老师经过暗中考察，觉得木老师可以当自己的女婿，便说可以介绍木老师参加Y市的业余合唱团。她还真把人木老师带到合唱团去了，刚好那里是阴盛阳衰，大把女声，就差男声，所以很愿意接受木老师入伙。但木老师对合唱团唱的那些曲目不感兴趣，嫌太老土了，反过来撺掇张老师去走穴卖唱。

张老师谦虚说："我是个民歌嗓子，唱流行歌曲不行。"

"怎么会不行呢？民歌嗓子捏一半嘴皮都能唱过流行歌手！"

说得张老师心里十分熨帖，又给木小伙加十分，这么有知人之智又有自知之明的青年人，真是凤毛麟角啊！

木老师说："张老师，哪天我们一起去K歌吧，我介绍你认识那里的老板，让他有走穴机会就给你留着。"

张老师趁机说："唱K我不行，比不上我女儿，她是K歌皇后！"

"真的？那一定把她叫上。"

"没问题。"

妈妈回来跟韦真一说，她不肯去："你把我吹这么高，到时让人看笑话。"

“你是唱得好嘛，他看什么笑话？再说，人家也是醉翁之意不在酒，又不是去考核你唱歌技术的！”

她知道妈妈的用意，直接问：“他还是单身？”

问到这儿她妈妈可是打开了话匣子并且放低了底线。先是信誓旦旦，拍着胸脯保证木老师肯定是单身，因为他曾经无数次在办公室要给各个剩女大妈当女婿。听到这儿她就觉得有点不对了，先不说这人脸皮得有多厚，要是真像妈妈说的那么优秀，至于满世界认丈母娘？而妈妈对于这点完全不以为然且觉得脸皮厚是优秀男青年必备技能，退一步说，妈妈认为，这么优秀的男孩子，有女朋友也可以松松土的，没结婚就还是可以争取一下的。

于是，她被妈妈说动了，本着不看白不看的原则，跟着妈妈去唱 K。

结果发现木老师不是一个人去的，还带着一个女生，一见面就介绍说：“张老师，这是我老婆。”

妈妈气急败坏，当场就以开玩笑的方式，把木老师相亲的事讲了出来，她想制止都没制止住。

不过木老师的老婆并不介意，还笑那几个女老师：“她们还真的给他介绍女朋友，笑死人了！”

妈妈敲打说：“小木在外面花，你得好好管管。”

“这有什么要管的？越是嘴头子上花的人，其实越老实。反而是那些闷声不响的人，花花肠子才多！”

她心说这真是一朵男奇葩遇到了一朵女奇葩，绝配啊！回家后，她妈说：“幸好我没说把你介绍给他，只说一起去唱 K。”

但她受到的打击，不比相亲被拒好多少。

看来她的运气是一蟹不如一蟹了，人家那个木老师好歹还露了个面，这个扎克兄弟连面都没露，只让老婆在电话上打发她，说明他心里跟明镜似的，老早就看出了她妈的用心，人家将计就计，变着法子耍猴呢！她真是想死的心都有了！

禺杰见她郁闷地站在那里，关心地问：“那你怎么办？”

“什么怎么办？”

“还继续等下去吗？”

瞧这话说的，简直就像是在问她还要不要继续单恋下去一样！

她没好气地说："不等了，我去坐班车吧。不是有机场到Z大的班车吗？"

"有是有，但不一定在你住的地方停。你住哪里？"

她把地址找出来，递给他。

他看了一下，说："班车应该不到那块，你还是坐我的车吧。"

"但是你——不是来接你师妹的吗？"

"是来接师妹的，但几个人挤挤应该坐得下，就是得再等会儿，她的航班晚点了。"

"等倒没什么，就怕坐不下。"

"总共四个人，坐得下。"

"她要是带很多东西怎么办？"

"不会的。现在谁还带那么多东西啊？都知道这里什么都能买到，有的东西比国内还便宜，带钱来就行了。"

她看看自己两个差点超大超重的箱子，很是自惭形秽。她妈心疼她，什么都往箱子里塞，恨不得她把整个家都搬到美国来。她自己也是狠劲地塞，尽量多带点，原因很简单，因为她家没那么多现金让她带过来，也没钱让她一来就买车，得做好长期吃老本的准备。

禺杰招呼道："走吧，我们先去接我师妹，接了一起走。"说罢，就拉着她的大箱子往候机厅里走，她只好跟上。

来到机场地铁出口处，禺杰把她介绍给另一个中国男生，也是MBA的，看上去比禺杰还小，而且像生怕自己不够小似的，起了个名字叫"朱小亮"，自然被她第一把筛子给筛掉了。

她心目中的MBA女生，是那种事业型女强人，学工商管理的嘛，肯定有点魄力，做事风风火火，颇具领导风采，穿一套正规西服裙，足蹬中规中矩的黑色皮鞋，五官长得不难看，但没什么女人味。

等了一会儿，师妹驾到，不是什么女强人，而是一个小萝莉，年龄肯定比两个师兄都小，穿戴也很萝莉，一条马尾辫快扎到头顶去了，戴了美瞳的眼珠又大又黑，上身穿一件胸前印着一条小狗的T恤，下面穿着一条只到大腿的circle skirt（圆形裙），露出两条竹竿腿，脚上是一双厚底的白球鞋，可能是"杨数学"（杨幂）的粉。她顿觉自己苍老了三个世纪。

两个男生先跟师妹互相介绍，轮到她的时候，师妹主动问："阿姨，你是来探亲的吗？”

她直接进入老年痴呆状态。

禺杰嘻嘻笑着说：“阿姨不是来探亲的，是来读书的。”

她差点儿跳起来给他一耳光。一行人来到禺杰车前，是一辆七八成新的丰田佳美。两个男生把几个箱子塞进后备厢，还剩一个小点的实在塞不进了，只好塞在后座上。两个男生坐前面，师妹坐在后座靠窗的那边，她像个陪嫁的粗使丫头一样，很自觉地坐在后排中间，尽量不挤着师妹，也尽量不在转弯时被倒过来的箱子给压死。

第二章　情窦“初”开

机场与Z大之间，只隔着二十多英里的路程，但因为碰上了堵车，走走停停，搞了一个多小时才到。几个人先去师妹的住处，是一个公寓小区，门前的花坛苗圃什么的，修饰得挺漂亮，小区里有七八栋风格相同的公寓楼，都是黄色的墙壁，白色的栏杆。禹杰在最里面那栋楼前停了车，三个MBA几乎同时推开车门下了车，但韦真因为右手边放着一个箱子，打不开门，只好等师妹下车之后，才从左边门里钻出来。

师妹就地转了几个圆圈，把裙子转成了一个莲蓬，然后对两个男生惊叹说：“你们给我找的就是这破地方啊？”

朱小亮急忙撇清：“我说给你找好点的，他硬要找这里的。”

禹杰解释说：“这里怎么了？已经很好了，还有更破的呢。”

“没有比这好的了？”

“有啊，西面有sorority（姐妹会）的房子，比这好十倍，但你住得进去吗？北面有‘小刘庄’，都是single house（独立屋），比这好五倍，但你愿意跟‘小刘’（小留，小留学生）们住一起吗？”

“我才不跟‘小刘’住呢，都是些没文化的暴（发户）二代。”

“就是喽，所以才帮你找这里的。”

禹杰打开后备厢，两个男生抬了一个箱子往楼上走。她也凑过去，想找个小点的行李帮师妹拿上去，顺便上个洗手间，但被师妹拦住了：“你歇着，让他们男生去搬吧。”

她见自己受到阿姨级别的待遇，只好讪讪地收回手。师妹背着小小的双肩包，甩着手跟在两个男生后面，蹦跶蹦跶地上楼去了，两个男生气喘吁吁地跑了两趟，把师妹的东西全都搬了上去。过了一会儿，两个男生从楼上下来，嘴里聊着一些她摸不到风也不想摸到风的话题。又开了大约十五分钟，才到她住的地方。也是一个公寓小区，但楼房矮一些，建筑旧一些，连外面的路灯都昏暗多了，她是从 Z 大中国学生会的网站上找的这个住处，主要是看中了它的价格和地理位置，离学校近，在校车线上，是个一卧一厅的小单元，跟一个药学系的博士生合住。

朱小亮有点惊讶地说：“她住在剩女楼啊？”

她没搞懂朱小亮的这个“她”是指谁，但听禹杰回答说：“这里住的好多都是访问学者，大妈级的了，还剩女？”

“访问学者最穷酸了，不是没钱，就是舍不得用。但她不是说她 roommate（室友）是药学系的吗？怎么也住这里？药学系的不是很赚钱的吗？”

“赚钱也是毕业之后找到工作才赚钱，读书的时候赚什么钱？药学系很多人都是自费。”

她这才知道朱小亮说的那个“她”就是自己，但她不明白为什么朱小亮当着她的面却要用“她”来指代她，搞得好像她根本不在场似的。她突然很后悔选了这么个住处，其实师妹住的那种公寓，她也不是住不起，月租也就比这里多两三百美元。她有奖学金，完全出得起那个钱，干吗要节约每个月的两三百，搞得被人瞧不起呢？特别是“剩女楼”这个名字，兆头多不好啊！

禹杰把车开到她住的楼前停下，弯腰去拉后备厢的盖，但被朱小亮制止了：“你慌什么？让她先上去看看她室友在不在家，免得我们白爬一趟楼。”

禹杰问她：“你住几楼啊？”

“我忘了问了。”

“住几号呢？”

“13 号。”

朱小亮叫起来：“哇，这么衰的门牌号她也住？要是我的话，打死都不会住。”

禹杰说：“这种房子一般是按门洞排的，每层六户，13 号可能是三楼。”

朱小亮又说：“所以叫她先上去探路喽。”

禹杰附和说：“你先去看看你室友在不在家。”

她看看陌生的楼房，心里发怵，楼道里灯光很昏暗，每个房门都紧闭着，大多数窗户都是黑的。遇到这种情况，难道不应该男生先去探路，等到证实的确是安全的了，才请女生进去吗？但现在是她求人，不是人求她，本来坐人家的车已经很过意不去了，哪里还好意思让别人去探路？她只好鼓足勇气，一个人下了车，走进一个门洞，数着门上的号码往上爬，一直爬到三楼，才找到自己的13号，敲了敲门，没人应，使劲再敲，还是没人应。她就着楼道里昏暗的灯光，核对了一下门牌号码，没错，就是13号，但怎么没人应呢？是不是睡着了？她想问问邻居知道不知道室友是否在家，但她不敢去敲邻居的门，因为听人说过，美国人的门不能随便乱敲的，那是他们的私人领地，搞不好会拿着枪冲出来向你扫射，打死了都不用负法律责任。

她郁闷地下楼来，对两个男生说："她好像不在家。"

"你敲门了？"

"敲了，没人应。"

"你事先没告诉她你今天到？"

"告诉了啊，但是我——晚到了几个小时，可能她——以为我今天不来了吧。"

朱小亮嘀咕说："我说她室友不在吧，你们还不相信！"

禹杰问："你有她手机号码吗？"

"她给了我一个电话号码的，不知道是不是手机。"

"是不是手机都没关系，只要有联系方式就好。你给她打个电话吧，看她把钥匙放在哪里。"

她接过手机，拨了室友给的号码，响了好几声才有人接，女声，说了一串英语。

她虽然没听懂，但可以听出跟"天之骄子"电话里的那个女声不同，不是土生土长的美国人，估计就是室友，便大胆地问："Can I speak Chinese（我可以说中文吗）？"

"Yes, of course（当然可以）."说完这句，对方就改说中文了，"是不是韦真啊？"

"是，是我。"

"我是何纯芳，你室友。你到Z市了吗？"

"到了。"

"你现在在哪里？"

“我——在——你楼下。”

“我实验室楼下？”

“不是，是在你——网上打广告的那个——”

“哦，我知道了，你在我们住的楼下。”

“对，对对。你——在哪里？”

“我在实验室。我等了几个小时，你都没来，我想可能你朋友把你接去他家，今天不过来了。”

她不想讲述今天丢人现眼的事，便避过这个话题，问：“那——门钥匙——”

“在我这里，但我做着实验，走不开。你让你朋友载你到我们系的实验大楼来，到了给我打个电话，我下楼把钥匙给你。”

她想到又要麻烦两个男生载她去拿钥匙，心里说不出的恐慌，但现在那两人是她唯一的救命稻草，不麻烦他俩，也没别的办法，只好回答说：“呃——好的。”

她挂了电话，把室友的安排对两个男生一说，朱小亮就不乐意了，背对着她向禺杰抱怨：“还要我们去拿钥匙？叫她室友送回来不行吗？”

她急忙回答：“我室友在做实验，走不开。”

“那我们开来开去的，得搞到什么时候啊？师妹还等着我们一起出去吃饭呢。”

禺杰说：“没事，药学系离这儿没几步路，马上就到。”

“既然是马上就到，那她 roommate 怎么不能把钥匙送回来呢？”

她已经不想再解释，更不想再哀求了，大不了我坐在门口等室友！但她太需要上厕所了，因为自从下飞机之后，就再没机会上厕所，一直憋到现在，肯定憋不到室友做完实验回家来。

朱小亮又说：“就让她跟我们一起去吃饭不行吗？吃完回来，她室友就到家了，也不用去学校拿钥匙了。”

禺杰邀请她：“跟我们一起去吃饭吧。”

她一想到又要跟那个师妹搅在一起，就觉得头皮发麻，那真是度日如年，分分钟都在衰老，急忙推辞说：“我不饿，你们去吃吧，我就在这里等我室友。你把后备厢打开，我去拿箱子。”

朱小亮打开了车门，一副帮她拿箱子、好尽快打发她的架势。

但禹杰不肯："那你得等到什么时候啊？他们做实验的人，一做就是大半夜，谁知道你室友什么时候才能做完？"禹杰说着，把车发动了。

朱小亮老大不高兴，砰的一声关上车门，她尴尬至极，只好装作没听见没看见。车还没到药学系实验大楼，朱小亮就对禹杰说："你叫她给她室友打电话，好让她室友早点下来。"

手机还在她手里，她赶紧给室友打了电话，说马上就到，到了药学系楼前，室友已经等在那里。她下了车，走过去拿钥匙，发现室友也是个小萝莉，至少是个小个子，穿着一件空荡荡的T恤，下面是一条skinny jeans（紧身牛仔裤），说的是慢条斯理的南方普通话："是韦真吗？"

"是我。"

"你飞机晚点了？"

"呃——晚点了。"

室友掏出钥匙递给她："这把是你的。"

"谢谢。"

"晚上关门不要反锁，免得我用钥匙打不开门，会把你吵醒。"

"好的。"

"你睡客厅那张床，是我前面那个室友留下的。"

"好的。"

她匆忙感谢了室友一通，赶紧告辞回到车上。禹杰边开车边笑嘻嘻地说："哇，你胆子好大啊！敢找药学系的人做室友。"

"怎么了？"

"呵呵呵呵，药学系的惹不起啊，随便配点药，就可以要你的命，神不知鬼不觉，CSI（*Crime Scene Investigation*：犯罪现场调查，一部美剧的名字）都查不出来。"

她虽然嘴里跟着笑，但心里还真有点害怕。几个人又返回她住的地方，两个男生帮她搬箱子，朱小亮哼哼唧唧地说："哎哟喂，哥快饿死了，脚都提不起来了，哪里还搬得动这么大的箱子。她怎么带这么多东西？是不是把家都搬来了？"

她听得郁闷至极，恨不得喝令朱小亮放下箱子，让她自己来搬，现在有门钥匙了，谁还怕谁呀？大不了把箱子打开，把里面的东西拿出来，一点一点往上搬。但她忍着没发作，不想到美国的第一天就跟人撕破脸皮，毕竟人家帮了自己的大忙。两个男生走后，她才发现自己犯了一个错误，刚才应该跟他们一起去吃饭的，她请客，作为答谢。但她光顾着逃避那个师妹了，把人情礼节都忘了，没办法，只好以后再补了。

然后，她又发现自己犯了一个更大的错误，没问室友拿 Wi-Fi（无线上网）的密码，虽然她的电脑搜到了附近好几个 Wi-Fi 账号，但一个都上不去，因为都要密码。她父母肯定等急了！说好一到 Z 市就给父母报平安的，但那个破扎克放了她的鸽子，把一切都打乱了。她无可奈何，只好洗澡铺床睡觉，祈祷父母不要急出病来。到美国的第一晚，她躺在陌生的房间里，陌生的床上，感觉自己是一个姥姥不亲舅舅不爱的小可怜。不对，说“小可怜”都太作了，不小了，只能是老可怜。

第二天早上八点不到，韦真就醒了，主要是惦记着向爸妈报平安，一夜都没睡踏实。她很想去问室友拿 Wi-Fi 密码，但见卧室门紧闭着，估计室友还在睡觉，只好按捺着。她心里急得要命，眼前全都是爸爸妈妈焦虑不安的模样。等到九点左右，室友的门还是紧闭着的，也不知道是没起床，还是起床了没出来。她觉得实在不能等了，怕把爸妈急出病来，便厚着脸皮去敲室友的门。敲了一会儿，室友开了门，睡眼惺忪地问：“什么事？”

“能把 Wi-Fi 的密码给我一下吗？我到现在还没跟我爸妈联系上，怕他们着急，想上网跟他们报个平安——”

“你怎么不昨天一到就联系呢？”

“我没手机。”

“你朋友有手机啊。”

她本来是计划一到机场就借“天之骄子”的手机给父母打电话的，但人家根本没露面，借手机的计划自然就泡汤了。虽然禺杰有手机，但她跟人家不熟，而且已经蹭了人家的车，给人家添了那么多麻烦，还怎么好意思借手机打国际长途？

她不想跟室友说这些，便支吾了两下，说：“咱们——有 Wi-Fi 吧？”

“当然有啊，难道我在招租广告里还会撒谎？”

“我不是那个意思，我只是想问你拿 Wi-Fi 的密码——”

“密码不是贴在 router（路由器）上吗？”

室友说完，咕噜了一句“我两点钟才睡”，就关上了门。韦真顾不得尴尬或生气，赶快到处找路由器，终于在一个墙角找到了，的确贴着一张两寸见方的留言条，上面写着一串数字和字，她扯下留言条，走回床边坐下，打开电脑，输入密码，终于上了网。她妈正挂在 QQ 上，见她上线就惊喜地问：“你们那边是早上吧？这么早就起来了？怎么不多睡会儿，倒倒时差呢？”

“急着给你和爸报平安，怕你们担心。”

“我们不担心啊，你再睡会儿吧。”

她撒娇说：“啥？你们不担心？这么快就把我忘了？”

“就这么一个宝贝女儿，哪里会忘掉？扎克今天早上就打电话告诉我们说你到了。”

她吃了一惊，他怎么会知道我到了？难道禺杰就是扎克？或者朱小亮就是扎克？但不是说扎克很高吗？这俩小矮人怎么可能是扎克呢？但除了他俩，还有谁知道我到了？难道禺杰和朱小亮是扎克的朋友，他派他们去接她的？也不可能呀，人家明明是去接师妹的，禺杰还是机场那个黑人兄弟帮她找来的。

她不相信地问：“扎克——给你们打电话了？”

“呃——不是他亲自打的，是他让他妈打的。”

“但是——他怎么会知道我到了呢？难道他去机场了？”

“他没去，但他爸爸去了。”

她一听，觉得太荒唐了，什么意思？他自己有老婆，就把我让给他爸爸？难道他爸爸就没老婆？把资阿姨放什么地方？于是，她又旁敲侧击地问出了扎克没去的原因。原来扎克是因为临时有个手术走不开，资阿姨就让扎克他爸去接她了，可是好巧不巧，那天正好遇上塞车，他爸去晚了，喊了广播也没找到人，最后，还是扎克拨回了禺杰的电话才知道她被同学接走了。她突然觉得姥姥还不是那么不亲她，舅舅也不是那么不疼她，只是阴差阳错地，让她错怪了姥姥和舅舅，白伤心了半天。不过，对于当时扎克的电话是女生接的事情，她还是跟妈妈抱怨了一通。

妈妈又把话绕到禺杰身上，说：“你得好好谢谢那个禺杰，挺不错的，给你帮了那么多忙。他长什么样？”

她知道她妈什么意思，没好气地说：“你问他长相干什么？人家还是个小孩子！”

说到年龄，老妈更是来了劲头，教育她思想不要太古板，当下这个情况男孩子小几岁也没什么大不了。说着说着就开始打听韦真有没有搞到禺杰地址什么的，韦真无言以对，老妈也不急不躁，肯定地认为，反正是同学，来日方长。

她有点生气地说：“看来你是铁了心要点我和他的鸳鸯谱了。你那个扎克呢？怎么不点他了？就是你一天到晚乱点鸳鸯谱，搞得我也感觉自己像嫁不出去一样。你可不可以别操我这份心了？”

妈妈的嘴还挺硬：“如果你自己就把这问题解决了，我又何至于这么操心呢？”

“但是如果你不这么操心，我又怎么会觉得这是一个问题，从而背上思想包袱呢？”

“如果我不操心，你就更加不会上心了。”

她没话可说了：“好了，我不跟你说了，我今天还有很多事要办。”

“好的，你去忙吧。”

她关了 QQ，在网上查了一下今天需要跑的几个地方，记下了地址和大致路线，就开始收拾东西，主要是各种证件，还有带来的一点美元，要拿到银行去存。

收拾停当，她正要出门，就听见室友在叫她：“韦真，你朋友找你。”

她回过头，看见室友手里拿着一个手机，向她伸过来。她急忙接过手机，“喂”了一声，就听见一个男声说：“阿姨早上好！”

她听出是禺杰，又在叫她“阿姨”，马上就不开心了：“干吗呀？”

“我们今天和师妹去办证，你跟我们一起去吗？”

她一听“办证”，立即自动脑补为“办结婚证”，顿时愣在那里，不知道该说什么。但一眼看见室友正盯着她，仿佛在说“快点，快点，打完电话把手机还我，我还要睡觉呢”，便匆忙回答说：“我不去了，你们去吧。”

“你不需要办 SSN（社会安全号）吗？没那玩意你拿不到学校付给你的工资的。”

“哦，那个——”

“还有手机，你还不赶快去开个手机？没手机多不方便啊！”

“是要去开，但我看见学生网站上说在学校活动中心就可以开——”

“那里都是人家把生意做上门来了，能有好的？专门来赚你们的钱的！还是直接到电话公司去开，便宜多了。”

“那我……”

有人敲门。电话里禺杰说：“快出来吧，别磨磨蹭蹭了。”她急忙说声“好的”，就把手机还给室友，自己跑过去打开门。是禺杰，笑吟吟地站在门边，手机还举在耳边。不知道是不是她家门框太低，或者身边没有那些人高马大的老外晃动，今天的禺杰看上去高大了许多，但身板还是比较单薄，人还是那么幼齿，不超过二十五。

她朝楼下望望，问：“还有谁去啊？”

“没谁，就是昨天那两只。”

“我——还是不去了吧。”

“为什么？”

她半开玩笑地说：“怕你师妹又叫我阿姨。”

“叫阿姨怕什么？我还恨不得别人叫我爷爷呢！”

她忍不住笑起来：“那不同的嘛——”

“有什么不同？反正就是一个称呼，难道有人叫你韦假，你就不是韦真了？”

“那不同的嘛，韦真只是一个名字，但——她叫我阿姨——说明她觉得我——很老。”

“你管她觉得不觉得？你老不老又不是她的感觉能决定的，怕什么？”他狡黠地眨眨左眼，“你要是想报复，可以叫她奶奶呀。”

她又忍不住笑起来：“我才没那么无聊呢。”

“那不就结了？你搞社工的，还怕人家说话难听？”

“我学 Social work，但不等于我毕业了真的做这个。”

“你毕业了可以不做这个，但你读书期间要做 intern（实习）啊，如果连 intern 这关都过不了，你还毕什么业？”

她好奇地问：“美国社工这么难做？”

“肯定的啦，社工不都是跟那些穷人打交道吗？”

“穷人怎么了？”

“穷人的教养差呀，他们没钱，靠政府养着，脾气还特别大，谁都敢骂，你还指望他们尽说好话？”

她见他这么瞧不起穷人，很不开心，顿时就把脸拉了下来。他好像没注意到她的脸色，而是越过她的头，向她身后招招手：“嗨，你好，把你吵醒了吧？”

她回头一看，室友还站在那里，拿着手机，穿着一件盖过膝盖的T恤，下面是两条光腿，正想也来抱歉一把，就听室友很温柔地说：“没事呀，我早起来了。你进来坐会儿吧，别老站在门口。”

禹杰很客气地回答说：“不了，外面还有人等着呢，你接着睡觉吧。”

室友磨蹭了一下，进屋去了。

禹杰对韦真说：“Now, let's go（我们走吧）！”

她被他不由分说的口气撼动了，没再啰唆，抓起已经收好的手提包，跟着他往外走，心里头打着小算盘，待会儿如果“那两只”露出不欢迎她的神色，她就抢先声明一下，说自己是去坐公车的，然后就拿出刚记下的路线图什么的，秀给他们看，再然后就丢下他们几个，真的去坐公车。

来到楼下，她看见师妹和朱小亮都站在树荫下。师妹的鼻梁上架了一副超大墨镜，几乎遮住了面孔的二分之一，头上戴了一顶超大的草编遮阳帽，像她妈以前跳《丰收舞》时戴的草帽那么大。但师妹没像妈妈那样穿一身农民服装，而是穿着一件时髦小背心，露出雪白的肌肤和纤细的臂膀，下面没穿裙子，穿的是一条牛仔热裤，毛边的，裤脚像被狗啃过又被猫抓过一样，须须挂挂的。如果她妈看见师妹的裤子，肯定又要搬出那句口头禅来：“兴来兴去，最后还是都兴回到我们那个年代去了！”

据妈妈说，他们演《白毛女》序曲的时候，个个都是穿这种须须挂挂的裤子，表示“衣衫褴褛”。如果谁家没须须挂挂的裤子，还要专门找一条比较旧的裤子出来，用剪刀把裤脚剪成锯齿状，再用手把边缘拉毛，拉出须须来，造成“衣衫褴褛”的效果。但她妈特看不惯师妹穿的这种须须挂挂的热裤，说《白毛女》里的穷人那么穷，穿的裤子还比这个长呢，现在的女孩穿这么又破又短的裤子，弓个腰连屁股都会露出来，像什么话？她从来不敢穿这种裤子，一是怕她妈说，二是觉得自己腿太粗，属于“扬长避短”里的“短”，要遮起来。

朱小亮还是昨天那副德性，只当她是“欧洲的社会主义明灯”——阿尔巴尼亚一样，远隔着千山万水呢，从来不直接跟她说话，只跟另两个说，说到她的时候，一律用单数第三人称指代：“我说她还没起床吧，你们不相信。”

禺杰说："谁说没起床？早就起来了。"

"那你怎么上去了这么半天？"

"一天是 24 小时，半天就是 12 小时，我哪里有去半天？"

"早知道你去这么久，我就在睿睿那里等了。"

师妹说："你在我那里等什么呀？我 roommate 起都没起来！"

她从这两人的态度上无法判断出自己该不该去坐公车，正在尴尬，就听师妹对她说："是我叫阿杰来接你一起去办证的。我说，阿杰，昨天那个也是新生，肯定也要办这些手续，干吗不带她一起去？"

她不敢相信自己的耳朵。

禺杰说："我作证，她是这么说的。"

她先是震惊，继而羞惭。原来这儿还藏着一位活雷锋！真是错怪好人了。

师妹又说："我叫田睿，英语名字是 Ray，你叫我中文名英文名都可以，反正都是一样的。"

她被师妹突如其来的热情搞蒙了，连起码的礼节都忘了，也没来个对等的自我介绍，只"哦"了一声，就没下文了。

禺杰招呼说："走，上车吧，你们两个去车上慢慢说。"

四个人坐进车里，还是两个男生在前，两个女生在后。但今天没箱子占位，她坐得很舒服。禺杰发动了车，提议说："我们先去办 SSN，那里人多，去晚了要排很久的队，而且人家拽得很，下午三点就不让进人了。"其他几个人都表示同意。

办 SSN 的地方果然很多人，一排排地坐在大厅里等，其中黑人占一大半。韦真一辈子见过的黑人合起来都没这里一下见到的多，真疑心自己来的不是美国，而是非洲的某个国家。

禺杰小声对她说："看，这就是你以后要打交道的人。"

"为什么？我又不是办卡的人。"

"你知道他们为什么办卡吗？领救济啊！你们学 Social work 的，不就是搞这个的吗？"

她不明白他为什么对黑人和穷人这么大成见，而且总把她跟那些黑人和穷人扯在一起，是在影射她很穷，还是觉得她的专业太荒唐太没出息？本来她对这个专业就没什么特别的好感，只是当成一个出国的跳板，现在被他接连说了几次，越发不喜欢这个专业了，如果毕业了留在美国就是跟这些人打交道，那她还真的很怵。但如果毕业之后回国去，那这趟国好像又白出了，而且回到国内也不知道能做什么，如果就是做社工救济穷人，根本用不着读硕士，连读大学都有点大材小用，只要是认识几个字的人应该都能胜任。她顿时感觉出国留学好没意思，前途一片苍茫。

几个人坐那里等了几个小时，才轮到她和师妹。其实办证手续很简单，把她的护照和录取通知拿过去看了一下，然后交上填好的表格就搞定了。办好SSN出来，已经快一点了，她主动说：“这两天真多亏你们几个了，帮了我这么多忙，现在我请你们吃饭，表示感谢。吃完我们再接着办事。”

禺杰说：“谢什么呀？你没怪我昨天坏了你的好事，我就感激不尽了。”

“坏我什么好事？”

“本来你可以去你美国朋友家住几天，结果被我拐到这个大农村来了。”

“我去他那里住几天干吗？”

“不去他们那里住？那怎么会让他们来接机呢？他们住那么远，跑个来回得大半天，谁会就为了接个机劳烦人家？”

她有点不好意思地说：“我知道这样太夸张了点，但我妈就是这么安排的，没办法。”

师妹很感兴趣地问：“你妈怎么认识那个Zac的呢？”

她脱口而出：“你认识Zac？”

“不认识啊。他只是打电话的时候说叫Zac呀。”

“他给你——打电话了？”

禺杰解释说：“Zac昨晚打电话来的时候，我们几个人正在外面吃饭，所以都听见了。”

“哦，是这样。”

“Zac挺好的，说他很忙，但可以叫他爸今天来带你去办各种手续，特意让我告诉你今天在家等他爸。”

她心里一热：“那怎么好意思？”

“我也觉得太夸张了，就对他说，不用麻烦你爸了，我明天可以带她到处跑，反正我也要带我师妹办这些手续的。他还谢了我一通，说以后有机会了再面谢。”

她心里更热了，这简直就是把她当自家人在看待啊！不仅惦记着接机和带她办手续的事，还要找机会面谢禹杰。但禹杰又没帮他的忙，人家帮的是她的忙，那不就等于是在说“帮她就等于帮我”吗？她开玩笑地想，幸好昨晚没自杀，不然就白死了。

禹杰提议去吃 Pizza Buffet(比萨自助餐)，说中午一个人才 $5.99，随便吃，有几十种比萨，甜的咸的都有，还有沙拉、冰淇淋和水果。几个人都没意见，于是一车来到 Pizza Buffet，开始大吃大喝。真是人不可貌相，师妹长那么苗条，吃起比萨来比两个男生还猛，先吃一盘沙拉，然后就一块接一块地吃比萨，还喝那种浓浓的汤，最后还挖了几大勺冰淇淋来吃，真让她羡慕嫉妒恨！

她踏了她妈的代，从小就是个胖底子，四肢长得圆滚滚的，就腰肢还算纤细，如果不注意让腰肢也发了胖，那就彻底报废了。她看她妈妈的照片，年轻时像是埃塞俄比亚的难民，瘦精精的。自从生了她之后，就一发不可收拾，像吹气球一样发胖，后来虽然又节食又锻炼，还是只能挣扎到微胖界，体重就再也减不下去了，所以她一刻都不敢放松警惕，从来没放开睹吃过。今天也一样，她只吃了两块比萨就不吃了，并决心今后再也不到这个店里来，太诱惑人了，每个人都是一拿一大盘，坐那里狼吞虎咽，她都快要顶不住了。

禹杰见她不吃了，劝说道：“再去拿一盘，再去拿一盘！”

“不拿了，吃不下了。”

“同学，这是 buffet 啊，不把六块钱吃回来多亏呀！”

她撒谎说：“我早上吃太多了，现在还不饿。”

“你昨天晚上才到，还没机会出去 shopping（购物），早上能吃什么？”

“呃——我妈在我箱子里塞了几包方便面的。”这是个事实，她妈的确在她箱子里放了几包方便面，而她昨晚就多亏那几包方便面了。

吃完午饭，一行人去开手机。

禹杰建议说：“就挂在我的计划上吧，我开的是 family plan(家庭计划)，一个户头可以挂四个手机，unlimited（无限制）通话，unlimited 短信，就是 data(上网)有限制。不过我们平时都是电脑上网，根本用不了多少 data 流量。”

师妹欢呼说：“好啊，好啊！就挂你户头上！”

她担心地说：“就怕人家不许我们挂。不是说 family plan 吗？”

禹杰说：“那怕什么？就说我们几个是 family（家庭）呗。当初挂小亮的时候，我就说他是我的好基友，如果他们不给挂，我就告他们歧视！”

“那最后挂上了吗？”

“当然挂上了。”

师妹明知故问：“那你对他们说我们是你什么？”

“肯定是我的老婆喽。”

“我才不做你老婆呢！”

“那就做小老婆。”

“小老婆也不做。”

“不做就挂不上。”

她心说这些“85后”真是太敢说了！才接触没几天，就敢说这么放肆的话。而她就怎么都说不出来。她和他们就隔着这么几年，怎么就像隔着一代人似的呢？

几个人来到店里，师妹选了一个最新款的智能手机，因为有两年的计划，所以手机不贵，只 $299。韦真选了一个旧款的，只要 $0.99。

四个人在外面跑了一天，才把各种手续证件全都办好。

晚饭又是她自告奋勇请客，吃得皆大欢喜。

这一天混下来，她和师妹竟然成了好友。师妹不再叫她“阿姨”了，而是直接叫她的英文名 Vivian（薇薇安）。

那天的最后一个项目，是去中国店购物。

韦真买了一大堆米面肉菜，把购物车都塞满了，花了将近一百美元。

禺杰开玩笑说：“哇，你这是要开餐馆还是咋地？”

“你们不是说这里的人都是一两个星期才买一次菜吗？我不多买点怎么行？”

“你会做饭啊？”

“做饭谁不会？”

师妹说：“我就不会！”

两个男生也附和：“我也不会。”

“那你们平时在哪里吃饭？”

“餐馆喽。”他们又指指自己购物车上的东西，“不吃餐馆时就吃这些玩意喽。”

所谓“这些玩意”，就是已经蒸好又冰冻起来的包子馒头啊，炸好又冰冻起来的油条油饼啊，卤好又切好的鸡鸭牛肉啊，炒好又装好的中式盒饭啊，等等。她挺同情他们，大方地说：“光吃这些怎么行？以后你们都上我那儿去吃吧！”

那几个人都开心地笑起来：“好啊，好啊，你以后干脆别读书了，就开个餐馆，我们帮你拉生意，保证比做社工赚钱！”

几个人买好了菜，就开车回家。禹杰先把她送到家，还帮她提了几袋东西上楼，临走时对她说：“以后要用车就给我打电话。”

“好的，太谢谢你了！”

禹杰走后，她把肉菜水果等放进冰箱，米面什么的放进橱柜，然后开始用她的新手机打电话。想到国内现在正是上午，大家都在上班，她决定先给美国这边的人打。说“美国这边的人”，听上去好像一大帮人似的，其实只有两个人：扎克和他妈。

韦真先拨了扎克的号码，一下就通了，但接电话的仍然是一个女人，还是地道的英语，还是年轻的嗓音，她又心慌意乱地把电话挂了。挂了电话，她又觉得荒唐：古人云，做贼心虚，你又没做贼，心虚个甚？她决定暂不给扎克打电话了，因为他可能又在做手术，而手术室是不能带手机进去的，这个只要是地球人都知道。按说医院会有个专供手术医生用的寄存处，医生进手术室前，就把自己的手机啊钥匙啊什么的掏出来放那里。也许接听电话的那个女人是寄存处的工作人员？但现在的手机都有留言功能，根本不需要外人帮忙代转口信。再说，手机是多私人的东西啊！而美国人不是最在意自己的隐私吗？有什么事，连爸爸妈妈都不兴告诉的，怎么会让寄存处的工作人员接听自己的电话呢？值得托付手机的人，一定是值得托付隐私的人。除了女朋友，她再想不出还能有谁值得扎克托付隐私了。从上次的情况来看，扎克的这个女朋友还不算太坏，还能把她打过电话的事告诉扎克，至少是留着她的来电显示没清除掉，所以扎克才知道有人给他打了电话，然后打回给禹杰。她希望这次也一样，等扎克做完手术，女朋友就把有人打电话的事转告给扎克，或者扎克自己发现了她的来电号码，然后给她打回来。

她想清楚了这件事，就接着办下一件：给资阿姨打电话，一是表示感谢，二是约个时间，好把妈妈在国内请人给资阿姨做的旗袍什么的送过去，但接电话的却是一个男人。真是见了鬼了！找男的，女的接；找女的，男的接！难道美国不兴本人接电话，而兴配偶接电话了？真把她搞糊涂了。对方又“Hello

（喂）”了两声，她只好硬着头皮问：“Can I speak to Zi——Aunt Zi（可以请资——资阿姨听电话吗）？”也许对方被她这个不伦不类的“Aunt Zi”雷到了，半天没吭声。

她赶紧说声“Sorry, wrong number（对不起，拨错号了）”，就把电话挂掉了。真是出师不利！新手机的处女call（打电话），就这样糟蹋掉了。不过不要紧，待会儿资阿姨看见来电显示，也会给她打回来的。

她跑去洗了个澡，坐在床上给妈妈发短信：“我有手机了。”到底是妈妈，好像百事不干，专门盯着手机等女儿消息似的，马上就回了信，两人开始闲聊，说到禹杰，妈妈更是来了精神头，对禹杰今天的“表现”大加赞赏，而且完全忽略了韦真强调的“师妹提议”几个字，开始把禹杰意淫为她的真命天子，还一直怂恿她要主动出击，韦真觉得这未免太热脸贴冷屁股了，一来二去间妈妈急了：“真真啊，你也不小了，不能太挑了。再等几个后面，年龄就更大了，那时连眼前这个都被人抢走了！如果他脸皮薄，胆子小，那你就只能自己主动些了。”

“我看他脸皮一点也不薄。”她把办理家庭计划的时候禹杰开的那些玩笑都告诉妈妈了，然后说，“你看他像个脸皮薄的人吗？所以说啊，如果他不主动，就说明他没那个意思，我干吗要送上门去丢脸？”

“我不是要你送上门去丢脸，而是要你——创造一些机会，不要太被动。”她觉得她妈一定从资阿姨那里得到什么信息了，不然的话，不会这么快就“移情别恋”，绝口不提扎克，一心撮合她和禹杰。于是她开始岔开话题，说起了刚刚给资阿姨打电话的事，明明记得妈妈说资阿姨的丈夫是个外国人，而刚刚接电话的却像是一个年长的华人男性，妈妈推测那可能是资阿姨的爸爸，当年资阿姨的爸爸也是去留过学的，也应该会说英语，关于和资阿姨联系的事，她和妈妈一致认为资阿姨的爸爸会转达的，等电话就好。

她跟妈妈发完短信，就去刷牙，然后躺在床上休息，特意把手机放在枕头边，怕错过扎克的电话。但刚躺下一会儿，她就睡着了。第二天早上，她醒来的第一件事就是查手机，看扎克和资阿姨有没有打电话来。结果两个人都没打电话来，她好不郁闷！看来资阿姨和妈妈的友谊，就只够接个机。多年前的同学，早就忘得一干二净了，现在虽然被老妈给人肉出来，而且一定要人家来接女儿的机，人家有什么办法？当然只好答应下来，硬着头皮尽尽地主之谊。但这也就算走到顶点了，谁还跟你进一步交往?

她早就听说出了国的人都学得跟美国人一样了，朋友之间的感情看得很淡，连亲情都看得很淡，见了面都客客气气，但平时并不互相走动，更不会为了朋友两肋插刀，说好听一点，就是君子之交淡如水，说不好听，就是人与人之间关系冷漠。资阿姨来美国这么多年了，又嫁了美国人，还不早就学得跟美国人一样人情味寡淡了？她有点不开心我给你们打电话，又不是要缠着你们，只是想表示一下谢意，再就是送礼物上门，你们用得着像躲避瘟疫一样躲着我吗?

她觉得只有一个解释：当初资阿姨还是想跟妈妈结亲家的，所以两人联手把接机的事安排好了。但到了最后一刻，扎克才坦白自己有女友，并表示不愿去接机，或者女朋友不让他去接机，他妈只好安排他爸爸去接机，结果又没接到，引起了扎克的内疚，所以才向禹杰打听她的下落。一旦知道她顺利到达，他当然就不用继续关心了。那他干吗要对禹杰说“以后面谢”呢？傻瓜！那是他顺口说的一句客气话嘛，你也当真？她感觉狠狠碰了一壁。她以前不是没碰过壁，但这个壁还是碰得太痛了。

以前那些所谓碰壁，受伤害的只是面子，因为她从内心来讲，并不喜欢那些人，所以一旦发现人家也不喜欢她，面子上是有点受伤，但心里却是如释重负。但这个扎克，还是让她有点心动的，混血儿，费翔啊！说不动心就是在作了，表面上作一作还可以理解，但在内心深处有什么好作的呢？又没人看见。她又感到姥姥不疼，舅舅不爱了。

韦真早就发现，不管是什么俗话谚语名言格言，只要加以篡改，都可以用在她身上。比如这个“情场不幸赌场幸”，如果把“赌场”换成“友场”，就可以用来形容她现在的状况了。已经过去好些天了，扎克一直没给她打电话来，资阿姨也没打。

而她系里的年景也很差，一幅颗粒无收的灾荒景象。学生大多数是女生，男生只有那么几颗颗，还严重两极分化：小的刚出土，还是嫩苗苗，根本过不了她的第一道筛选；而老的又太老了，都是工作了多年还没发达因此跑到大学来镀金的中年男人，早已被人收割了。连系里的男老师都像约好了的一样，无名指上全都戴着金晃晃的戒指，有几个还特爱高举着左手在黑板上写字，仿佛在正告她：看好了，我的婚戒戴得牢牢的，你就别打我的歪主意了，我不仅已婚，而且没有离婚的计划，并且不准备搞婚外恋！

她妈听说了她系里的情况后，没有悲观，没有失望，仍旧充满了革命的乐观主义精神，因为还有禺杰这张王牌呢，所以妈妈每次打电话都要问到他，这次的话题更是深入到了禺杰父母离婚的问题上，而且妈妈极其为禺杰着想，开始给她“讲解”离异家庭的孩子都胆子小、不敢表达感情等等，总而言之，就是让她主动出击，抓紧禺杰，没等她反驳，妈妈又突然想到了禺杰毕业在即，顿觉时间紧迫，极力劝说她要借用 family plan 为契机多给禺杰打电话交流。

她哭笑不得：“如果我得要这种手腕才有机会跟他接触，那还是趁早算了，肯定没戏。”

不管她怎么说，她妈都是那句话：“抓紧点，抓紧点，这孩子不错，过了这个村，就没有这个店了。”

而她总是一副听天由命的口吻：“算了，是我的就是我的，不是我的抓紧也没用。当初你对爸爸抓紧了吗？根本就没抓嘛，不还是自动跑到你碗里来了？”

她妈当初的确没花这么多心思去捕获男朋友，一切都是水到渠成瓜熟蒂落，甚至带点传奇色彩。她爸妈不是同一个学校毕业的，但上山下乡到了同一个林场，她爸比她妈高一届，先去的。而她妈那时因为会唱歌跳舞，又年轻漂亮，所以人没到林场，名声就已经在那里传开了。据说她爸对她妈是未见其人，只闻其（名）声，就已经堕入了情网。

妈妈讲到这段，总是很得意：“那时喜欢我的人可多呢，你爸爸只是其中之一，但他胆小，又不会唱歌跳舞，所以很自卑，不敢跟我说话。而那些胆大的，都明目张胆地追我，向我献殷勤。我那时重活累活都有人帮我干，那个《山楂树之恋》里写的老三帮静秋在溪水里洗床单的事，我遇到过不知多少回了！”

“但是你一个也没爱上。”

“比较喜欢的还是有的，不是你爸，而是几个舞跳得好歌唱得好的。但那时候提倡晚婚晚恋，哪里敢谈恋爱啊？都想着招工回城呢，谁不想表现好点？所以都不敢表白。”

“如果你们那时表白了，那就没有我了哈？不过，也难说，我爸冒着生命危险救了你，你肯定会抛弃那些绣花枕头，跟我爸好！”

她爸冒着生命危险救她妈的故事，她已经听过很多回了，扼要地说，就是有次她妈带着林场宣传队去山下村里表演了节目回来，半夜走在山路上，正拉开嗓子唱着“山丹丹开花红艳艳”呢，结果没注意脚下，踩在了一条蛇身上，那蛇竖起头来，在她妈腿上狠狠咬了一口。她妈当场就吓得瘫倒在地，捂着腿大声号哭：“我被蛇咬了！我要死了！我要死了！”

在场的人都吓坏了，那些平时能歌善舞热烈追求妈妈的人都束手无策，只有那个沉默寡言负责搬道具的男生还算镇定，打着手电看了一下妈妈腿上的伤口，就摸出一把小刀，在伤口那里划了个“十”字，然后俯下身去，用嘴对着伤口狠狠吸起来。据说围观群众都羞得转过脸去，因为那是个男女授受不亲的年代，别说用嘴啃腿了，就是拉拉手，都是低级下流的行为。话说那个男生不管那些，狠狠吸一阵，就别过脸去，往远远的林子里吐一口，好像怕吐在身边，毒汁会流回到妈妈伤口里似的。就这样吸了很多口，吐了很多口，才用小刀割破自己的上衣，撕下一条布带来，给妈妈包扎伤口，然后背着妈妈下山。

那个男生，就是她爸韦建光。从那之后，她爸妈就好上了，当然是偷偷的。后来她爸被招工进城，而她妈还在林场劳动，很多人都劝她爸跟她妈吹，因为她妈成分不好，还不知道能不能招工回城呢。她妈也给她爸写了绝交信，表示不想耽误她爸的前程。但她爸坚定不移地爱着她妈，打死不分手。

恢复高考后，她妈考上了 Y 市的师范学校，毕业后分到自己的母校 Y 市一中附小教音乐。两人奋斗了几年，积攒了一点钱，买了当时结婚必备的物品，成了家。再后来，她妈的运程越来越顺，读了教师进修学院，拿了大专学历，成了中学教师，还分了房子，当上教研组长，稳中有升。但她爸却一直走下坡路，工厂倒闭了，员工遣散了，她爸尝试过多种谋生之路，都以失败告终，家庭基本是靠妈妈支撑。

她爸妈的同学很多都离了婚，但她爸妈一直走到今天，肯定还会走下去。瞧，生死之交就是生死之交，是过了命的，跟一般的泛泛之交就是不同！她非常羡慕她的父母，恨不得也去什么地方过段艰难困苦的日子，遭遇一次生命危险，碰到一个舍身相救的男生，两人结为夫妻，互相扶持，白头到老。可惜的是，她的人生太风平浪静了，虽然去乡下亲戚家玩的时候看见过一两次蛇，但都是死蛇，或者蛇褪下的皮。估计即便是活蛇，即便蛇咬了她，也没人会舍身相救，因为那里就几个脏乎乎的小男孩，还总爱用棍子挑起死蛇来吓唬她。到美国来了之后，别说蛇了，连蚯蚓都没看见过。

看来情场方面是没什么指望的了，但她在友场上还混得不错。师妹从办证那天起，就没跟她断过联系，虽然不是天天见面，但经常会有信息，发几个短信啊，转几篇八卦啊，反正都会冒冒泡。到了周末，师妹还会叫上禺杰和朱小亮，三个人一起跑她这里来蹭饭吃。其实她在国内时很少做饭，都是爸妈包了，但她因为经常在父母做饭时陪在旁边说话，也学了几招，跟那三个人相比，她就算资格最老技术最好的了。她是个图名不图利的人，看到有人爱吃她做的菜，就比捡了一坨金子还开心，做饭就特别有动力，做得兴高采烈，心甘情愿。

除了三个MBA之外，室友跟她的关系也越来越好。刚开始，她吃饭的时候，如果刚好室友也在，她就邀请室友过来吃点。再往后，室友掌握了她的作息时间，一到她吃晚饭的时候，室友就回来了，所以总是两个人一起吃。再再往后，室友超脱了她的作息时间，不用赶在她吃饭的时间回来了，只要桌上有菜，或者冰箱里有菜，室友就自己拿出来吃。

室友不爱吃肉，但也不是素食主义者，最爱吃那些肉菜里的配菜。像什么雪里蕻炒肉末里的雪里蕻啊，洋葱烩牛肉里的洋葱啊，香菇烧鸡腿里的香菇啊，粉条炖肉里的粉条啊，等等，都很爱吃，经常是她炒好一盘菜，自己吃了一些，剩下的就放进冰箱，但等她从学校回来的时候，盘子里就只剩下肉了，配菜全都不翼而飞。刚开始几次，她还以为发生了灵异事件呢，觉得毛骨悚然。后来室友把真相告诉了她，她才释然，既而欣然，下次做菜就特意多放些配菜，或者把剩下的肉又加上些配菜，再炒一次，一直吃到肉没了，或者配菜再沾不到肉味了为止。室友吃了她做的菜，也不是嘴一抹就不认账的，也知道感恩，对她态度好多了，主动开车带她去买菜，还把卧室里的挂衣间让出三分之一来，供她挂衣服。

第三章　资门宴

韦真就这么忙忙碌碌地在友场上摸爬滚打了几个星期，突然有一天，情场那边有了动静。资阿姨打电话来了："真真，是我啊，我是资祖芳。"

"资阿姨？您——您好！"

"好，好，你也好吧？"

"挺好的。"

"我听你妈说，你给我打过电话？"

"是啊，是资爷爷接的。"

"资爷爷？哪个资爷爷？"

"就是——您的父亲啊。"

"我父亲？我父亲几年前就去世了——"

"啊？是这样？对不起，对不起，我不知道。"

"你说的是我丈夫老邵吧？"

"您的意思是——他是 Zac——哥哥的爸爸？"

"是啊，家里只有他嘛，不是他还能是谁？"

"哦，是这样。我还以为拨错了号码呢，当时就挂了。"

"老邵不知道是你打的，完全没提这事，不然我老早就给你打电话了。本来是准备你一到美国就请你过来玩的，但我前段时间比较忙，去 W 市开班，今天刚回来，给你妈妈打了个电话，才拿到你的号码。怎么样，这段时间还好吧？"

"挺好的。"

"这个周末上我家来玩吧，我做几个上海菜招待你。"

"您别张罗了，我给您把旗袍和一点小礼物送过来就走。"

“那怎么行？老朋友的女儿，就跟我自己的女儿一样，一定得在我家多玩几天才行，我还准备以后回国就住你们家吃、住你们家喝的呢。”

“那没问题。我妈一直在念叨您呢，说您回国也不告诉她一声，不然她一定要把您接到我家去住几天，好好叙叙旧。”

“我回国都是匆匆忙忙的，你邵伯伯忙，我也忙，两个人难得抽出时间回国探亲，你邵伯伯老家又不在上海，我们回去了得两边跑，所以没顾得上跟你妈妈联系。但我一直都记得你妈，我们俩小时候是好朋友。”

“我知道，我妈总对我讲小时候你们一起排练《白毛女》的事。”

“呵呵，我们那时一个跳一个唱，配合得可好呢。”资阿姨叙了一会儿旧，一锤定音地说，“那就这样定了，星期六上午九点，我开车来接你！”

“呃——”

“是不是太早了？主要是想早点接了人，我还有时间做饭。”

“不用接吧，我去坐 greyhound（灰狗，美国的长途汽车）。”

“那个不安全，都是穷人黑人才坐，我怎么放心你去坐那个呢？本来想叫我们家老邵来接你，但他是个书呆子，墨守成规得很，遇事不会变通，上次接机就没接到，幸好你碰到了同学，不然还不知道得在机场等多久。”

“没事，没事，那次太麻烦邵伯伯了，又在机场找我，又让广播找人……”

“你说他是不是书呆子？打个电话问问 Zac 不就知道了？”

她刚想替邵伯伯辩护几句，资阿姨已经结束通话了：“好，说定了，我星期六上午九点来接你。”

她接完这个电话，人都变得轻飘飘的了，原来资阿姨在外地，又不知道她的号码，才没回她电话。现在人家刚一回来，就打电话邀请她，还要亲自来接她，说明人家还是很把她当回事的。

但是——为什么没让扎克来接她呢？是他又在忙，还是……？如果扎克周末也忙得不着家，那她就没多大兴趣去资阿姨家了。要不，等资阿姨来接她的时候，直接把旗袍什么的给资阿姨让她带回去？但那样的话，不是害资阿姨白跑一趟？要不等星期五给资阿姨打个电话，就说系里临时有点事，走不开，让资阿姨别来接了？但万一扎克在家呢？

她安慰自己说，扎克肯定会在家的，大周末的，又是他妈妈的聚会，他好意思不参加？他不能来接她，可能是因为他白天要加班，但晚上应该不会加班了吧？那就会回家了。就怕他带个女朋友回家去，那就尴尬了！不对，我又没说过我喜欢他，我妈肯定也没那么傻，会说接机是为了给我俩创造机会，有什么尴尬的？就算妈妈那样说了，也不是我的错。我就是他妈妈的老朋友的女儿，上他家送礼来的，有什么尴尬的？

不管怎么说，亲眼见见扎克的女朋友也好，至少能揭开一个谜底，不然的话，老在那里猜他女朋友长什么样。最最重要的是，这下就知道扎克长什么样了。她思想斗争了好一阵，最后决定不管扎克在不在家，也不管扎克带不带女朋友回去，她都要去赴这个资门宴。就算了结一桩心愿吧。

当那三个吃货又在约着周末上她家来吃饭的时候，她就理直气壮地拒绝了："对不起啊，这个周末不行，因为资阿姨让我去她家玩。"

师妹兴奋极了："资阿姨不就是那个 Zac 的妈吗？"

"是啊。"

禹杰狡黠地一笑："呵呵，等待已久的豪宅豪餐，终于来临了！"

她以为在说她，马上辩白说："谁等了啊？"

"我没说你哈。"

"那你在说谁？"

"呵呵，谁认账就是在说谁。"

她只好不吭声了。

师妹热心地说："阿杰，周末能不能把你的车借给我用一天？"

"借你干什么？"

"我送 Vivian 去资阿姨家呀。"

韦真立即推辞："不用，不用，资阿姨会来接我的。"

师妹说："那多麻烦人家啊！她来接你，然后又要送你回来，那就得跑两个来回，人家一个上了年纪的人，经得起这么折腾？还不如让我送你，一个来回就搞定，正好我还没去过 X 市，很想去玩玩……"

禹杰毫不客气地说："我可不敢把车借给你开那么远，你在 town（镇）里开开没什么，因为我坐在旁边，关键时刻可以救你一命。但如果让你开到 X 市去，你把我的车撞坏了是小事，把你们两个撞伤了，撞破相了，嫁不出去，还得我养你们一辈子，我才没那么傻呢！"

“你这么不放心我开车，那你也一起去，坐我旁边看我开就是。”

“我吃饱了撑的？”

师妹噘起嘴说：“哼，烂人！太小气了！小亮，把你的车借我开吧。”

朱小亮非常为难：“我的车——只保了 liability（责任险），如果是你撞了别人，保险公司就只赔对方，不赔我的车。”

师妹不屑地说：“你那破车能值多少钱？了不起五千块。放心吧，如果你的公司不赔，我自己赔给你还不行吗？”

见朱小亮支吾着不答话，师妹又说：“我的技术你还信不过？国内考出来的驾照，最过硬，全世界一流！”

韦真眼看事情要闹僵，急忙插嘴说：“真的不用你们送，资阿姨会来接我的。”

禹杰说：“你让她去送吧，她一直都想看看美国人家里长什么样呢。”

“没什么好看的，资阿姨是中国人，家里肯定跟国内一个样。”

“那就让她去看看那个混血儿吧，不然她安不下心来——学习。”

她澄清道：“应该不是混血儿，因为他爸妈都是中国人。”

师妹惊讶地问：“他爸又变成中国人了？”

“不是变成，而是本来就是中国人，是我妈以前道听途说，根本没搞清楚他爸到底是哪国人。这次资阿姨亲口说了，她丈夫姓邵，她叫他老邵来着。”

“是英语的 Shaw 吧？听上去不就是邵吗？”

“肯定不是姓 Shaw，肯定是姓邵，而且是中国人，因为他电话里说的英语有很重的中国口音，我一下就听出来了，还以为是资阿姨的爸爸呢。”

师妹还是不相信：“你学学他的口音，让我们看看是不是中国口音。”

她只好学着邵伯伯的口音说了个“hello”。

这下连两个男生都不相信了。

禹杰说：“就凭这么一个词，你就能听出人家的口音？”

朱小亮说：“这是她自己的中文口音。”

她竭力争辩：“肯定是中国人，虽然他只说了这一个词，但是——中国人和外国人——发声器官都不同，鼻子不一样，口腔也不一样，说话的音质就不一样——”

禹杰打个暂停的手势，幸灾乐祸地看着师妹，说：“算了，算了，说得这么专业，连发声器官的解剖原理都搬出来了，我们肯定是说不赢的了。现在我宣布我反水了，相信那个 Zac 不是混血儿了。”

师妹不放弃：“你不是说资阿姨长得很漂亮吗？怎么会找个中国人？”

“长得漂亮就要找外国人？”

“反正——选择就多一些嘛。”

禺杰说：“你选择别人，别人就不选择你了？老外刚好不喜欢我们中国人公认的那种漂亮女人，他们的审美观跟我们不一样，选的都是我们认为不漂亮的人。”

“真的吗？”

“你不相信？在美国待几天就知道了。”

师妹很沮丧的样子。

禺杰又说：“其实你不用担心，你这样的肯定有美国人喜欢。”

师妹叫起来：“你这是什么意思？”

“呵呵呵呵，没什么意思，就是祝你心想事成。”

“我心里想什么你知道？”

“我怎么不知道呢？不就是找个洋人高富帅，带回去在那个‘贱三’面前走一圈，把她比下去，气死你那个前任吗？”

师妹反唇相讥：“你以为我不知道你的破事？你不就是想混到华尔街去发财，然后把你那个劈腿女友夺回来吗？”

“但我是靠自己啊，怎么会跟你一样呢？”

韦真赶紧出来打圆场：“算了，算了，大家都少说一句。这事都怪我，如果不是我提起资阿姨的事，你们也不会扯这么远。”

师妹气哼哼地说：“小亮，我给你一分钟时间考虑，到底借不借车给我。”

“你要借就借喽——”

师妹差点跳了起来：“Vivian，听见没有？我有车了，可以送你去了。”

她想了一下，觉得跟资阿姨同车几个小时还不如跟师妹同车，反正扎克不是混血儿，师妹肯定瞧不上，即便瞧得上，那也是没办法的事，是我的就是我的，不是我的防也没用，抢更没用。

于是她说：“等我跟资阿姨打个招呼再说。”

资阿姨一点意见都没有：“好啊，好啊，正好可以给我一点时间准备饭菜。

你们开车小心！”

室友听说韦真周末要去资阿姨家，也很感兴趣：“你不是说她儿子是医生吗？在哪个医院啊？”

“那个——我也不是很清楚。”

“没关系，哪个医院都可以。你去他家的时候，可不可以帮我一个忙？”

“什么忙？”

“我想去他们医院药房做 Intern（实习），看他能不能帮忙内推一下。”

“内推？”

“就是内部推荐，internal referral（内部推荐）。”

“哦，可是我——跟他一点也不熟呢。”

“但是你妈跟他妈很熟呀！你不是说‘文革’的时候，你妈还救过他妈的命吗？”

她急忙澄清：“我没说我妈救过他妈的命，我只说如果我妈把那事说出去的话，资阿姨和我妈都要遭殃。”

“但是你妈没把那事说出去啊，那不就是救过资阿姨的命吗？他家不该报答你家吗？”

她觉得这么说不好，如果传到资阿姨耳朵里去，资阿姨还以为她妈一直把自己当成有功之臣，在居功自傲呢。那这次请他们接机就不是简单的朋友之间帮帮忙，而成了她妈在逼着人家还债了。

滴水之恩是当涌泉相报，但那是从受惠人的角度来说的，而不是施惠人用来要求受惠人的标准，不然就不是施惠，而是放高利贷了。再说她妈那会儿没揭发，也是替自己考虑，连施惠人都算不上。

但室友偏要理解成救命，她也没办法，只怪她平时多嘴，把这些都讲给人家听，主要是他们有时间到这里来了，不讲也不好。再说有时坐一起吃饭又没什么话说，挺尴尬的，只好把这些陈芝麻烂谷子拿出来讲。现在后悔当然是来不及了，只能找个机会嘱咐室友别把这话传到资阿姨耳朵里去。

室友说：“实习对我们这个专业来说太重要了，如果找不到实习做，会影响今后找工作，连毕业都会有影响。但是像我这样的外国人，在这里找实习真是太难了，跟他们美国人没法比，他们都是土生土长的，熟人多——”

她一听说找不到实习的后果这么严重，急忙答应下来：“好的，我试试。”

貌似不相干的人对她要去赴资门宴都表示出了极大兴趣，但她妈妈这个最早的幕后推手反而一点也不关心资门的事了，心心念念都是禹杰：“其实应该让禹杰去送你的，一是他开车我比较信得过，二来也可以有个单独相处的机会——”

“又不是我不让他送，是他自己根本没提这事。”

“他是不是在吃扎克的醋？”

她真是拿她妈的厚脸皮没奈何：“人家吃什么醋啊？你这话要让人家听见，还以为我总在向你汇报说他在追我呢！”

“他就算没明着追你，暗地里也是有那个意思的——”

“妈！你可不可以别这么意淫？让人家知道肯定会笑话我们两母女脸皮厚！”

“谁会知道？我连你爸都没告诉过。再说我又不是在瞎编，难道他不是每个周末跑你那儿去？”

“嘁，他是来蹭饭的，你以为他是来追我的？”

“你妈是过来人，懂得比你多，当年我上山下乡的时候——”

她知道她妈又要讲述当年的风光史了，而这一讲，没有半个小时下不了地，赶紧截住：“我怀疑就是因为你当年被太多人追，把我的份额都用掉了，所以搞得我现在没人追。”

她妈还真给镇住了，怯怯地说：“这种事，哪里有什么——份额啊？”

“没份额？那你怎么解释你那么多人追，而我这么少人追呢？”

“那不是因为——现在不兴搞宣传了吗？你唱歌跳舞的才能——都没地方发挥嘛——”

“哈哈，跟你开玩笑的！肯定不是因为你占了我的份额，而是我自己——那个段子怎么说来着？初中爱情死于换座，高中爱情死于分班，大学爱情死于分配，其余的爱情，都是死于自己太丑！”

“我女儿才不丑呢，集中了父母的优点！”

“那我知道了，我嫁不出去的原因是太自恋！而自恋的原因，是老妈太自恋，遗传的。”

两人呵呵笑了一通，她好奇地问：“怎么你现在完全不推扎克了？以前不是最看好他的吗？”

“不是你说他有女朋友的吗？”

“我也只是猜的，主要是我每次打电话过去，都是个女生接的。”

“我觉得应该是他女朋友，如果不是女朋友，谁敢接他的电话？再说他这么大了，又在美国，会没有女朋友？我听说美国的小孩好早就谈恋爱了，一谈就是好多个，今天谈，明天甩，明天谈，后天吹，历史太一复杂了。还是我们中国出去的比较好……”

“中国出来的不是一样吗？我上次还告诉过你，禹杰他们这帮小孩子都谈过恋爱！”

“他那个——不是吹了吗？”

“是吹了，但他还念念不忘啊，出国留学都是为了赚大钱，然后把他那个劈腿的前女友赢回来！”

说实话，她听她妈意淫了这么久，自己也多少受了影响，觉得禹杰对她还是有点意思的，不然的话，谁会仅仅为了吃个饭就个个周末跑到一个女生家去？她做的又不是满汉全席。但自从师妹说出禹杰出国是为了赢回前女友的事后，她就有点不待见他了，好像是他劈了腿，背叛了他们的爱情似的。

她不得不警告自己：我看你的意淫能力快赶上你妈了！可别搞个青出于蓝而胜于蓝哈！嫁不出去就算了，别还落个凤姐的名，那可消受不起。

妈妈还在替禹杰辩护：“也许他出国的初衷是把前女友赢回来，但时间这么长了，难道前女友还不嫁人，还在原窝里等着他？”

“但如果是前女友嫁人他才不得已而找别人的，那他的心不是总在前女友身上？”

“心嘛，是可以慢慢赢回来的嘛，只要你对他好，他总会回心转意的。”

她嚷起来：“妈，你现在是越来越没品了！都指望我去用我的热胸怀焐他的冷脚了？”

妈妈急忙声明：“我哪有那么说啊？我的意思是——人无完人，金无足赤，到了现在这个年龄，你还指望一个男生从来没谈过恋爱，怎么可能呢？”

“我没指望谁从来没谈过恋爱，我只要求他心里不要同时装着几个女生！”

“他心里也可能并没装着那个前女友——”

“算了，算了，我们不说他了吧，再说他耳朵都要发烫了。”

好不容易等到了星期六，韦真一大早就起来了，洗漱一番后，就开始做饭，不能因为自己今天的饭有着落了，就不管室友了。

十点刚过，师妹来了，打扮得很是淑女，没穿小背心和热裤，而是穿了一条《罗马假日》里奥黛丽·赫本穿的那种裙子，无袖，上身紧身，但下面的裙子像花苞一样蓬开，露出笔直修长的两腿，脚上是一双复古样式的小皮鞋，还带襻的那种。

师妹的妆也不烟熏了，换成了小清新的淡妆，但长睫毛还是要粘上的，美瞳也没忘记，只差理个赫本头，就是百分之百的奥黛丽了。

她看看自己，只能自惭形秽。

她自从来到美国，就没再穿过裙子，因为美国的室内不是一般的冷，简直就是冷飕飕，穿条七分裤都觉得腿冷，所以她一直穿的是长裤，凉鞋也收起来了，因为不穿袜子脚冷。这就叫年龄不饶人!

她估计资阿姨家也会把空调开得低低的，不能不防着点，还是穿着长袖长裤去对付。

两人说说笑笑地上了路，令她惊讶且佩服的是，师妹虽然穿得那么淑女，又是细高跟的鞋，但一点也不影响开车，谈笑之间就把车开到了 X 市，还一路耻笑美国人蠢，这都开的什么车啊，像爬一样！

她们在一个有门卫的小区里找到了资阿姨的家，只一层楼，没有想象中那么高大巍峨，大门也不雄伟，单开的，而且窝在门廊里，像个小媳妇，低头含胸，唯唯诺诺。

她们按了门铃，一个中年男人来应了门，肯定是邵伯伯，少言寡语的，向屋里喊了一声："祖芳，她们来了！"就闪在一边，继而消失不见了。

趁着邵伯伯下台而资阿姨尚未登台的那一会儿工夫，师妹跟她交换了一下眼神，撇了撇嘴。

她知道师妹什么意思，因为她也挺失望的——资阿姨和这个人生出的儿子绝对不可能像费翔。如果完全继承邵伯伯的基因，那就是个扔进人堆里就找不出来的路人甲。

资阿姨扎着围裙迎了出来："快进来！快进来！正在念叨你们怎么还不来呢。"

两个女生跟着资阿姨进了屋，她把礼物拿出来："这是您的旗袍，还有我妈送给您的一点小礼物。"

资阿姨急忙在围裙上擦擦手，接过礼物，放在客厅的桌上："谢谢，谢谢。等我做完饭了慢慢来试。这里买不到好旗袍，也没人会做，多谢你妈了！"

资阿姨跟邵伯伯完全不是一个级别的，至少甩邵伯伯八条街，长得非常漂亮，五官端正，轮廓鲜明，手长腿长脖子长，背挺得笔直，腿绷得笔直，一看就知道是跳舞出身，保养得也很好，一点没发胖，除了鼻翼和嘴角有两道笑纹之外，其他地方都不见老。

资阿姨对着一个房间大声叫道："老邵，我在做饭，你来陪陪两位客人嘛。"

邵伯伯走出房间，像接力赛一样，对着另一个房间叫道："喜妹，你来陪陪两位女客！"

韦真急忙说："不用陪，不用陪，我们帮您做饭。"

"哪能要你们干活啊！再说我做的都是家传的菜，你也未必会做。"

正说着，一个女生来到客厅，资阿姨介绍说："这是Zac的妹妹Chelsea（切尔西）——喜妹，真真和她同学来了，你陪她们玩会儿，我饭马上就好。"

她一听这个Chelsea，马上想起在哪儿看到过的台湾媒体对美国前"第一女儿"名字的翻译：雀儿喜，很有醍醐灌顶的感觉，那时笑人家瞎翻译，现在才知道这个翻译是多么传神！

喜妹鼻中梁凸出，鼻尖往后一收，下唇继续往后收，下巴再接着往后收，而脖子却有点前伸，再加上两粒圆溜溜的眼睛，可不就是一只喜气洋洋的雀儿吗？

她心一沉，看来扎克如果像蒙古大叔还算好的，至少有草原人民的彪悍，如果是个"雀儿乐"，那就滑稽了。

从面相来看，雀儿喜应该是三十往上的人了。如果不是资阿姨说雀儿喜是扎克的妹妹，韦真肯定要以为雀儿喜是扎克的姐姐。如果放在师妹嘴里，那就肯定得是"阿姨"了。但师妹显然是个懂得审时度势的人，并没像上次在机场那样，上来就叫人家"阿姨"。这次师妹连"大姐"都没叫，只亲切地称之为"Chelsea"。

从时间上来推算，雀儿喜应该是在美国出生的，因为连她哥都是在美国出生的，她怎么可能不是在美国出生的呢？要知道，资阿姨当年是以"叛国投敌"

的方式离开中国的，在随后的那些年中，肯定不敢跑回中国去生女儿。资阿姨回国探亲，应该是近几年的事。但雀儿喜的中文却说得相当顺溜，一点不像那些 ABC（American Born Chinese，美国出生的华人），中文说得疙疙瘩瘩，还夹杂一些英语。雀儿喜的中文是地道的中文，确切地说，是带着北方口音的普通话，字正腔圆。

雀儿喜的中文是在哪里学的？她知道 ABC 的中文一般都是跟他们的父母学的，父母说哪个地方的话，孩子就说哪个地方的话。她系里有两个 ABC，一个的父母是广东人，另一个的父母是福建人，两个 ABC 都会说两种中文，一种是普通话，另一种是他们父母的家乡话，但两个人的普通话大不相同，一个是广东普通话，另一个是福建普通话。她记不起邵伯伯说的是哪种普通话了，因为邵伯伯总共就没说几句话，没给她留下太多印象。但资阿姨肯定不是说的北方普通话，而是上海风味的普通话。不过，答案很快就有了。

雀儿喜上来就说："我刚从北京回来。"

师妹很感兴趣地问："那你是美国公司外派的？"

"我是外派的，但不是美国公司外派的。"

"那你是德国公司外派的？"

"也不是。"

"那你是哪个公司外派的。"

"哪个公司都不是，我是我自己外派的。"雀儿喜指指大门的方向，"走，我们到外面去抽根烟。"

她俩面面相觑，然后又一起望向厨房那边。

雀儿喜说："没事，Zoe（佐伊）不会管的。"

韦真这才知道资阿姨也是有英文名的，而资阿姨的女儿对自己的妈妈不叫"妈妈"，直接叫名字。

三个人一起来到屋外，雀儿喜拿着烟盒熟练地一抖，一支烟就鹤立鸡群地冒了出来："来，一个人来一支！"

她俩都谢绝了："谢谢，不会抽。"

"连烟都不会抽？国内很多小妞都抽的，这是当前至 in（最时髦）的事儿。你们是真不会，还是当我面装淑女？"

"是真不会。"

“不会就学嘛。我以前也不会，后来发现干我们这行的不会抽烟还真不行。”

师妹好奇地问：“你是——干哪行的？”

雀儿喜眨眨左眼，神秘地说：“我是干——那行的。”

“那行是哪行？”

“就是——那！行！”

她马上意识到“那行”是什么了，但不敢相信一个人会对两个刚见面的客人承认这一点。

师妹显然也意识到了，脱口说：“我不相信！”

“为什么不相信？”

“我觉得——”师妹“觉得”了半天，也没“觉得”出下文来。

雀儿喜问：“是不是觉得我丑得惊天动地，干不了那行？这就是你不懂行情了，干我们这行的，长相还在其次，最重要的是活好。”

她听得鸡皮疙瘩都冒出来了。

但雀儿喜一点儿没觉得，继续说：“确切地说，是口活要好。只要口活好，其他方面——都可以忽略不计。”

两人都不好意思地低下头去。

雀儿喜笑道：“呵呵，看来两位都是内行，一听‘口活’就羞成这样。”

韦真更不好意思了，但师妹抬起头来，问：“你干这个，你爸妈不知道吗？”

“知道啊，怎么会不知道呢？”

“那他们——允许你干这个？”

“为什么不允许？我不偷不抢，靠自己的劳动吃饭。再说了，我早就成年了，父母无权干涉成年子女选择职业。”

雀儿喜悠闲自在地吐着烟圈，她俩却尴尬得要命，好像不是雀儿喜在干那行，而是她俩在干那行似的，两人都低着头，一个用脚在地上画圈，另一个使劲盯着地面，好像在找金子一样。

雀儿喜觍着脸说：“我还想请你们在Z大那边帮我——物色物色顾客呢。”

韦真急忙推托：“不行，不行，我一个人都不认识。”

师妹胆子大一些，打听说：“你要我们物色什么样的顾客？”

“我不挑，只要愿意出钱，什么样的顾客都行，男的女的，胖的瘦的，高的矮的，黑的白的……”

她脑子里立即冒出“廉价妓女”几个字来。

雀儿喜说：“我不会让你们白帮忙的，我会让你们抽取佣金，百分之二十，行不行？”

韦真脑子里又冒出“老鸨”和“拉皮条”几个字来，她一口拒绝了，但师妹却动了心：“百分之二十太少了。”

“那就百分之三十。”

“百分之三十还是太少了。”

“呵呵，你的牙齿可真深啊！我的经纪人都只抽取百分之三十呢。”

“好，那就百分之三十。”

她瞪了师妹一眼，带点责备地问雀儿喜：“你——干点别的不好吗？”

“干什么别的？”

“你是学什么专业的？”

雀儿喜又眨眨左眼：“Social work.”

她的脸突然发起烧来，好像雀儿喜把这个专业的脸都丢尽了似的，有点恼怒地说：“那你怎么不去做 Social work 呢？”

“没意思。”

“那你可以去中国——当英语老师啊。”

“我这不刚当了回来吗？”

“你当老师——还——干这个？”

“我就是暑期当当，平时还是干这个。”

“怎么只暑期当当呢？你可以一直在那里教英语啊！像你这样美国土生土长的人，中国的大学可欢迎呢！我以前大学里就有英语外教。”

雀儿喜摇摇头：“没兴趣。”

“那你干——那行就有兴趣了？”

“嗯，从小就喜欢。”

天啦，从小就喜欢！难道世界上真有天生做鸡的料？她没话可说了。

资阿姨打开门叫道：“茶泡好了，进屋来喝茶。”

几个人鱼贯回到屋子里，坐在客厅沙发上喝茶。大概碍着自己的老妈就在不远处忙碌，雀儿喜没再说那个话题。

坐了一会儿，资阿姨走过来说：“喜妹，你带她们到处转转嘛，光坐这里多没意思。”

“好嘞。”

雀儿喜带着她俩到处转，客厅，家居厅，后院，然后回到屋子里，推开每个房间的门让她们看。她一来就发现资阿姨家一点也不豪华，现在到处转了转，就更觉如此。房子倒是挺大的，但内部装修连她家都不如。她家虽然不是很富裕，但她爸手巧，而且赋闲在家，有的是时间，就到处打听，看哪家的装修材料便宜，然后买来，一点一点自己装修，铺了木地板，做了木墙裙，还吊了顶。但资阿姨家就没怎么装修，客厅里还铺着瓷砖，小块的，而她知道同样花型材质的瓷砖，越大的越贵，现在早就不兴小块瓷砖了，连洗手间都兴铺大的，而且是大理石的。墙也没怎么打理，就涂了个奶黄色的油漆，没分区，没贴墙纸，没墙裙，也没吊顶，感觉光秃秃的。挂的几幅画，连框都没镶，画的风格也不一致，很杂糅，像是挑便宜的买来凑数似的。卧室里都铺着地毯，很陈旧的那种。

来到扎克房间的时候，师妹问：“你哥——周末都不回家？”

雀儿喜则一刀斩断她们的念想，表示扎克不仅是这个周末不回家，而是基本每个周末都不回家，还颇有深意地表明他很忙。她俩都很失望，但都尽量克制着不表现出来。

雀儿喜狡黠地看着她俩：“是不是很失望啊？你们不是专程来看他的吗？”

“失望什么？我们是来给资阿姨送旗袍的。”

“别骗我了，你们忘了我是干什么的了？”

韦真感觉受了侮辱：“我们跟你干什么有关系吗？”

“怎么没关系呢？你们现在已经是我的合伙人了。”

“谁是你的合伙人？我可没答应。”

“那她是我的合伙人。”

师妹没有否认，只问：“你怎么知道你哥今天不回来？”

“因为他明天还要上班嘛，怎么可能开五个小时的车跑回来呢？”

她惊讶地问：“五个小时？那他在哪里工作？”

“在 V 市。”

“我还以为他在 X 市呢。

“Zoe 没告诉你他在 V 市？”

“没有，她只说离机场一百多英里，我以为是 X 市呢，因为 X 市离机场就是一百多英里。”

“V 市在你们 Z 市的西边，我们这里是 Z 市的东边，两边离你们 Z 市都是一百多英里，所以说，你算算看，他回来是不是得五个小时。”

她俩都不吭声了。吃饭的时候，也是雀儿喜一个人在那里高谈阔论，说的都是国内的事，像个演小品的一样，段子包袱一个接一个，有的是她在网上看到过的，有的则像现编出来的，有的听得出笑点，有的要别人解释了才知道笑点在何处。

她估计雀儿喜的特长就是风趣幽默，会逗人开心，不然光凭长相肯定没生意，至少在中国这个看脸的社会是很难拉到生意的。至于美国这边嘛，她就不知道了，也许在美国人眼里，雀儿喜是个大美人，也许真的跟雀儿喜说的那样，美国人不看长相，只看技术，或者美国人就喜欢雀儿喜这种有个性有特色的人。

吃过饭之后，师妹就起身告辞：“资阿姨，邵伯伯，时间不早了，我们得回去了。”

资阿姨竭力挽留：“再玩会儿嘛，还才两点多呢。我是打算你们在这儿住一晚的，客房都收拾好了。”

她还是愿意多玩会儿的，因为雀儿喜也是学 Social work 的，她还想多打听打听这方面的行情。而且雀儿喜见多识广，说话风趣，只要不提那件事，在一起聊聊也很开心。

但师妹坚持要走：“不了，不了，太晚了开车不方便。”

“那至少也得吃了晚饭再走吧？我还有好几个菜在炉子上煮着呢！”

“真的要走了，我还有好多作业要做，星期一又有考试，要好好准备一下。”

资阿姨再三挽留，师妹坚持要走，资阿姨只好起身送客。

雀儿喜坐在沙发上，屁股都没挪窝，只大声说：“别忘了合作的事，过两天我给你们打电话！”

第四章　近似爱情

一坐进车里，师妹就抱怨开了，先是把一切归罪于韦真连累到自己也跟着白跑一趟后，接着就开始一一陈述今天的不愉快，从资阿姨家少油乏盐的饭菜到家中的穷酸，不仅对装潢嗤之以鼻，对资家全家的工作及收入更是表示无语。说到扎克加班时，韦真突然想到了之前打电话碰壁的事情。

她猜测说：“也许他不是在加班，而是——跟他女朋友在一起？”

“管他是跟谁在一起，我对他没兴趣。”师妹一边继续鄙视资阿姨一家，一边在 GPS 上左按右按的，像是在找什么。

韦真紧张地问：“你——你在 GPS 上找什么呀？”

“找 mall（购物中心）。”

“让我来找吧，你好好开车。”

“没事儿。这算个什么呀？路上都没几个人呢，中国那么多人，我都是这么开的。”

她不敢再说话，怕进一步分散了师妹的注意力，把车开翻了。

师妹终于找到一个 mall：“就这个，离这儿 25 英里。”

她松了口气：“我们现在去 mall？”

“是啊，好不容易把车开出来了，还不去 mall 里逛逛？禹杰那个小气鬼，每次叫他去 mall，他都说没时间没时间，总说下次再去，但从来也没去过。喊，什么没时间啊？其实就是小气，怕花了他的汽油损了他的车！”

“不会吧？去个 mall 能花多少汽油？”

“所以说他是个小气鬼喽，连去个 mall 的汽油都舍不得。”

“你这么会开车，怎么不自己买个车呢？”

“我带的钱不够，因为海关不让带太多钱。”

她好奇地问："不是说一次可以带一万块钱进来吗？"

"是啊，只能带一万。"

带一万，还叫"只能"，真让她无语："你带一万还不够买个车？"

"什么车只要一万块？"

"小亮的车不就只要几千块吗？"

"谁买这种破车啊？"

"那你要买什么车？"

"我肯定要买新车喽。买个旧车，三天两头坏，多烦人啊！我们女生又不会修车，连换轮胎都不会，如果开到路上宕掉了，那就惨了！我已经让我爸妈给我汇钱来了，等我拿到钱，就去买车，再也不用求人了。"

她羡慕地说："你爸妈可真有钱！"

"几万美元算什么呀？现在谁家没有几万美元存款？"

"我家就没有。"

"你家主要是你爸没个正经工作，光靠你妈一个人，而你妈也只是个中学老师，也没什么外快。"

"是这么回事。"

"你妈怎么不跟你爸离婚呢？按你说的，你妈能歌善舞，又显年轻，要找个比你爸强的还不容易？"

"他们是患难之交……"

"我知道，听你说过，但是患难之交也不能一辈子捆在一起啊！你爸也就是救过你妈的命，但你妈还了他这么多年，也该还清了吧？"

"他们——不这样想……"

"你妈不为自己着想，也应该为你想想啊！你看你现在手头这么紧，怎么买得起车啊？"

"买不起就不买呗。"

"但是你以后实习什么的，没车怎么行？"

"那我就买个旧车呗。"

"刚才还告诉过你买旧车不好，你怎么一下就忘记了？"

"小亮这也是旧车，不是开得好好的吗？"

"快别说过头话，当心过一会儿就坏在路上。"

看来还真是说不得过头话，说了就会现世报。

她们从mall里逛了出来，车就打不着火了。师妹打了一次又一次，光听到那车像个痨病鬼一样“咳咳咳咳”，咳了一阵就偃旗息鼓了，气得师妹骂骂咧咧：“尼玛这么个破车，还舍不得借我！唧唧歪歪地借了，还恨不得我答应做他女朋友。尼玛都怪那个姓禹的小气，如果他把车借给我，也不至于开这么个破车出门。老娘我还从来没遭过这种难！”

韦真也急得要命，又帮不上忙，只知道问：“怎么办呢？怎么办呢？”

“你问我，我去问谁呀？都是你，要去什么资阿姨家——”师妹不耐烦道。

“要不我给资阿姨打个电话，看她能不能帮个忙？”

“她一个女人，能帮什么忙啊？”

韦真估计邵伯伯也帮不上忙，便提议说：“那——打电话给禹杰？”

“你给他打吧。我打他肯定不会来帮忙，正好幸灾乐祸。”

“我打他会来帮忙吗？”

“肯定会，他挺喜欢你的，这么好的英雄救美的机会，他会不来？”

“别开玩笑了。”

“真不是开玩笑。他每个星期都拉着我们出去买菜，其实就是想带你去买菜。”

“难道你们不是每个星期需要买菜？”

“我们买什么菜呀？都是吃食堂上餐馆，顶多买点面包当早点。面包哪里买不到，还至于跑中国店去？”

她听师妹这样说，就不好意思给禹杰打电话了：“我——去问问那边——那个人，看他能不能帮忙。”

师妹不同意：“你知道他是好人还是坏人啊？就跑过去让他帮忙？”

“现在大白天的，又是在mall的停车场里——”她跑到一个中年男人跟前，结结巴巴地用英语问：“我们的车打不着了，你能不能帮我看一下？”

那个男人挺好的，马上跟着她来到她们的车跟前，示意师妹打火试试。师妹打了几次，每次都是“咳咳咳咳”一阵，但没有下文。

那个男人说了声：“Wait a minute（等等）！”就跑掉了。

她俩目瞪口呆地站在那里，不明白发生了什么。过了一会儿，那个男人把自己的车开了过来，停在她们的车旁边，从后备厢里拿出一卷胶皮电线样的东西，还有两个金属夹子，打开她们的车前盖，把两个夹子夹在两个凸起上，回到自己车里，把车打着了，然后对她们说："Turn on your car（去给你们的车打火）！"

师妹坐进车里，试着打火，但还是打不着。试了好几次，都是如此。

那人下了车，无奈地走到她们跟前，摊开两臂，耸耸肩，说："Your alternator died. You' ve got to send your car to a repair shop .（你们车的交流发电机坏掉了，得送到修车行去修。）"

看她俩傻愣愣地站在那里，那人又问："Do you have triple-A roadside service ?（你们订了 AAA 的路边服务项目吗？）"

两个人都不知道那人在说什么。师妹对她说："快给阿杰打电话吧，打通了让他跟这个人说。"

她急忙拨了禺杰的电话，把今天的遭遇说了，然后说："你跟他说吧，我们听不懂他在说什么。"

"你把手机给他。"

她把手机给了那个人："My friend wants to talk to you .（我的朋友要跟你说话。）"

两个男人在电话上说了一会儿，就搞定了，那人把手机还给她："Don't worry. Your boyfriend will handle it .（别着急，你男朋友会帮你处理好的。）"

韦真可以对天发誓，她绝对没对那个中年男人说禺杰是她的"boyfriend（男朋友）"，但禺杰肯定不知道这一点，因为她跟那个男人说话的时候，禺杰没听见，而那个男人说"your boyfriend（你男朋友）"的时候，禺杰肯定听见了，肯定会认为是她这么对那个男人说的。

她尴尬地把手机举到耳边，听见禺杰正在交代："你们先到 mall 里去玩会儿，我马上就到。"

她还没来得及说什么，他已经把电话挂了。

师妹正在跟那个中年男人交谈，见她打完电话就问："他怎么说？"

"他叫我们先去 mall 里玩会儿，他马上就到。"

"他怎么不找拖车公司来给我们拖车呢？"

"我也不知道。"

"反正这事交给他了，我们去 mall 里玩儿吧。"

两人跟那个中年男人道了别，就回到 mall 里去逛。师妹逛得很带劲，拿了大把的衣服到试衣间去试，边试边拍照，边拍还边发到网上去征求意见，忙得不亦乐乎。但韦真一点逛 mall 的心思都没有，只傻傻地坐在那里等师妹，师妹叫她帮忙捏几张，她就帮忙捏几张，但完全是心不在焉，因为满脑子都在想着修车的事。

今天师妹是为她才跑这一趟的，肯定不能让师妹出钱修车，但听说美国修车很贵，不知道会修出什么天文数字来。如果完全修不好了，那就得赔朱小亮的车，最少也得几千块。她带是带了一点钱出来的，但主要是用来以防万一，能不用尽量不用，等稳定下来就寄回去给爸妈用，但现在看来，这点钱可能都要拿出来修车或者赔车了。想想真是晦气！太不值了，就为了送几件旗袍给资阿姨，结果花了几千美元，早知如此，还不如从邮局寄过去。

说来说去，还是 no zuo no die（网络用语，不作死就不会死）。她是想趁此机会去看扎克的，结果扎克没看到，还折进去几千块钱。等朱小亮知道这事，不定怎么心疼肚疼呢，少不了给她一顿呲儿。她有点好奇地想，不知道朱小亮呲儿她的时候，会不会拉上禺杰？不拉的话，他对谁去说“她她她”呢？师妹见她闷声不响，开玩笑地问：“怎么回事？你 boyfriend 马上就来了，你怎么还这么无精打采？”

“哪是什么 boyfriend 呀？”

“刚才那个美国人不是说了吗？你 boyfriend 会 handle（处理）的。你这样告诉他的吧？”

她急了：“我有说过禺杰是我 boyfriend 吗？我说的是 friend！你就在旁边，难道你听不见我说的是什么？”

“呵呵，那就是阿杰自己说的。”

“他怎么会这样说？”

“他当然不会直接说 I'm her boyfriend（我是她男朋友），但他可以这样说啊——”师妹学着男生的腔调说，“Thank you for helping my girlfriend.（谢谢你帮了我女朋友的忙。）”

“真的别瞎说了！”

“怎么是瞎说呢？你说说看，如果你们俩都没说这话，那个老美怎么会说阿杰是你的 boyfriend 呢？要知道，美国人都是直肠子，你不把话放到他嘴里，他肯定不知道说。”

“反正我没说，禹杰肯定也不会说。”

“你替他担保？哇，原来你们两个是一家的呀！”

她不吭声了，知道师妹是个人来疯，越理越来劲。两人逛了一个多钟头，禹杰才打电话来：“我到了，你们把车停在哪里？”

“呃——就停在 Macy's（梅西百货）门前。”

“Macy's 好几个门呢，你们停在哪个门前？”

这个她也说不上来了。

禹杰催促说：“那你们快出来吧，给我指下大致方位。”

她急忙对师妹说：“他来了，我们出去吧。”

师妹正在试衣间忙活，听到这话很不乐意：“你先出去，我一会儿就来。”

“那你快点哈。”

“我知道。来，钥匙给你，待会儿修车要用的。”

她匆匆跑到 mall 外面，找到 Macy's，然后一排一排地找她们那辆“死车”，但找了好一会儿也没找到，只好给禹杰打电话：“怎么搞的，我记得清清楚楚，是停在 Macy's 门前的，怎么就找不到了呢？”

“我也在 Macy's 门前找呢。”

“你也在门前？在哪里？我怎么看不见？”

“我在北门这边找，你可能在另一个门前。”

天啊，他居然还知道哪个门是北门，太伟大了！她现在已经完全搞糊涂了，只看见一排一排的车，完全摸不着东南西北。

禹杰问：“那你们停了车，走进 Macy's，最先看到的是哪个部门？男装，还是女装？是卖鞋的吗？或者卖化妆品的？”

她想起来了，她们走进 Macy's 第一眼看见的就是胸罩，一架一架的胸罩，还有五颜六色的小内内，她当时还觉得挺好笑的，怎么把这些玩意摆在一进门的地方？太不含蓄了！现在看来还幸亏人家把内衣摆在一进门的地方，不然根本不会有印象，上哪找车去？

她回答说：“应该是——内衣部。”

“我知道了。”

她立即走进 Macy's，到处寻找内衣部，还没找到呢，就听禹杰说：“我找到小亮的车了，你在哪里？”

“我还在 Macy's 里面，正在找内衣部。”

“你慢慢找，别慌，我先去 wal-mart（沃尔玛）买个电池来。”

“是电池坏了吗？”

“有可能。”

“但是我听那个人说的好像不是电池坏了。”

“他说可能是 alternator（交流发电机），如果真是那个坏了，那就麻烦了，还得叫拖车公司来把车拖到修车的地方去。不过，那人也是猜测，他又不是专业修车的，怎么知道是哪里坏了？等我先买个电池来试试，如果不是电池的问题，可以把电池退掉。”

“如果是那个什么 alternator 的问题，你——会不会修？”

禺杰矜持地说：“这个不是会不会修的问题，修都是很简单的，关键是你没那个工具和场所。”

“那如果送到车行去修，得花多少钱？”

“那我就不知道了，得看是修什么。”

正说着，她已经看到了一架一架的胸罩和小内内了：“我找到内衣部了！”

“找到了？那你出来在门口等我，我去把我的车开过来。”

她在内衣部门口等了一会儿，禺杰把车开过来了，停在她面前，好像在对她说什么，但她听不见，只好跑到驾驶室那边，他打开窗，说：“快上来吧，这里不能停车。”

她又绕到另一边，打开车门，坐进车里：“师妹还在里面没出来。”

“不管她。”

“可是——”

“我们就是去买个电池，又不是私奔，怕什么？”

她听到“私奔”二字，不由自主地红了脸，急忙侧过头去，看着窗外，说：“我们还是叫上她吧。”

他一点没有停车的意思：“叫上她干吗？”

“那我给她打个电话说一下，免得她着急。”

“着什么急？”

“她不会以为我们——把她丢下了？”

“她要那样以为，早就打电话过来骂我们了。”

她还是给师妹打了个电话，师妹果然一点也不介意：“我就在mall里等你们。你们搞好了就告诉我一声。”

禺杰听说后，笑嘻嘻地说：“我说她不会追来吧！”

“为什么？”

“不为什么，她就是这样的人。”

“什么样的人？”

“聪明会算计的人。”

“这跟算计有什么关系？”

“怎么没关系呢？她不跟我们去，是怕我们赖她付钱。”

“我们怎么会赖她付钱呢？”

“我们当然不会，但她怕我们会嘛。”

她听他“我们我们”的，不知道他是什么意思，难道他还准备付钱的？但她怎么会让他付这个钱呢？到了wal-mart，两人来到auto（汽车）柜，禺杰在一个有显示屏的仪器上输入了车的信息，那个仪器就给出了电池的型号，连货柜号码都给出来了，他们按照号码一下就找到了电池，是一个小箱子一样的东西，黑乎乎的，上面印了一些字。

两人用商店的购物车把电池推到结账的地方，她抢着掏钱来付账，禺杰把她拦下了：“我用信用卡付，有回扣的。”

她被他碰着了手腕，有点手足无措，稍一分神，他已经用信用卡付了账。

她只好说：“回头我还给你。”

“那我回头把吃你的饭钱都还给你。”

“吃饭能要几个钱？”

“怎么不要几个钱呢？美国人工贵得很。”

两人一路讨论着“人工”回到Macy's前的停车场，开到那辆车旁边停下，禺杰从后备厢里拿出一些工具，说：“我再jump-start（用一辆车帮助发动另一辆车）一次，如果还是不行，再换电池。如果电池换了也不行，那就只好去车行修车了。”

她见他考虑周到，安排有序，十分佩服，感觉他的形象又高大了若干。他像那个中年男人一样，jump-start了一通，还是不行，只好执行第二套方案：

换电池。她抢着去提那个电池，看不出来，还怪沉的呢。

禹杰笑嘻嘻地说："算了，还是我来吧，别把你的杨柳小蛮腰给扭坏了。"

她直起腰："都水桶腰了，还杨柳。"

她以为他会反驳一下，说点"你哪里是水桶腰啊"之类，哪知道他竟然说："那就别把你的水桶腰给扭坏了。"

她有点尴尬，好像自己真的长了个水桶腰似的。他换好电池，坐进车里，把钥匙伸进孔里，打了一下，车就"突突突"地响起来。她高兴得差点跳起来："修好了！你真行！"

禹杰也挺自豪："呵呵，幸好没听信那个家伙的话，上来就把车拖到车行去修。不然的话，拖车都要搭几百，再加上修车的零件和人工，没有个千儿八百的下不了地。"

她由衷地说："谢谢你！你帮了我的大忙了！"

"怎么谢？"

"我——做饭请你吃。"

"我不修车你也是做饭给我吃呢。"

"那——你说怎么谢你？"

他笑嘻嘻地看着她，不说话。

她被他看得不好意思了，问："我脸上有脏东西吗？"

"嗯，鼻子上。"

她急忙用手去擦鼻子，擦了好几下，手上什么都没有，知道他是在骗她。她指着他说："你脸上有脏东西。"

"呵呵，你在骗我吧？"

"真不是骗你！"

他用手背擦了擦："可能是机油。"但他手背也不干净，越擦越脏。

她说："我去找张纸巾来。"

她钻进车里，到处找纸巾，终于在茶杯窝里找到一张纸巾："就这个了，你先擦擦吧。"

他把脸伸过来："还是你来吧，我手上脏得很，越擦越脏。"

她匆匆擦了两下，说："只能擦到这个地步了，回去用水洗吧。"

有位爱情专家曾经说过：男女之间的关系，一旦有了肌肤之亲，就会发生翻天覆地的变化，之前和之后，就像新旧两个社会一样，整个就是两重天啊！

韦真不知道这位爱情专家姓甚名谁，她以前也不相信这种说法，但她现在开始相信了，因为她跟禺杰还说不上肌肤之亲，仅仅是她的手指隔着纸巾碰了他脸上一寸见方的地盘，就有了一种新旧社会两重天的感觉。以前的他，只是一个四体不勤五谷不分的小白脸；而现在的他，已经成了一个修得了汽车救得了危难的英雄人物！她对他的仰慕之情油然而生，连那位美国路人大叔都奈何不了的难题，他一来就手到病除，这要不是机智勇敢，啥是？最难得的是，人家是开了一个多小时的车赶来的，就连雷锋也只是在路上碰到需要帮助的人才帮助一下呢。而且禺杰还抢着掏钱买电池，花了将近一百美元，雷锋可没花过这么多钱帮助人，她爸对她妈的帮助更是一分钱没花。

回家的路上，她和师妹开着禺杰那辆车在前，禺杰开着朱小亮的车在后，两辆车相跟着前行，煞是亲密。她心潮澎湃，感觉换了一个人似的，早上是冲着扎克出门的，想不到下午回来就变成领着禺杰归家了。她不时地从后视镜里往后看，每次都能看见朱小亮那辆车跟在后面，虽然她看不见驾驶室位置上的禺杰，但她知道他在那里，就觉得心里很踏实、很温润。有个男生关心陪伴，真好！

师妹也很兴奋："幸好我们车坏了，不然的话，我就错过今天的 sale（减价促销）了！百分之四十 off（减价）啊！还全都是好牌子！"

她等师妹讲完了今天的收获，提议说："我们就别把今天车坏掉的事告诉小亮吧，免得他——怪罪你。"

"哼，他还敢怪罪我？他这个破车，电池肯定早就不行了，如果行的话，会突然坏在路上？我们给他买了新电池换上，他应该付我们钱才对，他还敢对我有意见？你放心，我肯定要帮你把电池钱要回来，即使不能全部要回来，也要拿回一大半，不然的话，就太让他占便宜了。"

她急忙阻拦："别别别！人家把车借给我们开，车坏在我们手里，我们还问人家要电池钱，那像什么话？再说，电池钱也不是我付的，是禺杰付的。"

"是他付的？不会吧？"

"真是他付的。我钱都掏出来了，但他一定要付，说信用卡付可以拿回扣。"

"呵呵，我就说他这么小气的人，怎么会舍得付这个钱呢，原来是为了拿回扣！反正他知道你会把钱还他的。”

韦真肯定会把钱还给禺杰，但她觉得禺杰不是为了回扣才抢着付钱的。他平时是没这么大方，经常敲打师妹和朱小亮，让他们掏钱加油，但他从来没要她掏钱加过油。

她问：“他小气吗？”

“还不小气？问他借个车都不肯！”

“但每个星期都是他开车带我们去买菜。”

“那又怎么了？不过就是顺道而已，就算不带我们，他自己也是要去买菜的。”

她想说“你不是说他是因为我才每个星期去买菜的吗”，但她没有问，怕师妹为了自圆其说，把前面说过的话都推翻了。

师妹说：“阿杰这个人别的都好，就是太小气了。也难怪，人家是单亲家庭长大的嘛，从小紧惯了，长大了也放不开，总是小手小脚，我看他就算今后真去华尔街赚了大钱，还是会这么紧财。”

知道禺杰是单亲家庭长大的孩子后，她感到非常惊讶，之前妈妈提起禺杰父母离异的时候，她并没有往心里去，只是觉得他在读 MBA 以为他是富二代，没想到他是靠自己争取来的奖学金，能拿到 MBA 几个为数不多的奖学金名额，她也对禺杰另眼相看。说到禺杰的家庭，原来，他爸爸早在他很小的时候就因为外遇和他妈妈离婚了，赡养费也是形式上给一些，禺杰的前女友之一就是因为他是单亲家庭而分手的。

后来，她又听了禺杰的身世，感觉两人间的距离又拉近了一步，她家虽然是双亲家庭，但从经济上来讲，也跟个单亲家庭差不多，所以她对他家的经济窘况很有体会。这样一来，他能抢着付电池钱，就更是难能可贵了！一定要想个法子把那一百美元还给他。

回到 Z 市，她邀请禺杰和师妹上她那儿去吃饭。那两人都不肯。

师妹说：“还是去餐馆吧，早就饿了，不能等你慢慢做饭了。”

禺杰说：“你也累了一天了，还是在外面随便吃点，然后早点休息吧。”

“那我请你们两个上餐馆！”

师妹踊跃地说：“走！我们去上餐馆！”

禺杰又改主意了：“算了，还是去你那里吃吧，不用做什么菜，有剩菜剩饭就吃剩菜剩饭，没有就泡几包方便面吃。”

“我早上出门前做了些菜的，怕我室友没菜吃，但我做得挺多的，应该够我们几个吃。”

“那太好了！”

几个人来到她家，室友正在吃晚饭，见到他们几个，惊异地问：“咦，今天就回来了？不是说去过周末的吗？”

她把今天的遭遇说了一下，室友问：“那你帮我说了那事没有？”

“呃——还没有，因为 Zac 今天没回家。”

“周末还上班？他又不是 resident（住院医生），哪里需要周末上班？”

“那我就不知道了。”

室友很失望，她也很不好意思，对两个 MBA 说：“你们认识不认识医院的人？帮她打听打听做 intern 的事。”

那两人都摇头。

室友说：“你不是有 Zac 的电话吗？给他打电话说一下也行。”

她十分为难：“但是——我给他打过两次电话，他都没接，是他——女朋友接的。”

“那怕什么？你让他女朋友请他来接电话不就得了？”

她无可奈何，只好答应下来：“好的，我待会儿给他打电话。”

室友这才破颜一笑，招呼说：“你们还没吃饭吧？来，一块吃。”

晚上，等那几个人都走了，她给妈妈打电话，把今天发生的事一五一十讲给妈妈听。

她妈立马露出“三年早知道”的本色，自吹自擂地笃定说禹杰跑了一个小时的路去给她修车绝对是对她有意思。虽然嘴上一直跟老妈唱反调，其实韦真心里想的跟妈妈说的一模一样，但她就是想听到这个推理从其他人嘴里说出来，才敢相信自己不是在自作多情。但心里不免会想到禹杰是为了师妹才去帮忙的，毕竟他们既是老乡又是同班同学。

妈妈说：“你就是太没自信了，怎么总要把禹杰往别人怀里推呢？他又不是你肚子里的蛔虫，哪能知道你在想什么？你推他，他就以为你不喜欢他。你七推八推的，就真的把他推到别人怀里去了。”

她好奇地问：“你和爸爸那时候，未必爸爸一说喜欢你，你就相信了？”

“其实你爸也没明说他——喜欢我。”

“那你怎么知道他喜欢你呢？”

“不喜欢我会舍了命地救我？”

她又有点泄气了，毕竟修个车不用舍命。

韦真一想到要给扎克打电话，心里就发虚。但受人之托，要忠人之事，已经答应了室友要帮这个忙，不打怎么行呢？她左思右想，终于想出一个“曲线救国”的良招：给资阿姨打电话，让资阿姨传话给扎克。她生怕资阿姨会推辞，说“你自己给 Zac 打电话吧”，但资阿姨没推辞，而是很热情地应承下来：“好的，你把你室友的名字告诉我一下。”

“我室友叫何纯芳，纯洁的纯，芬芳的芳。”

“这名字好记。等阿天回来的时候，我把你室友的名字告诉他，让他去医院问问，看能不能帮你室友找个实习做。”

她怕扎克周末老加班，老不回家，那就耽误室友的事了，只好厚着脸皮说：“资阿姨，我室友……她等得很急……”

资阿姨冰雪聪明，马上说：“那我这就给阿天打电话。”

过了一会儿，资阿姨打电话来报告说：“我把你室友的名字啊专业啊什么的都告诉阿天了，他说让你室友到他们医院网站去填个申请表，他再在那边活动活动。”

她开心极了，一迭声地谢了资阿姨，在第一时间把这个好消息报告给室友：“那个 intern（实习）的事，有点眉目了，扎克叫你先到他们医院的网站去填个申请表——”

室友也很开心：“真的？你给他打电话了？”

她哼哼哈哈了几下，没置可否。

室友旋即上网去申请，但刚打开电脑又停了下来：“是哪家医院啊？”

“呃——我也不知道，等我问一下。”

她又打电话给资阿姨，问到了医院名字，转达给室友：“是 V 市 General Hospital（V 市总医院）。”

室友好奇地问：“我怎么听见你在跟那个资阿姨打电话？怎么不直接给她儿子打电话呢？”

“哦，是这样的，她儿子——总是很忙，打电话过去——总是在做手术，所以我是请他妈帮忙问的。”她说完这话，就发现有问题，如果扎克在做手术，那就无论谁打电话都没法接，怎么他妈打电话过去他又接了呢？好在室友没继续追问，直接上网去填申请表了。

过了几天，室友来向她报喜：“我拿到intern了！这个周末就开始上班了。”

“周末还上班？”

“怎么不上呢？美国医院的药房跟中国的不同，不是对门诊部的，是对住院部的，每天都有人上班。”

“那就是医生周末不上班？”

“谁说医生周末不上班？”

“不是你说的吗？”

“我说的？”室友想了一会儿，说，“哦，我说的是Zac那样的医生周末不用上班，但那些resident还是要上班的，至少要on call（值班，随叫随到）。”

“哦，是这样。那你——要在V市住？”

“不在那儿住，两边租房太贵了。其实我现在还不算intern，只是volunteer（志工，义工），就星期六做一天。等明年夏天我办了CPT，就可以做intern了，有工资拿的。那时我就在V市sublease（转租）一个房间，住在那里做几个月。”

“什么是CPT？”

“Curriculum Practical Training（课程实践）.”

“跟OPT（Optional Practical Training）是什么区别？”

“OPT是毕业实习，要毕业后才能做，CPT只能在毕业之前做。”

“哦，总算搞明白了，总听禺杰他们说这两个词，但没好意思问过。”

室友问：“你们系不用做intern？”

“要做啊，不过我还没到那个时候。我以前不是做Social work的，系里要我先补120个小时的volunteer之后才能做intern。”

“一百二十个小时的volunteer？那你还不快补？”

“是想快点补呢，但我没车，很难找，离得远的不能去，离得近的又没这种机会。”

“你那两个MBA朋友都有车，怎么不叫他们送你呢？”

“他们都很忙，哪里有时间送我？”

“那他们每个星期跑来吃饭怎么有时间呢？”

“吃饭——离得近嘛。”

“你这个人也太好说话了，如果是我的话，我就要提出让他们送我去做volunteer，如果他们不送，我就再不做饭给他们吃了。”

韦真笑了一下，没说什么。星期六早上，天还没亮，室友就开车出发去V市，一直到晚上九点多才回来，一进门就对她抱怨说：“医院太小气了，一天才发五块钱的food coupon（食品券），吃个午饭都不够！”

她很想问问扎克长什么样，但室友已经冲进洗手间去了。她知道室友还没吃晚饭，急忙从洗碗机里拿出室友的大瓷碗，盛了饭菜，放进微波炉去热。室友吃饭的时候，她就坐在饭桌对面，听室友讲医院的事。但一直到饭吃完，室友都没提到扎克的名字。她也始终没好意思问。还是师妹胆子大，星期天上她家来吃饭，见到室友的第一句话就是：“你昨天去扎克那个医院了？他长什么样？”

“I don't know（我不知道）.”

“You don't know（你不知道）？”

“我又没见到他，怎么知道他长什么样？”

“你昨天没见到他？”

“No. 我昨天把医院跑遍了，都没碰见他。”

师妹诡秘地一笑：“你昨天在医院到处找他？”

“谁到处找他啊？我是去送药的。”

“你送药也只送到病房，未必还送到手术室去了？”

“昨天根本没手术。”

“难怪扎克昨天没去医院。”

“我还专门问了一个resident，他说周末一般都不安排手术。”

师妹惊诧地嚷道：“哇，为什么那次我们去他家的时候，他妹妹要说他在上班？”

这也是她曾经想问的问题，不过她没问，因为她已经知道答案了。还能是因为什么，当然是因为扎克在躲她呗！肯定是资阿姨先前不知道扎克有女朋友，想把她和扎克凑成一对，才和妈妈联手安排接机的事。但后来资阿姨知道扎克有女朋友了，便开始想办法疏远她。接机的事是没办法，已经答应了，只好应付一下。但扎克不肯出面，所以资阿姨只好让扎克的父亲来接机。

后来韦真给资阿姨母子俩都打了电话，但他们都没理她。再往后，资阿姨想起请她妈妈帮忙找人做的旗袍，总得找个机会拿去，所以请她上家里去玩，但那只是几个女人之间的友谊和礼节，没扎克什么事，他没露面，只差遣他妹妹出来骗她们，说他在上班，没空回家。她很生气，嘁，至于吗？充其量也就是一个“雀儿乐”，还搞得神乎其神的，你以为你是迪拜王子？

师妹像听见了她的心声一样，傲娇地说：“其实我不用看都知道他长什么样。看他妹妹就知道，肯定跟鸟一样！”师妹说着，就把脖子向前一伸，下嘴唇往后一缩，还把两个眼珠翻上去，像乌鸦一样“呱呱”地叫了两声，把大家都逗笑了。

没想到说曹操，曹操第二天就到了！星期一下午，她正在上课，就感觉手机在振动，她拿出来一看，是个陌生的电话。她没理，继续上课。过了一会儿，进来一条短信，她偷偷看了一下，是雀儿喜发来的：“嗨，真真，我是喜妹，你们帮我办的事怎么样了？”

韦真惊诧莫名！这个人真是疯了！还真以为我们会帮她拉客？下课后，她立即给雀儿喜回了一条短信：“我从来没答应过帮你办事。”

“百分之三十回扣哦！”

“那不是我说的，是师妹说的，你去找她吧。”

“我没她的电话号码。”

“我给你。”她急忙把师妹的电话号码发了过去。

但过了一会儿，雀儿喜又发短信来了：“师妹说她没你能量大，这事还得找你才行。”

韦真气昏了！刚才把师妹的电话号码给了雀儿喜，她还有点内疚呢，感觉自己把麻烦推给了师妹。哪知道师妹更恶，居然又把雀儿喜推了回来，还说她能量更大！难道师妹忘了自己在资阿姨家与雀儿喜讨价还价的事了吗？她生气地回复说：“我没有什么能量，谁答应帮你的，你就去找谁。”

雀儿喜不吭声了，她舒了口气，看来有时候不恶点就办不成事。但等她上完课回家的时候，发现有人正在楼前恭候她，见她走过来，就从车里钻出来，热情洋溢地跟她打招呼：“嗨，真真，我在这儿等了好一会儿了，还以为你今天不回来了呢。”

韦真吓了一跳，定睛一看，是雀儿喜，在韦真恨不得穿秋裤的天气里，雀儿喜还穿着短袖短裤，露出颀长的两臂和两腿，晒成古铜色，令韦真不得不承认，按照美国人的审美观，雀儿喜肯定算个性感女郎。韦真问：“你——你怎么在这里？”

“我来找你帮忙啊，最近生意很不好做。”

“但是我们这里——全都是学生——”

“学生好啊！学生是我最好的顾客。”雀儿喜指指楼梯，“你不上去吗？”她只好往楼上走。雀儿喜跟在她后面，边爬楼梯边说：“听师妹说，你跟那个禺杰挺好的——”

“你听她瞎说，我们只是一般朋友。”韦真停住脚，转过身，狐疑地问，“你想找禺杰？”

“是啊，听说你们中国学生会的会长是他们系的，跟他关系不错。”

“你——想找会长？”

“是啊，你们都不肯帮忙嘛，我有什么办法？只好找会长。会长肯定有号召力，能帮我拉一大票客——”

韦真越来越觉得雀儿喜的脑子有毛病了，早就听说美国人里疯子多，看来还真是这样。这不，她就撞上了一个！但她不敢硬抗，怕雀儿喜疯劲上来把她掐死，只好先周旋着，看能不能找个空子脱身。两人来到她住的地方，她给雀儿喜倒了一杯饮料，问：“你吃饭了吗？”

“没有。”

“那——我来做饭吧。”

“随便吃点就行，我这人不讲究。”雀儿喜在沙发上颠了两下，“我想在你这里住几天。”

韦真为难地说：“不是我不留你，实在是——不方便，我自己都住在客厅里，又是一个单人床，哪里有地方给你住？再说我也不是一个人住，还有个室友，她——不那么好客。要不我帮你找个motel（汽车旅馆，比较便宜的旅馆）住吧。”

“不用，我就在你沙发上睡就行了。干我们这行的，不讲究那么多，有个地方遮风挡雨就行了。”

韦真推心置腹地说：“你干吗不找个别的工作做呢？”

“没兴趣。”

“但是你——这么大了，怎么可以什么都只讲有没有兴趣呢？总要先有谋生的手段，然后再谈兴趣吧？”

雀儿喜天真无邪地说：“如果谋生和兴趣能合二为一，不是更好？”

韦真的厨房和客厅是连在一起的，中间没墙隔开，炉灶水池都在南面靠窗的那一边，而沙发和她的小床分放在北面窗子的两边。她站在案板前切菜，整个客厅都在她背后，包括沙发和沙发上坐着的雀儿喜。这让她非常紧张，总觉得背后有个黑影正蹑手蹑脚地向她走来。她不敢回头去看，担心只要她一回头，就会看见一个怪物，手里举着一把电锯，或者一把尖刀，或者什么也不举，就是一双空手，但却是一双能挖得出眼珠掐得断脖子的魔爪。

她这人胆子小，特怕单独待在家里，尤其是晚上，常常会没来由地感到害怕，不敢去卫生间，不敢打开壁柜，不敢侧躺在床上，也不敢回头望，总觉得有一个狰狞的怪物，正躲在屋子里什么地方，时刻有可能跳起来攻击她。每逢这样的时候，她就平躺在床上，用被子捂着头，盼望室友早点回来。现在虽然不是夜晚，但有个雀儿喜在她身后，也使她惊恐万分，切菜的手都抽起筋来。

她深深吸了一口气，背对着客厅问：“你能吃辣吗？”

没人回答。她更害怕了，感觉雀儿喜已经扯下了雀儿的面具，露出狰狞恐怖的真面目，偷偷摸到了她背后。但她无力反抗，连回头都不敢，只能引颈就戮，坐以待毙。

万分危急之中，她想起了禺杰，急忙摸出手机，给禺杰发了个短信：“有急事相求，请速来我处！！！”信一发出，她立即把手机塞进口袋里，怕背后那个人伸长脖子看见了。然后她听到“嘀”一声，有短信进来。她摸出手机，看见是禺杰发来的，就一个字：“Coming.”她镇定多了，再一次感到有个男生关心照顾，真好！

其实上次修车事件后，她和禺杰的关系并没发生什么实质性的变化，还像从前那样，平时大家都是自己忙自己的，到了周末，他们才会见上一面，他开车带几个人出去买菜，她做饭几个人吃，都是集体活动，他们两个人并没单独活动过。今天他这么爽快地答应过来，使她重温了修车那次的甜蜜，看来他对她的关心，一脉相承，并未终止。她甚至有点感谢雀儿喜了，就像她妈感谢那条毒蛇一样。

禹杰很快就到了，速度之快，简直像是腾云驾雾一般，到了她门口，连门都没敲，就猛地推开门，闯了进来，气喘吁吁地问："出什么事了？"

她指指沙发的方向，禹杰莫名其妙："你有客人？"

"呃——是这样的——呃——这就是我对你说过的——喜妹，我资阿姨的女儿，她——她找我们Z大中国学生会的会长一有事，她说你一你认识会长一会长是你们系的……"

他有点不快地说："就这？你不是说有急事吗？我还以为有谁把刀架在你脖子上，你马上就要失身了呢！害得我课都没上完就跑来了。"

"对——对不起……"

雀儿喜已经走上前来，向禹杰伸出手，自我介绍说："我叫Chelsea，你要叫我喜妹也可以。"

禹杰没握雀儿喜伸过来的手，只礼貌地说了声："你好！"

雀儿喜笑着说："你可别怪真真，要怪就怪我，肯定是我把她吓坏了，才向你求救的。"

韦真急忙声明："没有，没有，你怎么会把我吓坏呢？"

"呵呵，胆子小的人都很怕我的。以前我们有个邻居，家里有个小男孩，特怕我，看见我就哭。他妈管不住他的时候，都是用我的大名来吓唬他：再不去睡觉，我叫隔壁喜姐姐来治你！"

禹杰开玩笑说："是不是你背着人家的爹妈整人家了？"

"哪有啊？估计他就是怕我这张脸！"

"不会吧？脸有什么好怕的？"

"是真的，一点不骗你。"雀儿喜说，"要不你先回去上课？我反正一时半会儿不会走，等你上完课我们再慢慢聊。"

禹杰看了看手机上的时间，说："不用了，我现在跑回去也没用，等我跑到，课也该上完了。"

"抱歉抱歉，耽误你上课了。"

"没事。"

她见禹杰没再为短信的事生气，暗暗舒了口气，对两位客人说："你们去客厅慢慢聊，我做几个菜一起吃饭。"

那两人走到客厅里，一个坐在沙发上，另一个坐在她床上，面对面地交谈起来。雀儿喜说：“听真真说，她上次从我家回来的路上，车抛锚了，是你赶过去救了她们，她感激得不得了！”

她听得莫名其妙，她根本没对雀儿喜说过修车的事，连对资阿姨都没说过，雀儿喜打哪儿知道的？难道是她妈对资阿姨说了，资阿姨又告诉雀儿喜的？但愿老妈没对资阿姨说什么禺杰在追她之类的话。但以老妈的性格，这么大一坨证明老妈“三年早知道”的证据，老妈会忍着不拿出来对人炫耀？尤其是如果老妈认为扎克看了女儿的照片，却没同意跟女儿搞对象的话，更是要在资阿姨面前炫耀一番，好让资阿姨知道：我女儿也不是没人要的！

她刚想声明一下，就听禺杰笑嘻嘻地问：“她有没有对你说想要报答我？”

“说了说了，那还能不说？”

“说没说怎么报答？”

她的心都提到嗓子眼来了，生怕雀儿喜信口开河乱编一通，说她无以回报，愿意以身相许之类，那她就跳进黄河也洗不清了！还好雀儿喜的脑洞还没开到那么大，只狡黠地说：“呵呵，她想怎么回报，肯定不会告诉我。怕我这个高音喇叭广播得全世界都知道。”

禺杰谦虚说：“那天我也是没办法，她找到我头上来了，我还能怎么样？只好开车过去帮忙。”

“其实她那时离我家更近，找我的话会更快，但她更相信你啊，一定要舍近求远去找你，有什么办法？”雀儿喜调侃道。

“你会修车？”禺杰笑问道。

“换个电池什么的，还是会的。”

“不错啊，女中豪杰。”

“豪什么杰啊！都是生活逼出来的。”

“生活是谁？干吗要逼你？”

“呵呵，‘生活’就是那个趋炎附势的小人！”

“哇，大哲学家啊！这话说得——都可以当作格言抄在笔记本上了！”

“主要是这些年走南闯北，经常在路上奔波，又是单打独斗，没男朋友帮忙，自己不会捯饬这些小玩意不行。”

“你是开 truck（货车）的？”

“你看我像是开 truck 的吗？”

“那你到底是干哪行的？”

雀儿喜笑嘻嘻地说：“真真她们没告诉你？”

韦真急忙转过身去，对着禹杰狠眨眼睛，但他没看她这边，只聚精会神地望着对面沙发上的雀儿喜。她只好假咳了两声。还是没用，禹杰一点也不解风情，对雀儿喜说：“告诉了，但我不相信。”

“不相信什么？”

“不相信你是——干那行的。”

“干哪行的？”

“Street girl（街头女郎）？ Call girl（应召女郎）？”

“呵呵呵呵，你别这么文艺范儿了！直接说吧，她们是不是对你说我是——做鸡的？你看我这个样子能做鸡吗？”

“做鸡有什么能不能的？只要——愿意做。”

“做鸡对长相的要求可高呢！一般人望尘莫及。”

禹杰笑了一会儿，问：“那你是做什么的？你告诉我了，我保证不告诉任何人！”

“我是 comedian（喜剧演员，笑星）！”

她差点把手切了，连刀都忘了放下，转过身，用拿刀的手指着雀儿喜说：“你是 comedian？那你怎么说你是——干那行的？”

“呵呵呵呵，我说的‘那行’就是 comedian 嘛。”

三个人笑作一团。

雀儿喜说：“我已经把这一段编成小品了，到时候说给你们听。”

禹杰问：“那你这次是来我们这里——演出的？”

“确切地说，是来寻找演出机会的。听说你跟你们中国学生会的会长是系友，想通过你跟会长接触一下，看他能不能以学生会的名义邀请我到你们学校表演。学生会一般都能免费租用学校的场馆——”

“我可以帮你问问。你是用中文表演的？”

“中文英文都行。”

“那你可以中文英文都演，场次就能 double（翻倍）了。”

“那最好了。”

“要卖票的吧？”

“当然要卖票，不然我上哪儿找饭吃？”

“要卖票可能就困难点，如果是free(免费)的话，我保证会有很多人去看。”

“票价可以定低点。”

“现在什么都能在网上看到，愿意出钱看真人表演的——恐怕不多。”

雀儿喜有点苍凉地笑笑，说：“这是艺术的悲哀。”

韦真提议说：“你也可以把录像放到网上去啊。”

“有放啊，YouTube 里，搜我的名字，就能看到很多。”雀儿喜答。

禺杰说：“但放那里没钱赚。”

“就是啊，只是为了打响名气，但迄今为止，名气也没打响。”雀儿喜有点沮丧。

晚上，两人一个躺在床上，一个躺在沙发上，隔着个饭桌聊天。

韦真问：“你怎么想到做 comedian 的呢？”

“受了刺激。”雀儿喜答。

韦真不相信：“受了刺激就想做 comedian？那是受了什么刺激？”

“小时候因为长得丑，同学和老师都不待见我，给我起各种诨名，拿我的长相嘲笑我，所以我不愿意去上学，经常逃课，老师告诉家长，家长不问青红皂白就揍我，越揍就越反叛，越不想上学——”

韦真简直想象不出资阿姨或者邵伯伯揍孩子的样子，一个那么美丽高雅，另一个那么书呆子，怎么看都不像是揍孩子的人。

雀儿喜接着说：“那时我总在心里咒骂所有人，用各种恶毒语言骂他们，编各种故事咒他们，把他们的缺陷放大了嘲笑他们。后来——我就成了一个 comedian。”

她心说难怪中国说相声演小品的那些人都长得有点怪呢，可能也是小时候受了刺激，在心里咒骂全世界，骂着骂着，就骂成了相声演员或者小品演员。

她说：“我还以为 comedian 都是从小就爱笑，长大才去做这一行的呢。”

“Comedian 其实并不是爱笑的人，他们都是怒气冲天的人，所以他们的眼睛从来都不是盯着光明的一面，而是盯着——黑暗丑陋的一面。”

她仔细想了想，也是哈，中国的相声和小品不也都是针砭生活中的丑陋现象的吗？

韦真不知道美国的comedian相当于中国的什么，只知道是跟comedy（喜剧）相关的，但如果把comedian理解成“喜剧家”，又有点用力过度，因为称得上“家”的人，都是有一定建树和名气的，肯定不是雀儿喜这样的无名之辈。

她好奇地问：“你们美国的 comedian 是不是相当于我们中国的——相声演员或者小品演员？”

雀儿喜想了想，说：“嗯，差不多，不过我这个是一个人演没搭档的，英语里叫 stand-up。”

韦真问：“那你——有没有——单位？”

“单位？没有，我是个体户。”

“那你就——到处走穴？”

“可不就是到处走穴吗？”雀儿喜有点郁闷地说，“干我这一行的，想干出点名堂来，挺不容易的。我已经干了好些年了，我的理想是能在电视上有一档自己的 show（秀，表演，节目），像 Ellen DeGeneres（艾伦·德杰尼勒斯）和 Jimmy Kimmel（吉米·金梅尔）那样的。”

这两个人的名字她都知道，因为她到美国后，从电视上看过这两个人主持的节目，主要是为了提高自己的英语听力和口语。

她关心地问：“那要怎样才能在电视上有自己的秀呢？”

“三分之一靠天分，三分之一靠努力，还有三分之一就看运气了。”

“好像什么专业都是这样的吧？”

“有些专业不是那么需要天分，比如 Social work。”

这话听着不是那么舒服，但她也找不出反驳的话来，只问：“我记得你说过你就是学 Social work 的。”

“Social work是我的major（大学里念的专业），但不是我的career（事业）。我对学什么专业都不感兴趣，但家长一定要我读大学，说读完大学就随我干什么，所以我就随便选个 easy degree（容易拿到的学位）应付他们。”

“家长为什么不让你做 comedian？”

“他们说一个女孩子，干吗要在台上去油嘴滑舌耍嘴皮子？他们大概以为我想做 comedian，是因为我年纪太小，不知道自己想要什么，等我读完大学，就会改变主意，不过事与愿违，后来我反而更加坚定要做 comedian 了。”

“你把大学读完了吗？”

“没有，混不下去了，成绩一塌糊涂，把家长气得要死，懒得管我了。后来我就到处流浪，这里演一场，那里演一场，饥一顿，饱一顿，风餐露宿，过得连乞丐都不如。”

“我觉得你可以去中国试试，国内的人最喜欢相声小品了，春晚的时候，大家等在电视机前，就是为了看相声和小品，唱歌跳舞的一出来，大家就借机会去上洗手间。”

“我去中国试过了，比在美国还糟糕，因为我没人推荐，也没钱打点，色相不够靓，所以没法打开局面，连演出场所都没地方去租。我写的那些段子，有的不是那么符合国内人的口味，他们找不到笑点。还有一些，倒是符合观众的口味，但又不符合上面的口味，还是不行。”

她提议说：“那你可不可以先找个正式工作，边干边演出呢？”

“那样是搞不好的。干我们这行的，必须全身心地投入其中，才能创作出好段子来。如果一心二用，那就不光写不出好段子，也干不好工作。其实不管干什么，都需要全身心地投入，不然就不可能取得突出的成就。但这世界上，有几个人能彻底摆脱世俗的桎梏，不食人间烟火呢？特别像我这样银行里没存款的人，首先要能养活自己才行，有时就不得不抽出很多时间来谋生，结果就影响了 career，而 career 搞不上去，又影响谋生。唉，恶性循环啊！不知道什么时候能突破。”

韦真挺同情雀儿喜，毕竟这种有自己的理想，而理想又这么清高，至少不是为了发财致富的人，实在是太少了。她认识的人中，很少有人不以金钱为目标的，聚在一起，说的都是谁谁谁赚了多少钱，好像赚不赚钱是衡量一个人成败的唯一标准似的。

接下来的几天，她可忙坏了，先是通过禺杰找到中国学生会的会长，以三七开的比例敲定了租场子的事，然后又帮雀儿喜设计、打印、张贴演出海报，还设计打印了门票，并利用课余时间到学生活动中心去摆摊卖票。可惜行情很糟糕，卖了几天都没卖出多少张票。她怕到时候观众太少，给雀儿喜的打击太大，便自己掏钱购买了几十张门票，英文场和中文场的都有，然后到自己系里同学中去派送，又请禺杰也帮忙派送，还像高速公路收费站一样，站在路口，碰见了中国面孔就上去搭讪，也不管认识不认识，就送票给人家。

禺杰说得不错，如果不要钱的话，还是有人来看表演的，所以她的送票举措非常成功，一下就派出去了几十张。演出那两个晚上，她都是早早到场，布置场地，准备茶水，充当检票员，顺便又派出去一些票。演出的时候，她坐在台下，把斯文安静的自我扔到爪哇国去，抓住每一个笑点，带头大笑鼓掌，活跃气氛。演出结束后，她把卖票所得的收入按事前讲好的三七开分给了中国学生会和雀儿喜。

雀儿喜一定要把自己的所得分一半给她："我知道你为我做了什么，这些钱肯定不够补偿你付出的一切，就当是我的一点心意吧。"

"别别别！我早就说了，我这是在 warming up（热身），锻炼我的组织能力、营销能力，还有英语交流能力呢，这对我今后的学习和工作都有帮助。"

两个人像打架一样推来推去，最后还是她推赢了，雀儿喜紧紧地把钱握在手里，说："等我有了自己的 show，我一定邀请你做我的嘉宾！"

"呵呵，不敢当，不敢当，我最怕在公众场合上台露面了。"

"那这两天你是为了我豁出去了。"

"反正那里认识我的人不多。"

雀儿喜临走的前一晚，两人又躺在一起隔着饭桌说话。韦真提出了一直以来的一个疑惑，因为在她的印象中美国人似乎并不会嘲笑别人的外貌，而说到这个问题，她才知道原来雀儿喜是在中国长大的，高中时才来到美国。

韦真恍然大悟："那资阿姨是你的——后妈？你亲爸妈——离婚了？"

"离婚了。他们是为了我才离婚的。"

"为了你？我只听说过为了孩子不离婚的，还没听说过为了孩子离婚的呢。"

"是啊，我家是个特例。那时我爸在一个研究所做 post-doc（博士后），单位不给办绿卡，他自己找律师办的，但排期很长，可能要等五六年，而我眼看就要二十一岁，快 age out（超龄）了。我爸妈急得要命，其实他们在美国混得也不咋地，回国不会比待在这里差。但他们不想让我又回到国内那个一切认脸的环境里去，就商量着找个美国公民结婚，我爸就跟 Zoe 结了婚，我妈离婚后没身份了，只能回国去。"

"资阿姨那时也——离婚了？"

"她没离婚，但她 husband（丈夫）得癌症过世了。"

"她的 husband 是个什么人？"

“是个搞IT（信息技术）的。”

“也是华人吗？”

“不是，是个白人。”

“那你爸妈——我是说你的亲爸亲妈——还会复婚吗？”

雀儿喜沉默了一会儿，说：“应该不会复婚了。事情总是在变化的。”

“那你——怎么看？”

“我？这是他们之间的事，我怎么看都没用。其实我挺喜欢Zoe，她人漂亮，心肠又好，本来像这样办两个人的身份，一般都要六七万美元的，她只要了五万。而我爸连五万美元都拿不出来，只凑到三万。她听说我爸是为了我才急着找美国公民结婚的，什么都没说，连欠条都没要我爸写一个，就跟我爸办理了结婚手续，而且用最快的速度为我们申请了绿卡。”

“那你自己的亲妈——她现在怎么样？再婚了吗？”

“没有。”

雀儿喜走了之后，韦真才有机会跟妈妈细聊。

妈妈自然又是一副“三年早知道”的腔调，说自己早就说过资阿姨嫁了个外国人。不过，说到邵伯伯的事情，妈妈还是觉得资阿姨跟雀儿喜在某些程度上是感同身受的，所以资阿姨才会如此慷慨地帮助他们。不过，说到雀儿喜的“不务正业”妈妈还是感叹不已，而妈妈的“正业”便是结婚生子，但是雀儿喜怕自己的孩子跟她一样受到别人的嘲笑和歧视，所以根本就没想结婚的事。

“她真的长得很难看？”

“也不是很难看，只能说比较——独特，在美国真不算什么，在国内可能会遭人毒舌。”

“那她这样想也算明智。唉，这个外貌啊，才真是‘文革’说的那个‘血统论’，爹妈生得好，孩子就跟着沾光；爹妈生得丑，孩子就跟着倒霉。”

她装作不经意地问：“不知道资阿姨那个儿子长什么样？”

“别管他长什么样了，还是抓紧禺杰吧！禺杰长得不错，人又好，离得也近——现在的人心都浮躁得很，诱惑也多，两个人离得远了，就容易出差错。”

“难怪你总不让爸爸到外地去做生意呢。”

“我才不是担心你爸会跑呢！他一没钱，二没势，脸上还烫出几个大疤，能往哪儿跑啊？”妈妈坚决地扯回话头，“那个禺杰，也算救过你两次了，应该算通过你的考验了吧？”

“呵呵，还是我妈的脸皮厚！说得好像是我在考验他似的！我不是对你说了吗，他只把我当一般朋友看待的，该帮忙的时候会出手帮忙，但帮过了他就忙他自己的去了。咱们快别把人家的一点好心都当成是在追求了，说出去多难听！”

“他没单独约过你？”

“约什么呀！从来都没有过，他忙得很，就是星期天带我们几个出去买菜，然后我做饭他们吃。他连我做饭的那点时间都要跑回去学习的，要等我饭做得差不多了，他才开车过来吃饭。”

妈妈找到了症结所在：“主要是有那几个人在场，他放不开。你可以想想办法，让那几个人别来你这儿吃饭了。”

“算了吧，我不想要这种手腕。还是那句话，是我的就是我的，不是我的，勉强也没用。”

这句话几乎成了她的撒手锏，只要把这句话抛出来，妈妈就没话可说了。

奇怪的是，那几个吃货就像听到了她们母女俩的对话一样，下一次聚会的时候，两个女客都告了假。室友是因为要在医院替班，师妹则是因为有team work（团队活动），提前一天打电话来告假：“我明天要去同学家team work，就不过来吃饭了，你把我那份留出来，搁你冰箱里，别让那几只全都吃掉。”

韦真有点失落：“你们都不来呀？那还有什么意思？”

“还有谁不能来？”师妹好奇道。

“我室友这个星期也不能参加我们的腐败大会。他们药房有人请假，让她星期天替班。”

“那我们改在星期六聚餐吧，这样就都到齐了。”

“但是她星期六要上班呀。”

“星期六星期天都上班？那她星期六晚上跑回来，星期天又跑过去？”

“她星期六晚上不回来，就在那边住。”

“那边不是没地方住吗？”

“现在好像有了，护士值班室之类的临时住处吧，反正就是睡个觉。”

师妹很有把握地说：“肯定不是护士值班室！如果是的话，她不早就去那里住了？值班室又不是今天才有的东西，肯定早就有了，没准儿是去扎克家住。”

“不会吧，V市离X市比离我们这里还远，她跑扎克家去住还不如回自己家住。”

“什么X市啊！我说的是扎克在V市的家！他在V市工作，难道连个住处都没有？”

她恍然大悟：“哦——但是我室友还没碰见过扎克呢，怎么会去他那里住？”

“你怎么知道她没碰见过他？她碰见了扎克会通知你？你这个人的自我感觉也太好了！你以为你跟她share（分租）一个apartment（公寓房），做几顿饭给她吃，就成了她的知心朋友，她就什么都告诉你了？她一个大龄剩女，又想留在美国，还不抓住这个机会？别说你外貌还比她强，就算你比她丑，她都会防着你！怎么会把扎克的事告诉你呢？”

她有点受伤：“我又不跟她抢谁，干吗防着我呀？”

“害人之心不可有，防人之心不可无嘛，更何况你们家还跟扎克家是世交，怎么也算个近水楼台，不防你防谁？”

“真的是用不着。这种事，是你的就是你的，不是你的，防遍天下所有人都没用。”

但她这个撒手锏对师妹不起作用，反而招来更严厉的呵斥：“幸好你不是搞我们这行的，不然的话，以你这个态度，肯定连市场都挤不进去！市场竞争你听说过没有？市场是有限的，想进入市场的大有人在，如果你抱着听天由命的想法，不去竞争，不推销自己，不搞垮其他竞争者，你就不可能占有市场，就只能看着人家发财。”

她心说：幸好我妈不是学MBA的，不然的话，拿出市场竞争理论来教育我，我的撒手锏就泡汤了。撇下市场不谈，转而问：“那禹杰他们这个周末还来不来吃饭？”

“他们怎么会不来呢？我又不是跟他们team work。”

“但是他们要开车送你去同学家啊。”

“我干吗要他们送？”

“你同学来接你？”

“也不用接。”

“那你——买车了？”

师妹得意地笑起来：“哈哈，总算猜出来了！”

“新车？”

“当然是新车，谁买旧车啊？你就别跟我提那两只了，也就他们那种小气鬼才会买旧车。”

韦真太羡慕师妹了！聪明漂亮又有钱，这要不是白富美，啥是？看来《灰姑娘》之类的故事都是骗人的，说得好像有钱的就一定丑，没钱的就一定美似的。现实生活中，又有钱又美丽的不要太多！现在整容技术这么发达，只要有钱，什么样的美貌整不出来？

师妹问：“那个丑八怪走了？”

“哪个丑八怪？”

“就是那个 Chelsea 啊，她这段时间不是住在你那里吗？”

“哦，你说她？走了，她上个周末演出完，这个星期一就走了。”

“她这次赚了不少吧？我听说学生会都分到了好几百块呢！而学生会得的还只是小头，她得的是大头，那不是更多？”

“嗯——有一千多块钱吧。”

“两个晚上就捞一千多？这比做‘那行’更赚钱！难怪她要做这个！她应该跟你分成，你帮了她那么多忙。”

“呃——她是说要分一部分给我，我没好意思要。”

“这有什么不好意思的？”师妹很有点恨铁不成钢，“你还是中国农业社会那种老脑筋，什么都讲意思，No 不好意思说，钱不好意思收，完全没有一点经济头脑，也没有市场概念。你给她设计海报张贴海报什么的，就是跟她的一种合作，你们就是 partner（合作伙伴）的关系，该你拿的那份，你就应该拿，不然就是不遵守市场运作规律。她住在你家这么久，总应该收点住宿费吧？”

“哪里算什么住宿啊，就是在沙发上睡个觉而已，我要把床让给她，她死活不肯——”

“也许你不在乎这几个钱，但你的 apartment（公寓）又不是你一个人租的，还有你室友的份，你不收 Chelsea 的住宿费，你室友怎么想？”

“她——挺好的呀，没提收住宿费的事。”

师妹有点不高兴了：“我提醒你这些，又不能从中得到一分钱，都是为了你好，你怎么反倒觉得你和你室友才是大好人，而我却成了——人品不好呢？实际上，是你们在瞎搞，而我才是遵循市场运作规律——”

韦真急忙声明：“我没说你人品不好，我的意思是——我不懂这些，事前又没向你请教，这次的事已经过去了，就算了吧，但以后是应该——遵循市场运作规律。”

这一通马屁，拍得师妹都无法再挑剔了。星期天上午，禹杰照旧开车来带她去买菜，副驾驶座位上照旧坐着朱小亮。买完菜后，那两只照旧开车回家做学问，只剩她一人忙着做饭做菜。她把电视开着，边练听力边做出了五个人的饭菜，一起锅就装了两盒，放进冰箱，留给师妹和室友。桌上只摆了三副碗筷。但到了吃饭的时候，只有禹杰一个人出席。

韦真除了车子抛锚那次，还从来没看见禹杰形单影只过，每次都有朱小亮像影子一样贴在身边，遇到今天这个阵势，她很不习惯，就像禹杰突然缺了胳膊少了腿一样，不禁问道：“小亮今天不来？”

“不来。师妹不来，他来干什么？你以为他是为你来的？”

她脸上有点挂不住，反唇相讥：“他当然不是为我来的，但他不是跟你形影不离的吗？”

“嘿嘿，你的意思是说我跟他是好基友？”

这话题太让人尴尬了，她没好意思往下接。

平时聚会，都是五个吃货全部到场，热热闹闹，不管是七嘴八舌闲聊，还是聚精会神吃饭，都没人觉得不自在。但今天只剩下两个人，又是一男一女，而且是很少单独相处的一男一女，气氛就相当尴尬了。有关彼此的话题，都成了禁闭词，两人都不敢使用。但如果完全不说话，气氛又更加尴尬，所以只好没话找话，张家长李家短地瞎扯。

韦真明知故问：“师妹买车了？”

“嗯，买了，已经迫不及待地向你 BSO（bloody show off，炫耀）了吧？”

“没有，是我猜出来的。”

“你猜出来的？”

“是啊，她说要去同学家 team work，但又说不需要你送，也不需要同学来接，那还能是什么呢？所以我就猜出她买车了。”

他呵呵笑起来：“哇，这可是高端 BSO 啊！”

“人家 BSO 也是应该的嘛，新车呢！”

他有点鄙夷地说：“幸好只是一辆‘靠骡拉’(Corolla，丰田花冠)，不然的话，更要到处显摆了。”

“靠骡拉也要一两万吧？”

“一万多。”

“一万多也不简单啊！新生，刚来不到半年，就能买新车，有几个能做到？我室友 RA（助研）工资算高的了，也存了一年才有钱买车，还是买的旧车。”

“那倒也是。不过你知不知道她的钱是怎么来的？”

她一听这话，马上想歪了，但凡问到钱的来路的，答案就肯定不是什么正路，因为是正路就不用问了。而对女生来说，歪路也就那么一条，世界上最古老的行当，地球人都知道。她想起师妹当初跟雀儿喜谈“拉客”的事时，那么老练，还知道提成的事，说明的确是这方面的权威。但师妹肯定没有被人包养，因为师妹跟人合住，天天要归窝的，如果被人包养了，就不用归窝，室友肯定猜出来，传得满城风雨了。她想来想去想不明白，只好厚着脸皮问：“你说她的钱是怎么来的？”

“问她爸妈要的！”

这简直像发令员碰上了颗臭弹一样，观众张起耳朵等那声脆响，等了半天，嘴巴都张开了，耳朵也捂好了，心都提到了嗓子眼，结果却等来一发哑炮！她嗔道：“她问她爸妈要的钱，你干吗说得这么神乎其神？”

“呵呵呵呵，你想歪了吧？”

她不承认。

禺杰笑了一会儿，说：“我说个笑话给你听哈，有个男生，想看看他的女朋友到底是真清纯还是假清纯，就问她：你知道苍井空吗？女友说不知道；又问：你知道武藤兰吗？女友说不知道；那你知道小泽玛利亚吗？还是答不知道；男生问，那你知道赵薇吗？女友大吃一惊：什么，她也干这个？”

幸好韦真在国内时，下了班没事干，总是挂在网上，每个论坛瞎逛，也算是博览群卦了，不然都不知道他在说什么。

但她笑了几声，就起了疑惑：他在这时讲这个笑话是几个意思？肯定是在暗讽我假装清纯！

他问：“你知道师妹是怎么问她爸妈要钱的吗？”

她咕噜说：“问爸妈还能怎么要？直接要呗，就说我想买车，请你们汇点钱来。”

“问题是她爸妈拿不出这笔钱啊！”

她有点不相信：“不会吧？我觉得她家很有钱。”

“她对你说她家很有钱？”

“呃——她没有这样说过，但是——反正就是这种感觉。”

“是这种感觉就对了，她要的就是这种效果，但也就你这样的人才会信以为真，以为她家真有钱。”

她不明白他说的“你这样的人”到底是什么样的人，但肯定是个贬义词，很可能就是“脑子进水的人”。

他接着说：“她是自费出来读书的，花钱又大手大脚，她爸妈能支付她的学费生活费就不错了，哪里有钱给她买新车？”

“那她买车的钱是怎么要来的？”

“逼着她爸妈去借呗，说再不寄钱给她买车，她就要去卖身了！她爸妈知道她什么都做得出来，只好去问人借钱。”

“你怎么知道得这么清楚？”

“她妈跟我妈一个单位的，两个人还是姐妹淘，我怎么会知道得不清楚呢？”

“她妈也是医院的护士？”

“是啊。”

她开玩笑说：“她妈不是你爸那个小三吧？”

这绝对是一句值得剁舌头的话！她生怕他发脾气，但他没有，只傲娇地说：“哼，我爸怎么会看上她妈？我爸找的小三比她妈最少年轻一轮！”

韦真忍不住说：“你好像一点都不恨你爸，还很为他骄傲呢。”

“我干吗要恨他？”

“他不是把你和你妈抛弃了吗？”

禹杰很坦率地说：“小时候还是有点恨的，因为我妈总向我灌输我爸是陈世美的概念，说他不要我了，说他道德败坏，喜新厌旧，应该受到唾骂，所以那时挺恨他的，写作文《我的理想》都是写‘我的理想就是长大了一枪把我爸干掉’。但真的长大之后，就不恨他了。男人嘛，生理特质所决定的，哪个男人不喜新厌旧？老婆再漂亮，看久了也就那么回事了。那些没有寻花问柳的男人，只不过是有贼心没贼胆，或者没机会罢了，你以为他们真的是忠实于他们的老婆？”

她越听越不舒服：“那你跟你的那两个 Ex（前任），是不是也是因为你喜新厌旧才分手的？”

他没问她怎么知道他有过两个 Ex，只笑嘻嘻地回答说：“我还没来得及喜新厌旧，人家就已经把我蹬了。”

不知道为什么，他这样说比他承认喜新厌旧还让韦真觉得他丢份。

禺杰转换话题，关心地问：“你不是说要补 120 个小时的 volunteer 吗？怎么还不快找？ 120 小时可不是小数目，要做好久的。就算一个星期做 10 个小时，也得做三个月，那就是一学期！你读个 master（硕士学位）总共才四学期。”

“我是在找啊，但近处没有这样的机会，远了又没车。”

“你可以找周末工，到时候我去接送你。”

她被感动了，但推辞说：“那怎么行！你学习这么忙，哪有时间送我？”

“哇，你把我说得这么脑残？学个 MBA 还忙得连周末都没时间？”

“我看你每次买完菜，都急着跑回去学习。”

“那不是因为那两只要回去吗？放心，现在他们不会跟着我们跑了。”

她听到“我们”二字，有点不好意思，好像两人之间有了点什么特殊关系似的。

他解释说：“我前段时间是比较忙，但都是在忙着找工作。”

“那你现在不用找工作了？”

“找好了。”

她想到他还有半年就毕业了，心里很有点空落落的，但他从来没在她面前提起过找工作的事，更没征求她的意见，就知道他的未来蓝图里并没有她的份，不由得硬气地说：“我还是等自己买了车之后再说吧。”

“你买车干吗？买也是买旧车，还不如现在我先接送你，等我毕业了，就把车卖给你。”

这个方案的前半段还是很温暖人心的，但后半段又把她温暖的心搞冷了。如果他说毕业的时候把车送给她，虽然她一定会付他钱，但那个感觉就大不相同了，等于是拿她当女朋友看待。但他却提出把车卖给她，如果用师妹的理论来分析，他这就是拿她当冤大头了。他肯定是找到华尔街赚钱的工作了，所以准备把旧车卖掉买新车。但如果他把旧车拿到车行去 trade in（抵钱），肯定不如自己卖掉合算，而她跟他这么熟，又好说话，如果卖给她，他随便喊个价钱出来，她都不好意思砍价。

她避开卖车的事，打听道："你找的工作是哪里的？是不是华尔街？"

"不是，我打算回国。要不我干吗要把车卖给你？我可以把车开到工作的地方去嘛。"

"我以为——你要去华尔街赚大钱，要卖了旧车买新车。"

"华尔街是我想去就能去的？怎么着也得是 top 5（名校前五名）毕业的嘛。"

"那我们 Z 大的 MBA 排第几？"

"两位数了。"

她安慰说："不去华尔街，还可以去别的银行和公司什么的嘛。"

"有的不给办绿卡，有的还没去就先问你要绿卡——你毕业了准备去哪里？"

"我？还没想过。"

"你们这个专业，估计在美国也不是那么好找工作。我们 MBA 和你们 Social work 都对语言要求很高，像我们这样的外国人，找工作完全没优势，跟他们那些 STEM（Statistics, Technology, Engineering, Mathematics 统计，技术，工程，数学）和学生物的没法比，他们语言好不好都没事，只要专业过硬就行。"

她有点犯愁："学你这个的回国还是很俏的，但学我这个的，恐怕回国都不好找工作。"

"谁说不好找？中国的民政事业现在不要太缺人！特别是像你这种有外国学位的。"

"民政局要外国学位干吗？"

"给退休老人发外国钱啊。"

两个人都笑起来。

他笑完很认真地说："其实你们女生真的不用愁找工作的事。毕竟你们比我们男生多一条出路啊。"

她知道他在说什么，但明知故问："多什么出路？"

"你们可以找个老外，搞定绿卡，找工作就方便了。如果找到个有钱的老外，连工作都不用找了，就待在家里做家庭主妇。"

"你也可以找个老外啊！"

"嘁，我们黄种人男生，个头这么小，handle（对付）得了那些大洋马？"

她坚定地说："我肯定不会为了工作就去找个老外。"

"话是这么说，等到了找工作的时候，就不是这么一回事了。你看师妹，不是一门心思地找老外吗？"

"我不管她找不找，反正我是不会的。"

他狡黠地一笑："我相信你不会为了工作找个老外，但如果老外找上门来了，你也不会把他一脚踢出去，对不对？"

"老外干吗要找上门来？我欠他钱啊？"

"呵呵，不欠钱，还可以欠情嘛。"

这应该算是韦真和禹杰第一次推心置腹的长谈，但她还没修车那次激动，不仅没有感到彼此间的距离被拉近，反而觉得拉更远了，好像他已经毕了业回了国，而且已经喜了新厌了旧出了轨劈了腿似的。

她从来没想到他会是这样的人，公开赞成喜新厌旧，还站在抛妻弃子的父亲一边，这把独自养育了他多年的母亲放在什么地方？想想真寒心，她可不想步他母亲的后尘！即便她今生不能遇到她爸妈那样的传奇式爱情，至少也不能跟一个认为喜新厌旧是天经地义理所当然的男人生活在一起。那不是找抽吗？如果说刚开始还是准备白头到老，是后来才感情淡薄的，那么还可以说自己被骗了。但他还没开始就公开宣称自己理解支持赞成男人喜新厌旧，如果她连这样的人都能爱，那真是太掉份了，好像人尽可夫一样。

当她想到今后可能每个星期都要跟他推这种心置这种腹的时候，她突然有种惧怕的感觉，宁愿一大帮人混在一起，每个人都说些无关痛痒的闲话，也比这样的推心置腹轻松。这好像不是爱情的节奏啊！如果她爱他，不是应该朝思暮想着要跟他在一起吗？不是应该听他说话如听天籁一样吗？不是宁愿罢工辞职休学也要跟他走天涯吗？怎么她一点都没这些冲动呢？

但她妈妈听说了这次单独相会的经过，却非常激动一厢情愿地把禺杰今天的表现归为是对她表白，并且是有意在试探她是否会不择手段留在美国。真是醍醐灌顶啊！ 她和禺杰扯七拉八整整说了一顿饭的工夫，又在心里琢磨了洗顿碗的工夫，还在脑子里分析了冲次澡的工夫，结果什么头绪都没理清。而她妈只听她颠三倒四断章取义地说了一下谈话经过，就透过现象看到了他在追她这个事情的本质，妈妈这理解能力和总结能力，真不是盖的！

不过，当她说到禺杰对于他爸爸出轨的态度的时候，她抱怨说：“你没听他说的什么话！听他那个口气，今后也是个喜新厌旧的货色。”

妈妈安慰说：“他那不过是说一个普遍情况而已，并不代表他就会喜新厌旧。他那样说，倒是在替他爸辩护，因为他爸爸是找了小三的，这并不是什么光彩的事，他一直都瞒着你。现在被你提起来，他当然要为他爸爸辩护一番。就像如果现在有人说你爸爸的不是，你还不是会想尽办法为你爸爸辩护。”

“我爸爸又没找小三，谁能说他什么？”

“没找小三，人家就没话说了？人嘴两张皮，说人不费力。人家可以说你爸要学历没学历，要工作没工作，要长相没长相——”

韦真觉得这些跟出轨完全是两码事，一个是运气问题，另一个是人品问题，怎么可以混为一谈呢？但她马上悟出妈妈不过是举个例子而已，主要是为了说明禺杰关于喜新厌旧的那番话不是在为自己发声明，而是在替父亲辩护。

她问：“那你作为过来人和旁观者，你说男人是不是都会喜新厌旧？”

“呃——这个——还是要看人来吧。世界上这么多男人，也不是每个人都出轨的嘛。”

“但他说那些没出轨的男人，心里还是想出轨的，只不过有贼心没贼胆而已——”

“只要没贼胆就行了，你还想怎么样？就算我们女人自己，跟一个人处久了，也会厌倦呢。只不过女人老得快，选择范围比较窄，所以没太多机会出轨罢了。”

她开玩笑地问：“那你呢？也对爸爸厌倦了？”

妈妈恬不知耻地说：“肯定没有刚开始那么——有兴趣了。”

“那你也是因为没机会才没出轨？”

妈妈傲娇地说：“机会也不是没有——”

“就是啊，你也厌旧了，而且有机会出轨，你不也没出轨吗？”

“我就是这个意思嘛，只要他实际上没出轨就行，你管他心里是不是喜新厌旧干吗？”

她怏怏地说：“我就是觉得这样的爱情——没什么意思，明明知道他心里已经厌倦我了，或者我自己心里厌倦他了，但两人还是要厮守在一起，这有意思吗？”

“有意思没意思，大家都是这么过的。”

“但是人家至少刚开始的时候，还是曾经爱得要死要活过的呀！”

“有几个爱得要死要活过啊？”

“比如你和爸爸。”

“我们也没爱得要死要活过，就是这么平平淡淡过来的。其实我跟你爸兴趣爱好一点都不相同，我好动，他好静；我能歌善舞，他五音不全；他能写能画，我一手鸡扒字——”

她欢呼起来：“这样最好了，互补！”

“互补是互补，但玩不到一起啊。刚谈恋爱的时候，倒不觉得有什么不好，因为那时在一起的机会少，能在一起的话，根本没有时间和心思去谈兴趣爱好——”

“那你们忙着干吗了？”

“那个时候，还能干吗？顶多拉拉手，并肩坐一会儿呗。”妈妈有点害羞地说，“我和你爸是严格地等到结婚之后才在一起的。”

“我太羡慕你们那时候的人了！”

“我们那时候的人有什么好羡慕的？吃没吃的，穿没穿的，重重的阻拦，层层的压力，还是你们现在好。”

“好什么呀， 还不是重重的阻拦，层层的压力！比如他要毕业了，毕业了就会回国去——”

妈妈安慰说：“那没什么嘛，你跟他只差着一年，他先毕业先回国，你毕业了跟着就回国呗。你爸那时不也是先招工进城吗？我跟着考回城里，问题就解决了。”

“但是——你们都是 Y 市人，回城就回到一起了。我跟他又不是一个地方的人——”

“我听说他们上海人不愿意到别处去，拼死拼活也要回到上海。但你无所谓嘛，Y 市也不是什么了不起的地方，你毕业了可以去他那边啊。”

“那你们不想我？”

“怎么会不想呢？但女大不中留，迟早是要嫁出去的。”

她没想到妈妈这么舍得她，宁可母女分离，也要把她嫁出去，看来自己真是到了不中留的年龄了。

经过妈妈的一番分析总结鞭策激励，她的兴致又高了起来：看来禺杰还真是在追我！

她又开始盼望周末了。

但周末到了，师妹也到了，开着新车到的，人先不上楼，在下面打电话把她叫下去，两人先围着新车看了一通，师妹从经济效益、社会效益和审美效益等方面论证了“有钱偏不买法拉利保时捷而要买靠骡拉”的深层含义，才让她回到楼上，继续做饭，自己则一反常态，没看电视没玩游戏，站在厨房跟她说话。

师妹问：“感恩节快到了，你那个资阿姨有没有请你去她家吃火鸡？”

“没有啊。”

“Chelsea 也没请你？”

“也没有。”

师妹义愤填膺：“这是美国一年中最重要的节日，她们都没想到请你去吃火鸡？”

“火鸡有什么好吃的？”

“不是好吃不好吃的问题，而是个礼节问题。”

“她们可能——太忙了。”

“再忙也要过感恩节吧？别的节日你不过，还说得过去，但感恩节也不过？说了谁信呢？感恩节可是他们美国人的老祖宗传下来的！”

她开玩笑说：“那难怪资阿姨不过感恩节呢，因为她的老祖宗是中国人，只传了春节下来，没传感恩节。”

“中国人就不感恩了？中国人是最懂得感恩的！不是有句俗话吗？受人滴水之恩，当涌泉相报。你上次帮了 Chelsea 那么多的忙，她不该感谢感谢你？”

“她可能到外地走穴去了吧。”

“那资阿姨呢？她不是也受了你的恩的吗？”

“她受我什么恩？”

“你不是从中国给她带旗袍和礼物来了吗？”

“那算个什么呀？要算也只能算是我对她的感恩，因为她让她儿子去机场接我。”

“但她儿子没去啊。”

“她先生去了嘛。”

“但她先生没接到啊！所以说还是她欠你的。”师妹提议说，“这样吧，我们自己主动点，感恩节上他们家去拜访他们。”

她吃了一惊：“我们？那样——不大好吧？如果他们不在家呢？”

“肯定在家，感恩节就像我们中国的春节一样，是全家人团聚的日子。”

“既然是人家全家团聚的日子，我们外人怎么好跑到那里去？”

“家人团聚，还兴请客的嘛。我们的系主任就邀请全系的老师上她家去过感恩节。”

“是吗？你们系主任这么客气？”

“你不相信？等我明天用手机把她贴在系里的邀请信拍下来给你看。”

“我不是不相信，而是太——佩服她了，邀请全系的老师啊，那得多少人？都请到家里去，装得下吗？”

“肯定装得下！你以为人家像你那个资阿姨家一样？”

第五章 情不投，意难合

在美国的第一个感恩节，韦真算是驼子跌倒在街中央——两头翘（俏）啊！室友说可以带她去本州最大的 mall（购物中心）里抢 deal（折价商品）；禺杰则约她去外州的一个景点看灯饰。

她怕师妹逼着她一起去资阿姨家，就答应了禺杰的邀请，因为 Black Friday(黑色星期五)的血拼是清晨的事，不影响去资阿姨家吃火鸡大餐。但去外州看灯饰就不同了，来回最少得三天，一准儿错过，妥妥的。

师妹听说她要跟禺杰他们出去玩，鄙夷地说："跟他们那些猥琐男出去有什么玩头？一大群人挤在一起，还什么费用都要你自己出。我才不跟他们出去玩呢，要玩就跟白人哥哥出去玩。"

"白人哥哥就不要你自己出钱了？"

"要我出我也愿意啊！人家是高富帅，赏心悦目，一起出去多有面子！出点钱也心甘情愿。但那些猥琐男就不同了，全都是矮穷矬，我跟他们出去就是给他们面子了，如果还要我自己出钱——嘁，我疯了？"

师妹说是这么说，但还是很支持她跟禺杰他们出去玩的，只交代了几句："你可别跟那些男生住一个房间，他们都是光棍，很少碰女人，这种人最危险了！"

"好的，我记住了，谢谢你提醒我。"

离感恩节只剩两天的时候，她突然收到雀儿喜发来的请柬，邀请她去家里过感恩节，吃火鸡大餐，说特意从外地赶回来的，就是想趁感恩节的机会跟她聚聚。她很感动。俗话说得好，每逢佳节倍思亲，这段时间，连电视节目都专门播放有关感恩节的影片，里面的老外也都跟中国人过春节一样，匆匆忙忙往家赶，那些单身的、流浪的、没家人可聚的，都感到非常孤独寂寞。

出乎她意料的是，室友也收到了雀儿喜的请柬，非常开心地对她说："哇，太好了！我可以先去mall里血拼，拼完了就去她家，两全其美，一点都不绕路。"

她见雀儿喜连室友都邀请了，估计也会邀请禺杰和学生会会长。如果大家全都去资阿姨家吃火鸡大餐，就不会去外州景点看灯饰了。虽然她曾挖空心思地逃避跟师妹一起去资阿姨家，但那不代表她不想去，她其实是很想去资阿姨家的，想去看看扎克这个混血儿到底长什么样。她不愿意的，只是像师妹提议的那样，不邀自去。既然现在雀儿喜已经发来了香喷喷的请柬，她当然愿意去啦。她赶紧打电话给禺杰，想改计划，不去外州看灯饰了。

她把自己和室友收到雀儿喜请柬的事说了一下，问："你也收到雀儿喜的请柬了吧？"

他淡淡地回答说："有收到，怎么了？"

"没什么，就是问一下。"

"她太客气了，连我都请了。"

"你帮了她的忙嘛。"

"我帮她什么忙？"

"你不是帮她联系学生会会长了吗？你还帮她卖过票。"

"那不过是举手之劳。"

"才不是呢，如果你不帮她联系到会长，她连场地都没有，上哪儿表演？再说，她连我室友都邀请了，能不邀请你？"

"她还邀请你室友了？为什么？"

"她在我们这儿住了好几天呢。"

"但你不是说她住在客厅沙发上吗？那是你的地盘，关你室友什么事？"

"怎么不关我室友的事呢？客厅也有她一份，她让雀儿喜在客厅住，就是一份人情嘛。"

"你们那房子总共就一室一厅，你室友住卧室，你住客厅。你能不能说卧室也有你一份？如果卧室没你一份，为什么客厅要有她一份呢？"

这个问题她还从来没想过，只是天经地义地觉得室友可以使用客厅，但她不能跑室友卧室里去。经他一提，也觉得有道理，但她不想为这点事跟室友或者雀儿喜发生龃龉，就笑着说："呵呵，你对我说这些没用，应该对雀儿喜去说。"

“我才不管她的闲事呢，我是替你抱不平！”

“那你去不去？”

“去哪里？”

“去雀儿喜家吃火鸡大餐啊。”

“我去干吗？”

她有点意外：“你不去啊？我还以为——”

“别以为了，你要去就直说。”

“我——还没想好呢。”

“但你已经说好了去U镇了，我也告诉了阿辉，他已经把你的名字都加进去了。”

她没正面回答：“会长——他收到请柬了吗？”

“还能少得了他？人家可是出了大力的，如果不是他以学生会的名义借到我们Z大活动中心的大厅，你那个雀儿喜卖出的票钱还不够租个场地。”

“那会长去不去？”

“他的社交活动多得很，才不会跑那么远，去一个一面之交的人家里吃火鸡呢。”

“那如果我们都不去，会不会——很扫雀儿喜的兴？”

“谁说都不去？你室友肯定会去，还有师妹，她也肯定会去。”

她吃了一惊：“师妹也——收到请柬了？”

“这种事还少得了她？”

“但是她——好像没帮什么忙呀。”

“这个你问我就没用了，要问得去问你那个comedian朋友。”

她才不会去问呢。人家的节日宴，人家想请谁就请谁，关她什么事？但她还是有点放不下，雀儿喜请别的几个人，她都心服口服，毕竟每个人都帮了忙的。但雀儿喜连师妹也请，她心里就有点不那么舒坦了。

雀儿喜不管人家帮忙不帮忙，只要认识就发张请柬，那让她这个拼了老命帮忙的人怎么想？难道雀儿喜当时忙糊涂了，根本就没注意到谁帮了忙，谁没帮忙？但雀儿喜临走的时候，不是还特地提出要分一部分钱给她吗？说明人家心里还是有面镜子的。那为什么会请师妹呢？难道是看上师妹了？想把师妹介绍给哥哥扎克？很有可能！

也许师妹上次去资阿姨家，就被人家看上了，所以雀儿喜才会跑到 Z 大来演出，就是为了近距离观察师妹。而她这个二货，还以为人家真的是穷得叮当响，跑来挣几个辛苦钱的呢，她鞍前马后地围着人家转，人家会不会以为她对人家哥哥有意思？她决定如约跟禺杰他们去外州看灯饰，可以撇清一下自己，便给雀儿喜发了个短信，说非常抱歉，感恩节有别的安排，不能参加聚会，请原谅，云云。雀儿喜很快回了个短信，表示非常惋惜，但也没进一步邀请，只说来日方长，以后有的是机会。

她刚推掉，师妹就打电话来了："你拿到 invitation（邀请）了吧？"

"什么 invitation？"

"Chelsea 发的 invitation 啊。"

"哦，那个，拿到了，但我已经拒了。"

"拒了？你不去？"

"我已经说好跟禺杰他们一起去 U 镇看灯饰了。"

"那倒也是，答应了的事，中途变卦就不好了。"

她问："那你呢？你拿到 invitation 了吗？"

"我当然拿到了。那次如果不是我告诉她阿杰跟会长关系很好，而你跟阿杰关系很好，她怎么知道去找你，然后让你去找阿杰呢？"

她心说闹了半天你倒成了头等功臣了？看来这世界到处都一样，聪明人动动嘴，傻瓜跑断腿。到最后，如果傻瓜能和聪明人享受到同样的待遇，就应该感谢上苍了。大多数情况下，是聪明人摘桃子，傻瓜搬梯子，或者当人梯，让聪明人踩着上树摘桃子。算了，不想了。帮人的时候，就要做好白帮的准备，不然就别帮。

感恩节那天，她跟禺杰他们一帮人去 U 镇玩，总共有九个人，开了两辆车，相当热闹。U 镇有点远，开了五六个小时才到达目的地，在一家麦当劳吃了晚饭，正好天黑了，灯都亮了，他们就沿街走着，一家一家地看，边看边拍照。同行的还有两个女生，但都不熟，而且人家是跟着男朋友出来的，一路都跟男朋友二人世界，形影不离，搞得她只好跟禺杰搭伴，人家都以为他们是男女朋友。不过晚上住宿的时候，还是男女有别的，她和另外两个女生住一间，六个男生住了两间。

第二天，他们开车去了五十英里外的一个民俗博物馆，在里面逛了几个小时，等回到U镇的时候，天又黑了，正好接着看灯饰；第三天，他们很晚才回到家，她玩得筋疲力尽，洗了个澡就躺床上睡了；第四天早上才七点多钟，室友就起床了，在厨房用微波炉，把她搞醒了。

她问：“你今天还去学校？”

“去呀，要做实验呢。”

“雀儿喜家的聚餐好玩吗？”

“还行。”

“有哪些人去了？”

“我们这边就我和田睿去了，他们那边有不少人，不过我都不认识。”

她转弯抹角地问：“她家里人——都在吧？”

“她哥哥不在，其他都在。”

“她哥哥又不在？”

“不在。”

不知为什么，她竟然有点高兴。

中午，师妹打电话来了：“今天party不party啊？（今天聚不聚会？）”

“哦，我差点忘了今天是星期天了，禺杰肯定也忘了，他没来载我去买菜。”

“那我给他打电话吧。”

她抓紧时间问：“听说资阿姨家的聚会，扎克又没参加？”

“没有。”

“哇，他连家里的感恩节聚会都不参加？”

“忙呗。”

“再忙也不会连感恩节都不休息吧？”

“为什么不会呢？医院总要人值班吧？总不能说过个感恩节，连病人都不准生病了吧？”师妹神秘地说，“不过，我知道他长什么样了。”

如果你以为是资阿姨拿出影集给大家看的就太天真了！以师妹的商业头脑，想知道的一定有的是办法追根溯源，这不，师妹就是跑到资阿姨的卧室“翻”到了扎克的照片。

“他——长什么样？”

“太出乎我意料了。我想他是个混血儿，肯定长得很帅喽，最不济也会像个费翔。但结果太——太太太让我掉眼镜了。”

“你的意思是他——”

“丑到哭！”

她不太相信：“不会吧？怎么着也是个混血儿呀！”

“混血儿就一定漂亮？得看谁跟谁混吧？把你跟老黑老印老墨混一个，看你还会不会觉得混血儿就一定漂亮。”

“资阿姨是跟老黑老印老墨结的婚？”

“我不知道她跟谁结的婚，反正她儿子丑到哭。你不相信可以去她家看。”

“我才懒得跑那么远去看呢！反正他长得丑还是帅，都跟我没关系。”

“我也是这么说！”

这一次，连一贯“三年早知道”的老妈都吃了一大惊：“丑到哭？到底是怎么个丑法？”

“我也不知道，师妹只说丑到哭，没说具体是个什么丑法。”

“她开玩笑的吧？”

“不像啊，挺认真的。再说，她开这种玩笑干吗？”

妈妈又恢复了“三年早知道”的自信：“其实我早有预感，扎克肯定长得不行。你想啊，如果他长得帅，你资阿姨怎么会不肯给我看照片呢？我们那时可是正儿八经想做儿女亲家的！就算她儿子长得只是一般般，她也会给我张照片看吧？好歹我还把你的照片给了她一张。”

提到这个照片上的不平等条约，她的气就不打一处来，感觉像被人骗去拍了裸照似的，心里很责怪老妈：你一天到晚忙着给人做媒，怎么连最基本的规矩都不懂呢？交换照片的事，女方不是应该按兵不动，等男方先给照片吗？她揭短说：“你那时就有预感，怎么还一直说他像费翔呢？”

“我那是朝最好的方向估计的。”

“但你不是一向教导我凡事应该朝最坏的方向估计吗？”

她妈不吭声了。

她见受过“文革”大辩论锤炼的老妈都被她说得哑口无言，又有点于心不忍了，笑着说：“没事没事，你只是‘三年早知道’，而资阿姨结婚生子的事，十个三年前都不止了，你不知道也很正常啊。”

妈妈也笑起来：“你呀，真的是‘揭老底战斗队’的！”

她小时候最爱揭人老底，妈妈越对她眨眼睛，意思是叫她别说别说，她越说得欢，而且连妈妈都一并出卖："妈妈，你在眨眼睛，是不是叫我别说？"

一般来讲，连她都知道的事，大多是鸡毛蒜皮的小事，所以即便她揭人老底，也就是让人家有点尴尬而已，笑笑就过去了，没什么大不了的。但是有一次，她揭人老底却引起了轩然大波，改变了几个人的生活轨迹。

那时她还在读幼儿园，有一次，她感冒了，她妈就提前把她从幼儿园接了出来，早早地回家。她妈抱着她爬楼梯，爬得气喘吁吁汗流浃背，而她趴在妈妈肩头观风景，十分惬意。刚到家门口，她妈还没来得及放下她，就看见对门吴老师的爱人许老师跟一个年轻女人从屋里出来，见到她们母女俩，很吃惊的样子："张老师，今天这么早就下班了？"

"真真病了，我提前把她接回来。"

"哦，是这样。"许伯伯凑上来逗她，"真真，装狗了？"

她纠正说："我没有装狗！我生病了！"

妈妈急忙解释："装狗就是生病。"

"装狗不是生病！"

"许老师，你别理她，小孩子不懂事。"

许伯伯转身去锁门，她妈转身去开门，她趴在妈妈肩头，脸正对着许伯伯的后背。

她像发现了新大陆一样，大声说："许伯伯，你的衣服穿反了！"

她妈低声呵斥道："别管人家闲事。"

她犟嘴说："是穿反了嘛，背上那个'6'，像个'd'（拼音，读作'de'）一样！"

后来有一天，她在吴家跟吴老师的女儿玩，妈妈在跟吴老师说话，她突然看见阳台上晾着的衣服，得意非凡地指着许伯伯的运动衫说："妈妈，你看，那个6是不是像个d？那天许伯伯跟那个阿姨从屋里出来，就是这样穿着的，我说他穿反了，你还不信！"

她妈从来没打骂过她，连重话都很少说，但那天回家后狠狠骂了她一通，还威胁她，说以后再这样乱说，就用针线把她的嘴缝起来，可把她委屈坏了，不明白为什么自己这么渊博的阿拉伯数字知识和拼音知识，运用得这么娴熟，却没得表扬，反而挨了一通骂。

一直到她上大学了，有次回家过暑假，跟妈妈逛街的时候，远远地看见了吴老师。她妈把她拉到一边，悄悄对她说："看，那就是被你揭老底害得家破人亡的吴老师！"

"我揭她老底了？什么时候的事？"

妈妈把那件事学说了一番，然后问："你不记得了？"

应该说，她还记得这件事，小时候的很多事她都记得，但她没把握，搞不清是自己生活中发生过的事，还是从书里或者影视里看来的，因为她这个人看书看影视都很投入，经常把自己想象成其中的女主，久而久之，她就不知道那件事是真的在她身上发生过，还是只在书上影视上发生过了。像吴老师这件事，她就有印象，但她以为是某本书里看来的情节，完全不相信自己小时候能有那么多嘴，那么多事。

她承认说："嗯，还有点印象，但只是到你骂我为止。后来呢？"

"后来吴老师两夫妻就离了婚，都调走了。"

"但那怎么能怪我呢？我不过是说了个事实而已。"

"所以只说你是'揭老底战斗队'，没说你是'造谣战斗队'喽。"

"他们离婚是因为我——揭了许伯伯的老底？"

"那你说是因为什么？

"不是说'要想人不知，除非已莫为'吗？"

"说是这么说。但这些事，不说破就不存在。其实你许伯伯也没想过要离开你吴阿姨，两人结婚那么多年，又有孩子，谁会无事生非闹离婚呢？但那个女学生从读书时就喜欢你许伯伯，表白过好几次，但你许伯伯胆子小，不敢回应，怕人家告他诱骗女学生。后来那个女生毕业了，参加工作了，还没忘记你许伯伯，总来缠你许伯伯，最后你许伯伯就一时糊涂，做成了那事。"

"喊，活该！谁叫他一时糊涂的？"

"活该什么呀！许伯伯又没受什么惩罚！他跟吴阿姨离了婚，就跟那个女学生结了婚，生了孩子，过得也不错。但你看你吴阿姨，都老成什么样了！"

韦真死不认错："那也不怪我！如果我是吴阿姨的话，我宁可一个人过，也不会跟一个背叛过我的男人一起生活。我会活得好好的，比那个烂人还好！"

这些年过去了，她对出轨男人的看法并没变，但她早已退出"揭老底战斗队"了，还加入了对立组织，成了"睁只眼闭只眼打死不说战斗队"的成员，明明知道的事，如果对人不利，或者太刺耳，她都不会说出来。唯一的例外，就是对爸妈，有时还会揭揭老底，但也只是开玩笑的时候，主要是想看看爸妈的窘样，图个好玩。

她妈很快就恢复了自信，一板一眼地推理起来："难怪你资阿姨从来不对人说起那一段呢，肯定是有什么见不得人的事——"

"什么见不得人的事？"

"她是跟黑人有的扎克呀。"

"跟黑人结婚就是见不得人的事？奥巴马的妈妈就是跟黑人结的婚呢。"

"跟黑人结婚不是什么见不得人的事，但她肯定并没跟那个黑人结婚，如果是正大光明结了婚的，干吗这么遮遮掩掩呢？"

她附和说："有可能。她可能没跟扎克的爸爸结婚，而是跟一个白人结了婚，因为我听雀儿喜说过，资阿姨过世的丈夫是个白人，搞 IT 的。"

"我记得她刚出国——应该说是刚逾期不归的时候，闹得可沸沸扬扬呢，不光省里的人知道，连我们 Y 市的人都知道了，说她被外国的土人拐去做压寨夫人了，有的人还挺幸灾乐祸，说谁叫她长那么漂亮的？那么看成分的年代，她都能一路飙升，从市里调到省里，还被省里的大官看中，吃香的，喝辣的，还被派出国去访问演出，这下访得好，被外国土人抢跑了！真是成也是这张脸，毁也是这张脸啊！"

"她后来去了美国，不是把那些人气死了？"

"可不是嘛，说得可难听呢！"

她不问也知道那些"难听"的说法究竟是什么，女人嘛，还有什么比"卖身"啊"做鸡"啊更难听？

她妈说："可能那个美国白人是个探险家，到那些没开化的蛮荒地区探险的时候，遇到了你资阿姨，就把她救了出来，爱上了她，把她带到了美国。"

"呵呵呵呵，你可以写小说了！"

"你以为我写不出来？我是没时间，等我退休了，有时间了，我也来写小说，保证很多人爱看。"妈妈严肃地说，"好了，不开玩笑了，说正经的，不管扎克是谁的儿子，长什么样，咱都别去惹他。当务之急是把禹杰抓紧点——"

"我还抓得不紧吗？都跟他出去旅游了！"

"这次不错，我的意思是再接再厉。"

感恩节一过，秋季学期就接近尾声了。“五人吃喝团”里，有三个都准备回国去过寒假。室友说爷爷病了，恐怕不行了，要赶回去跟爷爷见最后一面；禺杰和朱小亮则要回国联系工作。

韦真决定寒假就留在美国，一是为了节约机票钱，二是为了利用这个假期完成她120小时的volunteer（义工）工作。师妹则是为了“融入美国主流社会”：“我才不回去呢，他们几个都是loser（失败者），回国是为了找工作。”

“我室友就不是为了找工作。”

“喊，你听她说！如果是她爸妈快死了，她说回去见最后一面，我还相信。但跑这么远回去看爷爷？说了谁相信呢？”

她不想为了这些鸡毛蒜皮的事跟师妹发生争论，便问：“禺杰他们两个都决定回国工作了？”

“不回国又能怎么样？谁叫他们早不努力融入美国主流社会的呢？现在哭娘都来不及了！”

她不是第一次听到“融入美国主流社会”这种说法了，但从来没搞明白美国的主流社会到底在哪里，又怎么个融入法，不禁好奇地问：“美国的主流社会——到底是什么呀？”

“你连美国的主流社会都不知道？就是那些——美国精英阶层啊。”

“哪些阶层才算精英阶层？”

“肯定是收入最高的那百分之几喽。”

“那怎么样才能融入美国主流社会呢？”

“当然要多跟美国人接触喽，如果你接触都不接触，怎么谈得上融入？像我们这样每个星期都跟中国人聚在一起吃吃喝喝，永远都融入不了美国的主流社会。”

“那——等他们几个走了之后，我们两人就别聚在一起吃吃喝喝了吧。”

师妹急忙解释：“我不是说不能在一起吃吃喝喝，关键是看你跟什么人在一起吃吃喝喝。跟他们几个老中猥琐男在一起吃吃喝喝当然没什么出息，但等他们几个人走了，我会邀请一些老美来聚餐，让你接触一下美国人——”

韦真急忙推托：“别别别！快别邀请老美了！我准备利用寒假时间把那120个小时的volunteer都补了，不然下学期很多课都不能修。但寒假这么短，我可能周末都得做才行，不然一个寒假做不出120个小时来。”

“你找到地方做volunteer了？”

“找到了，但有点远，要开车去才行。”

师妹出谋献策说：“阿杰寒假不是要回国吗？你可以让他把车借给你开。正好借这个机会考验他一下嘛，如果他连车都舍不得借给你开，那他就太太太小气了，这种人绝对不能要，不然该你今后受苦！”

“但也许他不是小气，只是——出于安全考虑？”

“嘁，如果你开他的车不安全，那你开别人的车就安全了？”

“我不是这个意思，我是说——可能主要是车保险的问题，如果他把车借给我开，万一出了事怎么办？”

师妹内行地说：“这个你放心，车保险是保车的，不是保人的。只要他那辆车买了保险，那么不管是谁出的事故，保险公司都会赔。”

她有点不相信：“还能这样？”

“当然啦！”师妹又说，“如果阿杰不愿意把车借给你，你可以问你室友借，她不是有车吗？”

她可不敢开这个口，室友的车虽然很旧，但也当个宝贝一般，平时基本不会提出载她去哪里，更别说把车借给她开了：“算了，借谁的车都不好，我还是买辆车吧。”

“你有钱吗？”

“买旧车应该还是够的。”

“但旧车多容易坏啊！你忘了那次我们开小亮的车了？坏在半路上，真是叫天天不应，叫地地不灵！”

她开玩笑说：“谁说叫天天不应？我们不是把禺杰给叫来了吗？”

“但他假期不在这里啊！你去叫谁？”

“我叫AAA，他们有road service（AAA公司的途中服务计划）。”

师妹像护士遇到了不肯打预防针的犟乖乖一样，以一种“不听老人言，吃亏在眼前”口气说：“反正我该说的都说了，你自己不听，我就没办法了，到时候别怪我没提醒你！”

“不会的。我知道你提醒我了的。”

“也别打电话让我去救你！”

“保证不会。”

“我知道你不会，但你会到处乱讲，说我见死不救——”

她忍不住笑起来：“原来你在担心这个呀？放心吧，我不会到处乱讲，我什么时候到处乱讲过？”

这下轮到师妹笑了：“呵呵呵呵，你自我感觉还挺不错呢。如果自我感觉能当饭吃就好了哈？”

“呵呵，这年头，自我感觉就像手机一样，缺了就活不下去！”

晚上，她跟妈妈商量买车的事，妈妈有点担心：“开车安全不安全啊？我听说美国很多车祸的，光我们中国去的留学生就撞死好多个了。”

她知道她妈一向都把外国的生活想象得很可怕，可能把美国那些灾难片警匪片谋杀片的情节当真事了。她解释说：“哪里有撞死好多个啊？有是有几个，但那都是‘小留’，仗着自己爹妈有钱，又在国内学过开车，所以开着豪车在高速公路上飙车——”

“我知道你不会飙车，但我就怕别人飙车把你撞了！”

“我又不去那些热闹的州际高速公路，我只在本地公路上跑跑，最高限速才 45 英里，怎么会被飙车的人撞呢？”

妈妈千叮咛万嘱咐，好像她是三岁小孩，而且是四肢不全加脑残的三岁小孩似的。

她解释了又解释，保证了又保证，妈妈才同意她买车：“那你就买个车吧，依靠人家总是不方便。我就是怕你开旧车不安全。”

“不会的，这里很多人都是开旧车，啥事没有。就算有事，也就是经常要修而已。”

“唉，但愿如此。”

她得到了妈妈的准许，就开始找车看车。正忙乎呢，资阿姨给她打电话来了：“我听你妈说你想买车？”

“嗯，主要是做 volunteer 需要，我要是不赶在寒假里把 120 个小时补完，下学期就有好几门课都不能休。而这些课，都是一年才开一次，我错过了下学期，就要多拖半年才能毕业。”

“我这里倒是有辆车可以给你开，就是有点旧，已经开了八万多迈（英里）了。”

她看了这段时间的车，已经有点内行了，知道开八万多迈的车绝对不算太旧，急忙说：“那太好了！我就买您的车吧，要多少钱？我看看够不够。”

资阿姨连声说：“哪里会要你的钱啊？我是说借给你开。”

“哇，那怎么好意思？”

“有什么不好意思的？是辆旧车，放在车库占地方，你拿去开正好帮我腾个空地出来。是辆 mini van（面包车），但我们家几个人都经常跑长途，开大车费油，但有时运大东西又用得上，所以一直没卖，放在那里，我儿子定期保养。现在你需要车，先拿去开吧，等你毕业了再还我就行了。”

“您要不肯收钱，我就不买您的车了，还是去外面买。”

“那何必呢？你在外面买旧车，贵都不说，还不知道车有没有问题。我家这个车，都是我儿子亲自保养的，安全性可靠嘛。再说你爸又没工作，都靠你妈一个人，你干吗花那些冤枉钱？就这么说定了，我让我儿子找个时间给你把车开过来！”

“那您得交代他收钱才行，不然我不会要您的车的。”

“行！”

她向妈妈报喜的同时，也责怪了几句，觉得妈妈不应该跟资阿姨叫穷，妈妈顿时觉得委屈了，自己不过是担心女儿会被骗，毕竟资阿姨在美国待了那么多年就想着可以帮她留意把关。她知道她妈不熟悉这边的地理状况，以为跟在国内一样，人与人都住得很近，过个街就到了资阿姨家。

“我就怕人家觉得我们得寸进尺，黏着人家，什么事都去麻烦人家帮忙。”

“我一再对她说了，如果不方便就只当我没说的——”

“好了，你说都说了，也不能收回了，这次就算了吧。反正我们以后记得别老麻烦人家，而且要想个办法还这个人情。”

“还人情的事，你别操心，我会安排好的。等她回国的时候，我好好招待她。”

“吃喝团”的几个人听说了这事，都持严重怀疑态度，力劝她别买这个车。

师妹说：“明显的是卖不出去了才想到把这个破车塞给你的嘛！她要是能卖出去，还不早就卖出去了？”

禺杰说：“卖不出去倒不一定，但那个扎克又不是专业修车的，他亲自保养的车就一定安全？”

她内行地说：“我肯定会开到车行让人检查一遍的。”

室友摇摇头：“你听说过这样一句话没有？好货不便宜，便宜无好货！”

朱小亮质问室友说：“她告诉你价格了？你怎么知道便宜？说不定又贵又不是好货呢。”

她见这四个“有车阶级”谁都没一拍胸脯说：“快别买那个车了，你要开车，就开我的吧！”便知道他们之中至少有三个是在嫉妒她被天上掉下来的馅饼砸中，千方百计劝她把馅饼扔掉呢。只有禹杰的考虑还是有道理的，而且是出于对她的关心。

她一锤定音地说：“不管你们怎么说，反正我是决定买这个车了，都答应了，总不能反悔吧？你们要是诚心帮我，就把你们谁的车先借给我学学，尽快拿个驾照，等资阿姨的车一到，我就可以开去做 volunteer 了。”

那几个人都被她这一军将死了，一个个装聋作哑，顾左右而言他，只有禹杰还算坦率：“学车最坏车了，而且我马上就走了，别人用我的车来教你开车，我不放心。”

她理解地说：“哈哈，开玩笑的啦！我要是想借你们的车来学，早就开口了，也不会等到今天，我自己买的车都快到了，干吗还要借你们的车来学啊？”

师妹说：“等扎克定下给你送车来的时间后，你提前告诉我一下，我来给你把个关。”

她嘴里答应着“好的”，但心里却决定不告诉师妹，免得师妹跑来七说八说，好像她在嫌弃资阿姨的车不好似的。

当天晚上，禹杰就给韦真打电话来了：“我在网上帮你找了辆车，我们现在过去看看吧。”

她很吃惊：“过哪里去看看？”

“当然是卖车人家里喽。”

“现在去卖——卖车人家里？”

“是啊，我的车就是这样买来的，比从 dealer（车行）那里买便宜多了。”

“但是我已经答应买资阿姨的车了——”

禹杰有点生气地说：“你买那个车干吗？看都没看过，开也没开过，你敢担保那车没问题？”

“资阿姨说她儿子定期维修——”

“我都说了，她儿子又不是专业修车的，他定期维修有什么用？再说那是一个 mini van，你知不知道 mini van 是什么车？”

“是——是面包车吧？”

“是啊，那么大的车，你能开吗？可能连刹车和油门都够不着！”

“我把座位拉前点也不行吗？”

“座位是可以无限制拉前的吗？”

她也担起心来，如果把座位拉到了最前面还是够不着，那怎么办？便嗫嚅说：“我——我也有点担心这个。”

“那你干吗要答应买她的车呢？”

“我——当时她说要把车给我开，我——太感动了，只在想着怎么说服她卖给我，而不是送给我，所以根本没注意到她说的是个大车。我跟她打完电话之后才想到这一点，但那时话已说出口了，不好意思反悔。”

禹杰批评说：“那到底是你的意思重要，还是你的命重要呢？”

她见他那么关心她的命，心里很感动，有点惶惑地问：“那你说怎么办？”

“你给她打个电话，就说你不会开大车。”

“只好这样了。”

“要打就快打，免得人家给你把车开过来了，你再说不要，那就太麻烦人家了。我跟人家约的今晚九点过去看车，现在已经快到了，我们出发吧，电话你可以在车上打。”

“但是我明天有考试——”

“我明天还不是有考试？”

“那我们改个别的时间行不行呢？”

“约都约好了，怎么改？再说这车非常合算，车又新，里程数又低，等到明天说不定就没有了。”

“很新啊？那得多少钱？太贵了我买不起。”

“肯定都是比着你的预算找的嘛，你当我脑子进水了？”

她急忙声明：“不是，不是，我是怕……”

“我们赶紧出发吧，有什么事车上说。”

“好的。”

话音刚落，就听到有人敲门，她走过去，打开门，发现是禺杰："哇，这么快？"

"俗话不是说了吗，说禺杰，禺杰就到。"

"你刚才就在外面？"

"是啊。听不出来？"

"怎么不进来当面说呢？"

"怕你不同意。"

两人开车来到卖家门前，发现不是普通住家，而是一个很大的场坝，有半人高的栏杆围着，里面停了好几辆车，院子旁边有个小房子，像个办公室之类。他们按了一通门铃，出来一个中年男人。他们说明来意，那个中年男人把他们领到院子的铁门边，打开门锁，走到一辆红色的小车跟前，说："This is it（就这辆）."

禺杰就着灯光查看车里车外，边看边提问题。全部查看了一遍之后，小声对她说："这车不行，我们走吧。"他们告辞走出铁门之后，还听见那个中年男人在叽叽咕咕发牢骚。

回家的路上，她问："那车怎么不行？"

"这是个小 dealer，我还以为是私人卖车呢。那车的 odometer（里程表）肯定动了手脚的。"

"你怎么知道？"

"他广告上只说 low mileage（里程数低），没说具体数字。刚才一看，才跑了五万多英里，但只卖五千五，怎么可能呢？"

韦真由衷地佩服说："哇，你想得真周到！如果是我的话，肯定被他骗了，还以为自己赚大发了呢。"

"你听过这样一句话没有？ Too good to be true（看上去太好了，不可能是真的），凡是那种天上掉馅饼的事，你就得多打几个问号，因为卖家都不是傻瓜，亏本的生意，人家肯定不会做。俗话说得好，只有买错的，没有卖错的！"

她知道他这话是有所指的，但她觉得资阿姨不是卖家，而是朋友，所以资阿姨不会骗她。但她知道不能这样说，不然禺杰更不高兴了。他开车把她送到她的楼下，嘱咐说："你记得给资阿姨打电话，我明天再上网找找看，争取在我走之前帮你买到车。"

“好的。谢谢你了！”

但等她回到屋里，拿出手机给资阿姨打电话的时候，又不知道该怎么开口了。谁也不能保证这几天就能买到一辆合意的车，如果买不到，禺杰他们都回国了，她就算在网上找到合适的车，也没办法去看。虽然师妹有车，但她不能保证师妹会随叫随到，带她去看车。如果不在寒假前买到车，她做 volunteer 的事就泡汤了。不管怎么说，有资阿姨那辆面包车，总比没车强。她知道也有女生开面包车的，貌似人家也没够不着油门嘛。正在犹豫，资阿姨打电话来了：“你明天什么时候有空？我想明天给你送车来。”

她立即把推辞的事忘到了九霄云外，激动地说：“我明天上午有考试，但是下午都在家。”

“好，那我们下午过来吧，三点钟方便吗？”

“方便方便！太谢谢您了！”

“别客气，举手之劳。”

那一夜，她怎么也睡不着。虽然第二天早上就有考试，但她的注意力完全没法放到复习上，而是围着扎克打转。她觉得扎克可能会像那个黑人明星丹佐·华盛顿（Denzel Washington）。她看过他演的《费城故事》（*Philadelphia*），和《怒火救援》（*Man on Fire*），他在两部影片里都是扮演勇敢正直聪明智慧的正面人物，无论是口才了得的律师，还是枪法精湛的保镖，都是舍生忘死维护真理保护他人的英雄。看丹佐的影片时，她从来没注意过他的肤色，更没觉得他丑，每次都被他出色的演技所征服，不知不觉地进入到剧情中去，为他骄傲，为他担心，当看到他饰演的保镖离开人世的时候，她禁不住流下了眼泪。

她想到明天下午，“丹佐”就会给她送车来，可能会停在她楼下，然后给她打电话。她兴冲冲地跑到楼下，会看见他斜靠在车上，忘了这是哪个影视或者书里的经典桥段了，总而言之，斜靠是必须的！当他看见她走过来，肯定会粲然一笑。两排牙齿白得耀眼，排列整齐，赏心悦目。她很后悔没多看几部丹佐·华盛顿的影片，也不知道他有没有主演过什么爱情片，如果有的话，她一定要找来看看。

第二天上午考试的时候，她感觉很疲惫，睡意一阵阵袭来，有好几次她都是写着写着就睡过去了，不过很快就惊醒过来，继续答题。幸好她这门课的老师允许他们带一张 A4 纸的 cheat sheet（直译：骗人纸；备忘单；闭卷考试中老师允许学生带入考场的笔记）进考场，她前几天就把重点问题的答案密密麻麻地打印在纸上了，所以今天大多数时间都是在往试卷上抄答案，不然肯定考不及格。

交卷之后，她立即乘校车回到家，随便吃了点东西，就收拾屋子，收拾自己，精心画了个淡妆，但又洗掉了，怕被人认为“女为悦己者容”。衣服也是换了好几套，既要能在楼下寒风中好看，又要能在进屋后脱掉外衣了不丑，真是煞费苦心。三点还没到，就有人敲门，她吓了一跳，以为是师妹能掐会算，知道扎克今天要来，就提前赶过来了。她跑过去打开门，欣喜地看见资阿姨站在门外，穿着一件军绿色的 parka（大衣，尤指带帽子的大衣），帽子上镶着毛边，腰那里有松紧带拉着，下面是黑色的紧身裤，齐膝的黑皮靴，打扮得很潮很年轻，亭亭玉立。她兴奋地跟资阿姨打招呼，眼睛却一直往资阿姨身后望。

资阿姨说：“车给你开来了，你下去看看吧。”

她急忙跟着资阿姨下楼，但没看见牙齿白得耀眼的丹佐·华盛顿，只看见穿得胀鼓鼓的邵伯伯，缩着脖子，站在冷风中。

资阿姨嗔怪地说：“不是叫你坐车里等的吗？”

她急忙招呼说：“邵伯伯，资阿姨，外面太冷了，我们上去坐吧。”

“不了，不了，我们还想趁天黑前赶回去的。”

“今天就回去？在这儿住一晚吧，明天我考完了，还想请你们教我开车呢。”

“已经说好了，等你考完了，让喜妹过来教你开车。”

“那——你们也不用现在就走啊，现在还早呢，上去我做点东西给你们吃。”

“不早了，现在天黑得快。”

她还存着一线希望，以为扎克会打开面包车的车门，从里面出来，但她仔细看了一下，连面包车的影子都没看见，她往前走了几步，把楼前的一排车都看了一遍，还是没看见面包车。资阿姨已经把车钥匙从自己的钥匙环上取了下来，交到她手中，又从包里拿出几份文件：“这个是车的 registration（汽车登记卡），这个是保险卡，都要放在车里，有事的时候，警察会问你要的。”

她又激动得晕晕乎乎了，接过文件，连付钱的事都忘了，只急切地问：“车呢？我没看到车啊！”

资阿姨指指邵伯伯左边那辆车：“就是那辆。哦，我昨天打电话时可能忘了说了，我儿子昨天回来，我让他把那辆 mini van 再检修一下，好给你开，他问你多高，我说比我矮一点吧，他就说你开 mini van 可能有点吃力，还是他来开吧，你就开他的车，比 mini van 新。”

她更晕乎了：“那——那怎么好？”

“没事啊，你是女孩子，开新点的车比较好，免得坏在路上麻烦。”

“那他——”

“他一个男人，开大车没问题，再说他会修车，坏在路上也不怕。”

两人又寒暄了几句，架不住邵伯伯一副迫不及待要走的样子，资阿姨只好告辞：“那我们回去了，你也快进屋去，外面冷。你考完了，就给喜妹打电话，让她过来教你开车，我马上又要到外州办班去了，圣诞前才回来，到时请你去我家玩。”

她就一直晕乎到资阿姨两口子开车离去，才想起没给人家开支票，看来只好寄过去了。然后她拿起资阿姨刚给她的车遥控，按了其中一个按钮，那辆银灰色汽车的后备厢向上弹开了一点，她知道那就是扎克让给她开的车了。她走到车尾那里去关后备厢门，发现那上面有个斜斜的 L 字母，像个大大的小于号。

我们韦真同学也不是纯粹的车盲，且不说她老爸曾经开过出租车，就算她祖宗三代全都是“无车阶级”，她生活在这样一个“没车就没媳妇”的年代，耳朵里还是灌满了有关车的信息的。

俗话说，没吃过猪肉，还没见过猪走路？她觉得这个俗话现在应该倒过来：没见过猪走路，还没吃过猪肉？理由是：现在多的是吃过猪肉但没看过猪走路的人。不管怎么说，这个斜斜的“L”，并非火星文，也非甲骨文，她还是认识的，知道那代表着 Lexus，在中国，有人叫它“凌志”，有人叫它“雷克萨斯”。

她觉得“凌志”比“雷克萨斯”好听多了。“凌志”，那不就是“凌云之志”吗？马上让人想起高飞的鸿鹄，展翅的鲲鹏。而“雷克萨斯”则带给人很不好的联想，自从有了“雷人”这一说法，她见到“雷”字就觉得是个贬义词。而自从中国闹了那次“SARS（非典）”之后，“萨斯”就成了“瘟疫”的同义词。如果又“雷”又“萨斯”，那真是不要人活了！把 Lexus 翻译成“雷克萨斯”的人，脑子肯定有毛病。要么就是厂家得罪了翻译，被翻译给黑了。

好了，不扯那么远了，先解决当务之急，看看这车多少钱。买是肯定买不起的，但如果自己的钱够租一年半，那就按租车的价格付钱给资阿姨。她飞奔上楼，打开电脑一查，下巴差点掉到了地上。啥？这么贵？如果租车的话，首付是三千美金，月付是四百二十美金，比她的房租还贵！这还是最便宜的一家。她手里准备买车的这点钱，交了首付之后，只够交五个月的租金。她每个月的助研工资还不到一千，交了房租余下的钱只够吃喝，哪有钱租车？如果能住在车里，或者房子能开，她的工资就够了。可惜，车不能住，房子不能开。

她立即给资阿姨打电话："资阿姨，对不起，我不能开您这个车。"

"怎么了？"

"这是 Lexus！又这么新，我哪里买得起？"

"我也没说卖给你啊。"

"租也租不起啊！"

"我也不是租给你啊！只是暂时借给你开开。等你毕业了，如果回国的话，就把车还给我；如果留在美国工作，那就等你买了新车之后，再把车还给我。"

"但是——要是我把车开坏了怎么办？"

"怎么会开坏呢？就算坏了也没事，小问题就打电话给 Zac 让他修，大问题就直接送 dealer（车行）那里，这车还在保修期内，修车不用花钱的。"

"但是——这么贵的车，我要是撞坏了怎么办？"

"有保险啊，我买的全保，不管是谁撞谁，都会赔的。"

她知道保险公司的钱也不是好赔的，它今天赔了你，明天就会涨你的保险，而且被撞过的车，就算修好了，也留下了记录，以后卖车时就会身价暴跌。

她商量说："要不您——把您家旧点的车借给我开，这个豪华新车还是让 Zac 哥哥开？"

资阿姨解释说："我是想把旧车给你开啊，但喜妹开的是 SUV（Sports Utility Vehicle，运动型多功能车），你邵伯伯开的是 truck（卡车），我虽然开的是辆小车，但我马上要到外州去办班，那边又是雨又是雪的，地上又经常撒盐，那个盐水很坏车的……"

"我就是觉得——这么贵的车，我真是消受不起。"

"快别这样说了，车都是用来开的，有什么消不消受得起的？你只要好好开车，别出事，我就心满意足了。我本来早就想给你辆车开的，就是怕万一出点事，我后悔一辈子，所以一直不敢开这个口，这次是你妈提到了，我才敢大起胆子说这个话。”

“哎呀，你怎么这样说呢？就算出事，也不是您的错啊！”

“快别‘就算’了，一定记得小心开车，别出事。”

“嗯嗯。”

“你那个保险，我没你的驾照信息，是找熟人经纪把你的名字加上去的，你拿驾照之后，记得按照保险卡上的号码给经纪打个电话过去，把你的驾照信息补给她。”

“好的。”她感动得语无伦次，“资阿姨，您——您想得——您真是想得太周到了！等您回国——我妈说等您以后回国的时候，她好好招待您！”

“好啊，那就这么说定了！你在这边我照顾你，我回国了就该你妈照顾我了！”

“一定的，一定的。”

给资阿姨打完电话，她马上写了个5500美元的支票，准备寄给资阿姨。现在先开着这车，趁寒假把120小时的volunteer做了，下学期尽量找近处的实习，就把车还给资阿姨。

她想起禹杰还在帮她找车呢，赶快打电话通知他：“那个——你帮我在网上找车的事——”

“别急啊，我刚考完，马上就上网去找。”

“太谢谢你了！我想说的是——那个——你不用找了。”

“你找到车了？”

“不是，是那个——资阿姨已经把车送过来了。”

“送过来了？什么时候的事？”

“就刚才，所以我特地打电话跟你说一声，免得浪费你时间帮我找车。”

他责怪说：“我不是告诉你要赶在她把车送来之前就打电话吗？”

“呃——我昨晚忙着复习。”

“打个电话能要多少时间？”他缓和了口气说，“算了，送都送来了，再说这些也没用了。这样吧，你先看看坐进车里够不够得着刹车和油门，如果够得着那最好，够不着的话——我可以跟你换车开。我开你的大车，你开我的小车。等我毕业走的时候，你把她的车还了，开我的车好了。”

“但是我把买车的钱都付给资阿姨了，到时候就没钱买你的车了。”

“我说了要你付钱吗？”

她感动得热泪盈眶。谁说天上不会掉馅饼？瞧瞧！天上不仅能掉馅饼下来，还能连着掉好几块，块块砸中同一个脑袋！

“你不愿意跟我换车开也行。”他突然换了个话题，“你现在在家还是在学校？”

“在家。”

“那这样吧，我现在直接上你那儿，我们一起上网找车，找到合适的车了，马上定下时间过去看。”

她急忙说：“不用了，不用了，资阿姨她——我的意思是那个车——是个小车，我够得着。”

“是个小车？她不是说是 mini van 吗？”

“本来是 mini van，但是扎克说我个子不够高，开大车不方便，就把他的车让我开了。”

“是扎克把车送过来的？”

“不是，是资阿姨和邵伯伯把车送过来的。”

“那我过来帮你看看车，别有什么问题。”

她知道那车还在保修期内，肯定没问题，但盛情难却，只好回答说：“好的。”

他很快就到了，在楼下打电话给她：“我到了，你下来吧。”

“好的。”她边打电话边下楼。

他问：“是那辆 Nissan（尼桑，日产）吗？”

“呃——不是。”

“Mazda（马自达）？”

“也不是。”

“不会是美国车吧？”

“不是美国车。”

“那是哪辆啊？”

“是——是那辆——凌志。”

她说完这句，就把电话挂了，好像绑匪听到人质家属同意付钱，就果断挂掉电话一样，怕拖延一分钟不挂就会被警方查到自己的电话号码，逮捕归案。

她来到楼下，看见禹杰正站在她的车边上，见到她就伸出手："钥匙给我。"

她忙不迭地送上去："在这里。"

他接过钥匙，打开车门，坐进车里，把车发动了，又下车出来，走到车头那里，打开前盖，用一根铁棍子一样的玩意儿支起前盖，这里摸摸，那里听听。好一会儿，才把前盖关上，面无表情地对她说："光是听和看，发现不了什么问题，我们出去兜一圈。"

"好。"

两人坐进车里，他像个教车师傅，神情严肃地开着车，而脚下则像跟油门有仇似的，一会儿松开，一会儿猛踩，可着劲地折磨，搞得她心疼肚疼，生怕他这么忽快忽慢忽紧忽松地，会把油门给得罪了。这一圈兜了半个小时，才回到她楼下。他把车熄了火，说："车是没什么问题的。"

她像高考的学生终于上了线似的，松了口气："车挺新的，应该没什么问题。"

"但我还是那句话：too good to be true（太好了，不可能是真的），你想想看，她跟你非亲非故，干吗要把这么好的车借给你开？"

"是因为我妈过去有恩于她？"

"嘁，连你自己都说了，你妈那时也不是为了保护她，而是怕连累自己。"

"但是那只是她的动机，从实质上讲——我妈还是救过她的。我不是说没揭发她那件事，而是帮她排练，让她演戏的时候能哭出来了。"

"但你不是说过，她哭出来是因为想到了她爷爷吗？"

她哑口无言，只恨自己平时讲古讲得太生动形象细致入微了，搞得听众都记得那么清楚，到时候就当作矛拿出来刺她的盾。他乘胜追击："你可以把这事对别人说说看，我保证只要是个人，只要有脑袋，而且脑袋里装的不全是水，都不会相信她是在报恩。"

"那你说是为什么？"

"你不知道？"

她摇摇头。

他不客气地说："你别甲醇（假纯）了！ 这种事你会看不出来？又不是三岁两岁的小孩！"

她最恨人家说她假纯了，更恨人家说她装嫩，现在他一下犯了她两个大忌，韦真不由得怒火中烧，没好气地说："我老糊涂了，不知道她是什么用意，也不知道你在说什么！"

他耸耸肩："没事儿，反正现在的人都拜金，只要有钱，明知道是个坑，也愿意往里跳。"

"你这是什么意思？"

他已经钻出汽车了，又转过身，手扶在车门上，躬着身子对她说："我是什么意思，你现在可能真的不明白，也可能是装不明白，不过总有一天你会明白的，到时别怪我没事先警告你。"

说完，他砰的一声关上车门，钻进自己的车，绝尘而去。这事要是放在平时，韦真心里一定会很难受，因为她最不愿意得罪人，最怕别人讨厌她恨她，所以她总是能忍就忍，能让就让，钱吃点亏，时间吃点亏，人吃点亏，都没问题，只要能赢得大家好感就行。万一好感赢不到，至少也不能得罪人。但今天禺杰有几句话说得太伤人了，又说她甲醇（假纯），又说她装嫩，还说她拜金，已经率先把她得罪了，所以看到他绝尘而去，她也没觉得难过，只气得发抖。

等她上楼后，想到今后禺杰再也不会理她了，再也不会开车带她去买菜，再也不会来她这里吃饭了，她心里就难受起来。不管怎么说，禺杰还是掉在她头上的一块馅饼，只是因为她吃了另一块馅饼，他才那么生气。如果她妈知道了，肯定会怪她不会办事，功亏一篑，把老人家快到手的女婿给搞吹了。但她也想不出怎样才能挽回这事，资阿姨热心地借车给她开，又大老远地把车送来，如果她不接受，岂不是得罪了资阿姨？如果二者必得罪其一，那也只好按顺序得罪了。当然，这个顺序是反向的，就像一个饿汉对待天上掉下来的馅饼一样，肯定是先掉下来的先吃，等到第二块馅饼掉下来的时候，饿汉已经吃饱了，自然是吃不下去。虽然饿汉是很想把第二块馅饼存起来待会儿再吃的，但如果馅饼不同意，饿汉也没办法，只能眼睁睁地看着第二块馅饼绝尘而去。

她想通了，准备静下心来复习，但师妹跑来了："听说你搞了辆凌志？"

"是资阿姨借给我开的。"

"哇，她肯定是看上你了，想让你给她儿子做老婆呢。"

"别瞎说了，人家怎么会看得上我？"

"有什么看不上的？她那个丑到 cry 的儿子，能娶到你这样的媳妇就不错了，她还想怎么样？"

“他到底是怎么个丑法？”

“嘿嘿，我的语文是体育老师教的，我描绘不出来。”

“你不用描绘，就打个比方，说他像谁就行了。”

“像谁？嗯——我还真说不上来，因为我俩都认识的人当中没有他那么丑的。走，我教你开车去！”

“现在？你考完了？”

“考完了。”

“但我明天还有一个考试，今晚得复习。”

“你们系的考试还用复习？都是些条条款款死记硬背的东东，又能带cheat sheet进去，还能更容易点吗？如果我学你这个专业，我连课都不会去上！”

她见师妹这么鄙视她的专业，心里很不高兴，决计不跟师妹去开车，等考完了请雀儿喜来教自己。

师妹说：“你要是没时间，就让我把凌志拿去开几圈吧。”

她一听就慌了，生怕师妹把她的车拿去乱开搞坏了，马上说：“我跟你去吧，你教我开车。”

两人兴冲冲地上了车，师妹边开边说：“其实这个车跟我那个车都是同一个厂家生产的，连构造都差不多，有些部件还不如我那个车，但小日本鬼点子多，搞出这么一条线，说是丰田的豪华车，专门用来忽悠扎克那样的人的。”

“扎克是哪样的人？”

“老黑呗。”

“小日本忽悠老黑？”

“是啊，你看哪个白人买这种车了？人家要么就买大车，要么就买真名牌，奔驰宝马劳斯莱斯，才不会买凌志这种车呢，多花几万块，买的还是个丰田车，谁会那么傻呢？”

两人来到学校一个比较偏远的停车场，晚上和周末基本没什么人在那里停车，Z大的华人学车，都是跑这里来学。师妹先示范性地开了几圈，然后才让她坐到驾驶室去。韦真爸开出租车的时候，教过她开车，不过还没等她拿驾照，她爸就遭了抢，车也被砸坏了，她爸从那起就不肯开车了，她家也就没再买车，而她也就没再开过车。她那时学的是手动挡，现在这个车是自动挡，刚开的时候有点生疏，但很快就适应了，除了有时会耍几个多余的动作之外，其他都挺好。

她在停车场开了一会儿，就请战说：“我开到公路上去吧？”

“哇，要去你自己去，我可不敢跟你去。”

“但我只有learner's permit（学习驾照），你不坐在旁边，我不能开上路呀！”

师妹想了一会儿，说：“我跟你去可以，但你要答应我，等我需要用这个车的时候，你要借给我开。”

“你自己不是有车吗？”

“但是有时候——开这个车更有说服力。”

“你不是说这车有些地方还不如你那个车吗？”

“是有些地方不如我那个车，但美国佬都是二货嘛，他们哪里知道呢？”

“你想开去泡白男？”

师妹神气活现地说：“开玩笑！我还需要去泡白男？都是白男来泡我！”

她知道师妹的德行，只要是看中了的东西，一定会死缠烂打弄到手，所以不管她现在答应不答应，师妹终究都会跑来借她的车，只有早点把车还回去才能躲得过。她只好先答应下来：“好吧。”

她以每小时不超过 45 英里的速度开了一会儿，师妹就换下她，开到 interstate（州际公路）上去兜风。

师妹越开越快，把她吓得要命：“慢点！慢点！这里限速 75，你都开到 85 了！”

“没事儿，超过限速 15 迈（英里）都没事！”

“不行的！ driver's brochure（驾驶章程）上说了，1 迈都不能超，超过 5 迈警察就可以抓你！”

“呵呵呵呵，你胆子太小了！我说的话你不信，你可以看看前后左右的车，看谁是只开到 75 的。”

她没话可说了，因为身边的车都在嗖嗖地往前开。

第二天，韦真考完了最后一门课，就请师妹带她去路考。上次师妹路考的时候，她跟去看过，知道路考的基本程序，就是在附近的路上开几圈，回到停车场，做个三点调头，平行停车，连倒车进库都不考，也不用钻杆，就搞定了。这些对她来说，都是小菜一碟。她没费吹灰之力，就通过了路考，拿到了驾照。

第六章　新欢久爱

拿到驾照的第二天，她就独自开车到四十多英里外的一个 nursing home（老人院）去做义工，早去晚归，来回都是走 local 公路，单行道，一般不塞车，但如果遇到一个开得慢的挡在前面，那就跟塞车一个德行，因为这种乡村公路很少有能超车的路段，即使有，她也不大敢超车。她开着别人的车，特别怕撞，人撞死了都没什么，就怕把别人的车给撞坏了。

她在老人院的工作很轻松，主要是 shadow（跟随观察学习）她的 mentor（老师，指导者）Yolanda（约兰达）。约兰达是老人院的 Social worker（社工），但给她的感觉就像中国的工会干部或者居委会主任、妇联主任一样，总之，除了不管工作之类的正事以外，其他什么破事都管。老人之间闹矛盾了，去找约兰达；老人的儿女很久没来看老人了，去找约兰达；老人觉得养老院的伙食不好，去找约兰达；老人觉得某个工作人员态度不好，还是去找约兰达。最有意思的是，有的老人爱上别的老人了，不敢去追，也来找约兰达。于是，约兰达又成了媒人。

第一天，她真的是约兰达的 shadow（影子），不用说话，不用做事，就是形影不离地跟着约兰达就行了。从第二天开始，约兰达也交给她一些小事情干干，印点文件啊、填几个表格啊、统计一下数字啊、给来访的老人倒杯水啊，把告完状的老人送回自己的寝室啊，等等，都是很简单的事。

她的寒假时间很短，前后不到三星期，除掉圣诞和元旦的几天，就只剩下十几天了，按照一天 8 小时来算，她需要做满 15 天才有 120 个小时，所以她决定周末不休息，连续做，一定要在寒假里把 120 小时做完。周末约兰达休息，她的 mentor 换成一个叫 Kyle（凯尔）的中年黑人，男的，长得人高马大，像个 NBA 球星。她第一次发现男人做社工还挺动人的，看到凯尔那么大的个子，总是半躬着身子，满面笑容地跟那些老人说话，耐心地帮助他们，她突然觉出男人做社工的美感来。凯尔就是那种鼻子宽短嘴唇肥厚的黑人，乍一看还真有点吓人。但一天下来，她已经完全不觉得他难看或者恐怖了，反而觉得他敦厚善良，还很富有幽默感。

快下班的时候，凯尔对她说："You' d better leave now. It' s going to snow .（你最好现在就回家，快下雪了。）"

她望望窗外，雪还没开始下，但天很阴，云层又乌又厚，像一床用了几十年的旧棉絮，沉沉地罩在头顶。她谢了凯尔，穿上大衣，来到停车场，发现车都快逃光了，只剩下几辆车，在那里等雪。她加快步伐往自己的车跟前走，还没走到，就看见有个男人站在她车后备厢那里，低着头在看什么。她心一惊，这是抄车牌的节奏啊！难道我今天在路上超速了？还是闯了红灯？或者我停车的时候把人家的车剐了？她吓得不敢往前走了，好像只要她不露面，人家就没办法找到她这个肇事者似的，至少不会被人劈头盖脸教训一通。她正在考虑要不要先跑回楼里去躲一躲，等这个抄车牌的人走了再出来，但已经晚了，因为那个人已经仰起了头，并且发现了她。

两人远远地对视了一会儿，那人扬起手跟她打招呼："Hi，is this your car（你好，这是你的车吗）？"

她想否认，但知道没用，因为他肯定已经抄下了她的车牌，一查就能查出是谁的车，可以顺藤摸瓜地找到她，搞不好会找到资阿姨或者扎克那里去，还不如自己承担责任，免得连累真正的车主。她走上前去，回答说："Yes,it' s my car. Is there anything wrong ?（是我的车，有什么不对头的吗？）"

"That' s exactly what I want to know .（我正想知道有没有什么不对头的呢。）"

"Did I run red light ?（我闯红灯了？）"

"You tell me !（你告诉我闯没闯！）"

她估计这人已经掌握了她的罪证，就等她自己坦白了。她不知道美国的政策是坦白从宽，还是坦白从严，但她知道有些路口会安装摄像机，有些交警的车里也安装了摄像机，你如果被拍下来了，那么想赖是赖不掉的。她抬头看了那人一眼，发现他没穿警察制服，只穿着一件军绿色帆布质地的冬衣，上下贴着四个口袋，每个口袋都装得鼓鼓囊囊的。他的打扮好熟悉！想起来了，是

Friends(《老友记》又译《六人行》)里 Rachel(瑞秋)喜欢过的那个年轻下属，就是那个踩着滑板滑来滑去，尽显少年郎幼稚贪玩本色，把瑞秋吓得不敢约会下去了的 Tag Jones(泰格·琼斯)!

韦真在国内就看过 *Friends*，这是她最喜欢的一部美剧，没有之一。来到美国后，正赶上有家电视台在重播这部剧的英文版，每天两集，她每集都追，不光是为了练听力，还为了重温剧情，重见“老友”。她不爱看那些超级英雄类的连续剧，觉得离生活太远了，看几集就不想再看了，因为剧情千篇一律，不管情况多么险恶，主人公都会化险为夷，绝处逢生，战胜邪恶。而《老友记》则令她觉得很亲切，因为剧中六个主角全都不是土豪，不是学霸，不是白富美，也不是高富帅，而是一群不得志的小人物，经常是这里打几天工，那里做几天活，搞不好还处于失业之中，谈恋爱也是屡败屡战，这不是她自己的生活写照吗？令人羡慕的是，剧中的六位老友一直聚集在一起，互相关心，互相支持。

这部剧面子不小，很多大明星都来剧中客串，其中不乏大帅哥，但她印象最深也最喜欢的，是瑞秋在拉夫劳伦公司工作的时候，雇的一个小助手，剧中的名字叫 Tag Jones(泰格·琼斯)，演员名叫 Eddie Cahill(艾迪·卡希尔)。他在剧中也只算客串演出，瑞秋三十岁生日那天，看见他像小孩子一样，踩着滑板滑来滑去，突然认识到两人的年龄、经历和心智都不在同一个层面，他太年轻了，不是她的 Mr. Right(终身伴侣)，于是友好地跟他吹了。这一吹，就把他从剧里吹走了。还把他从好莱坞吹走了，因为韦真再也没在电视上见过他。她上网查过，貌似他还出演了几部别的作品，但都半黑不红的，没有《老友记》那么出名，连扮相都不像《老友记》里那么可爱了。她拒绝看他演的其他剧集，免得破坏了他在她心目中的男神形象。

眼前这个人，就很像《老友记》里的泰格·琼斯，黑头发，脸颊红红的，笑起来的时候，睫毛会来个紧急大集合，两边向中间看齐，显得眼圈特别黑，像涂了睫毛膏化了烟熏妆一样，使他的笑容特别迷人，特别有感染力，哪怕你正处在最坏最坏的心境中，看到了这样的笑容，也会一扫阴霾，心情顿时亮堂起来。当她从电视上看到泰格这样微笑着看瑞秋的时候，她都感动得不得了，觉得泰格非常欣赏瑞秋，非常爱瑞秋。而当剧中两人吹掉之后，她难过了好多天，像自己失恋了一样。

现在居然有这样一位泰格式帅哥在对她这样微笑，她顿时就云里雾里了。她觉得他的神情一点不像是在找她的茬，而像是在鼓励她闯祸，让她想起以前对门住的那个许伯伯，只要两边的妈妈不在家，他就纵容两家的女儿做坏事，偷吃冰箱里的冰棍啊、互相抄作业啊、用妈妈的化妆品化妆啊，等等，反正都是吴老师和张老师绝对不允许自己女儿干的事。她妈私下里总说许伯伯像鲁迅《琐记》里的衍太太，看到孩子们冬天吃水缸里结的薄冰的时候，不会像沈太太那么咋咋呼呼地大喊："不能吃，吃了要肚子疼的！"而是笑眯眯地站在一边说："好，再吃一块，我看谁吃得多。"她在她妈的教育下，也觉得衍太太不好，沈太太好，因为沈太太刀子嘴豆腐心，态度是很严厉，但内心是为了孩子们好，怕他们吃了脏水结成的冰会闹肚子。而衍太太表面上和蔼可亲，但事实上却是在鼓励支持小孩子干坏事，会害了小孩子。不过，如果衍太太换成一个帅哥，她还是会觉得衍太太好，管它闹肚子不闹肚子呢，只要帅哥在微笑，那就是晴天！

她直觉他不是老外，也不是混血儿，而是正宗华人。她说不出老外和华人的区别在哪里，以前觉得是在鼻子，鼻子高的是老外，鼻子低的是华人。但后来发现老外也不全都是高鼻子，比如《老友记》里扮演瑞秋妹妹的 Reese Witherspoon（瑞茜·威瑟斯彭），鼻子就不算高，而且很短，但你一看就知道她是老外。而有些华人演员，比如刘德华，鼻子又高又大，但你绝对不会把他当老外。区别到底在哪里？她不知道。比如眼前这个人吧，鼻梁是高的，眼睛是凹的，抢眼一看，很像泰格·琼斯，但你多看几下，就能看出他不是泰格·琼斯真身，而是泰格·琼斯的中国表哥。还不是混血表哥，而是正宗中国表哥。

混血儿她还是见过的，在电视上，在网络上。比如被她妈妈成天挂在嘴里的费翔，其母是中国人，其父是美国白人，她一眼就能看出费翔是混血儿。再比如 Keanu Reeves（基努·里维斯），听说也是亚洲人和白人的混血后裔，但看上去更像老外，绝对不会被她当成纯种华男。但眼前这个人，就不是费翔和基努那种帅，而是一种中国人特有的帅。当然，绝不是国字大脸那种传统意义上的帅，而是五官轮廓鲜明的帅，但又绝对不是老外，不是混血。她也说不清是凭什么判断出来的，反正一看就知道。这让她生出许多亲切感来，老乡见老乡，两眼泪汪汪。出了市，同省就是老乡；出了国，同种族就是老乡了！

她胆子大多了，反守为攻，主动问道："Are you from China（你是从中国来的吗）？”

“No.”

她有点惊讶，我的直觉不灵了？难道是日本人或者韩国人？不像啊！虽然都是东亚人，但日本人有日本人的特点，韩国人有韩国人的特点，她说不出究竟是什么特点，有时也分不清日本人和韩国人，但她一看就知道他们不是中国人。

眼前这位帅哥说：“But my parents are .（但我父母是从中国来的。）”

她开心了，没猜错，果然是纯种华裔！父母都是从中国来的，当然不是老外，也不是混血儿了。看来是著名的 ABC（美国出生的中国人）！

她得寸进尺地问：“Do you speak Chinese ?（你会说中文吗？）”

“Yes.（会说。）”

“Can we talk in Chinese ?（我们可以用中文交谈吗？）”

“Up to you .（随你。）”

她很高兴可以不用憋英语了，便如鱼得水地用汉语说：“是不是我在哪儿闯红灯了？”

“你说呢？”

“我好像没闯红灯啊！”

他一笑：“那就是没闯。”

“那还能是什么？是不是我停车的时候把你的车剐了？”

“你说呢？”

“我好像没剐啊！我每次都是找那种两边没车的地方停的。”

“难怪你把车停这么远呢。”

“这还算远？今天是周末，我来的时候还没几辆车，我这是停得最近的一次了！”

他笑起来，露出上面一排很白的牙，下面的仍然藏在嘴唇后，但她敢担保，下面那排肯定也很白。他的笑很温暖，有一种很强的公信力，可以让疑心最重的人都放弃怀疑，向他敞开心扉。

她有点调皮地说：“我刚才还以为你在抄我的车牌呢！吓得我差点跑进去躲起来。”

“躲起来也没用，我会进去找你的。”

“为什么？”

“让你快走，一会儿要下雪了。”

“我 mentor（导师，指导者）也是这样说，他让我提前下班回家。”

“你 mentor 是谁？”

“Kyle（凯尔）。”

“哦，是他。”

“你认识他？”

“见过。”

“你——也是这里的社工？”

他迷茫地问：“色工？”

“就是 Social worker。”

“哦——色工就是 Social worker！我不是。”

“那你是来——看你家里人的？”

“不是。”

“你是这里的志工？”

他又迷茫了：“字工？”

“就是 volunteer。”

“哦——字工是 volunteer 的意思！”

“你是吗？”

“Sort of .（也算是吧。）”

她发现他说的不是标准的普通话，不是带北方口音的普通话，也不是港台式的国语，而是长江沿岸那种普通话，确切地说，有点像禺杰的普通话，“资，吃”不分，但音调基本是普通话的音调。

他看了看天，说：“你现在走已经有点晚了。”

“怎么了？”

“已经开始下了。”

她不相信地抬起头，果然有几点冷冷的东西飘落在她脸上。转眼的工夫，整个停车场都笼罩在纷纷扬扬的雪花之中。她突然穿越了，仿佛置身于电影院里，正在看一出爱情剧，男女主人公在纷扬的雪花中对视，然后是一组旋转镜头，观众从各个角度观看男女主人公拥吻，看得眼花缭乱头晕目眩。

“你明天还来这里吗？”

她猛醒过来，点点头：“嗯，我每天都来，因为我要在寒假里做满120个小时。”

“那你今天最好别回去了。”

“雪会下很大吗？”

“不会很大。”

“那就没什么。”

“其实下很大的雪反而没什么，就怕薄薄地下一层，然后停了，刮风，路上结冰，车会打滑。你今天开回去应该没问题，但明天可能就来不了啦。”

“那怎么办？”

“今天别回去了，就在这附近找个地方住一晚吧。”

如果是在平时，韦真听到一个陌生男人建议她在一个陌生地方住一晚，肯定会起疑心，认为那人在设套，想骗她的财骗她的色。不过这只是从理论上讲。从实际上来说，她从小到大，还没遇到过向她提这种建议的陌生男人。应该这么说，在此之前她根本就没单独出过远门，都是跟同事朋友一伙一伙地出去，要不就是一家一家地出去，遇见的人也是一伙一伙的、一家一家的，或者一对一对的，所以根本没机会被陌生男人搭讪。

来美国之后，别说出远门，她连出近门都是一伙一伙的了，每次都是跟那几个吃货一起出去，而且每次都是去买吃的东西。就是从中国来美国那次算是她一个人出远门，而且遇到了陌生男人，但那男人不是单独一人，而是左有朱小亮，右有小师妹，而且那男人也只能算个男生。所以今天应该算是她人生中第一次单独遇到一个单独的陌生男人，这个男人向她搭讪了，还提出了在陌生的地方“住一晚”的建议，让她感觉很震撼。

考虑到建议者是个帅哥，真可以说是受宠若惊！哪怕他是骗子，仍然是受宠若惊。人生完整了嘛。不过，他想骗她什么呢？骗色？不要这么自以为美行不行？骗财？她包里除了一张debit card（银行借记卡，转账卡）之外，再就是几张五块和几张一块的美钞，她连信用卡都没有，因为收入太低，来美时间太短，信用卡公司不发卡给她。她也没带支票本，因为现在除了房东，没别的地方接受个人支票。

唯一值得骗的，就是她那辆凌志，车还挺新的，连保修期都没过，那车骗去应该还能卖几个钱。慢着，慢着，他当时站在她车那里，莫非就是在打这主意？结果被她的突然出现打乱了计划，只好先把她骗到旅馆去住下，然后再趁着月黑风高去偷她的车？有可能！但偷的车能卖出去吗？车上都有 VIN（vehicle identification number，车辆识别号码）的，如果她丢了车，肯定会去挂失，无论偷车贼把车卖给谁，上牌照的时候都会被发现，那谁还敢买偷来的车呢？除非拆成零部件去卖。想到她的凌志要被人拆成零部件，她心里很难受。但看看眼前这个人，那么器宇轩昂，绝对不可能是偷车贼，尤其不可能是卖零部件的偷车贼。那就只能是活雷锋了。

早就听说美国的活雷锋多，但她来美国之后，还只碰到过一个，就是那次帮她们修车的美国大叔，虽然车没修好，但精神还是可嘉的。看来今天是遇到第二个活雷锋了，而且是年轻帅气版的，那还等什么？她问："这附近有地方住吗？"

"对面就有个 motel（汽车旅馆，比较便宜的旅馆）。"

她顺着他指的方向看过去，看到一个白色的两层楼建筑，前面有走廊，能看到一个一个的门，楼前停了一排车，应该是个小旅馆。她见旅馆不像是门可罗雀的样子，感觉比较安全，便说："好吧，我过去看看。"

她拿出车钥匙，按了遥控，但被他拦住了："车就放这里。"

"走过去？"她有点不想走，虽然旅馆就在马路对面，但现在正在下雪，落到头发上就融化了，等她走到旅馆里，可能头发全都湿透了，紧紧地贴在头上，她早上用平板夹弄出来的大波浪肯定会全部阵亡，别提多难看了。

他好像看出她不想步行，便提议说："坐我的车，我送你过去。"

"那我的车放这里——安全吗？"

"绝对安全。"

"不会被雪埋住？"

"呵呵，这里的雪，哪里够把车埋住？"

"那——车不会被人偷走吧？"

"不会。偷走也不怕啊，保险公司会赔的。"

她想想也是，资阿姨说过，这车是全保的，不管是撞了还是被偷了，都包赔。她放心了，用遥控把车锁了，跟着他来到他的车跟前。他开的是一辆 Toyota Sienna（丰田塞纳），好像有年头了。他先走到副驾驶那边，打开门，把座椅上放的一些东西扔到后座上去，然后说："好了，可以上去了。"

他车上挂着那种细红绳编的小挂件，下面有四五寸长的流苏，跟她车里挂的那个类似，不过她怕那玩意儿挂在那里挡住视线，已经把它摘下来了。

两人很快就来到那个小旅馆门前，停了车。她跟着他走到前台，但不知道怎么个操作法，是等他去开房间，还是自己抢上去开？如果抢上去开，是开一间房，还是两间房？开一间房太暧昧了，开两间又有点浪费。她正在犹豫，他已经跟柜台后的那个女服务员交谈起来。那个女服务员说的是本地英语，不太好懂，只感觉他们俩在开玩笑，说了没几句，那个女服务员就递给他一个小纸袋，还转过脸来看她。

她连忙露出笑容，说了声"Hi（嗨，你好）"。

那个女服务员也说了一串英语，但她没听懂，只好以微笑来对付，好像心领神会的样子。

他把那个小纸袋递给她："这是 key card（门卡），今天先住一晚，如果明天路况好，就可以开车回去。如果明天到你下班的时候路上还有冰，你就再在这里住一晚，等路况好了再说。不过这里的雪下不长，明天应该可以回去了。"

她不知道这个房间是专为她订的，还是为两人订的，不敢去接那个卡，而是掏出钱包，说："我自己来吧。"

"不用啊，都订好了。"

他把门卡塞到她手里，指指走廊的一端说："楼梯在那边，你的房间在二楼。"

她往他指的方向走了两步，发现他并没跟上来，就站住了，转过身。

他见她转过身，又补充说："哦，这里没晚餐供应，只有早餐。但房间里有电话本，你可以找个你喜欢的餐馆，打电话叫个外卖，让他们送过来。"

她见他正在往大门边走，有点茫然地问："你——去哪里？"

"我想趁着现在路上还没结冰，赶到 Greenleaf（绿叶县）去。"

"你明天不在这里上班了？"

"不在。"

她估计他是要赶着回家，肯定有娇妻爱儿在家里等着呢。她心里好失落，但又无可奈何，只好从钱包里拿出 debit card："这里有 ATM machine（自动取款机）吗？"

他到处望了一下，说："应该没有。怎么了？你需要现金？"不等她回答，他就掏出钱包，开始从里面往外拿钱。

她急忙解释："我不需要，我不需要现金，我是想取钱出来——给你。"

"给我？ Why？"

"你不是要走吗？我现在把钱付给你，免得你走了，我不知道上哪儿去找你。"

"为什么付钱给我？"

她指指柜台方向："你不是帮我订了房间吗？"

"你看见我付钱给她了？"

"那你——"

他摆摆手："不用了。"

"你——活雷锋啊？"

"呵呵。"他笑了一会儿，说，"嗯，我是雷锋，活的。"

"那你是不准备告诉我你的名字了？"

"不是叫雷锋吗？"

"你都不知道雷锋是谁吧？"

"怎么会不知道呢？中国版的 Good Samaritan（慈善的撒玛利亚人，助人为乐的人），对吧？哦，对了，别人问他名字的时候，他一般是回答'我是红领带'吧？"

她忍不住笑起来："哈哈，还说知道！连红领巾都说错了。"

"哦对，是红领巾。"

"雷锋是大人了，怎么会说自己是红领巾？红领巾是小孩子戴的。"

"是吗？我记得他也有戴红领——巾的。"

她本来想给他讲解一下少先队辅导员之类的典故，但他已经走到门口了，她只好做个顺水人情："你快走吧，不然路上该结冰了。"

"那我走了。Good night（晚安）。"

"Good night！"

她在女服务员好奇的注视下往楼梯走去，上到二楼，找到自己的房间，用门卡打开门，发现里面还挺宽敞整洁的，有两张双人床，还有微波炉、小冰箱，门边的挂衣间里有几个衣架，甚至还放着一个烫衣板和一个熨斗。她呆呆地坐了一会儿，记起楼梯转角处有个 vending machine（投币售货机），决定就从那里买点东西当晚餐，因为她从来没打电话点过餐，都不知道该怎么弄。

她从投币售货机上买了一个面包和一包花生米，还买了一瓶水，又回到房间，吃了晚餐，洗漱一番，把内裤洗了，挂在衣架上，放在暖气附近，然后爬上床去，钻进被子里。时间还早，人也很兴奋，完全睡不着，也不想看电视，就给妈妈打电话，把今天的奇遇都讲了一遍。

她以为妈妈会像她一样兴奋，结果妈妈非常不安："人生地不熟的，你一个人住在旅馆里，安全不安全啊？"

"挺安全的，就在街边，住了不少人。"

"你房间门能从里面锁住吗？"

"能，我都锁好了。"

妈妈叹口气说："以后要注意点，再别跟陌生人来往了。"

"我哪里有跟陌生人来往？"

"你这不是跟着陌生人跑旅馆里去了吗？"

她有点撒娇地说："妈，你说些什么呀！让人听见还以为我跟谁去开房了呢！"

"你把你妈说得那么傻，会把这种事对别人讲？"

"你不对别人讲，自己也不能这样认为，因为根本不是事实。"

妈妈一下扯别处去了："唉，人还是要知根知底才好，有些人嘴甜，会哄人，就比较讨巧，而有些人说话比较直，女孩子就不喜欢。"

她一愣，随即明白过来，一针见血地问："你是不是说禺杰说话比较直，而这个活雷锋是嘴甜会哄人的那种？"

"这不明摆着的吗？"

她申辩说："我今天刚遇见他，连名字都还没问到，你就想到哪里去了？"

"不是我想到哪里去，而是从你说到他的那个口气，我就知道你——是怎么回事！真真，妈是过来人，经历得比你多，看人比你准——"

她又打出她"揭老底战斗队"的旗帜来："你是过来人，但你只过了一个人，就是我爸，所以你在爱情上的经历还没我多！"

"反正你当心点就是，别因为一个八竿子打不着的人，把一个喜欢了你这么久的人弄跑了。"

“谁喜欢了我这么久？禺杰吗？他是我弄跑的吗？”

“他那是一时转不过弯来，等他寒假过完了回来，肯定会去找你，因为他知道我们家和资家是上辈人的交情，跟你和扎克没什么关系。但如果他知道你跟这个活雷锋有什么瓜葛，那他肯定不会原谅你。”

“喂喂喂，你在说什么呀？我跟活雷锋有什么瓜葛？难道人家要帮助我，我都不能接受？”

“你能接受啊，但禺杰会不高兴嘛，你看借车那事，他不是就不高兴了吗？”

“那你的意思是我为了不得罪禺杰，今天就得冒着生命危险开车回去？”

“我也不是那个意思。这次是没办法，以后注意点就行了。”

韦真本来是想跟妈妈畅聊一下活雷锋，让妈妈帮她分析分析帅哥为什么会这么关心她的，哪知道却换来一通批评和警告，好像不是她的魅力吸引了帅哥，而是她在勾引帅哥似的，搞得她兴致全无，借口手机快没电了，就结束了通话。

她想给师妹打电话，说说今天的奇遇，让成天拿她当剩女看待的师妹知道她也是有人搭讪的，而且是个长得像泰格·琼斯的帅哥。但她没带手机充电器来，又不知道会在这里困几天，决定还是省着点用为好。她下床走到后窗前，拨开窗帘，向外望去，发现房上地上全白了。雪还在下，雪片像一个个训练有素的小伞兵，从天而降，沉着镇定地飘向预定地点。

她想起停在外面的凌志，便套上牛仔裤，裹上大衣，打开房间门，来到走廊上，向公路对面望去，发现老人院几栋建筑物上的灯饰全都亮了，一点都不比她上次跑那么远去看的灯饰逊色。她在老人院工作的这几天，已经注意到室内室外都有节日装饰，但因为是白天，灯没开，所以只看到铁丝编成的圣诞老人和驯鹿，只是个框架，没有内容，看着挺敷衍的，外面墙上也攀爬着绿色的电线，上面挂满了指头大的小灯泡，白天看着不仅不觉得美，反而觉得有碍观瞻。现在一通电，一切都变了。空心的圣诞老人和驯鹿都有了生命，奔腾起来了，而那些不起眼的灯泡也发出赤橙黄绿青蓝紫各种颜色的光，勾画出建筑物的轮廓和各种火树银花，老人院变成了魔幻童话世界！

她立即掏出手机，抓拍了几张，准备拿去 BSO（炫耀）：看，这就是我做 volunteer（志工）的地方！美吧？她把视线转到老人院门前的停车场上，依稀能看出有那么几辆车停在那里，其中包括她那辆，都披上了银装，像浑身是雪的驯鹿，躺在地上酣睡，萌萌哒。门前公路上，偶尔有车开过，水花四溅。貌似道路没结冰。

她想到那个活雷锋，应该已经到家了，正在灯火通明的屋子里，脱掉了四个口袋的冬衣，只穿着 T 恤，露出肌肉结实的两臂。他的孩子跑过来，仰脸看着他求抱，他弯下身去，抱起孩子，亲吻。他的妻子也迎上来，他凑过脸去，“mua”一个亲吻。然后三人都坐在饭桌边，开始用餐。

他会把今天的事告诉他老婆吗？如果告诉，他会怎么说？“今天遇到一个外国女生，在老人院做字工（志工），住在老远的地方，不敢在下雪天开车，我把她安置在老人院对面的小旅馆里了。”他老婆会怎么说？称赞他 Good Samaritan？还是柳眉倒竖，厉声追问：“外国女生？多大年纪？漂亮吗？你对她有意思吗？”如果他老婆是老外，可能不会这样追问，因为老外好像都不太计较这些，她们能跟自己丈夫的前任做朋友，还能乐呵呵地抚养丈夫和前任所生的孩子。但如果他老婆是华人，可能就不会这么大方了，肯定会刨根问底。如果他如实相告，他老婆会生气；如果他撒谎，被他老婆发现，还是会生气。而他呢，被老婆这样追问，肯定会不高兴，觉得老婆不信任他，于是两个人会吵起来。她不知道如果她处在他老婆的地位，该怎么办，是支持他帮助外国女生，还是给他约法三章，不许他接触任何女人？真是个难题！

可能女人都希望别人的丈夫是活雷锋，不论男女老少都帮忙；但自己的丈夫只能是个“死雷锋”，想帮也帮不成；或者是个过气的雷锋，曾经帮助过男女老少，但现在洗手不干了。她在走廊上站了一会儿，感觉很冷，赶快回到屋子里，打开电视看了一会儿，然后关灯睡觉。那一夜，她睡得很舒服，大概是因为房间里暖气开得足，床又大，席梦思很有弹性，比她自己那个小窝强多了。她在自己那个小窝的时候，为了节约电，通常都不开暖气，要开也开得很低，顶多华氏六十多度，躲在被子里不觉得，但起床上洗手间就有点冷。她的床也挺小的，席梦思又旧，中间那块的弹簧都没什么弹性了，凹下去一大块，一上床就掉进那坑里去，想翻到两边去都没可能。而这里虽然只是个乡下的 motel，但对于她这个从来没奢侈过的人来说，也不啻于五星级豪华酒店。

第二天清晨，她还在蒙眬之中，就听到门口有响动。她撑起身子，支起耳朵，仔细倾听，但什么都没听到。她壮着胆子下了床，蹑手蹑脚地走到门口，发现门内地上有一张纸，应该是刚从门缝里塞进来的，因为她敢肯定，昨晚这地上没纸，如果有的话，她三番五次跑来检查门锁好了没有，肯定会看见那张纸。她踌躇了一下，俯身把纸拾了起来，借着走廊射进来的灯光扫了一眼，发现是个表格之类的东西，但肯定不是给她的，因为她的名字就是汉语拼音，非常小清新的两个单词，每个不超过四个字母，而那张纸上的名字，有两大串字母，肯定是外国人名。

她赶紧把那张纸扔回到地上，好像刚才偷看了人家的隐私似的。她回床上躺了一会儿，头脑渐渐清醒了，昨天傍晚发生的事一件一件都回想起来，但感觉像是在回忆一个梦境，那个人，那些事，都似真似幻，神秘而遥远。她梳洗了一下，穿好衣服，背起小包，准备去上班。走到门口，她又看见了那张纸，决定还是替人家拾起来，放在桌上，免得打扫卫生的人当成废纸扫走了。她捡起那张纸，忍不住又看了几眼，发现是个结账单，上面有房间号，入住日期和离店日期，还有金额，不算太贵，连税才四十多块钱。她突然意识到这是昨晚那个活雷锋的账单，因为是他订的房间，可能他是这里的常客，所以不用在前台出示证件办手续，就拿到了门卡，但账单还是要送来的。

她屏住呼吸，打开桌上的台灯，仔细看了看上面的名字，是 Zachary Anderson（扎卡瑞·安德逊），还有电话号码，区号貌似没见过，不是她所在的 Z 市的区号，不是资阿姨雀儿喜她们 X 市的区号，也不是扎克上班的 V 市的区号。他昨天说过一个地名，Greenleaf（绿叶县），可能他的区号是那里的。她不管三七二十一，拿出自己的手机，把名字和电话号码都存了起来。然后，她像行窃成功的小偷一样，把那张纸放在桌上，迅速离去。但还没走到门口，她又意识到这其实是她的账单，虽然是活雷锋的名字，但她才是真正在这里过夜的人，所以账单应该是给她退房的时候用的。于是，她理直气壮地拿起那张纸，到楼下前台去退房。昨天那个女服务员已经不在那里了，换成了一个中年男人。

她走上前去，把账单递给那个人："Good morning，Sir! I want to check out（早上好，先生！我想退房）."

那人看了一眼，说："You can keep it .（你留着吧。）"

"I want to pay for it .（我想付账。）"

"It's already paid .（已经付了。）"

"Then what do I need to do ?（那——我需要做什么吗？）"

"Nothing. You are all set .（不用，都办好了。）"那人指着门厅靠窗的

一个长条桌子说，“Breakfast is over there .（早餐在那边。）”

她估计这就是昨晚活雷锋说过的早餐，免费的，她上次跟禺杰他们出去玩的时候，住的那家旅馆也供应免费早餐。她谢了那个中年男人，走到长条桌那里，用一个小盘子装了一个 muffin（马芬，松饼），又用一个小杯子装了一杯咖啡，坐在旁边的餐桌边，吃完了早餐。

外面雪已经停了，但地上的雪还没化。她步行穿过马路，来到老人院那边，先到自己的车前看了看，没事儿，安然无恙，车顶上盖着厚厚的雪，窗玻璃上也盖着雪，她连忙掏出手机，给自己和银装素裹的车拍了几张合影。当她走进办公室的时候，凯尔正在看电视新闻，见到她，非常吃惊：“You are here！Is 41 all clear now ?（你来了！ 41 号公路全通了？）”

“I don' t know. I didn' t go home last night .（我不知道，我昨晚没回家。）”

“You didn' t ?（你没回家呀？）”

“I stayed in the motel across the road .（我在对面那个汽车旅馆里过的夜。）”

“You smart girl !（你真聪明！）”

她看到电视上正在播报交通新闻，画面很壮观，粗大的树干横躺在路上，汽车翻倒在路基下面，还有结冰的树枝压在电线上，把电杆都扯歪了。一个穿羽绒服的电视台工作人员正在以很快的语速播报灾情，说多少多少户人家断电，电力公司正在抢修，云云。她太感激活雷锋了，如果不是他的英明建议，即使她昨晚顺利到家，今天也不能来上班，说不定家里还断了电，不能开暖气不说，连饭都不能做，微波炉也用不了，没电视看，没网上，太可怕了！

她装作不经意地问：“Hi, Kyle, do you know Zachary Anderson ? He said he knows you（嗨，凯尔，你认识扎卡瑞・安德逊吗？他说他认识你。）”

“Zachary ? Yeah，I know him .（扎卡瑞？是的，我认识他。）”

“Does he work here ?（他在这里工作吗？）”

“Only weekends .（只周末在这里工作。）”

“As a volunteer ?（做志工？）”

“Kind of. Are you two —— friends ?（算是吧。你们两人——是朋友？）”

“No，but he was the one who told me to stay in the motel. He said that the road could get icy .（不是朋友，不过是他叫我昨晚就住旅馆的，他说路上可能会结冰。）”

“Yeah, he's right .（是的，他说得对。）”

她还想问下去，但不知道问什么，而且凯尔也不像还想继续谈这个话题的样子，只好作罢。十点半，是凯尔的 coffee break（休息喝咖啡）时间，他邀请她一起去 cafeteria（食堂，餐厅），但她谢绝了，想趁此机会给活雷锋打电话。

等凯尔一走，她就拿出手机，到 contact（通讯录）里去找活雷锋的号码，刚按了个 Z，一串以 Z 开头的名字都蹦了出来，排在第一的是“Zac”，她突然意识到扎克跟活雷锋同名，Zac 可以是 Zachary 的简写，虽然更常用的简写是 Zach 或者 Zack。莫非他们是同一个人？但她仔细看了看两人的电话号码，不同，一个是 V 市的号码，另一个不知是哪里的号码。一个是纯种华人，另一个是亚非混血儿。一个帅到没朋友，另一个丑到哭。电话号码不同，姓也不同。唯一的巧合就是都叫 Zachary。但美国就那么几个名字，同名的不要太多！光她那个系里，就有四个 Jennifer（詹妮弗）。看来此扎克非彼扎克。

韦真看着手机上活雷锋的号码，不敢按发送键，怕会像前几次打电话给另一个扎克那样，每次都被人家老婆或者女朋友接到。

但她犹豫了一会儿，还是决定打这个电话。不管怎么说，人家昨天帮了她那么大的忙，她不打个电话谢一下，也太不像话了吧？

她按了发送键。电话通了，但没人接，只有录音，是个男声：

You' ve reached Zac Anderson at ×××-×××-××××. If this is an emergency, please hang up and call 911. Otherwise, please leave your message and phone number, I' ll call you back as soon as possible.

不知道是因为练了这几个月听力，她已经取得了长足的进步，还是她这次心里没冷病，不怕吃西瓜，反正硬是把这么长一串录音都听完了，而且听懂了，大意就是：“您拨打了扎克·安德逊的号码 ×××-×××-××××。如果是紧急情况，请挂掉，改打 911。如果不是紧急情况，请留言并留下您的电话号码，我会尽快打回给您。”

可惜她事先没想好留什么言，所以听到“嘀”的一声，就愣在那里，然后把电话挂了。

她想起上次给另一个扎克打电话的时候，也听到过“911”几个字。那时她刚来美国，听力不好，心里又慌，所以那个女声说的什么她没听清，但“911”

还是听见了的。当然，她当时并没意识到那个女声说的是“911”这个紧急号码，只听出是数字。后来经常听到别人用这个词，电视新闻里也经常出现，她就耳熟能详了。今天又听到“911”，一下子想起了那次给扎克打电话也听到过这个词。为什么两个扎克的电话都提到 911？真心让她搞不懂。

她早听说美国人比较爱搞怪，无论是汽车尾部，还是电话录音，都爱搞点好笑的东西放在那里。美国人不爱一本正经，更不爱拾人牙慧。难道这两个扎克都在搞笑？但是怎么能用紧急电话号码来搞笑呢？也许“911”除了紧急电话之外，还有什么别的搞笑典故她不知道？

她逮住机会就向凯尔请教：“What does 911 mean？”

“911？ That’s the emergency telephone number .（911？是紧急电话号码。）”

“Is there any other meaning or usage ?(还有别的意思或者——用法吗？)”

凯尔想了一会儿，说：“It can also mean the terrorist attack happened in 2001. But that should be read as nine-eleven，not nine-one-one .（也可以指 2001 年发生的恐怖袭击事件，但那个应该读成九 / 十一，而不是九 / 一 / 一。)”

看来凯尔也不知道那两个扎克在幽什么默。她决定再打个电话给活雷锋，至少要留个言，不能让人家莫名其妙。她现在特别讨厌打电话不留言的人，每次都搞得她空欢喜一场，看见手机显示有多少条留言，但等到进去查看，却发现都是空的。

她趁上厕所的机会又拨了活雷锋的号码，还是电话录音，但这次她早有准备，听到“嘀”一声，就满腹经纶地说：“嗨，活雷锋，我就是昨天你帮过的那个女生，谢谢你帮我掏钱订房间。请把你的邮寄地址告诉我，我好给你寄支票。谢谢！”

快下班的时候，终于有了回音，活雷锋给她发了个短信来：“The road is all clear now. You are good to go home. Drive carefully！（道路畅通了，你可以回家了。开车小心！）”

她回了个“谢谢”，再把上午的留言内容用中文打了一遍，发了过去。但他只回了一个冥思苦想的表情符号。她意识到他可能跟别的 ABC 一样，中文是个半边把式，只能听和说，不能读和写，便用英语发了一遍。这次他发了个笑脸过来。

她用英语问他要地址，但他回答说："Please send your check to Red Tie .（请将支票寄给红领带。）"

她差点笑出声来，决定以后就以还钱为接口，不断地骚扰他，一直骚扰到他给她地址为止。

下班之后，她开车回家。道路上没雪，更没冰，如果不是路边和树上还有没化完的雪，她真不敢相信昨晚曾经白雪皑皑，还压断了树枝，掀翻了车辆。回到家，她第一件事就是给手机充电。正充着，师妹打电话来了，说话有点瓮声瓮气的。

她问："你感冒了？"

"昨晚差点冻死！"

"怎么了？"

"半夜三更断电了，一直到今天早上才来！你不觉得冷？"

她庆幸地说："我昨晚没回来，在旅馆住的。"

"是吗？你知道会断电？"

"我哪里知道，是怕路上结冰……"

她不无得意地把巧遇活雷锋的经过讲了一通，以为师妹会羡慕嫉妒恨呢，哪知道师妹大惊失色地说："哇，你完蛋了！肯定是遇到色狼了！"

"色什么狼啊！人家连我房间都没进，楼都没上，就开车去 Greenleaf（绿叶县）了。"

"那能说明什么？你以为现在的色狼还那么古老原始，一定要到你的房间去才能非礼你？现在都高科技了，懂不懂？"

"怎么个高科技法？"

"你检查过房间的天上地下角角落落吗？你确定他没有安装摄像头什么的？"

哇，这个她真的没想到，只注意了门啊窗啊那些能进人的地方，根本没想到摄像头的事，所以没往天花板上望，也没检查台灯电视机什么的。她自我安慰说："他装摄像头有什么用？我一个人在房间里，又没做什么。"

"还用做什么？摄下你的果体（裸体）就行了。"

"但是我没有——果体啊！"

"你没洗澡？"

“洗了——但是那么大的水汽，拍出来能看得清吗“

师妹鄙夷地说：“所以说你不懂高科技呢，有水汽怕什么？人家自然有软件可以消除水汽，还你果体的本来面貌！”

这个她有点相信，因为*CSI*（《犯罪现场调查》）之类的电视剧里就有那种软件，可以把很模糊的画面变得很清晰。那不是警方才有的高科技吗？难道偷拍的人也有这么高的科技？但她马上想起在哪里看到过这样一种说法：凡是影视里描写的警方技术，都是已经过时很久了的，不然不会放到影视里去，免得罪犯知道了，研究出破解的方法来。而且她马上想起自己不仅是在浴室脱了个精光，还裸体走到房间里来过，因为她当时洗了内裤，要拿到暖气附近去晾，而那时身上还有点湿漉漉的，所以就没穿衣服，只裹着浴巾，就走到房间里来了。浴巾不够长，而且挺厚，系不住，走了两步就掉到了地上。她的房间在二楼，后窗外面又是树林，应该没人会看见，所以就没费心再系浴巾。天，那不是被摄像头照了个正着?

师妹见她不吭声，知道被说中了，阴阳怪气地说：“呵呵，其实也没什么，现在不爆点艳照出来，都不好意思在世面上混。”

“别瞎说了，我才不要在世面上混呢！”她发了一会儿呆，迷惑地问，“你说他——干吗要安摄像头呢？”

“那你说他为什么要安排你住在旅馆里呢？”

“因为路上会结冰啊。”

“谁说路上会结冰？一点都没结，我还专门跟人一起开车出去兜风了，啥冰都没有！”

她不太相信：“你——昨晚下雪跑出去兜风？”

“是啊，为了照相嘛。听说这里难得下场雪，下了也是很快就化了，所以我们赶着出去照相。你要不相信，我马上发几张给你看。”

“不用，不用，我相信。我昨晚也跑阳台上照了几张的。”

“你记不记得有那么一部电影？里面也是有个女生，被人安排在很豪华的房间里住，她也像你一样，以为自己魅力无穷，被王子看上了。最后才发现她住的房间就是一个表演场，每一面墙上都有一个一个的小孔，孔后面藏着一个一个的男人，都是有钱的老男人，他们出了高价，在那里偷窥她呢！”

她也依稀想起这样的情节，不知道是电影里面的，还是书上的，反正有这么个印象。

师妹问："你昨天检查你房间的墙壁了吗？"

"没有。"

"幸好你没检查，不然的话，肯定会在墙上发现这样的孔，然后你好奇害死猫，把脸贴上去，往孔里望，就会看到另一双眼睛，正从对面望着你，哈哈，一定会把你吓尿！"

"快别说了，怪吓人的，你搞得我再也不敢看墙了！"

"哈哈，以后当心点，凡是遇到这种天上掉馅饼的事，就要多打几个问号，想想他一个帅哥，怎么会平白无故主动贴上来帮你呢？"

这话说得她万爪挠心！她不是没想过这个问题，但总是不愿意面对，总是用"老外审美观不一样"来解释。也的确是，好莱坞的那几个华人女星，不也长得不咋地吗？看来真是自恋毁一生，意淫害三代啊！

她怀着侥幸心理说："我隔壁房间住的是一对夫妻，我在阳台上看我的车的时候，看到他们住进去的。房间的另一边是楼梯，应该不会有人从墙上的孔里偷看。"

"我那不过是举个例子，并不是说你这次就是从墙上的洞里泄露的春光。那是多原始的方法啊！现在网络这么发达，哪里需要在墙上打洞？就把你的果体直接放到网上去，不比在墙上打洞更赚钱？"

"放到网上怎么赚钱？"

"那还不简单？设个密码，交钱才能进去看，保证那些光棍宅男都会跑去点。"

这种可能是绝对存在的。艳照门事件，不要太多！

师妹笑嘻嘻地说："恭喜恭喜，你要出名了！我以我 MBA 的头脑，帮你设计了一整套赚钱的方案：先向那个帅哥要分成，五五开，一人得一半。然后把他告上法庭，说他侵犯你的隐私，可以得一笔赔偿费；再然后，把你的果体片刻盘拿去卖，又可以赚一大票；最后，电视台也看上了你，请你去出一台 reality show（真人秀），像那个侃大山（Kardashian）一样，那你就发大财了！"

"你别看戏不怕台高了！我才不要出这种名呢，我这就打电话给他，问个青红皂白！"

"你又没证据，他会承认？"

这点又把她难倒了，好一会儿才畏畏缩缩地说：“但我觉得他不像你说的那么坏，也不会那么傻。毕竟他也在老人院工作，如果做了这种事，不怕我给他揭发出去？”

“他在老人院工作？那你怎么说今天给他打电话什么的？你们都在老人院，干吗不直接去找他？”

“他又不是天天在老人院上班，他只周末在那里做志工。”

“今天不是周末？”

“今天他应该是在另一个老人院做。”

师妹老练地分析说：“我觉得不是你想的这样，他自己都说了是 sort of（某种意义上的）志工，你们那里的老黑也说他是 kind of（某种意义上的）志工，那就说明他不是真正的志工。”

“有可能是——part time（零工，兼职）。”

“你怎么总是闭着眼睛，一厢情愿往好处想呢？依我看，他肯定是个 sex offender（性犯罪者），以前就这么干过，被抓住了，法官罚他在老人院做 community service（社区服务）！”

韦真跟师妹相处也不是一天两天了，早就知道师妹说话有靠谱的时候，也有不靠谱的时候，虽然一般还是从事实出发，但在每一个拐点都有可能走失，特爱任意发挥，添油加醋，胡乱分析，甚至造谣生事。所以她对师妹说的话，是该信的信，不该信的不信，能做参考的做参考，不能做参考的一笑置之。

师妹今天说的这番话，她觉得还是可信的，甚至有振聋发聩的作用，因为连她自己也觉得那两个修饰“volunteer”的词组，一个“sort of ”，一个“kind of ”，十分蹊跷。如果活雷锋是老人院的志工，那他干吗要说是“sort of ”呢？如果他不是老人院的志工，干吗不直接说“不是”呢？也许他这样说是因为谦虚，但凯尔也是这么说的，就不能用谦虚解释过去了。肯定有什么原因。难道真像师妹说的那样，活雷锋其实是个 sex offender，被法官罚到老人院来劳动改造的？如果是的话，那她这次肯定是中招了，被他骗到旅馆里，拍下了她的裸体照。如果裸体照被放到网上去，她这辈子就完蛋了。

她不知道那个侃大山（Kardashian）是不是因为裸照流传出去才出名发财的，但她肯定没那个运气，她只会因为裸照身败名裂。因为中国不是美国！中国人对于裸照的感情是很复杂的。在她爸妈那代人心目中，被强暴的被偷窥的和做鸡的卖淫的没什么区别，被人拍了裸照，和自己赤身裸体跑外面去是一样的，都是节操不保，都是丢了自己的脸，丢了爹妈的脸，丢了祖宗十八代的脸。而在年轻人心目中，她这种人拍裸照就像凤姐拍头像一样，纯粹是恶心人！她昨晚洗澡之后没化妆，头发像鸡窝一样揪在头上，身材又没什么看点，这样的裸照放到网上不是让人笑掉大牙？她心急火燎地打开电脑，想查查网上有没有自己的裸照。如果还没有，就想办法防止裸照被贴出；如果已经贴了，就记下网址，作为证据报警。但她不知道怎么个查法，只好盲目地在 Google（谷歌）的搜寻栏里输了个 naked Asian girl（裸体亚女），结果跑出整版的裸女来，一个个都长得挺漂亮，绝对比街上那些美女分数高，但都摆着淫荡的姿势，恶心得她赶快关掉。她想开车到那个旅馆去查看一下自己住过的房间，看房顶到底有没有摄像头，墙上到底有没有洞。但天已经黑了，她不敢只身跑那个虎口去探险。再说也没用。如果真的有摄像头，人家也不会傻乎乎地留在那里等她去取证，肯定早就把摄像头撤掉了。如果没撤，那就是有恃无恐，而她现在跑过去就是自投罗网，搞不好被人家抓住再拍几集裸照。

现在她回想昨晚发生的那一切，就觉得其实一切都明白无误地摆在那里。比如那个女服务员，看她的眼神就有鬼，好像在看一个猎物一步一步向陷阱走去似的。还有今天早上那个男服务员，也是一副“我知道你昨晚干了什么”的样子。只怪她被活雷锋帅昏了头，什么都没看出来。看来“色”字头上真的是一把刀啊！怎么办？报警？没证据怎么报警？别给自己搞个“诬陷罪”的帽子戴上。

正在她急得像热锅上蚂蚁的时候，电话铃响了，吓了她一跳，拿起一看，是活雷锋打来的。她心说糟糕，敲诈开始了！是不是想以手里的裸照来要挟我，逼我去拍更多的裸照？好像坏蛋都是这么干的。电话铃像催命一样，一直响一直响，她都没敢接。过了一会儿，铃声不响了。再过一会儿，她的手机屏幕显示有 voice mail（留言）。她想了想，谅他也不会从电话里跳出来敲诈她，便拿起手机查留言，是他打来的，说的是半中半英的混杂语：“嗨，你到家了吗？路上滑不滑？没结冰吧？ Call me or send me a message . I'm worried about you .（给我打个电话，或者发个短信，我很担心。）”

他的声音那么性感，语调那么温柔，言词那么关切，她一下就把刚才的猜疑忘到九霄云外去了。人家明明是活雷锋，怎么会是 sex offender 呢？她马上给他打回去。

他马上就接了："你到家了？怎么不报个平安？"

"报平安？向谁报平安？"

"当然是向我喽。"

"但是你——有叫我报平安吗？"

"还用我叫？爸妈不是从小就这么教你的？"

"是从小就这么教的，但我爸妈没教我向陌生人报平安。"

"我是陌生人吗？"

"你不是陌生人是什么？我连你名字都不知道。"

"你真不知道？"

"当然是真不知道啊，不然我干吗一再问你名字和住址？"

他朗声笑起来："呵呵呵呵——我还以为你在跟我开玩笑呢！"

她已经意识到他是谁了，但还是想听他亲口证实，便问："不是开玩笑，是真不知道。你是谁呀？"

"我是扎克呀！"

她听他用普通话的音调说出"扎克"两个字，忍不住笑起来："你也管自己叫'扎克'？"

"不是你这样叫的吗？"

"我这样叫的？"

"是啊，我妈说你叫我'扎克哥哥'。呵呵，连喜妹都没叫过我'哥哥'。"

她有点不好意思："都是我妈！她说她和你妈是朋友，两家的孩子就像亲人一样，而你比我大，所以我应该叫你哥哥。至于那个'扎克'嘛，我是在学我妈的叫法呢，她没学过英语，说外国人名字的时候，都当拼音来读的，特别是末尾的辅音，都要加个元音才发得出来。"

"呵呵呵呵——我爷爷奶奶也是。你知道他们叫我什么吗？"

"叫什么？"

"他们叫我'杂克'！"

他说"杂克"的时候，好像咬着牙切着齿似的，又把她逗笑了。

他继续学爷爷奶奶说话："杂克，切万！"

"切万？"

“就是吃饭。还有呢，‘杂克，困告！’”

“困告是不是睡觉的意思？”

“Yup（是）.”

她一边欢快地笑着，一边在脑子里飞快地组织了一下他家的 family tree（家谱），他姓 Anderson（安德逊），说明他父亲是外国人，那么这两个叫他“杂克”的爷爷奶奶应该是资阿姨这边的老人。

她问：“你说的爷爷奶奶——就是你姥爷和姥姥吧？”

“姥爷和姥姥？”

“就是你妈妈的爸爸妈妈。”

“哦，对！是我的 maternal grandparents（母方的爷爷奶奶）。”

她记得他曾经说过父母都是中国人，但怎么又姓 Anderson 呢？她很想知道，但没好意思打听这些。

他问：“你没在背后骂我吧？”

她一惊，怎么回事？难道他刚才在门外偷听她跟师妹讲电话了？

“骂你？为什么？”

“因为我昨天以为路上会结冰，所以叫你住在 motel（汽车旅馆）里，结果并没结冰。”

“但你的决定仍然是对的呀！我在电视上看到有些大树倒了，把 41 号公路都搞得走不通了。如果我昨晚回家的话，今天就去不了老人院上班了！”

“去得了的，你可以走 539，稍微远一点，但 traffic（交通）好很多。”

“我没走过 539，说不定 539 也被堵住了呢？”

“没有，我看了 traffic news（交通新闻）的。”

“不管怎么说，我都应该谢谢你，因为我昨晚睡得很舒服，比在自己家里睡舒服多了。”

“不会吧？不是说 home，sweet home（在家千日好，出门时时难）吗？”

“但是 sweet home 昨晚停了半夜的电！不过停电不停电对我来说区别不大，因为我平时也不怎么开暖气，而且我床上还有个大坑，睡着也不舒服。”

“这个天气还不开暖气？为什么？”

她自嘲地说：“因为我是个小气鬼，舍不得用电。”

“你说的大坑又是什么？A big hole（一个大洞）？”

“哈哈哈哈——不是 hole，是个——哎呀，我也不知道英语应该怎么说，反正就是——太旧了，没弹性了——”

“怎么不换个新床呢？”

“我只在这里待两年，很快就回去了，买个新床干吗？到时候又不能带走。”

“不能带走还可以卖掉嘛。”

“卖给谁呀？有钱的会去买新床，没钱的随便捡个床就行了，谁会买个半新不旧的床？”

“没人买就送给别人也行啊，总不能为了这个就受两年苦吧？你知不知道，人的一生有一半时间是在床上度过的，床不好，不仅睡着不舒服，还容易伤害你的身体！”

“主要是——我没大车，买了也运不回来。”

“可以让店里 deliver（送货）啊。”

她想说“deliver 不是又得花一笔钱”，但她觉得老说钱显得很庸俗很小气，而且也不是她不买新床的真实原因。真实的原因是她根本就没想过买新床的事，所以从来没打听过床的价钱和送货的价钱。现在这么说，只是因为他一再追问，她只好胡乱找个理由而已。

她改口说：“我的床没问题，我就是想告诉你，我昨晚睡得很好，很舒服，是我到美国后睡得最舒服的一夜，谢谢你！”

“你不会今天还没开暖气吧？”

“开了，开了，开华氏七十多度呢。”

“别太节约了，冻坏了我妈会骂我的。”

“为什么你妈会骂你？”

“因为她叫我好好照顾你的嘛。”

“哇，资阿姨太好了！”

“她说她和你妈是从小的娃娃朋友，她成分不好人家都不理她，都像躲瘟疫一样躲避她，只有你妈一个人不躲她，还跟她做朋友，给她伴唱，帮她演好《白毛女》，她一直都想着要好好报答你妈呢。这次终于有了机会，所以她叫我一定要好好照顾你。”

她开玩笑地说：“那怎么我给你打电话，你都不接，有你这样照顾的吗？”

“你给我打过电话？”

"是啊，打过两次呢，你两次都没接！"

"不会吧？"

"怎么不会呢！第一次是在机场打的，那次你虽然没接，但后来打回给我同学了。第二次是我开通手机之后，用新手机给你打了个电话，你又没接，而且也没打回给我。"

"机场那次我有印象，当时因为有个 surgery（手术）时间拖得很长，我没法去接你，所以叫我妈去接，刚好她也走不开，就叫我 stepfather（继父）去接你，结果他去晚了，禺杰已经把你接走了。"

她见他知道禺杰的名字，也就不再用"我同学"来称呼了："你怎么知道给禺杰打电话呢？"

"只有那一个号码是 Z 市的，所以我想可能是你打的——"

"那后来我用我自己的手机打的那个呢？不也是 Z 市的号码吗？"

"哦，那个？我没想到你会给我打电话，所以没注意。一般有事找我的人，都是我的 patients（病人），他们会留下姓名和号码，让我打回去。你什么都没留吧？"

她有点不好意思地说："没留。我一听是个女声，就挂掉了。"

扎克问："为什么听到是女声就要挂掉呢？"

韦真犹豫了一下，决定还是三十六计，诚为上计："因为我以为那是你的 girlfriend（女朋友）。"

"为什么以为是我的 girlfriend 就要挂掉电话呢？"

"因为我怕你 girlfriend 会不高兴。"

"为什么我 girlfriend 会不高兴呢？"

怎么这么多"为什么"？

就不能简简单单地说个"我根本就没有女朋友"？

是不是真有女朋友？

她尴尬地说："因为——她会——以为你——她会以为我——们在 dating（约会）。"

"我们在 dating 吗？"

"当然没有。我说的是'以为'。'以为'你懂不懂？就是——她会那么想——但事实并不是那样。"

她越说越觉得这个话题开得不好，早知如此，根本就不该说什么“听到是女声，所以挂电话”，随便扯个理由都比这个强。

他还在不屈不挠地探讨：“但是如果你不声不响地挂掉电话，不更令人生疑？”

哇，你还挺懂的呢！但你这什么意思？难道是在埋怨我引起了你女朋友的怀疑？她有点不快地说：“对不起哈，如果你女朋友因为这事怪罪你，我可以亲自向她解释一下。”

“怎么解释？”

“就说我们两人的妈妈是好朋友，我们就像亲兄妹，绝对不会有——什么事，她大可以放一万个心。”

“这样解释就没事了？”

韦真更不快了：“那你说还要怎么解释？”

“怎么解释都没用，女人一旦怀疑自己的男人 cheating（出轨，劈腿），她就什么解释都听不进了！”

“哇，这是你的——经验之谈？”

“It' s just a well-known fact .（只是个众所周知的事实。）”

她越发觉得他是在怪罪她了，不仅怪她引起了他女朋友的猜疑，还怪她连众所周知的常识都不懂，便赌气说：“这样吧，你把你 girlfriend 的电话号码给我，我现在就向她解释，一直解释到消除她的怀疑为止。”

他没回答。

她又说：“就是上次你给我的那个号码吧？那我现在就给她打电话解释。”

不等他回答，她就挂断了他的电话，拨了他上次给她的那个号码。但这次没听到女声，听到的是男声，确切地说，是他这个男声：“怎么挂了那个打这个？”

“怎么是你？”

“还能是谁？”

“这不是你 girlfriend 的电话吗？”

“谁说的？”

“那上次为什么是她接的电话？”

“那是 pre-recorded message（事先录音）。”

还真是录音！但她仍然不能释怀："你的电话，怎么录音会是女的呢？"

"我们医院发的电话都是那样的。"

"那个电话是医院发的？"

"是啊。"

"那另一个呢？"

"不是医院发的。"

原来如此！真理永远都是这么简单！

她开心了，开始纯学术讨论："怎么你两个手机的录音都提到 911 呢？是不是有什么——特别的典故？"

"典故是什么？"

"就是——故事。"

"哦，没特别的故事，doctor（医生）的电话都会提到的，怕耽误病人的 emergency（急诊，紧急情况）。"

她笑起来："哈哈，原来是这样！Case solved（案子破了）!"

"这样吧，我把我 pager 的号码也给你，你打通之后直接 punch（敲）你的号码进去就行了，我看到后会打给你。"

"Pager？是什么呀？"

"Pager 你不知道？就是——beeper。"

虽然她也不知道 beeper 是什么，但从 beep 这个词猜出来了："是不是传呼机？"

这下轮到他不懂了："传呼机是什么？"

"就是那种有人打电话进来就会 beep（叫），还会显示号码的小玩意儿。"

"嗯，应该是吧。"

"哇，传呼机是什么年代的事了？上个世纪的吧？现在还在用？"

"在用啊，医院都用的。"

"医院为什么要用这么古老的东西？"

"因为有些地方没 signal（信号），还有的地方不能用手机，怕 interfere（干扰）那些 medical instruments（医疗仪器）."

她记下了他的传呼机号码，感觉自己成了富婆，一下拥有了三种联系他的方式，就像在他背上装了三个卫星导航的跟踪器一样，无论他跑到哪里去，她都能找到他。

他这么信任她，使她非常开心，笑嘻嘻地说："我没认出你来，还有一个原因。"

"什么原因。"

"我不敢告诉你？怕你伤心。"

"伤心？"

"就是——feel hurt。"

"我知道伤心的意思，我是问为什么我会伤心。"

"因为——师妹说你——哈哈哈哈……"

"说我什么？"

"说你丑到 cry。"

"丑到 cry？什么意思？"

"就是说你——very ugly（很丑）。"

他并没跳起来大喊冤枉，也没表示愤慨，只"哦"了一声。

她替师妹解释："她肯定是开玩笑的，或者把你跟谁搞混了，因为她没见过你，是从你家的影集上看到的，很可能她看到的是别人，比如你家的亲戚朋友什么的，但她以为是你。"

"怎么会呢？"

"为什么不会呢？"

"因为 Ray 知道我什么样啊。"

她没想到他连师妹的英文名字都知道，很是吃惊："你认识师妹？"

"是叫 Ray 吗？"

"是啊。"

"那就见过。"

她更吃惊了："你见过师妹？什么时候？"

"Thanksgiving.（感恩节。）"

"慢点，慢点。你说你感恩节见过师妹？你感恩节回家了？我的意思是，回你父母家了？"

"是啊。"

"那她们怎么说你没回家呢？"

对这个问题，她其实已经知道答案，但不确信，于是，又给师妹打电话："哈哈，你这次完全猜错了！"

"什么猜错了？"

"那个活雷锋，根本不是你说的 sex offender，而是扎克！"

师妹并没像她预期的那样大吃一惊，而是胸有成竹地反驳说："为什么他是扎克就是我猜错了呢？扎克就不能是 sex offender？"

虽然她确信扎克不会是 sex offender，但她知道自己的直觉不能用来证明自己的观点，于是放过这件事，转攻另一件："你说他丑到哭，但他一点都不丑，人家是帅哥一枚！"

师妹淡定地说："那只能说明你对帅哥的要求太低了！"

"但你说他是老黑，难道是我对白皮肤的要求太低了？"

"我哪里有说过他是老黑？我只说了他丑到哭，老黑是阿杰说的！"

她没想到这么显而易见的东西，她就是没法驳倒师妹或者说服师妹，干脆放弃了，闲聊了几句，结束通话，转而去向老妈报喜。哪知道老妈一点也没为她和扎克的奇遇而欣喜若狂，反而责怪说："他是扎克就直接说自己是扎克，干吗跟你兜圈子？"

"妈，那个不叫兜圈子，叫幽默，懂不懂？你真是太不解风情了。"

"你也别把'风情'当个什么好词，男人嘛，还是少点风情为好，太风情的人，他对你风情，对别人也风情，能有什么好？我听他妈说过，他谈过好几个女朋友的。他谈过那么多女朋友，心都谈花了，很难定下心来对待你一个，不像我们那时候，都是轻易不谈，一谈就谈成功，结婚多年都是不离不弃。"

"你们那是什么年代了？那时连'爱情'两个字都不能说，谁还敢谈恋爱啊？谁又敢谈几次恋爱？不管合适不合适，都死缠到老。但现在谁不是谈好几次？"

"从这方面来说，还是禹杰好。"

"禹杰还不是谈过好几次恋爱，连我都知道他有过两个前女友。"

"但扎克肯定不止两个了！他妈没具体说他谈过几个，但听那个口气，肯定不下五个！"

她从数字上说不过老妈了，只好使出撒手锏："我不过就是说了说昨天遇到的那个活雷锋是扎克，又没说要嫁给他，你急什么呀？"

她妈也有撒手锏："你是没说要嫁给他，但听口气就听得出来，你明显是对他动心了。不是我背后说你资阿姨坏话，但这种事真是有遗传的。你资阿姨是在那个年代受压，不然的话，还会更风流。她在我们Y市文工团的时候，就曾经弄得两个男同事为她大打出手，造成很不好的影响，而她那时才多大年纪？她到了省里之后，又跟团里的一个男的好，最后她被省里一个当官的看上了，她又嫁给了那个当官的。"

"这也不能说明她风流啊，只能说她长得漂亮，有很多人喜欢她，她也有选择的权利。最后她嫁给当官的，可能也是不得已，顶多能算个——攀龙附凤，根本说不上风流。"

"但你看她到了外国之后，又结了多少次婚？一个女人，一生谈这么多次恋爱，嫁这么多次人，也够风流的了。"

她开玩笑说："妈，你这是不是羡慕嫉妒恨啊？"

妈妈不屑地说："我羡慕嫉妒恨？你要说我羡慕她人长得漂亮，舞跳得好，那还有点可能。但你要说我羡慕她谈这么多次恋爱嫁这么多次人，那你就完全错了。一个人要是真值得爱，就会有人真心真意爱她一辈子，哪里至于谈一次又一次，嫁一次又一次？我和你爸对爱情婚姻都是很认真的，不认准就不会轻易接受一个人的爱，既然接受了，那就要负责到底。"

"就算资阿姨很风流，也跟她儿子无关呀。难道资阿姨嫁了好几次，她儿子就会娶好几次？"

"有其母必有其子。我可不愿意我的女儿一生也得嫁几次人。"

韦真又开始揭老底了："那我出国的时候，你怎么那么热情地撮合我和扎克呢？"

"那时不是还没禺杰这个人选吗？"

妈妈的话，真的把韦真给伤了。不是话语本身，而是其中的含义。想想看，妈妈曾经那么积极地撮合她和扎克，照片也给人看了，接机相亲的大戏也安排好了，还特意嘱咐她不要在机场就把给资阿姨带的礼物交给扎克，目的就是为了多几个去资家的借口。可以这么说，当初老妈为了撮合她和扎克，已经到了处心积虑不择手段的地步！但实际上，老妈却这么不看好扎克，那说明了什么？答案明摆着的嘛。看来即便是在妈妈心目中，她也已经到了"能嫁出去就不错了"的危急关头，只要是个男人，哪怕明知道他遗传了其母的花心，跟他结婚铁定会做弃妇，当妈的还那么起劲地把她往扎克怀里推，这得是对女儿多没信心才做得到啊！而妈妈极其看好的禺杰，也不是什么人中之杰，个矮都不说，还谈过几次恋爱，平时对她也是不冷不热，根本算不上追求，连吃个醋都吃得那么恶劣，老妈还把他当个宝！难道我就这么个成色？

她虽然被人称作“剩女”若干年，但还从来没觉得自己是条件差才剩下的，总觉得自己条件并不差，只是因为比较追求浪漫爱情才单身至今。但她妈妈今天的说法彻底推翻了她对自己在剩女市场上的定位，根本不是什么“高端剩女”，而是剩女中的“钉子户”，最好的对付办法就是强制拆迁。别人看不起她，她可以无所谓，但现在连她自己的妈都不看好她，就真的太伤人了。她决定以后再不跟老妈谈扎克了，是好是坏，是人是鬼，统统都不告诉老妈。也不告诉师妹她们了。作为对老妈的报复，有关禺杰的事也不告诉老妈了。当然，禺杰上次已经绝尘而去，应该也不会再来找她了，所以也就没什么事情可以向老妈汇报了。做了这个决定，她有一种复仇的快感，也有一丝独行侠的悲凉。幸福没人分享，就不称其为幸福；痛苦没人分享，就会压垮肩膀。但与其分享之后换来嫉妒或打击，还不如闷在心里，慢慢反刍。

第二天，她早早地开车去老人院上班，欣喜地看见约兰达也来上班了。虽然凯尔也很 nice（友好），但毕竟是个男人，除了工作之外，两人在别的方面没什么共同话题。而约兰达就不同，除了工作，还有别的共同话题，对她的穿着，约兰达会表现出浓厚的兴趣，经常夸奖她的衣着品位，而且不是随口一夸那种，而是兴致勃勃地打听什么牌子，在哪儿买的，让人感觉要不是正在上班，约兰达就要开车去买一件来穿上。约兰达还是她的 lunch buddy（午餐伙伴），这一点也比凯尔更受她欢迎，因为凯尔是不带午饭的，也不在老人院的食堂吃，而是跑外面餐馆去吃。她一个人坐在饭厅吃午饭，并不是一件很享受的事，每次都是两口扒完了事。但约兰达来了，那就不同了，约兰达也是带饭一族，而且会主动约着她一起去吃午饭。两人坐在老人院的饭厅里，边吃饭边闲聊，十分惬意。约兰达会津津有味地品尝她带去的午餐，每次都是赞不绝口，大有从今以后就要上她家来搭伙的架势，让她很有名厨的自豪。

这天，两人又一起吃午餐，她请约兰达吃她带去的酸辣土豆丝。约兰达才吃了一口，就惊为天丝，一再打听这是什么食材，又是如何烹饪的，用的是哪家的菜谱，加了哪些作料，怎么这么好吃。当她说出是土豆的时候，约兰达惊讶得合不拢嘴，好像她有点石成金的魔力一样。她也分享了约兰达带来的 tortilla（玉米饼），是一种文火烙出来的玉米面薄饼，里面卷上西红柿和煎鸡蛋切成的丁，放上黄的红的几种酱料，也很好吃。

约兰达向她讲述墨西哥的人文风俗，她也向约兰达讲述中国的人文风俗。约兰达很健谈，什么都讲，连上辈人非法越境进入美国的不光荣历史都讲给她听了，使她感觉两人已经成了闺密。于是，她也讲了自己父母的恋爱史，又从父母讲到母亲的朋友资阿姨，再从资阿姨讲到资阿姨的儿子扎克，然后顺理成章地提到扎克周末也在这里工作，问约兰达认不认识扎克。约兰达不仅认识，还相当了解，把扎克夸奖了一番，说他医术高明，为人和善，老人院的人都叫他 Zac the Doc（医生扎克）。

她半开玩笑地说："But somebody told me he' s a sex offender .（但是有人说他是性犯罪者。）"

约兰达嘎嘣脆地否认了这一说法："No, no no. Who told you that（不是，不是不是。谁对你说的）？"

"A friend .（是一个朋友说的。）"

"That' s very bad of him to say so .（他这么说真是太不地道了。）"

"It' s a she .（说这话的是个女生。）"

"Then it' s very bad of her to say so .（那她这么说真是太不地道了。）"

她非常高兴，总算卸下了"sex offender"的重负。不过她没把这事告诉师妹，就让师妹继续拿扎克当 sex offender 吧，那样就不会打扎克的主意了。

下午下班后，她回到家里，开始做饭，准备多做些好吃的，带去给约兰达吃。正在炒菜，听到有人敲门，她以为是师妹跑来蹭饭吃，连火都没关，手里的锅铲也没放，就跑过去开门，却赫然发现门外站着两个老黑，吓了她一跳。那两个也吓了一跳，盯着她手里的锅铲，结结巴巴地问："What' s that ?（那是什么呀？）"

她一时想不起"锅铲"的英文是什么，只好说："It' s just a ——cooking tool .（只不过是个——炒菜的家什。）"

那两个松了口气，问："John Wayne ?（是约翰·韦恩吗？）"

约翰·韦恩这个名字，韦真还是来美国之后才听说的，是美国家喻户晓的动作片明星，相当于中国的成龙。她有个同学的爸爸非常崇拜约翰·韦恩，那次去那同学家做客，见他家墙上挂满了约翰·韦恩的剧照，还有各种牛仔靴牛仔帽牛仔枪什么的，据说都是约翰·韦恩影片中的道具。她以为是她手里的锅铲引起了两个老黑的无尽联想，便扬扬手中的锅铲，凑趣地说："It looks like a pistol ?（看上去像把手枪吧？）"

那两人呵呵笑着说："Not really. More like an ax .(不像手枪，更像斧头。)"

她突然听见锅里嗞嗞的声音，想起火还没关，急忙跑过去把火关掉，把锅子从火上移开，放到一边，然后跑回到门前。

那两人又问："Are you John Wayne ?（你是约翰·韦恩吗？）"

"Me ? No, no. I'm just a ——cook !（我？不是，不是，我只是一个——做饭的！）"

那两人面面相觑，一起看她门上的号码，又嘀咕了几句，然后那个高个的把一张表格伸到她眼前，指着上面的名字说："Is this you ?（这是你吗？）"

她看了一眼，是她的名字，Zhen Wei（韦真），才恍然大悟，刚才人家说的不是约翰·韦恩，而是"真韦"！她忍住笑说："Yes, this is me .（是的，这是我。）"

两个老黑非常开心，像变戏法一样，从口袋里摸出一顶镶着白毛边的红帽子戴在头上，扯开嗓子嚷道："Ho Ho Ho——Here comes your Christmas gift from Santa !（呵呵呵——圣诞老人给你的礼物来了！）"

两人夸张地一弓腰，右手放在背后，左手画个弧，向左一指。她循着两个人的左手望去，看见门外面的墙上靠着一个单人席梦思和一个床座，新的，还蒙着透明塑料纸。她先是一愣，然后醍醐灌顶，肯定是扎克搞的！那两人一人扛了一个，走进她的房间，问："Where do you want it ?（你想放在哪里？）"

她指指自己的床位，跑过去把床上的被子垫单枕头什么的，一股脑卷起来，抱到沙发上放下。那两人把新席梦思和床座合在一起，让其中一人扶着，另一个人走到她的旧床前，问："Do you want to keep it ?（旧床你还要的吗？）"

"No, no, I don't want to keep it .（不要，不要，我不要了。）"

那人就把旧床垫拿到外面去了，然后又把床座也拿到外面去了，再然后两人齐心合力把新床上的塑料纸扯掉，把床安好，在牛仔裤上擦擦手，拿出一个iPad一样的东西，让她在上面签名。

她太激动了，都忘了给两个老黑小费，就把人家送出了门。回到房间，她菜也不炒了，先把垫单铺上，把被子和枕头拿到新床上放好，然后躺在床上使劲颠了颠，好舒服！躺了一阵，她找出扎克的传呼机号码，拨通之后，就把自己的号码按了进去，然后兴奋地等着他给她打回来。过了一会儿，他真的打回来了："You paged me ?（你呼我了？）" 他有点焦急地问，"Is there anything wrong ?（出什么事了吗？）"

她学着他上次的口吻说："That's exactly what I want to know .（我正想知道出什么事没有呢。）"

扎克笑起来："那就是 everything all right（一切正常，平安无事）了？"

韦真调皮地回答说："比 all right 还 all right，是 all right 的比较级，不对，应该是 all right 的最高级！"

"呵呵，是吗？"

"是啊，因为我现在有了新床了嘛。"

"你买新床了？"

"不是我买的。"

"那是哪来的？"

"圣诞老人送的。"

"Wonderful !（太好了！）"

她满怀感激地说："太谢谢你了！"

"谢我？为什么？"

"因为你帮我买了新床啊。"

"刚才你还说床是圣诞老人送的呢。"

"刚才是开玩笑的嘛，我老早就知道这个世界上根本没有圣诞老人。"

"谁说没有圣诞老人？"

"有吗？在哪儿？"

"不是在 North Pole（北极）吗？"

她顺着说："呵呵，是的是的，是在 North Pole，不过现在他正在我们 Z 市到处跑呢，穿着红袍子，戴着红帽子，袖口和领子那有白色的毛皮，坐在一辆 reindeer（驯鹿）拉的雪橇上，挨家挨户送礼物。"

"送礼要等到 Christmas Eve（平安夜，圣诞前夜）吧？"

"马上就是 Christmas Eve 了！"

“你把 stocking（长袜子）准备好了吗？”

“Stocking？”

“是啊，赶快去买个 stocking，Christmas Eve 的时候放在你枕头边，等你第二天早上醒来，就会看到里面装满了礼物。”

这话说得她浮想联翩，他的意思是不是说会在圣诞前夜来看她？因为他就是送床的人，又承认送床的是圣诞老人，那不就意味着他就是圣诞老人吗？他说圣诞老人会在平安夜给她送礼物，那不就是说他会在平安夜来她家吗？

她开心极了：“好啊，好啊，我马上就去准备 stocking！”

“还要乖乖的才行哦，不乖就得不到礼物了。”

“我还不乖吗？”

“开暖气了没有？没开就不乖。”

“开了开了，一到家就开了。一直开到明天早上去上班的时候，够乖了吧？”

他严肃地说：“不对哦，应该是一直开着别关，不然的话，刚到家那会儿，不是挺冷的吗？这里取暖都是用电的，要好大一会儿才能升温。”

“但我一整天都不在家，如果也开着暖气，不是挺浪费吗？”

“你可以在出门的时候把温度调低点，但别完全关掉，那样到家后升温就快——”

“好的，知道了。”

她跟扎克讲完电话，才回头去做饭，发现锅里的菜早就煳了冷了干了，只好用锅铲使劲铲啊刮啊，又用水泡了一会儿，才把锅洗干净，重新炒菜。正吃着饭，师妹来了，有点紧张地问：“刚才你这儿出什么事了？”

“刚才？你指什么时候？”

“一个多小时前吧。”

“一个多小时前？没出什么事啊。”

“那我怎么看见你门口围着一堆人，还吵吵嚷嚷的？”

“哦，那是送货的人，还有几个看热闹的邻居。”

师妹松了口气：“我还以为出了什么事呢！吓得我楼都没敢上。”

她开玩笑说：“哇，你以为我这儿出了事，都没上来帮我一把？”

“我上来起什么作用？又不会武功，又没枪，帮得了你？”

“那你没帮我打个 911 报警？”

师妹略一思索，回答说："我觉得如果需要报警的话，你自己肯定会报的。"

"但说不定我是被人揍昏了，或者捆住了手脚，报不了警呢？"

"不会的，门前围了一堆人，谁敢捆住你手脚？我当时想，肯定是你在路上撞了人家的车，人家追到你家里来要赔偿，你赔了就没事儿了。"

她笑了一下，没再逗下去，从洗碗机里拿了一副碗筷出来，递给师妹："算你聪明，因为你要是那时上来，还真没饭吃。现在来得正好，吃饭吧。"

"我刚在外面吃了。"

"吃了怕什么？接着吃！反正你吃再多也长不胖。"

"也是哈，反正我就是那种胡吃海喝也不长肉的人，那我就吃点菜吧。"师妹接过碗筷，在她对面坐下，开始吃菜，"我也不知道是怎么回事，就是长不胖，其实我还想增几磅呢。"

她嗔道："你就别气我们这些喝凉水都长胖的人了，哪里有想增重的人？"

"怎么没有呢？我就想增重啊！你不知道，这里的白男都喜欢丰满点的女生，像我这样的，对华男来说那就是性感女神，但对白男来说，就是pin-thin（瘦得像根针），太单薄了。"

她咋咋呼呼地说："什么？还有人敢嫌你身材不好？真是反了他了！是谁呀？说出来我替你收拾他！"

"我不是说有人敢嫌我身材不好，而是从那些白男找的女朋友来看，就知道他们喜欢什么样的女生了。"

"他们喜欢什么样的女生？"

"反正都是比我胖的。"

"别管他们喜欢什么，你这个身材正好，我要是有你这个身材，睡着了都得笑醒！"

师妹看了她一眼，很认真地说："其实你跟那些白妞比，也不算胖，就是胸没人家高，屁股没人家翘。"

"没办法，就这个遗传。"

"我在想哈，那些白妞胸那么高，屁股那么翘，应该也不是个个都靠的遗传，肯定有不少是做了手脚的，听说美国女生很多都隆胸的，有的还隆屁股。你说咱们就凭天生的本钱，跟她们那些做了手脚的人比拼，是不是有点不公平？"

"那你也去隆一个喽。"

“是在这么想呢。就是有点怕最后还得回国去，那就麻烦了。”

“为什么麻烦呢？国内男生不喜欢丰乳肥臀？”

“也不是不喜欢，但他们喜欢的丰乳肥臀，没这里的这么夸张。再说他们也不喜欢动过刀的女生，觉得那个很假，恨不得你天生就是他想要的模样。”

“你还准备回国去的？不是说要在这里找个白男吗？”

师妹有点沮丧地说：“我发现这里的白男很多都不咋的，主要是太穷了，还拽得要死，动不动就是 money is not everything（钱不是一切），根本不想法儿去赚钱，又不兴吃爹妈，穷得叮当响，还乐得屁颠屁颠的。”

“那不也挺好的吗？”

“好什么呀！有的连个车都没有，出去玩都得开我的车，吃个饭也要 AA 制，烦都烦死了！”

她猜测说：“你是在说那个 Andrew（安德鲁）？他不是有车吗？”

师妹有点不耐烦地说：“哪里是在说他？他是有车，但也是个二手车，我都不好意思坐他的车出去玩。我刚才说的是 Ben（本），我们系那个博士生。”

“又换博士生了？”

师妹数落说：“按说也不奇怪，像我们这个专业的，有本事根本不会去读博士，连硕士都是我们这样的外国人在读，美国人本科毕业就到华尔街赚钱去了。既然他到现在还窝在学校读博士，那就肯定是没本事的那种。”

“也不一定吧？有的人就是爱做研究，想当教授，也不能算没本事。”

“喊，当教授！你看我们系的那些教授，比他们教出来的学生还穷！唉，还是学医的好。学医的不仅工作有保障，收入也很高，哪怕是最一般的家庭医生，中位数年薪也有十五万；像那些专科医生，都是几十万的年薪；收入最高的是神经外科医生，年薪都是一百多万！”

她很吃惊：“真的？”

“当然是真的！”

吃完饭，她去洗碗，师妹坐在沙发上跟她聊天：“你说今天那些人是来送货的，送什么货啊？”

问到这个地步了，她只好如实相告：“他们送了个床来。”

师妹走到她的床跟前，掀开垫单看了看，问：“你以前那个床不是好好的吗？”

“好什么呀！是个旧床，不知道用了多少年，也不知道转了多少次手了，床中间都睡出了一个大坑。一个人的一生，至少有一半是在床上度过的，床不好，不仅睡着不舒服，也会损伤身体。”

师妹一屁股坐在床上，颠了颠，问：“在哪儿买的？”

“我也不知道。”

“你自己买的床，自己不知道在哪儿买的？”

“其实不是我自己买的。”

她把买床的来龙去脉讲了一番，尽量说得低调点，免得师妹羡慕嫉妒恨。

师妹略带责备地说：“你以后啊，别总是对人叫穷，你跟我们这几个人叫叫没什么，我们还是会跟你做朋友。但别人就不同了，人家嘴里不说，心里不知道多瞧不起你。你别看扎克在给你买床，他那是出于慈善的目的，但心里会鄙视你。”

“别把慈善家说得这么不堪嘛。”

“真不是把他们说得不堪，而是他们的确就是这样的。他们施舍穷人，是因为那样可以免税。你设身处地想一想，如果你看到街边讨饭的流浪汉，你可能会同情他，扔给他几个硬币，但你心里是不是挺瞧不起他的？有本事的话，会流落到这个地步？”

她觉得师妹这话虽然尖刻，但也不无道理。如果她遇见街边讨饭的流浪汉，虽然不会瞧不起，但肯定也不会爱上。也许在扎克眼里，她就是街边一个可怜巴巴的流浪汉。

师妹见她不吭声，知道说中了要害，乘胜追击说：“反正你要记住这样一句话：天上不会掉馅饼，世上没有免费的午餐。他给你这些小恩小惠，肯定都不是白给的，都是有目的的。”

“什么目的？”

“我不是早就告诉过你了吗？”

“但我问了我们那里的社工约兰达，她说扎克不是 sex offender，而是一个工作负责很受欢迎的医生，人家都叫他 Zac the Doc。”

师妹高深莫测地说：“那你就相信约兰达喽。”

平心而论，韦真绝对不是为了博取同情，故意在扎克面前叫穷。国内已经以穷为耻若干年了，谁都是想方设法掩盖自己的穷，她怎么会对一个心仪的人叫穷呢？她对扎克提到床很旧，是为了证明她在旅馆住的那夜非常舒适，非常值得，不然的话，扎克会觉得自己犯了判断错误，害她白在旅馆住了一夜。但听了师妹一席话，她发现自己犯了一个错误，一个顾头不顾尾的错误：为了消除扎克的内疚，就肆无忌惮甚至夸大其词地谈到了自己的穷。

她倒不怕扎克会因为她穷而瞧不起她，如果他是这样势利的人，那还是早让他知道她的穷为好。但她怕扎克会认为她是一个没骨气爱吃嗟来之食的人，像那些职业乞丐一样，穿那么破，说那么可怜，装瞎子，扮瘸子，都是为了赚得过路人的施舍，其实他们很多都是隐形富豪。她对职业乞丐是从来都没有好感的，因为他们的存在搞得人们都分不清谁是真穷、谁是假穷了，最后只好一刀切，不管谁乞讨，一律不施舍。这从客观上削弱了人们的同情心和人道主义精神，还影响了人与人之间的信任。

她当即决定把住旅馆和买床的钱都付给扎克。在此之前她没付钱给他，一是怕他觉得她在见外，二是没找到一个付钱的好方法。她上次寄给资阿姨的那张支票，资阿姨一直都没去转存，五千多块钱至今还在她账上。如果她寄支票给扎克，就显得非常假惺惺：明知道人家不会转存，还一张张寄，那不成了乱开空头支票？但是如果不寄支票，又怎么付钱给扎克呢？如果当面把钱交给他，他肯定不会收，推来推去的，最终还是推不过他。她想来想去，都没想出个好办法来，最后决定冒个险，用快件给他寄现金去。快件是可以追踪的，而且要收件人签收，应该不会寄丢。说干就干，她先上网做功课，按照床的牌子和尺寸，查到了一个大致的价格。她又查到扎克医院的确切地址，还写了一个简单的 thank-you note（感谢信），放在手提包里。

第二天，她特意不带午饭，到了吃午饭的时间，她就对约兰达说今天忘了带午饭，只好到外面去吃，顺便去趟邮局。约兰达爽快地答应了，还叫她别慌着赶回来，只要下午的合唱排练不迟到就行。她谢了约兰达，先开车到一个商场，买了一沓信封，再从那里的 ATM 机上取了一些现金，把钱和写好的感谢信放进一个信封里，然后到邮局去，拿了一个快件信封，把装着钱的信封放进去，封好，填了邮寄单，交给邮局工作人员，付了寄费，拿了回执，感觉完成了一个重大任务。

她猜想扎克收到现金后的反应，有两种可能，一种是收下，然后发个短信告诉她，并客气几句；另一种是不收，又给她把钱寄回来。不管是哪种，都是好事情。如果他收了，说明她寄钱过去是正确的，他会明白她不是一个爱占便宜的人；如果他不收，那她就又有了一个联系他的借口，因为她肯定是会把钱付给他的，无非是不断地换方式，一直到他收下钱为止。

回老人院的路上，她在一家麦当劳买了份鸡块，边开车边吃，算是午餐。回到老人院后，她稍事休息，就到大会议室参加合唱排练。老人院的迎圣诞活动已经轰轰烈烈地搞了一段时间了，除了灯饰和圣诞树之外，老人院还给每个老人都准备了一份圣诞礼物，装在一个个镶着白毛皮的红绒布靴子里。这几天，她有空了就帮着装那些靴子，很自豪地发现从靴子到礼物全都是 made in China（中国制造）。

她还参加了院里临时组织的合唱队，唱Christmas carol（圣诞颂歌，赞美诗）。她继承了妈妈的好嗓子，但没生在妈妈那个年代，所以很少有登台演出的机会，平时跟朋友们去唱 K，也总是掩映在那些“麦霸”的光环背后，很少有人发现她的唱歌天才。

K 歌厅的热门歌曲，大多是流行歌曲，音域不宽，一般人都能唱上去，再加上还能调整音调，唱不上去的话可以降低几个音调，所以基本上谁都能唱上去，有的还能模仿原唱明星，惟妙惟肖，像她这样能唱高音、嗓子有特色、不爱模仿歌星的人，反而不觉得出众了。没想到来了美国，她的嗓子竟然有了用武之地。

刚开始她并不在合唱队里，人家早就组好团了，都是趁上班时间在会议室里排练。她经常听到那里有人唱歌，也学了几句。有一天，她一边往红袜子里装礼物，一边哼哼着 *Silent Night*（《平安夜》），被约兰达听见了，一定要她加入合唱队。她谦虚了几下，没谦虚掉，心里也挺想唱的，就跟着约兰达去了。哪知道，她才跟着唱了一次，就被合唱队队长看中，让她领唱。她真是受宠若惊，一副好嗓子埋在地下若干年，竟然在异国他乡的老人院里遇见了伯乐！她卖力地排练，队友都很喜欢她，称她为 China doll with a magic voice（有着金嗓子的中国娃娃）。

一直到资阿姨打电话来邀请她去家里过圣诞的时候，她才意识到又犯了大错，因为失去了一个跟扎克共度平安夜的机会。但她也没别的办法，只好对资阿姨说：“对不起，我圣诞夜不能去您家，因为我要参加老人院的活动。”

“平安夜都不休息？那些老人的子女不接他们回家？”

“有的会接回去过圣诞，但有的老人——没子女，或者子女不在本地，还有的行动不便，只能留在院里过圣诞，所以我们要为他们准备庆祝活动，陪他们过节，有些老人的亲属也会来参加聚会，陪老人过节。”

“那你能不能请个假？那么多人参加，也不缺你一个。”

“不能请假，因为我参加合唱队了，还——领唱。”

资阿姨夸奖说：“我就知道你一定继承了你妈妈的好嗓子！你妈唱歌可好听呢，我们那时排节目，都是你妈伴唱。听她说现在都还在唱。”

“嗯，她一直都参加Y市业余合唱团的活动。”

“唉，还是唱歌好啊，不受年龄影响，不像干我们这行的，吃的是一碗青春饭——”

“您不是还在教跳舞吗？”

“我这教的是些什么呀！都改健身舞了。”

“健身舞好啊，最热门了，您看您多受欢迎啊，办班都办到外州去了。”

“到外州办班还不都是因为这里参加的人少。”资阿姨不无遗憾地说，“那这次就算了，元旦的时候一定上我们家来玩。”

“好的。”

她没好意思问资阿姨还请了谁，但她估计会请师妹，因为上次感恩节就请了师妹的。晚上回到家，师妹跑过来蹭饭吃，她装作很随意地说：“今天资阿姨打电话让我圣诞节去她家玩，但老人院那边有活动，我去不了。你去吗？”

“人家请都请了，我怎么好意思不去？那不是太不给人面子了吗？”

果然请了师妹！她有点不开心，看来在资阿姨心目中，她和师妹是同等的地位，一请就都请到了。而她还缺席两次，师妹却次次都去捧场，资阿姨会不会觉得她在摆架子？

师妹说：“扎克圣诞节肯定会回家，你真的不去？”

“我走不开。”她忍不住旧账重提，兴师问罪，“他感恩节也回了家的，你怎么说他没回？”

师妹眉毛一扬：“我那不是怕你后悔吗？”

“我后什么悔？”

“你早早地答应跟禹杰一起出去旅游，结果错过了见扎克的机会，我说他感恩节没回家，你不就不用后悔了吗？”

“什么叫错过了见扎克的机会？

“你不是一直都在期盼跟他见面吗？”

“别瞎说了，谁期盼跟他见面？”

“呵呵呵呵，别不好意思了，明眼人都看得出来。”

她发现每次都是这样，本来是她质问师妹为什么撒谎的，结果没几个回合，就变成师妹指责她，而她慌着为自己洗白了。她知道自己说不过师妹，只好鸣金收兵，半开玩笑地说：“你不是说要找个医生老公，因为医生有钱吗？干吗不找扎克？”

“我干吗要找他？”

她还没来得及高兴，师妹又补上一句：“他找我就行了。”

“他——找你了？”

“你不相信？”

“他——怎么找你的？”

“还能怎么找？献殷勤呗。”

她明知道追问细节很不礼貌，也很掉价，但还是忍不住问：“他怎么向你献殷勤的？”

“他们做医生的，都是循规蹈矩的人，能有什么惊世骇俗的方法？无非就是发短信送礼物之类喽。”

“他给你发短信了？”

“天天发。”

她大惊，又问：“他还送东西给你了？”

“也没送什么贵重东西，就是我那个电脑桌，是他送的，而且是他亲自assemble（组装）的。”

她觉得师妹在这事上不会撒谎，因为师妹绝对不是傻瓜，一般不会撒些太容易被戳穿的谎，现在师妹明知她至少每个星期会见到扎克一次，怎么敢空口说白话？

她心里很难受，但还是装作无所谓的样子问：“他从感恩节就开始——向你献殷勤了吧？”

“你问这么清楚干什么？是不是吃醋了？”

瞧瞧，又被师妹反守为攻了！她这几天的好心情被师妹的一席话一扫而光，恨不得马上就逮住扎克问个水落石出，但她知道这样做不仅无济于事，还会丢光自己的脸，只好哑忍。但从那之后，她对合唱排练就有了抵触情绪，唱着唱着，就会想到资阿姨家的圣诞聚会，就算师妹说的扎克献殷勤之类的事都是吹牛，这个圣诞节也足够师妹拿下他了。

圣诞节前一天夜晚，就是著名的平安夜，也是老人院开party（聚会）的时间。她那天下班后没回家，留在老人院参加活动。当地电视台也派了人来现场转播。七点钟，聚会开始，那些能动的老人都到大厅来参加活动，行动不方便的，坐在轮椅里，由亲属或工作人员推到大厅来参加，还有一些卧床的老人，就在寝室里看实况转播。她在台上唱歌，能看见对面悬挂的电视里自己的镜头，这是她第一次上电视，虽然只是一个小镇的电视，但也是电视啊！当她唱到“Silent night, holy night（寂静的夜，神圣的夜）”的时候，一向觉得神圣而优美的曲调竟然变得悲怆起来，她鼻子一酸，泪水涌上眼眶。幸亏韦真那天化妆很用了点心思，不然这鼻子一酸，眼圈一红，就要洒下两行黑乎乎的泪水来了。

关键时刻，她的爱美心理占了上风，由于担心泪水会把脸上的彩妆冲刷出道道沟壑，她硬是忍住了号啕大哭的冲动，也没抽抽搭搭，只噙着泪水，用心演唱。含在眼里的热泪投射到大屏幕上，居然产生了美目流盼感情充沛的效果。唱完了歌，鞠躬谢幕，突然看见几个人手捧花束走上前来，场下掌声雷动。哇，这是传说中献花的节奏啊！合唱队员们都停住了退场的脚步，左顾右盼，看谁才是接受献花的幸运儿。她知道肯定不会是她，因为她与当地人非亲非故，谁会跑来给她献花？就算她的歌声动人，当得起一束花，但人家事先也不知道啊，临时上哪儿买花去？她极有自知之明地跟随着几个同样有自知之明的人往台下走，但一位捧花人拦住了她的去路，把手中的花束举到她面前。台下又是一片掌声。

那人头上戴着一顶镶白边的圣诞红帽，身上穿着一件红绿相配的毛衣，胸前还印着两只小驯鹿。她以为是某位老人在向她献花，因为有些老人听过她唱歌，而且只有老人才穿得这么花红柳绿。那人夸奖道：“Congratulations! You have a beautiful voice!（祝贺演出成功！你的嗓音太美了！）”

她蒙了，真是给我的？

旁边几个人都催她：“Take it !Take it !（收下呀！收下呀！）”

她只好接过鲜花，连声说："Thank you ! Thanks !（谢谢！谢谢！）"

那人说："手握下点，上面有刺，当心扎手。"

哇，中文，乡音啊！这才是 beautiful voice（美妙的声音）! 天籁之音！她定睛一看，这不是扎克吗？怎么跑这里来了？还穿得花红柳绿的，是要跟院里那些老人媲美吗？她激动得不知所措，捧着鲜花站在那里，看见电视屏幕上那个她也傻乎乎地站在那里，像被人使了定身法一样。他伸出右臂，揽在她肩上，轻推着她往台下走："我们出去吧，人家要登台了。"

她猛地醒过来，手捧鲜花跟着他来到会议室外面，迫不及待地问："你怎么来了？"

"开车来的呀。"

她一笑："我不是问你 how（怎样，以何种方式），而是 why（为什么）。"

"哦，我来听你唱歌呀。"

"你怎么知道我今天唱歌？"

"我妈告诉我的。她以前经常对我说，你妈妈的歌唱得如何如何好，她还经常学着你妈妈的样子唱《北风吹》，边唱边跳，累得气都喘不匀，就让我给她伴唱。"

"哇，你还会唱《北风吹》？那什么时候请你唱给我听听。"

"我嗓子不行，还是听你唱吧。"

"我今天唱得好吗？"

"非常好！你没听见那么多人鼓掌？"

"你鼓掌了吗？"

"当然鼓了。"

她逗他："别骗我了，你拿着花，怎么鼓掌？"

"我把花放在窗台上呀。"

她笑了一会儿，问："你不回家过圣诞？"

"回呀。"

"那你怎么在这里？"

"圣诞不是明天吗？"

"哦，我的意思是平安夜。"

"平安夜？平安夜不是要听你唱歌吗？"他又用手轻轻推着她，"走，我们从后面进去看演出。”

“我去换个衣服。”

“换什么呀，穿这个多好，像小天使。”

她穿着一件宽大的白袍子，是今天的演出服，很廉价的料子，很粗糙的剪裁，自己掏钱，合唱队统一买的，花了她将近三十美元，但平时根本不能穿，她后悔了好久呢，特别是在资阿姨邀请她去家里过圣诞之后，她一直觉得参加合唱队是赔了夫人又折兵，亏大发了。现在他说她像天使，而且是“小”天使，又把她乐坏了，觉得这件衣服买得值，合唱队更是参加得值。她像个小尾巴一样，跟着他转到会议室的后门，从那里挤进去，站在那帮来晚了没座位只好竖在那里的观众中间，观看表演。都是一些宗教剧，表现耶稣诞生场面啊，传教场面啊，还有亲友团的人上去独唱合唱啊，再就是演一些 miracle play(奇迹剧)，都是劝人信教的小节目。反正她一点都没看进去，只激动地站在那里，不时侧头看看扎克，觉得他虽然穿红着绿，有点老土，但架不住人帅啊，还是男神一般，值得仰慕。他看得聚精会神，不时地热烈鼓掌。但每次她看他的时候，他都能像神探一样捕捉到细微动静，马上侧过头来，与她相视而笑，低声评论几句，又回头去看表演。

演出进行到中间，韦真看了看表，小声对他说：“我要跟约兰达她们一起去派红袜子了，一会儿就回来。”

他也小声说：“我跟你一起去。”

“好的。”

两人偷偷溜出会议室，到 cafeteria（食堂，餐厅）去找约兰达，见一些工作人员正在分发红袜子，他俩也领了一大袋，奉命到北一楼去派袜子。派袜子可不是随心所欲一扔了事的活儿，红袜子上都贴了名字的，因为礼物都是因人而异准备的，特有讲究，有的老人血糖高，不能吃糖；有的老人牙不好，不能吃坚果；有的老人对花生制品过敏，还有的老人见到某些物品会情绪爆发，又有几个老人信别的宗教，根本不能派送红袜子，不然会把你告上法庭。总而言之，老人都是易碎品，身体易碎，心情也易碎，必须小心轻放，一点差错都不能出。

他们两人拎着一袋红袜子来到北楼，扎克负责拎袋子，查床主，韦真就从袋子里掏袜子，核对袜子里的礼物对不对，如果没问题，就把红袜子挂在老人的床头。两人干了半个多小时，才派完了红袜子。庆祝会结束后，他们又和那些工作人员以及亲友一起，把老人们送回寝室，安顿下来，这才算胜利完成任务。两人一起往外走，他问：“你现在去哪里？”

她很不情愿地说：“回家呀。”

“明天上班吗？”

“上。约兰达和凯尔都要和家人过圣诞，我反正一个人，就顶替他们。”

“那今晚就别回去了，找个地方住一夜吧，不然的话，等你到家，就十一二点了，明天又得起个大早，花一个多小时开车来，多累啊。”

她怕他又像上次那样，把她安顿在旅馆住下，自己就跑掉了，那她宁愿开车回家。她试探着问：“那你呢？”

“我更远，得三四个小时呢。”

“那你现在还开车回去？”

“肯定不能开车回去了，不然开到半路就会打瞌睡。”

她急忙说：“那我也不回去了，就在这里住一夜。”

“走，我们去找 hotel(旅馆) 吧。对面那个估计是没有空房间了，因为今天很多老人的亲属都来了，要找地方住。”

“有别的 hotel 吗？”

“怎么会没有呢？就是稍微远一点。”

“远一点没事，我开了车的。”

“我也开了。”

两人来到停车场，发现还有不少车在那里，有的车可能来得晚，都停到旁边的草地上去了。

他提议说：“只开一辆车吧，免得跟车跟丢了。”

“行！”

“开我的车，你的车就停这里。”

“好的。但是——我明天怎么来上班？”

“我送你呀。”

“我会起得很早的。”

“多早？”

她想了想，这不是不回家吗？那就用不着一个多小时，可能几分钟就到了：“七点半。”

“那不算早了。”

“你起得来？”

“怎么会起不来呢？要是平时，我七点钟已经到医院了。”

“哇，当医生这么辛苦？”

“比当住院医生时好多了。”

“至少过年过节可以休息哈。”

“呵呵，过年过节就该住院医生顶班喽。”

两人来到上次住过的那家旅馆，客满，早几天就被预订光了，只好到别处去找。他说：“我们稍微走远点，这附近的hotel可能都被老人院的亲属预订了。”

“好的。”她恨不得叫他别找旅馆了，就开着车到处逛，一直逛到明天天亮。但他很快就找到了一个还有空房间的旅馆，Sheldon Hotel（谢尔顿酒店），订了两个房间，她205，他207。

他把她送到她房间里，说：“累不累？不累我就带你到处转转，看看Christmas lights（圣诞灯饰），你不是爱看lights的吗？”

她知道他指的是上次跟禹杰他们出去看灯饰，便声明说：“也不是什么爱看lights，只不过感恩节放假没事儿，所以跟他们出去玩玩。”

他有点失望：“你不爱看lights？那就——早点休息吧。”

她见自己又犯了顾头不顾尾的错误，急忙说：“我爱看lights，我是说上次——跟禹杰他们出去那次，其实没什么可看的，就是待家里没事……”

她说来说去都没办法说出“我跟禹杰不是男女朋友”几个字来，怕显得此地无银三百两，做贼心虚，也怕他顶她一句：“你对我说这些干什么？我又不关心你和谁是男女朋友。”

但他比她想象的要一根筋多了，听说她爱看lights，马上就开心地说：“那我们走吧！”

两人开着车，在小镇和周边地带到处逛。她拿出手机，一路拍照。寒冷的夜空，静谧的小镇，美丽的灯饰，把一户户人家勾勒得像城堡，像宫殿，像仙境。她陶醉了，希望他能带着她，一直这样看下去。

第二天，韦真很早就被自己的手机闹铃吵醒了。这段时间她在老人院做义工，每天开车来去，必须早起，所以她把手机闹铃设在早上六点。虽然今天不用起那么早，但昨晚太兴奋了，忘了关掉闹铃，结果这么早就把自己闹醒了。她关掉闹铃，闭上眼睛，想接着睡个回笼觉，但怎么都睡不着。干脆躺在床上回忆昨晚的奇遇，真是太美好了，美好到让她忘了昨夜终究会过去，今天必定会到来。

而平安夜一过，就是圣诞节，扎克就要回家过圣诞去了。师妹肯定昨晚就去了资阿姨家，现在正在那里等着扎克呢！师妹昨晚没见到扎克，肯定会问他去哪儿了。而资阿姨肯定会把扎克的行踪告诉师妹，因为这事对资家人来说，不是什么见不得人的丑事，不用隐瞒。但这样一来，她就成了师妹的眼中钉。就算师妹以前对扎克没兴趣，现在也要开抢了，因为师妹就是这样的人：你有的，我就要有；你没有的，我也要有；你先有的，我抢过来有；哪怕一抢过来就厌倦了，也要先抢过来再说。

她想找个借口把扎克留下，不让他回家。但她想来想去也想不出一个好借口来。除非装病。如果她突然病倒，他应该不好意思丢下她不管吧？但谁知道呢？也许他来这里，只是奉其母命，来给母亲的老朋友的老女儿捧个场。现在他已经顺利完成任务，当然要回家去了。也有可能他来这里是为了满足他自己的好奇心——他不是说了吗，一直都听老妈念叨老朋友的嗓子如何如何好，而老朋友的老女儿可能也继承了老朋友的天分，于是他想来证实一下。如果是这样，他的好奇心已经得到了满足，可以回家过圣诞了。如果她装病也没留住他，那就惨了，无异于雪上加霜，直接打自己的脸。考虑到他是医生，肯定能看出她是真病还是假病弄巧成拙，就会彻底搞坏她在他心目中的印象。

正在胡思乱想，突然听到有人敲门，她以为又像上次那样，旅馆工作人员送账单来了，急忙跑到门边去等，但没人塞账单进来。她想折回床上去，敲门声又响了。她没穿外衣，不敢开门，只大声问："Who is this ?（谁呀？）"

"Me（是我），扎克。"

她没想到是他，慌张地问："什——什么事呀？"

"Room service !（客房服务；服务到房间！）"

她没听懂："What ?（什么？）"

"Room service！给你送早餐来了！"

她又惊又喜，嚷道："等一下！等一下哈！"然后匆匆忙忙穿上外衣，跑过去开门。

果然是扎克，还是穿着那件花红柳绿的毛衣，头上仍然戴着那顶圣诞帽，手里捧着一个长方形的大盘子，里面放得满满的。他笑吟吟地说："Time for breakfast !（早饭时间到了！）"

"你——从哪儿搞来的？"

"楼下的 cafeteria（餐厅）。"

她把他让进门："你起这么早啊？"

"不早了，平时这时候我都到医院了。"

"今天不是不上班吗？"

"是不上班，但习惯了，到时候就醒了，醒了就睡不着了。"

"哇，我跟你一样的呀！生物钟真是太厉害了！"

"你也早就醒了？"

"是啊，我醒半天了。"

"怎么不告诉我呢？我以为你还在睡呢。"

"我也以为你还在睡，所以没去打扰你，想让你多睡会儿。"

他很温柔地看着她，笑着说："你想让我多睡会儿，我想让你多睡会儿，结果都没多睡会儿！ Communication(交流，传递信息)很重要啊！"

她跟着笑起来，心里感觉很甜蜜。

他把大盘子放在靠窗的小桌上，招呼说："来吃早点！"

"我还没洗漱呢。"

"吃完再洗漱呗，很多人都是在床上吃早餐的。"

"是吗？但是我不习惯，会觉得嘴里怪怪的。"

"那就快去洗漱。"

"你先吃吧！"

"没事儿，我等你。"

她跑进洗手间去洗漱，生怕让他等太久，把早饭等凉了，随便洗了两下就跑出来。他已经把两个椅子都搬到靠窗的桌子跟前来了，一边一个，自己已经就座，见她出来，就指指另一端的椅子，示意她坐下。她坐下了，他挨个揭开各种盖子，打开各种盒子，露出早餐真面目。完全是洋人的玩意，有牛奶，咖啡，煎鸡蛋，吐司面包，培根，香肠，碎土豆煎成的饼，小纸盒子装的各种调料，还有刀叉和白布餐巾。她像所有爱显摆的吃货一样，嚷嚷道："等一下，等一下，我先拍几张片片。”

“片片？”

“就是 pictures(图像), photos(照片)。”

他“哦”了一声，懂了，微笑着站到一边，让她拍早餐。她把大盘子左一摆，右一摆，拍了几张，又把盘子里的杯盘碗盏左一摆，右一摆，从各个角度拍照。忙活完了，才开始吃早餐。平时她都是吃中国式的早餐，包子馒头啊，炒饭面条啊，油条豆奶啊等等。这好像是她到美国后第一次正儿八经地吃美式早餐。她学着他的样，该切的切，该斩的斩，该叉的叉，该勺的勺，吃得津津有味。

他问：“平时早餐不吃这些吧？”

“嗯，都是吃具有中国特色的东西。”

“我家也是。我一直到去外州读 med school(医学院) 的时候，才开始吃这些东西。”

“爱吃吗？”

“开始还比较爱吃，吃多了，就怀念自家的中国早餐了。”

“我跟你相反，我是吃多了自家的中国早餐，现在觉得老外的这个早餐挺好吃的。”

“那以后就买这些当早餐，太容易了。”

早饭吃完之后，时间也不早了，他站起身，说：“走吧，我送你去 nursing home（老人院）。”

她指指桌上的狼藉：“这个怎么办？”

“就留在这里，会有人来收的。”

“那我们走吧。”

两人开车去老人院，天气很好，太阳已经露出了笑脸，路上没什么车，可能昨晚大家都搞到很晚才睡，现在正在补觉。他很快就把她送到了老人院，在停车场停了车。他先下车，转到她那边，为她开门，她下车后对她说：“Merry Christmas(圣诞快乐)！”

她回答说：“Merry Christmas to you and your parents and ——Chelsea !(祝你和你的父母还有——雀儿喜圣诞快乐！）”

“谢谢！那我走了。”

“OK，Bye !（好吧，再见！）”

她目送他的车远去，一直到看不见了，才怏怏地走进老人院去上班。到了办公室门口，她到手提包里掏钥匙开门，发现里面有一只红袜子。她一惊，难道昨晚派红袜子的时候，不小心塞了一只在自己包里？那就麻烦了，因为那说明某个老人没得到圣诞礼物，还不闹出轩然大波？她手脚都软了，急忙躲进办公室，从包里拿出红袜子，想看看是谁的，说不定还可以趁着没发现，偷偷挂到老人床前去。但红袜子上写的是她这个老人的名字，而且是用中文写的，“韦”字还凑合，就是那一竖太长，显得那个弯钩像是叉在腰上的一只手臂。而那个“真”字，写得真是雄伟壮观，像一架爬屋顶用的梯子，老长老长，两竖之间塞了很多小横线。她扑哧一下笑出声来，这肯定是扎克搞的！只有他这个 ABC 才会写出这么壮观的中文来！

她把手伸进红袜子里，摸出一个信封，上面是她自己的笔迹，收信人是他，寄信人是她。她认出来了，那是她上次给他寄钱时用过的信封，她从信封里掏出一沓纸币，是她上次寄给他的那些钱，只不过那封感谢信不在里面了。难怪他收到她寄的快件，一声都没吭呢，原来是在策划这个“报复措施”！她自从寄出钱之后，每天都上网去追踪那封快件，一是怕几百块钱寄丢了，二是想看看他收到钱后会有什么反应，结果一点反应都没有，让她很失望。现在反应来了！比她设想过的任何一种反应都更浪漫，更诗意，更顽皮，更有意思！

她又伸手到袜子里摸了一把，摸出几块巧克力，一个有 Z 大印章的钥匙环，还有一个 U 盘。她把 U 盘插到电脑上，看到一个录像文件，文件名是 Christmas Chorus(圣诞合唱)。她点开一看，是她昨晚的表演实况。她把音量调低了，坐那里观看。她就坐在那里，听着他录下的歌声，手里把玩着他送她的红袜子，看着他写的她的名字，越看越甜蜜，想象他握刀一样握着一管笔，捉虫一般地写她的名字，写得太热情，结果多写了几横都没发觉。真是太可爱了！

她很想知道他为师妹准备了圣诞礼物没有，如果准备了，会是什么。师妹应该不会把电脑桌的钱寄给他吧？如果寄了，他会不会也用红袜子装起来还给师妹？师妹那个名字，比她的难对付多了，“睿”，我的天！别说扎克这个 ABC 了，连她这个 CBC(中国出生的中国人) 都写不出来，因为用惯了电脑输入，很多字的笔画都忘记了，得有个模子放那里才能依葫芦画瓢写出来。

她冲动地拿起手机，拨了他的号码，但没人接，是个女声的电话录音。她郁闷了一下，马上想起那是他医院发的手机，也许放在医院里了。她又拨他另一个手机号码，通了，而且马上就接了："刚才是你打我那个手机吧？"

"是啊。"

"我扔在后座上。"

"哦，是这样。你——我包里那只红袜子，是你放那里的吧？"

他清白无辜地说："什么红袜子？我不知道啊。应该是圣诞老人送的吧？"

"别骗我了，肯定是你放的，因为里面装的是我寄给你的床钱。"

"明月光？"

她一愣："什么明月光？"

"你刚才说床前，不是要我接明月光吗？"

"哈哈哈哈，这是谁教你的？"

"我奶奶呀。"

打了一通电话，韦真啥事也没办成，既没让扎克承认红袜子是他送的，也没把他打得跑回老人院来陪她，说的都是闲篇，东扯西拉开玩笑。她怕他嫌她多话啰唆，又怕分了他的心，把车开翻了，只好匆匆结束通话。

她看着他送的圣诞礼物，心里非常惭愧，因为她没送他圣诞礼物，也没送资阿姨圣诞礼物，只买了一些Z市风光的明信片，寄给了国内的老同学老同事，但资阿姨和扎克那里，她连张电子贺卡都没寄！现在她已经完全不理解自己怎么会这么脑残了，两边家长是好朋友，资阿姨一家又给她帮了那么多忙，怎么就没想到趁着圣诞佳节，给人家送点礼物呢？可能是因为知道圣诞没机会去资阿姨家，更没想到扎克会来看她演出，所以觉得即使买了礼物，也没机会送。但是，难道不能寄去吗？你个脑残！

她妈倒是很有心，知道今天是圣诞节，特地打电话来恭贺她节日快乐："今天是你们那边的圣诞节吧？你怎么庆祝一下呀？"

"没怎么庆祝，在老人院上班。"

妈妈很心疼："过节还在上班？怎么不休息休息呢？"

"我们这里两个社工都休假了，我在顶他们的班。"

"他们过节休息，要你顶班，这不是欺负你吗？"

"不是欺负，他们又没要我顶班，是我自己要求顶班的，因为他们都是基督教徒，又都有家在这里，过圣诞当然希望跟家人在一起庆祝庆祝他们的宗教节日。而我一个人在这里，又不是基督教徒，我凑哪门子热闹啊？”

“你资阿姨没请你去她家过圣诞？”

“请了啊。但她请的时候，我已经答应顶班了，没办法改变，只好告诉她说我不去。”

她几乎要说出扎克昨晚来老人院捧场的事了，但她信守对自己的诺言，硬是把话吞了回去。老妈好像知道她想谈谁似的，心照不宣地开始谈扎克：“我就说他的来历肯定不简单吧！果不其然！”

她听得云里雾里：“你在说谁呀？”

“扎克呗，还有谁？”

原来妈妈不知道从哪里听说了扎克不是资阿姨跟美国老公亲生的，不过韦真觉得这件事显而易见，根本不需要惊讶，从长相上就知道扎克是纯种中国人。但妈妈还是把这件事当成了一个大新闻，神秘兮兮地说扎克的亲爸是省里的大官，她打趣说妈妈这次肯定支持她找扎克放弃禺杰了。谁知妈妈竟一本正经地表态说，自己不是趋炎附势的人，并又回忆了自己年轻时的光辉过往，说当官的追上门她都没从，看到当官的就想躲，最终还是选择了爸爸。妈妈觉得扯远了，又说回到资阿姨那个当官的丈夫，特意强调，一个可以抛弃妻子来娶资阿姨的人，人品一定是有待考证的，起码作为男人是不负责任的风流汉。

“反正我觉得扎克跟他的生父没什么关系。”

“怎么会没关系呢？他那个外国爹死了之后，他还跑回国去寻父来着。”

“他跑回国去寻父，资阿姨不管他？”

“管又有什么用？不管怎么说，人家也是儿子的生父，她不爱她原配丈夫可以，但她不能阻拦儿子见自己的父亲啊！血浓于水，当爹的再不好，对自己的儿子还是有感情的，虎毒还不食子呢。”

“那他见到他那当官的父亲了吗？”

“肯定见到了。”

“那他怎么没把他爹接到美国来？”

“嘁，人家在中国当官多享福，干吗跑到美国去？语言又不通，又没关系网，天天窝在家里，有什么意思？”

“我不是说长期在美国住，过来玩玩还是可以的吧？”

“你怎么知道人家没去美国玩？”

“但是资阿姨不是又结婚了吗？”

“又结婚怕什么？美国人大方得很，以前的丈夫，现在的丈夫，经常可以在一起聚会的。”

韦真揭老底说：“你叫我别理扎克，你自己又到处打听他的事，比我兴趣还大。”

“我还不是为了你好？不把他家的那些破事都挖出来，你怎么会相信我说的话？”

“你想我相信你说的什么话？”

“什么话？当然是叫你离他远点的话喽。原来只知道他妈风流，现在倒好，爹妈都风流，他还能不风流？”

她把扎克帮她买床的事说了一下，主要是为了证明他是个好人。但妈妈并没有因此对扎克的评价有所改观，反而催促她把床还回去。她对于妈妈的话并没有认真接受，反而调侃起妈妈。老妈很着急：“真真，妈妈是过来人，看人比你准。俗话说，嫁人要嫁爱你的人，而不是你爱的人。你越爱他，越容易被他摆布。我觉得你对禺杰的那个感情就正好，不如痴如狂，但也不讨厌。这样的感情最容易幸福！”

“呵呵，你对爸爸是不是这样的感情？”

妈妈承认了：“我对你说了，你别去告诉你爸。其实我在师范读书的时候，很喜欢班上一个同学，他也很喜欢我。他会弹钢琴，我会唱歌，我们两个经常在一起你弹我唱，同学们都说我们是天生的一对，地造的一双——”

“那你怎么不跟他结婚呢？”

“一个是我跟你爸爸在前，另一个就是我刚才说的，嫁人要嫁个爱你的人，而不是你爱的人。如果我跟那个同学结婚，我从早到晚都会担惊受怕，怕他变心了，不喜欢我了，怕他移情别恋……”

“那你跟爸爸结婚就不怕他变心？”

“不像那么怕。”

她觉得妈妈的话有一定的道理，她还没嫁给扎克，就已经在担惊受怕了，怕自己配不上他，怕他不喜欢自己，怕他喜欢师妹。但要她因为这个就去嫁给禺杰，她也觉得不甘心。况且禺杰也没来求她跟他结婚，甚至没怎么追她，平时都是她做饭他们吃，他就是带她买个菜，再就是带她看过车。相比而言，扎克对她还好些。不过也许真的像妈妈说的那样，扎克是踏了他爸妈的代，风流成性，哄女生一把好手。

圣诞节这一天，韦真过得很不开心，与昨晚的平安夜形成鲜明的对比，简直就是新旧社会两重天！昨晚的一切，美得像童话，而她和扎克就是童话里的公主和王子，驾着冰雕的宫车，在冰雕的宫殿里徜徉，车里播放着她演唱他录制的《平安夜》，沿路是火树银花不夜天，要多浪漫有多浪漫。但今天，一切都变了，她被打回灰姑娘的原形，穿回破衣烂衫，在灶间烧火做饭伺候人。

幸好那天老人院没发生什么需要社工出面解决或调解的事情，也许老人们知道今天没有真正的社工在位，只有她一个水货在那里顶替，也许是老人们都忙着过节，有事也留到节后再来过问，所以一整天都没人来打搅她。

她填了几个表格，打印了一点文件，就没什么事干了，有大把的时间坐在那里，边自恋地听自己的演唱，边羡慕嫉妒恨地想象资阿姨家此刻的热闹场面。最后她实在忍不住，给资阿姨打了个电话，恭祝资阿姨及全家圣诞快乐。听得出来，那边正在吃饭。

资阿姨很客气很热情地跟她讲电话："也祝你圣诞快乐！"

她抱歉说："本来想送您一点圣诞小礼物的，但没有机会上您家来，事先也不知道扎克哥哥会到老人院来，不然可以请他带给您。"

资阿姨连声道谢："谢谢，谢谢，你太客气了，我也没送什么圣诞礼物给你呀。想请你过来吃顿饭，又跟你那边的安排冲突了。"

"我妈刚才给我打电话时还责怪我不懂事，说你没时间去资阿姨家，怎么不提前把礼物邮寄给你资阿姨呢？"

"哎呀，那多麻烦啊！你爸爸妈妈在国内过不过圣诞？"

"他们不过，但国内现在可兴这个呢，听说平安夜好多人去教堂，不管信教不信教的，都去。"

两个人聊了一会儿，她主动结束通话："资阿姨，您正在吃饭吧？那我挂了吧，别耽误您吃饭。"

资阿姨问："要不要跟 Ray 说几句？"

"不用了，不用了，我跟 Ray 天天见面，有的是说话的机会。我打这个电话就是想跟您说声圣诞快乐。"

“哦，那——要不要跟喜妹讲几句？”

“呃——我也对她说声圣诞快乐吧。”

喜妹上来就深表遗憾：“怎么这么不凑巧啊？上次感恩节你出去看灯，这次圣诞节你又要顶班，下次元旦可不许再缺席了。”

“不会缺席了。这两次都是事先不知道。”

于是喜妹又检讨开了：“上次主要是因为我，很晚才定下行程，所以通知你们的时候太晚了。这次本来是老早就要通知你们的，但 Zoe 的航班又因为大雪延迟了，所以又通知晚了。好在元旦我们都不用从外地赶回来，所以铁定是可以聚一聚的，元旦你可别安排其他活动了，好吗？”

“好的，好的。”

她原本是指望电话会像击鼓传花一样，一个一个往下传，一直传到扎克手里的，但喜妹敲定了元旦的事，就像实现了共产主义一样，志得意满地结束了通话。她又陷入酸溜溜的想象之中，而且觉得师妹肯定看出了她打电话的意图，以后肯定会拿这点嘲笑她。她绞尽脑汁，都没想出一个打败师妹嘲笑的办法，因为师妹是个很难对付的人，你承认，师妹会觉得抓到了把柄，越嘲笑越凶；你不承认，师妹会指责你做贼心虚，欲盖弥彰，还是越嘲笑越凶。如果光是嘲笑嘲笑，倒也没什么，脸皮厚点，耳朵聋点，就混过去了。就怕师妹早已把扎克搞定了，而她还在巴巴地打电话过去，想听听他的声音，那就面子里子都丢到爪哇国去了。

这一天的八小时，就像八辈子一样，熬死熬活，才算熬到了下班时间。她一溜烟地跑到停车场，开着车子回了家。她急不可耐地等着师妹回来，一是可以听师妹讲讲资家的聚会，确切地说，是讲讲资家的扎克；二是师妹回来了，就跟扎克分开了，两人少一分钟在一起，扎克就少一分堕入师妹情网的可能，她的心也就可以多一分钟的安宁。

七点多钟的时候，她正坐在沙发上，裹着被子看电视，有人敲门。盼星星，盼月亮，盼来了师妹敲门响！她呼地掀开被子，穿着睡衣睡裤跑去开门。门一开，赫然看见一个男人，吓得她差点把门关上，但那张帅气的笑脸把她定在了门边，她不敢相信自己的眼睛：“扎克？怎么是你？”

他笑嘻嘻地问：“Who are you expecting（你在等谁）？”

“Nothing！ I mean，nobody（没等什么呀！我的意思是，没等谁呀）！”

他还是穿着那件军绿色的冬衣，四个口袋还是装得胀鼓鼓的，手里提着一个装得满满的塑料袋，像个送餐的。他把提袋子的手往上抬了抬，解释说：“我妈让我给你送点菜来，都是她做的家乡菜，她说你今天没吃成，就装点带给你。”

她连声谢着，把他让进屋。他把那袋东西放在饭桌上，转身往门边走：“我走了，你休息。”

她急忙阻拦：“刚到就走？坐一会儿嘛。”

他指指她，说：“我看你好像已经睡觉了。”

她脸一红：“没有，没有，我没睡觉，躺在沙发上看电视呢。”

他转头看了看沙发，发现了上面的被子，一针见血地问：“房间温度调太低了吧？”

她是调得有点低，习惯了，觉得只要能扛得住，就不算冷，被子是干什么的？不就是御寒的吗？

她解释说：“呃——调太高了——挺干燥的，嘴唇啊手指啊什么的容易裂口。”

“那我过几天给你拿个加湿器来吧。”

她本来想推辞，但想到他送加湿器就可以再见到他一次，便半推半就地说：“怎么好意思又麻烦你？”

“不麻烦，周末我去 nursing home（老人院）的时候带给你。”

啥？完全忘了还有这条路！既然不能增加一次见面的机会，她就决计推辞了：“不用了，我可以把温度调高点，再多喝点水，就没事了。”

“嗯，是个好办法。”他把温度调高了点，“现在温度还没上来，你快躲被子里去吧。”

她借此机会，钻到被子里去，遮住穿睡裤的腿，然后指指椅子：“你也坐啊。”

他在椅子上坐下：“你吃晚饭了？”

“吃了。”

“不尝尝我妈做的菜？”

“明天再尝吧。你吃晚饭了吗？”

“没吃。午饭吃得晚，走的时候还没饿呢。”

她连忙从被子里跳出来：“那我给你热点饭菜吃吧。”

“你做饭了吗？”

“做了。”

“那我尝尝你做的饭菜吧。”

“好啊！”

她从冰箱里拿出自己做的饭菜，放到微波炉去热，又把汤放到炉子上去热，然后打开资阿姨带给她的那些菜，有三个白色的塑料饭盒，中餐馆常用的那种。

扎克走过来给她做介绍：“这个是四喜烤麸，这个是百叶包肉，这个是糯米糖藕，本来还有炒年糕什么的，我妈说冷了就不好吃了，所以没带。”

她感动极了，不住声地感谢：“资阿姨真是太客气了，把菜都带给我了，你们够吃吗？”

“够，她做的时候就做了你这份的。”

“但是你这么大老远地给我送来，不是——太耽误你时间了吗？”

“不耽误，我反正今晚就要回 V 市，因为明天要上班，我上你这儿来，只是顺路——”

“但是你中间得从高速公路下来啊。”

“下了高速也就四五英里，不碍事。”

她把饭菜热好了，摆在桌子上，给他拿了一副碗筷，盛了饭，自己坐在对面看他吃。

他指指桌上的饭菜：“你不吃？”

“我刚吃过了。”

“总得尝尝我妈做的菜吧？不然吃的吃，望的望，多不好。”

她一笑：“好，那我也吃点儿吧，吃胖了明天再减肥。”

他看看她：“你又不胖，减什么呀？”

“我还不胖？”

“一点都不胖，快别减肥了，当心跟喜妹一样，减出问题来。”

“喜妹也减肥？”

“呵呵，girls（女生），基本都有过那么一段时间，瘦得像铅笔了，还嚷嚷着要减肥。”

“她减出什么问题了？”

“Anorexia.（厌食症。）”

她没听说过这个英语单词，但猜出来了：“是不是厌食症？就是——不肯吃东西，吃了也要想办法吐出来？”

“嗯。”

“但是她上次住在我这里的时候——我觉得她挺好的呀！”

“不犯就挺好的。”

“这病——还可以——不断地犯？”

“嗯，诱因出现，就会 relapse（复发）。”

她感叹说：“我发现美国的病特别多，病名也多，不管什么症状，都能找到一个病名。很多在我们中国，特别是在我爸妈那个年代，都是思想问题的东西，到了美国都变成了病。”

他饶有兴趣地问：“是吗？”

“怎么不是呢？比如这个厌食症，如果放在我妈那个年代，就会说你是——资产阶级思想，臭美，为了爱美不吃饭，饿自己，人在福中不知福，想想世界上还有三分之二的人在受苦，饭都吃不饱，你有饭吃还故意不吃，这不是思想问题是什么？”

他笑起来：“你跟我妈的想法完全一样，她就是这么说的，总说这是心病，不用看医生，看了医生也没用，医生给的药都对身体有害，她要我 stepfather（继父）跟喜妹谈心，她自己也跟喜妹谈心……”

“谈好了没有呢？”

“没有。”

“那怎么办？”

“看医生喽。”

“医生怎么说？”

“嗯？”

“我是问医生怎么治疗喜妹？”

“开药吃喽。”

“吃好了？”

“吃好了。”

“你不是说有时还会犯吗？”

“心情不好就会犯。”

“那就是没治好啊，没治断根嘛！”

“断根？”

“就是——彻底治好，cure（治愈）。”

“哦。她最近一段时间没犯了。”

“所以我觉得还真是思想问题，她人长大了，心胸开阔了，不再那么在意胖瘦了，或者知道自己其实不胖了，于是就不厌食了。”

显然，扎克作为受过医学科学训练的人无法接受近乎巫术的“思想教育”。

她改口说：“其实我也只是学着我妈那个年代的人瞎分析，说不定厌食症就是一种病，而喜妹的厌食症就是药物给治好的。”

两人边吃边聊，主要是聊一些从各自的妈妈那里听来的过往趣事。

一个说“我妈说，那时如何如何”，另一个就欢呼说“我妈也是这么说的”；一个说“那时真是太搞笑了”，另一个就支持说“absolutely ridiculous .（极其荒谬。）”

一直聊到快九点，还意犹未尽，但韦真想到扎克还要开两个多小时的车才到家，只好忍痛割爱，提醒说：“不早了，你还要开几个小时的车呢。”

他立即站起身，说：“真不好意思，耽误你休息了。”

“没有没有，一点都没有！”

她把他送到门边，他回过身，笑微微地说：“Thank you! I had a wonderful night !（谢谢你，我度过了一个愉快的夜晚！）”

她的脸一下红了。这不是电影里那些刚约会完的情侣们常说的话吗？她窘得连个“Me too（我也是）”都忘了说，也没说“开车小心”，就那么傻默傻默地看着他消失在楼梯口。

十一点刚过，他发来一条短信：“Arrived safe and sound. Good night !（平安抵达。晚安！）”

果然是妈妈的好孩子，到家了知道报平安！她给他回了个“Good night（晚安）”，然后安心睡觉。

第二天，她心情极佳，连约兰达都觉察到了，打趣地问：“You hit the jackpot ?（你中六合彩了，你撞大运了？）”

“No, I didn' t .（没有，我没中啊。）”

“Then you must have fallen in love .（那你就是堕入情网了。）”

“Why do you think so？（你为什么这么认为？）”

“Because you are definitely glowing today！（因为你今天绝对是光彩照人！）”

她一整天都是光彩照人，下班回到家就光彩照己。

正在做饭，师妹来了，连自己的家都没回，就先跑她这儿来。一进门就嚷道：“哇，今天 mall 里大减价呀！一点不输感恩节黑五！”

她猜到师妹昨晚没回来，不然早跑她家里来了。师妹不回家的原因，可能是因为 mall 离资阿姨家更近，又在师妹回家的路上。师妹一件件试穿。她就边做饭边看师妹的时装秀，结果师妹还没秀完，她的饭已经做好了，因为菜都是现成的，热一热就可以吃。她招呼师妹吃饭，师妹走过来，一看桌上的菜，就肯定地说：“这是资阿姨家的菜吧？”

“你认出来了？”

“怎么会认不出来呢？都是昨天没人吃剩下的。”

她有点不相信：“不会吧，这么好吃的菜还没人吃？”

“别的菜更好吃嘛。”师妹指指点点地说，“像这个糯米糖藕吧，太甜太腻了，根本没人吃。还有这个豆腐皮包肉，我是看在扎克的面子上才吃了一口，但是太难吃了，看谁的面子都吃不下，只好剩在那里。”

“为什么是看扎克的面子？”

“是他夹给我的嘛。”师妹抱怨说，“他这点完全不像美国人，美国人讲卫生，是不兴给人夹菜的，但他总给我夹菜，也不管我爱吃不爱吃——”

她心里冒出一股酸水，他昨晚在这里吃饭可是非常美国非常讲卫生的，一次菜都没给她夹！

大概师妹在 mall 里逛了一天，逛饿了，昨天在资阿姨家不吃的东西，今天都吃得很欢。一碗饭下肚，才重新开始说话：“你以后逢年过节要注意点，该送礼的就要早点准备，别等到水过三秋了，才打个电话去抱歉。”

这话戳到了她的心病：“怎么了？是不是资阿姨——不高兴了？”

“这还用问？你说你没送礼也就算了，反正你也没去她家吃饭，混混就过去了。但你还特意打个电话过去提这事，那就成了屎不臭挑起来臭，没事找事了。”

她虽然挨了批评，但心里还在庆幸师妹没看出她打电话的真实用心。不过，师妹就像猜到了她此刻的内心活动似的，一话头就扎过来了：“我知道那时你打电话是想跟扎克聊两句，但你也不想想，人家正在吃饭，谁有心思听你像个祥林嫂一样，啰唆什么‘我单知道礼物是要亲手送的’呢？”

“我——呃——也不知道是怎么想的，完全没想到可以把礼物寄去。”

“就算你不知道可以寄去，还可以让我带过去嘛。”

她这才意识到自己连这个捷径都没想到，可能潜意识里只把师妹当作情敌了，完全没想到情敌有时候也是可以当邮差用用的：“呃——我——怎么……”

师妹标榜说：“你看我，上次黑五大减价的时候，就把圣诞的礼物都买好了，连包装纸都各样买了一些。到时候人家一请，马上把礼物拿出来，找张花纸包好，名字一写，就可以拿得出手了。而你是死到临头才想起挖坑买棺材，那怎么来得及呢？”

她心悦诚服地接受了师妹的批评，因为这次自己实在是做得太差了。

师妹接着说：“其实我说你死到临头才挖坑买棺材，都说轻了点，因为你不是送礼送晚了，而是根本没送。不送也就算了，你还特意打个电话给人家，说什么你本来想买礼物的，但因为没办法送过去才没买。你说你这显得多假啊！用上海话来说，就是太作了！”

这话虽然有点重，但别人如果要这么认为，她也没办法，于是担心地问：“那资阿姨她——有没有说什么？”

“她当着我的面，能说你什么？她就摇了摇头，说了一句‘这孩子，完全不像她妈’！”

她明白这句话的意思，就是说她妈很懂礼貌，很重视朋友，而她则相反。她沮丧至极，郁闷至极，不知道怎样才能挽回自己在资阿姨心目中的印象。

师妹表功说：“我当时就替你解释了，我说她这几天忙着老人院的演出，可能忙昏了头。资阿姨听我这样说，脸色才好了点。”

“太谢谢你了！我真的是忙老人院的事忙昏了头。资阿姨太好了，大人不计小人过，还让扎克给我送菜来。”

“送菜的事，是这样的。我和你不是外人，就都告诉你了，但你可别跑去质问人家。”

“我质问谁呀？”

师妹拿到了她的口头保证，才开始叙说：“昨天吃完了饭，收碗的时候，资阿姨指着桌上的剩菜说：今天菜做多了，剩下这么多，放这里会坏掉。

Ray，我把这几个没人吃的菜装了，你走的时候带回去给韦真吃吧，还是一份人情，免得都浪费掉。”

这话她还是有点相信资阿姨会说的，因为她家请客的时候，也用这个理由劝说客人带菜回去吃，但那只是一个说法，并不是那些菜真的没人吃。但师妹说：“我当时很生气，咋回事啊？你们不吃的，就带去给我朋友吃，难道我朋友是垃圾桶？所以我立马回绝了，我说：‘资阿姨，韦真她特会做饭，平时我们几个人周末都在她那里聚餐，她做的菜好吃得很，您这几个菜，她肯定瞧不上！’”

她急得嚷起来：“哇，你怎么可以这么说呢？她听了还以为是我在挑剔她呢！”

师妹嘟起嘴：“我是在为你说话，你怎么还怪我？难道你不是很会做菜吗？”

“我会不会做菜是一回事，但瞧不瞧得起资阿姨的手艺是另一回事，我有说过瞧不上她做的菜吗？”

“上次在她家吃过饭之后，你不是说她做的菜——不是特别好吃吗？”

她不记得自己说过这话没有，那次的菜的确不是特别好吃，但这次的菜相当不错。她无奈地摇摇头，没再追究，知道追也追不回来，只能指望资阿姨明察秋毫了。她最关心的是扎克：“是不是你不肯带菜给我，资阿姨才叫扎克带给我的？”

“是啊，我说我要到 mall 里去血拼，怕菜放在我车里坏掉，资阿姨就叫扎克把菜送给你。扎克听了很不乐意，说‘我还从高速上跑下来送菜，然后再跑回高速去？你知道不知道，这一上一下要耽误多少时间’。”

“我也这样问他了，但是他说不碍事。”

“他当着你还能怎么说？难道说‘我不想送，我妈逼着我送’？”

“唉，扎克是个很孝顺的人，只怪他妈妈太客气了。”

“他才不是因为孝顺才送菜给你的呢！是我想了一个妙招！”

“什么妙招？”

“我自告奋勇地说：‘那还是我把菜带回去吧，大不了今天晚上跑回去，明天再开车过来血拼’。”

“哇，你这么伟大，宁可自己多跑路？”

“哪里呀，我不是说了吗，这是一个计策！果然，我这么一说，扎克就改主意了，马上说：‘那还是我带去给她吧’。”

她想起扎克送菜来时，放下菜就要走的情景，觉得师妹这次应该没撒谎。

师妹得意地说："哈哈，我点子高吧？知道这样一说，他就会答应带菜给你了！"

"因为他心疼你，怕你累了？"

师妹满脸都是"那还用说"的表情。她心里又冒出一股酸水，试探地问："你们在那里——玩了些什么？"

"没玩什么，扎克为了去老人院还钱给你，搞到快中午才回家，大家都在等他回来吃午饭。吃了午饭，没多大会儿，他又得往回赶，还要带菜给你，更得早走，他烦得不得了。"

"是不是在烦我？"

"那你说还能是烦谁？那个床根本就不是他送你的，是雀儿喜买的，因为她在你那里住的时候，就觉得你的床太旧了，根本没法睡，所以她宁可睡沙发。后来她要分给你演出费，你又不要，所以她只好想这个办法把钱给你。哪知道你又把床钱寄给了扎克，他当然得想办法还给你。"

她没想到床是雀儿喜买的，虽然也是一份暖人心的礼物，但比起扎克送床来，意义就完全不同了。

师妹是一有机会就要鼓吹"融入美国主流社会"的理论的，这次也不例外："你到了美国，就要学着融入美国人的生活，说话办事要按照美国人的路子才行。像雀儿喜那事，她到这里来演出，我们帮她找场地，发广告，卖门票，都是一种合作，我们和她的关系，就是合伙人的关系，理所当然应该跟她分成，多劳的多分，少劳的少分。她给你钱，是公事公办，你应该收下。不然的话，就搞得别人很难做，得想别的方法来发钱给你。结果你又没搞清送床的是谁，就自作多情地把钱给扎克，丢了你自己的面子不说，还害得人家花时间还钱给你——"

这个"自作多情"把她深深地刺伤了，因为这是她的软肋，后面就是心脏，被人一捅，几乎致命。她抱怨说："如果床是他妹妹送的，他把钱转给他妹妹不就得了？干吗要还给我呢？"

师妹真的有点恨铁不成钢了："刚才我已经说了，你得用美国人的思路来考虑问题，对他们美国人来说，不管是多亲的亲戚，财政上都是独立分开的，你的钱就是你的钱，我的钱才是我的钱，他怎么可以代替妹妹收下这笔钱呢？"

现在她别的都听不见了，只听见扎克的确说过床不是他送的，但她就是不相信，一口咬定是他送的，还因此坠入情网，以为他是多么多么关心她，并由此推导出他是喜欢她的，这要不是自作多情，啥是？

第二天上班的时候，约兰达一下就看出了破绽，走上来关切地问："Is everything all right？（没事吧？）"

韦真没想到自己这么沉不住气，有点事就会写在脸上，赶快以轻松的口气回答说："Yeah, everything is all right .（没有，没啥事。）"

约兰达开玩笑说："I thought you'd lost your winning ticket .（我还以为你把得奖的票弄丢了呢。）"

"What ticket？（什么票？）"

"Lottery ticket .（彩票。）"

"No，I never bought lottery tickets .（不是，我没买过彩票。）"

"Then don't tell me you fall out of love in one day！（别对我说只一天你就失恋了！）"

"No，I never fell in love. How can I fall out of love？（没有，我都没堕入情网，怎么会失恋呢？）"

她脸上笑着，但心里早已哭惨了。不是我没堕入情网，而是人家根本就没织出情网。我堕入的，是我自己造出来的美丽而危险的旋涡！

她一向都很喜欢约兰达的体己和关心，总觉得两人不到过问对方私事的地步，就不算好朋友。像凯尔那样除了工作就没别的话可说的人，总让她敬而远之。但今天她很烦约兰达东打听西打听，每句话都像在嘲笑她，又像是看戏不怕台高。难道你不知道不该打听别人的隐私吗？亏你还是美国人！

她沉着脸回答说："Sorry, I don't want to talk about it right now .（对不起，我现在不想谈这事。）"

话一出口，她就开始反悔，这样说等于承认自己有心事，只是现在不想谈而已，这不把自己前面说的话推翻了吗？不仅如此，这样说还可能会得罪约兰达，人家好心好意关心你，你就随便编个理由应付应付嘛，干吗绷着个脸，还把话说得这么硬邦邦？约兰达是她的mentor，她在老人院120小时的工作鉴定，主要是由约兰达来写，可别为了这句话搞得自己前功尽弃。

约兰达不愧是做社工的，什么气没受过？什么场面没见过？听了她的话，一点不生气，也不尴尬，很理解地点点头，说："I understand. When you want to talk about it, you know where to find me .（我理解。等你想谈的时候，再来找我谈。）"

"Thank you .（谢谢你。）"

她读了半年的社会工作研究生，尤其是做了这些天的义务社工，听得最熟稔的一个词就是"talk"，好像灵丹妙药一样，不论你是开心还是不开心，是成功还是失败，是跟人闹了矛盾，还是被人给骂了，关心你的人都会问这么一句："Do you want to talk about it ?（你想谈谈这事吗？）"

她每天看约兰达和凯尔跟人"谈谈"，已经习惯了美国人的这一套了，即便是"谈谈"不能解决的问题，也要先"谈谈"，谈清楚了才能着手解决，解决完了，还得"谈谈"，因为要做善后工作，还要总结经验教训。

但轮到她自己，她就不相信"谈谈"的威力了。她绝对不会去找约兰达谈自己的心事，因为她的心事就是想知道扎克究竟爱不爱她。但约兰达又不是扎克肚子里的蛔虫，怎么会知道扎克究竟爱不爱她呢？难道能让约兰达给她打个包票，说扎克肯定是爱她的，她没有自作多情？就算约兰达愿意打这个包票，她也不会相信啊！这事跟约兰达谈没用，跟老妈谈也没用，跟谁谈都没用，又不好直截了当去问扎克，只好憋在心里，慢慢发酵。

她妈肯定不知道她这儿正发着酵呢，还在不遗余力地人肉扎克一家，并且颇有进展，又人肉出新的料来了，第一时间来向她报告，原来扎克的亲生爸爸不是资阿姨那个当官的原配老公而是另有其人。老妈的理论是：有其父必有其子，而且这是从人品的角度出发为她考虑的。

她想了想，觉得不无道理，便问："那他亲爸是谁？"

"是他妈在省文工团里的同事！"

她一点也没感到吃惊，反而觉得这样更好，人家的老爸不是当官的了，看我家的老妈还有什么可说。她淡然地哼出一句："So ?（那又怎么了？）"

"瘦？肯定很瘦！跳舞的嘛，能不瘦？"

她意识到自己犯了海外留学生令人深恶痛绝的毛病，立即解释说："我是问扎克的父亲怎么会是那个同事，他妈不是跟那个当官的结婚了吗？"

"是跟那个当官的结婚了，但她之前就是跟那个同事相好的，当官的看上她之后，就托人来说媒，起先她不同意，但那个当官的放了狠话，说如果不同意的话，就处分她的相好，她只好答应了。”

她感慨万千，看来资阿姨的几次婚姻，都围绕着一个“救”字，不是救人，就是救己。跟当官的结婚，是为了救自己的相好；跟雀儿喜的爸爸结婚，是为了救雀儿喜；而跟那个姓 Anderson 的美国白人结婚，则是为了救自己，还有自己的孩子。也许这就是传说中的红颜“薄命”？

资阿姨是红颜，才会有这么多人喜欢，可以嫁这么多次人，而且每个都不算差，当官的、美国白人，不都是眼下很多人想嫁还找不到门路嫁的人吗？就雀儿喜的爸爸略微逊色一点，但人家交钱了啊！如果跟她比，那真是一个天上，一个地下。她活了这么多年，一个喜欢她的人都没有。现在一大把年纪了，还没结第一次婚，而人家资阿姨在她这个年龄，已经结了好几次婚了！

结第一次婚，拿到一个出国的机会，这在当时的中国，可是万里挑一啊；结第二次婚，来到美国，把绿卡搞定；结第三次婚，财色兼得，又赚了钱，又救了人，自己不吃亏，人家还感激不尽。按说一个女人活到这分儿上，也算幸运的了。但资阿姨不能自由自在地嫁给自己喜欢的人，又应该算是“薄命”了吧？

她从资阿姨身上拉回自己的思绪，不解地问：“那个当官的凭什么处分文工团那个男的？难道还能定个‘夺我心头之好’的罪名？”

“当然不能定这样的罪名。但那个男的，他有把柄让人家抓在手里啊！那男的长得帅，舞又跳得好，很得女孩子青睐。他自己也不检点，今天跟这个好，明天跟那个好，有时还同时跟几个好，搞得那些女孩子为他吵翻天，还有好几个女孩子都为他堕过胎——”

她不解道：“既然他是这样的人，资阿姨怎么会喜欢他呢？”

“一个年轻的女孩子，哪里能考虑得那么周全呢？再说那个男人手段又高，你资阿姨根本就不是他的对手，随便哄哄就哄到手了！她那时根本就不知道那男的是这么个花花公子，还以为对她多么忠心耿耿呢。”

“但是那个当官的会不告诉她？”

“肯定告诉了的。”

“那她还为了保护那个男人而嫁给那个——老家伙？”

“谁知道？说不定她是因为知道了那个男人的风流韵事，才彻底死了心，干脆嫁给当官的算了。”

她突然想起一种可能："她是不是怀着扎克跟那个当官的结的婚？"

"那哪儿行啊？那时的人，哪有这么开明，会跟一个揣着别人崽子的女人结婚？你资阿姨结婚的时候，还没怀孕，怀孕是后来的事。"

"那就是说，资阿姨结婚之后还在跟——扎克的生父来往？"

"所以我说她的作风有问题喽。"

"这也不是什么作风有问题，谁叫那个当官的拆散人家有情人的呢？"

"他拆散是不对，但你也不能因为这个就背地偷人养汉啊！你要么不嫁给人家，既然嫁了，那就要守妇道——"

她不想跟老妈辩论这个，老妈是那个年代走过来的人，思想上打着那个时代的烙印，时不时地就会冒出来。而且她老妈只结过一次婚，甚至可以说只谈过一次恋爱，所以底气足得很，总觉得那些谈过几次恋爱，结过几次婚的人是风流成性，作风有问题。

她问："扎克见过他亲生父亲吗？"

"见过，前两年回国时见的，听说他跟他爸长得一模一样，像一个模子刻出来的。"

"他怎么不把他爸接到美国来享福呢？"

"享什么福啊，死都死了！"

她吃了一大惊："死了？多大年纪啊？应该只跟资阿姨差不多吧？"

"是差不多的。"

"那不也才五六十岁吗？怎么这么早就死了？"

"这就叫善有善报，恶有恶报。他先是因为作风问题受到处分，开除公职，被人家从文工团一脚踢出去了，他就到街道工厂去打工，结果到了那里还是那么风流放荡，又搞得女孩子为他闹翻天，其中有一个都为他得了癔症，疯疯癫癫的了，人家的父亲不依了，找人揍了他一顿，把他的腿打断了。"

"他就是因为这个——去世的？"

"不是，打断腿之后，又还活了好多年的，但总是狐骚不断，也不全怪他，人长得帅，总有女的来找他，而他也不是柳下惠，还不是以歪就歪，送上门的东西，不吃白不吃。"

"他是别人——打死的？"

"不是，后来就开放了，谁还为了这种事打他？他最后是得癌症死的。"

听了扎克生父的故事，韦真的心里怪不好受的。可能因为她不是那个得癔症的女孩，所以立场完全是站在被打断腿的扎克生父一边的，很想呵斥那个打人的浑蛋几句：你女儿自己要喜欢人家，关人家什么事啊？你凭什么打断人家的腿？还一点法律责任都不负，这也太没王法了！

那天夜里，她做了个梦，梦见一个中年男人，衣衫褴褛，头发脏乱，两条腿从腿肚子那里断掉了，膝盖下只剩五六寸长的一截，裤腿的下摆折起来，绑在那截断腿上，而断腿则绑在一块木板上，屁股就坐在断腿上，两只手上各穿一只鞋，以手代脚在地上走。

那人曾是她小学校门前的一道风景，只要天晴，那人就会去学校门前乞讨，经常是被学校的门卫赶得鸡飞狗跳的，但只要门卫一不留神，他又回来了，继续在学校门前乞讨。她小时候挺怕那个人，因为他的两眼总是红通通的，像个酒鬼。听别人说，他的确是个酒鬼，有点钱就买酒喝，所以穷得叮当响。不过他没打过人，都是别人打他。有些小孩子胆子大，总爱围着他嚷嚷："翻个白眼！翻个白眼！翻了给你钱！"

那个乞丐就把手从鞋子里拿出来，拧起自己的眼皮，往上一翻，把眼皮一直翻到眉毛上去，红红的，固定在那里不掉下来，眼珠也往上翻，一直翻到黑眼珠彻底消失，只剩下大片的眼白，带着血丝，很吓人，看得她心惊胆战，眼皮都抽搐起来。她以前总是不敢走近去看，但这次不知为什么，像被鬼爪子抓住了一样，一直被拖着往前走，走到人圈子里一看，才发现那个乞丐不是别人，正是扎克！她的心痛得快裂开了，推开那些看热闹的小孩子，跑上前抱着他大哭："怎么是你？怎么是你？是谁把你的腿打断了？"

扎克也哭了，流着泪说："我对不起你——"

她义愤填膺，拉着他说："走，我们到公安局去告状！他们凭什么打断你的腿？"

他赖在地上不肯跟她去："别告了，是我的不是——"

"怎么是你的不是呢？肯定是她们自己喜欢你，得癔症也是她们自己的问题，怎么能怪你呢？"

他低声问："你不怪我？"

"只要你今后别——招惹其他女孩子就行。"她希望听到他说"我保证不招惹”，但他看看自己的腿，悲怆地说：“我都这个样子了，还怎么招惹？”

她非常失望，连声追问：“你这是什么意思？你这是什么意思？”

她就在这茫然无措的梦境中被手机闹铃给闹醒了，醒来后还沉浸在复杂悲催的情绪中缓不过气来，从梦里一直哭到梦外。不知道为什么，她有点分不清扎克和他爸了，本来是同情他爸的，却总是觉得他也挺可怜的，好心好意帮助她，却被她当成爱情，在那里大受煎熬，如果成了癔症，她爸会不会抄起棍子打扎克一顿？

她觉得她爸应该不会这么无理，或者说她爸爱她还没爱到这么不顾一切的地步，又或者她爸的个性就不是这种狂暴型的。她爸一向都是平静如水，或者像她妈吵架时说的那样“麻木不仁，用刀都戳不出血来”，从来没有欣喜若狂过，也从来没有暴跳如雷过，随着在家经济地位的不断降低，越来越变得像是她妈的影子和应声虫，可能走丢几天都不一定能马上发现。但她妈一定会找扎克拼命，会把一切都怪罪到他头上，现在就已经在怪罪他了，如果她成了癔症，那还不怪他一头的包？只有她自己明白完全不是扎克的错，他什么也没干，就是好心好意帮过她几次，是她自己堕入情网了。但她那时已经成了癔症，就算她替他辩白，她妈也不会相信啊！好在她妈隔山隔水的，想痛打扎克一顿，还不一定签得到证，所以不至于闹出扎克生父那样的惨剧来。

这么想了一通之后，她的心情不再那么难受了，甚至有点欣喜，庆幸自己意志力够坚强，没有成癔症，也算救了扎克一命。周末的时候，扎克到老人院来做义工，但跟她不在一个办公室，她是听凯尔跟一个老人谈话时说起的。她不好在上班时间跑去找他，但想到他就在跟前，跟自己在同一个地方工作，服务的是同一批人，心里就甜蜜蜜的。她警觉地想，这是得癔症的节奏啊！什么癔症不癔症的，那是她家乡的说法，用刻薄点的话来说，就是花痴。她可不能成花痴，那会害人害己的！

吃午饭的时候，他到她的办公室来了，她以为是来找她的，非常高兴，结果却发现他早跟凯尔约好了一起到外面吃午饭，还对她说：“I know you always bring your own lunch, but if you' d like to go together...（我知道你总是自己带午饭的，但如果你想一起去的话……）”

她连连说：“Thank you, but no. I prefer my own lunch .（谢谢你，不过我就不去了吧。我更爱吃自己带的午饭。）”

那顿午饭她吃得味同嚼蜡。凯尔吃了午饭回来，一点都没提到扎克，就像是自己一个人吃了顿午饭似的。她心痒难耐，装作不经意地谈到了扎克，大意是说两人的母亲以前是好朋友。她还讲了点母亲那里听来的趣事，样板戏什么的。凯尔很感兴趣，听得津津有味。

她见亲切友好的气氛已经建立起来了，便貌似顺带地说："I never imagined I'd meet him here. But I don't understand, why would he say he's only sort of volunteer. He is a volunteer, right？（我从来没想到我会在这里遇到他。但是我有点不懂，为什么他说他只是某种意义上的义工呢？他的确是这里的义工，对吧？）"

凯尔马上严肃起来："Sorry，I'm not at liberty to discuss this with you. Why not ask him yourself？（对不起，我无权与你谈论这个。你干吗不亲自问他？）"

她本来就有点怕凯尔，极少与他谈论工作之外的事，今天算是第一次，哪知道他这么拉得下面子来，连个渐变过程都没有。她更怕他了，怕他认为她多事饶舌，爱刺探人家的隐私，又爱背后议论人，如果把这写到评语里，那就惨了。她悔之莫及，恨不得把自己的舌头咬掉。

快下班的时候，扎克又来了一下，这次是专程来找她的，不过也只说了几句话，主要是替他妈传话，再次邀请她元旦去家里玩，还约好 31 号她在家等他开车过来接："我妈说你只开过上班这条路，没开到 X 市去过，叫我顺路带你去，免得她不放心。"

"那回来的时候呢？"

他一笑："既然我把你载过去，肯定会把你送回来嘛。你怕我把你扔那儿不管了？"

她不好意思地笑了。隔了一天，雀儿喜也打电话来邀请她去家里过元旦，两人聊了一会儿，雀儿喜说："我收到你寄来的支票了，你那是干吗呀？"

"没别的意思，就是谢谢你为我买床。请你一定要转存，不然我又得想别的办法付钱给你，反正我是一定会付钱给你的，所以不如你马上拿去转存。"

"床又不是我买的，你干吗寄钱给我呢？"

"那是谁买的？"

"是我哥买的呀，你不知道？"

“我——本来是知道的，我还寄过床钱给他，但他装在红袜子里，圣诞的时候又悄悄还给我了。后来我听师妹说，床不是你哥哥买的，而是你买的，所以我才把钱寄给你。”

“Ray 肯定是搞错了。她问起这个事，我就把来龙去脉都告诉她了，但她可能听错了。我只动了动嘴皮，打电话到你们 Z 市的店里问了问行情，看哪家店有那种床，真正买床的是我哥。”

“是他叫你打听行情的？”

“是啊，他说你的床很旧很破，中间都陷下去了，那种床睡久了会损伤腰背的。他想给你换个床，但他不知道你的床是什么型号的，怕买错了型号你那里放不下。他又不好去问你，说你特客气，问了你也不会告诉他。他想起我在你那里住过，所以向我打听你的床是什么样的。我只记得是个单人床，别的都没注意。”雀儿喜检讨说，“我在你那里住的时候，每天都在瞎忙，完全没注意到你的床很旧很破——”

“快别这么说了，你们一家都对我太好了！”

“我知道我哥很忙，就说让我来办这事，但他说我离得远，鞭长莫及，还是他自己去弄。我就帮他打电话到各家卖床的店里去问了一下，最后敲定了一家，他再打电话去订货。”

“我看床那么快就送到了，还以为是你给我买的，早就买好了呢。”

“哦，送货没什么，可以加急，多付点送货费就行了。”

“送货的人还扮成圣诞老人，好——喜庆！”

“是吗？这个我还不知道呢，肯定是我哥订货的时候交代了店家的。”

“他真是——活雷锋。我听师妹说，他送了个电脑桌给她，还是他亲手组装的。”

雀儿喜笑起来：“哪是什么电脑桌啊？就是一个小支架，上面可以放 lap top（手提电脑），免得放腿上影响散热的。”

“是吗？那她怎么说是电脑桌？”

“可能她以为那就是电脑桌吧。但那也不是我哥送她的，是她在我家看见了，说很喜欢，爱不释手，我就让她拿去用。”

原来是这样！太好了！幸好之前没得癔症，不然就白得了！她感动至极，一下就忘了自己对师妹许过的诺，掏心掏肺地把师妹前三百年后八百年的背后议论一股脑倒给了雀儿喜。

雀儿喜听完之后说："Ray 这样的女生，我在国内见得多了，都是三观不正，而且没底线的人。感恩节那次，我是看在她多少还帮过我，又是你的朋友的分儿上，才邀请了她来我家玩。圣诞节是 Zoe（佐伊）请的客，她见我邀请过她，又见你第一次来我家时就带着她，所以也把她邀请来了。但她这几次在我家都很不像话，到处乱翻，还背后瞎议论人，又爱吹，什么都是她家的好，把我家的菜啊饭啊房子啊装修啊，都贬得跟什么似的，那干吗还上我家来呢？"

她不知道所有这些都是资家人自己看出来的，还是听了她的小报告后才得出的结论，自感很不厚道，怎么把师妹对她掏心掏肺说的话都传给雀儿喜了呢？

她问："那这次元旦——"

"肯定不会请她了！"

跟雀儿喜打完电话，她是又喜又愁，喜的是自己得到了平反昭雪，因为床是扎克送的，这就摘掉了她"自作多情"的帽子，也为扎克平反昭雪了，因为他并不像他老爸，处处留情，脚踏几只船。愁的是自己一番小报告，破坏了师妹在资家人心目中的印象，如果传到师妹耳朵里，肯定会闹出轩然大波，而且师妹这个元旦要孤苦伶仃一个人度过，也觉得十分同情。

不过韦真完全是白担心了，因为师妹比她想象的 popular（热门，受欢迎）多了，绝对不是拴在一棵树上吊死的人，早就跟人约好，年夜要到 downtown（市中心）的酒吧去玩，一直玩到明年！师妹还对她怀了一把歉意："我没约你一起去，主要是你跟我那几个朋友都不熟，再说你这次肯定要去你那个什么资阿姨家。"

"嗯，我前两次都没去成，这次无论如何也得去了，不然太拂人家的面子。"

"你别以为她邀请你是给你面子，或者是看在你妈当年救过她的分儿上，其实她是——别有用心的。"

"别有什么用心？"

"当然是替她那个宝贝儿子物色对象喽。"

"她儿子长得帅，又是医生，要钱有钱，要貌有貌，真正的高富帅，还用得着老妈帮他物色对象？"

"你没听懂我说的这个'对象'是什么意思，你以为是女朋友那种对象。"

"那你说的是什么对象？"

师妹貌似有难言之隐："反正你只记住这样一句话，世上没有免费的午餐，天上不会掉馅饼。如果她真是在为她儿子物色女朋友，她怎么会找上你呢？你自己都说了，她儿子是高富帅，那她怎么会看上你？难道你是白富美？"

这正是她自己冥思苦想但总没想出答案来的问题，所以她从来不敢相信扎克会喜欢她，但她也没觉得资家是别有用心，只觉得他是一个孝子，母上让他干什么，他就干什么，无非就是遵从母上的旨意，讨母上欢心罢了。至于他母上为什么要对她这么殷勤，她有现成的答案：因为跟她妈有交情。

她狐疑地问："那你说她是在给她儿子物色什么对象？"

"我说了有什么用？你又不会相信。"

"你说什么我没相信了？"

"我上次就对你说了，她儿子是 sex offender，你相信了吗？"

"但是我问过我们那里的约兰达，她说不是啊。"

"约兰达说什么你就相信什么？她是何方神圣啊？一个老墨，爹妈都是偷渡过来的，天知道她是怎么在美国找到工作的！嘁，她懂个什么？"

她无话可说，因为是她自己告诉师妹，说约兰达的父母是偷渡来美的；约兰达智商不算特别高，也是她告诉师妹的。只怪她太爱八卦了！

师妹突然决绝地说："算了，我还是告诉你吧，真的不忍心看你掉进火坑。我把这事原原本本地讲给你听，但你一定要保密，千万别去找你那个资阿姨对质，不然她恨死我。"

"什么事？"

"我感恩节的时候，不是在她家住过一个晚上吗？她家只四个卧室，他们老两口是分开住的，就占了两个卧室，再加上两个儿女一人一间，四个卧室就占满了，没客房。她也真做得出来，把我和你室友安排在客厅沙发床上睡，就没说把他们随便哪个的卧室让一间出来我们住！怎么说我们也是女孩子嘛。"

韦真也觉得这样安排有点不妥当，太不符合中国人礼仪之邦殷勤好客的光荣传统了。她家每次来了客人，都是爸妈把自己的卧室让出来给客人住，如果客人多了，还叫她上朋友家去挤挤，把她的房间让出来客人住，绝对不会让客人睡在客厅里。不过美国可能没这种传统，他们就是这么自我，这么任性，我的地盘就是我的神圣领土，不管谁来了，都不能侵占我的领土。她在电视上多次看到过类似情节，都是客人住客厅沙发，主人自己优哉游哉地住自己的主人房。资阿姨来美国这么多年，可能早就全盘西化了，这样安排不稀奇。

她问："那你们就在客厅睡的？"

"没有，我吵吵着要连夜赶回来，扎克只好把他的房间让给我们睡了。"

"那不挺好的吗？"

"好个什么呀！他那个房间门拴不住的，把我吓得要命，完全不敢睡着。"

"后来呢？"

"半夜的时候，真的有人进了我们的房间，手都摸到我身上来了！"

她首先想到的是邵伯伯："那你还不快喊！"

"喊什么呀！吓都吓瘫了，哪里还喊得出来？"

"是不是——邵伯伯？我就觉得他——有点怪。"

"不是他。"

"那是谁？"

"你说还能是谁？"

"是扎克？"

师妹哼了一声，仿佛在责怪她明知故问。

"但他怎么会——干这种事呢？"

"Sex offender 嘛，不干这种事还干什么事？"

"那你——就让他那样？"

"不让他那样还能怎样？美国人家里都有枪的，你把他搞烦了，给你一枪，你就没命了。再说他那么大的个子，那么大的手，随便把我脖子一掐，就把我像小鸡一样掐死了。他又是外科医生，把我大卸八块，扔到各个垃圾堆里，警察连案都破不了！"

"嗯，你当时不反抗是对的，但第二天可以报案啊！"

"报什么案？他只是对我'上下其手'了一番，我又没拿到他的精液什么的，哪来的证据？"

她还是不愿意相信扎克是这样的人，他的眼神，他的微笑，都是那么清澈明朗，说他多情她可以相信，但说他会干出这么猥琐的事，她完全没法相信："他是不是有梦游症？"

"梦个鬼的游！他当时清醒得很！"

"你怎么知道他清醒得很？"

“因为他那样的笑法，我就知道他——很清醒，很得意，好像在说‘掉进我的陷阱了吧’？”

“你感恩节就吃过一次亏了，怎么圣诞节又跑他家去呢？”

“圣诞节他只一天假，不会在家过夜嘛。但元旦这次我就肯定不会上他家去了，明知道要在那里过夜，我还跑他家去送死？”师妹无奈地看她一眼，说，“我知道我这样说你不会相信，所以我也不劝你别去他家。但你晚上睡觉的时候，最好别在客厅睡，如果他把房间让出来你睡，你最好搬个椅子把门顶住，斜放着，顶紧，应该能起点作用。他推当然还是推得开的，但总会弄出响动，把你惊醒，就可以给你一点时间，让你来得及防范。你最好随身带把小刀或者剪子，pepper spray（辣椒喷雾剂）也可以——”

她开玩笑说：“那我这是去赴鸿门宴啊？还带着刀枪。”

“干脆别去了，跟我一起到酒吧去玩吧。你去他家，跑这么远的路，就为了吃那一顿饭，又不是什么山珍海味，满汉全席，都是一些家常菜，还没你做的好吃，跑一趟太不合算了！”

“但是我已经答应了——”

“答应了怕什么？到时就说车坏了。”

“扎克说好了来接我的。”

“哇，你的胆子也太大了！让他开车来接你？你知道他把你接到哪里去？”

“我觉得他——不是那样的人，上次我在旅馆住的时候——”

师妹打断她：“别提你在旅馆住的时候了，你睡得跟死猪一样，就算他把你上了，你都不会知道。”

“谁说我睡得跟死猪一样？我半夜起来好几回呢。”

“我早就说了，你不会相信我的话的，那你还是自己去见证吧。”师妹看了她几眼，说，“不过也可能你不会遇到我那种事。”

“什么意思？”

“我和你室友那晚都在那里住，她还睡在外面呢，扎克就没去——摸她……”

她懂了：“那他摸你，是因为你长得漂亮。像我这样的丑女，半夜三更在外面走都不会遇到劫色的人，他应该看不上。”

“也难说，如果他饿极了，就不管你长什么样了。你没听说过‘当兵三年，老母猪变貂蝉’？听说他好几年没女朋友了，肯定是饥不择食。”

就冲师妹这么瞧不起她，她也得去资阿姨家住一晚，哪怕吃点亏，也要证实自己不是师妹想象的那么差劲，咱对扎克还是有吸引力的。其实也说不上吃多大的亏，不就是摸摸吗？扎克这么帅的哥，被他爱抚爱抚，也不算太吃亏吧？

她打定了主意，就不管师妹怎么说了，反而担心扎克看不上她，半夜不来房间招惹她。31 号那天，她下班回到家，先洗个澡，再拿出早就挑选好的衣服鞋袜穿上，然后卷头发，化妆。刚搞好，扎克就来了，看到她的新面貌，相当吃惊，好像不认识了一样，老半天才蹦出一句："You look stunning !（你太惊艳了！）"

她嘴上谦虚着，心里其实很得意，哈哈，我虽然不是白富美，但捯饬捯饬还是过得去的。

她问："你吃饭了吗？"

"没有，不是约好去我爸妈家吃年夜饭吗？"

"但还要开几个小时的车，你不饿？"

"你吃了吗？"

"我吃了几个自己做的小包子垫底。"

"你还会做包子啊？"

她开玩笑说："是啊，我什么都会做，你不知道？"

"现在知道了。"

"我给你也蒸了几个包子，吃了再走吧。"

"不了，还是带路上吃吧，免得让他们久等。"

"好的。"

她用个饭盒把包子装上，端在手里，他帮她提着包，两人一起下楼，来到他车前。即刻上路。他开车，她就把包子一个一个从碗里拿出来，递给他。他接过去，往嘴里一扔，咀嚼两下，喉结一阵滚动，就吃掉一个，看得她咯咯直笑。他像小孩子一样，见这个可以引人发笑，越发起劲，一个一个吃得更夸张，还故意问："你在笑什么？"

"呵呵，我看你吃包子，就想起小时候，每次看到我爸吞东西的时候，喉头那里有个东西在滚动，我就用手去摸，滚下去的时候，我就喊'吞了吞了'，但过一会儿又滚上来了，我就大惊失色地对我妈说：'妈妈，爸爸的喉咙是不是堵住了，怎么总也吞不下去呢？'"

扎克开怀大笑："哈哈，我小时候看到我爸的喉结，一直以为是长了瘤子呢！"

她夸奖说："看来你从小就是个当医生的料，看到喉结会想到瘤子上去。而我只是个吃货，想来想去都是吃的东西。"

他有点郁闷地说："哪知道他后来真的得了喉癌，我妈还怪我乌鸦嘴——"

"他得的是喉癌？"

"嗯，到最后，他已经不能说话了，就在电脑上打字，说，Zac，虽然我不是你的生父，但我比世界上任何一个父亲都爱你，可惜我能说话的时候，没有对你说够我爱你，现在我只能打在电脑上给你看，我不是 copy & paste（剪切粘贴）的，我是一个字母一个字母打出来的……"

韦真听得鼻子发酸，赶紧抽出一张面巾纸捂住。扎克也说不下去了。

默默地开了十几英里，他才又开口说话："当年我妈逼着我学医，说医生挣钱多，但我就是不肯学。我爸总是劝我妈，说要看孩子的兴趣，如果他不想当医生，那么今后几十年的职场生涯，每一天对他来说都是痛苦和折磨。但我妈是个很固执的人，她认为对的东西，就一定要坚持，所以她总说'这能由着他的？他人小不懂事，凭兴趣选择前途，过两天就没兴趣了，倒霉的是他自己'！"

"两个人说得都有道理，最后到底听谁的呢？"

"当然是听我妈的。我爸把我妈宠坏了，他非常爱我妈，不想惹她生气，所以只是建议一下，如果我妈坚持自己的意见，他只好算了，但他总是鼓励我去发展自己的兴趣爱好，他说如果没有兴趣爱好，生活会很 boring（无趣）。"

"你那时的兴趣爱好是什么呢？"

他有点不好意思地说："跳舞。"

"真的？"

"嗯。其实也是我妈开的头，我小的时候，并不爱跳舞，但她每天都逼着我练功，不练就罚我，不让我看电视，不让我玩游戏。到最后我有点想跳舞了，她又逼着我去学医。"

她理解地说："中国妈妈就是这样，总是希望孩子多才多艺，还要有一个赚钱的职业，都是替孩子着想，为了孩子将来有个好的生活。"

"现在我当然知道她为什么老逼我干我不喜欢的事了，但我那时可反叛呢，我妈逼我，我就逃跑。”

“真的？跑哪儿去？”

“呵呵，能跑哪儿去？跑的时候，只想着跑得越远越好。等到真的跑出去了，才知道自己跑不了多远，因为自己啥都没有，没钱，也没有能够收留我的朋友。但我也不肯自己乖乖回去，就在外面流浪。”

“哇，那太危险了。”

“是啊，我爸妈也知道危险，所以总是到处找我，每次都是很快就把我找回去了。曾经还惊动了 Social worker（社会工作者），把我爸妈都叫去上 training class（训练班）。”

“training （训练）什么？”

“training 他们怎么做父母，怎么跟 teenager（十几岁的孩子）沟通相处。”

“后来呢？”

“后来我妈就不逼我了。”

“那你后来怎么还是学医了呢？”

“因为我爸得了癌症啊，我想救他——”

她的鼻子又开始发酸。

他说：“我爸生病之前，我妈从来都没工作过，有人找上门来请她教孩子跳舞，她就教教，没人来请就算了，反正我爸的收入足够养活全家。那时我中国的爷爷奶奶有时也跟我们住在一起，我爸对他们都很好。我妈那时连饭都不会做，都是我爸做，他见我爷爷奶奶不爱吃美国的食物，还学会了做中国饭。”

“哇，那真是太不简单了！”

“所以他就是我妈的整个世界。他去世之后，我妈就像天塌了一样，差点 collapsed（散架，垮台）。那时我刚上大学，想退了学去工作，像我爸一样养活我妈。但我妈不让我退学，连工都不让我打，怕耽误我的学业。她说：你不是在你爸病床前发过誓，一定要成为一名医生的吗？你不好好读书，怎么可能成为医生呢？”

“她说得对啊！”

“但她自己到美国后从来没有工作过，一时也找不到比较稳定的工作……”

“所以她才跟——邵伯伯结婚？”

“你知道这事？”

“听说过。”

“这是违法的，是欺骗，我不同意她这样干，说如果她干了，我会去告发。但她说如果她不答应这事，喜妹就要回中国去，会被人嘲笑，而且喜妹的中文也丢生了，跟不上进度了，回去后考不上大学，就找不到工作，一辈子就废了。”

“你没告发吧？”

“没有。”

“你们一家人的心肠真好！”

“喜妹说Zoe是天下最好的stepmother（后妈），一点也不像*Cinderella*（《灰姑娘》）里的evil stepmother（邪恶后母）——”

“你妈妈的一生可真是传奇的一生啊。”

“喘气？”

“不是喘气，是传奇，就是legendary。”

“哦，legendary，是的，很legendary。”

“她在中国时吃了很多苦，但她还是挺幸运的，能来到美国。”

“是啊，我的great aunt（姑奶奶）一直在给我妈办immigration（移民），但我妈拿不到护照，她说中国的护照要有她领导的同意才能申请，非常ridiculous（荒谬）的。”

韦真听说美国护照在邮局就可以办，所以很理解为什么他觉得领导同意才能办护照是ridiculous。

扎克接着说：“她的领导不让她办护照，所以她没办法来美国。一直到出国访问前夕，她才拿到护照，是公派护照。但我great aunt已经安排好了，所以她出来后，就在演出的最后一天躲了起来，然后跟我爸结了婚，来到了美国。”

两人一路说说讲讲，很快就到了资家。果然一桌人都在等着他们两个来，除了资家人，还有几个华人朋友，大家乐乐呵呵地吃了一顿年夜饭。饭后，扎克问她：“我想带你去downtown（市中心）看new year countdown（新年倒计时），你去不去？”

她马上响应：“我去！”

她看见资阿姨她们几个妈妈级的人都在眯眯笑，知道自己表现得太急切了，急忙问：“阿姨，你们去不去？”

那几个都说：“早就看过了，今年就不去了，在家看国内的元旦晚会重播。”

扎克回房间去拿相机和外衣，资阿姨给她拎了一件外衣来，就是那件军绿色 parka（大衣）：“穿上这个，外面很冷的。”

她愉快地接过来，跟大家道了再见，兴冲冲地跟着扎克坐车去 downtown。人很多，隔老远就得停车，步行过去。大家都在市政大楼门前的广场和街道上等，市政大楼有个高高的尖顶，尖顶上有个大钟，对面还竖了一个大电视屏幕，转播纽约时代广场的新年倒计时。人们都兴奋地等在那里，谈笑风生，人声鼎沸。外面的气温可能都零下了，但她穿着资阿姨的 parka，又挤在那么多人当中，尤其又有扎克在身边，一点也不觉得冷。

倒计时开始了，一些人望着市政大厅的钟，另一些人望着电视屏幕上纽约时代广场的大球，屏幕内外的人都在跟着吆喝：“Nine, eight, seven, six（九，八，七，六）……”她听说美国有新年伊始抱着谁就啃谁的风俗，决定待会儿数到一的时候，就借着周围的喧嚣，装作入乡随俗的样子，把扎克抓过来啃一把。她紧张得要命，生怕待会儿被人群冲散，或者他被别人啃走了，或者别人把她啃走了，连数都顾不上数，一直紧紧地贴着他，等待那个“one(一)”的到来。“one”字刚出口，人群就像开了锅的水，一阵乱啃啊，啃了左邻啃右舍，啃了前客啃后客，认识不认识的，都抱着乱啃。幸好她蓄谋已久，又占据着有利地形，当人家还在那里声嘶力竭地叫“one”时，她已经发起了进攻，钻到扎克面前，两手勾住他的脖子，踮起脚，在他脸上啄了一下。

他有点吃惊，但很快就反应过来，两手搂在她腰上，也在她脸上啄了一下，然后凑近她耳边，小声说：“Happy New Year !”

她想起刚才啃是啃了，但没说“新年快乐”，便又在他脸上啄了一下，说：“Happy New Year !”

他抿嘴一笑，也凑过来啄一口，说：“新年好！”

她如法炮制，啄他一口，送他一句：“新年好！”

他第三次吻在她脸上，用粤语说：“gong hai fa chai !（恭喜发财！）”

这个她不会了，但为了不丧失这个机会，也学着他的腔调说声“gong hai fa chai”，然后啃了他一口。

人群唱起了“Happy New Year to you”。她面向他，站在他的怀抱里，跟他一起唱。

她拿出手机，拍下这幸福的一刻。他好像有点不好意思，总对着镜头做鬼脸，搞得她没拍下一张正儿八经的他来。烟花一团一团地升上天空，她又忙着拍烟花。最后，人群唱起了《友谊地久天长》。

人群慢慢散去，她意犹未尽，只想这一刻能化成永远，没有过去，没有未来，只有此刻，只有现在！当他们两个夜猫子回到家的时候，客人已经离去，家人都已熟睡。

他们悄悄溜进屋，他把她带到他自己的卧室："你在这儿睡，我到客厅去睡。"

"你在那儿——不冷吗？"

"不冷，我有毯子，还开着暖气呢。"

他走了之后，她到走廊对面的浴室刷了个牙，就回房睡觉，怕洗澡放水声音太响，惊醒了大家。但她根本睡不着，一是刚才的新年夜太美好太甜蜜，总觉得结束得太快，二是师妹说的那个故事，她还没忘记，想看看扎克半夜会不会来找她。她没用椅子顶门，就那么睡了。等了好久，也没见有人来。她悄悄来到客厅，见扎克没把沙发床打开，就那么蜷在那里睡觉。她心疼极了，走过去坐在他身边。

他醒过来，看见是她，很吃惊的样子："What' s wrong ?（出什么事了？）"

"Nothing（没出什么事）. 我想你回卧室去睡。"

他更吃惊了："Me ?Why ?（我去卧室睡？为什么？）"

"因为你个子高，睡这里腿都伸不直。还是我在这里睡吧，我个子小，这个沙发能装得下我。"

"I' m OK. I' m OK. Go back to your bed .（我没事。我没事。你快回床上去吧。）"

她在 L 形沙发的另一端躺下："那我们都在这里睡吧。"

他无可奈何地笑了一下，把自己的毯子给她盖上："那我真的去睡床了，到时可别后悔。"

"不会的。"

他起身往卧室方向走，在茶几边绊了一下，她急忙翻身坐起："怎么了？撞疼了吗？"

"没有。你快睡吧。"

"Good night！"

“Good night！”

她躺在沙发上，借着外面射进来的月光，目送他向卧室走去。

虽然韦真力劝扎克去卧室睡，而且是真心疼他，希望他睡得舒服，但看见他真的去卧室了，心里还是有点失落的。中国有句俗话，叫作“听话听声，锣鼓听音”，意思就是听话不能只听表面意思，还要挖掘字里行间隐含的内容。但可能那只是中国传统，像扎克这样在美国长大的ABC，更倾向于美国文化，比较直来直去，听话只听字面意思，一点不往深处想，人家叫他去卧室睡，他就真去了。太不怜香惜玉了！不过她很快就原谅了他。不是你自己叫人家去卧室睡的吗？人家这是为了讨好你，在按你的意思办呢！你表现得那么坚决，理由又那么充分，人家怎么知道你心里的期待刚好相反呢？嗯，人还是直来直去点好，太爱揣摩人家的内心活动，太爱放射性思维，弯弯绕太多，就容易捕风捉影，无事生非。她想通了，就选择一个最舒适的卧姿，裹上毯子，很快就进入了梦乡。

感觉才刚刚睡着，她就听到了脚步声，很轻很轻。她马上想到可能是梦游症患者邵伯伯，又出来做夜常功课了。她不是很害怕，因为不过就是有人梦游而已，她还想看看邵伯伯是怎么梦游的呢，也算开个眼界。脚步声越来越近，很明显是冲她来的。她已经能看见来者了，但不像是邵伯伯，因为根本不是正常的人形，头看上去还像个人，但身子膨大，像个人形气球。这时她才理解师妹说的“吓瘫了”是什么意思，因为她此刻就浑身发软，处于一种束手待毙的状态，只求人形气球别掐死她就行，其他的，比如上下其手什么的，就忍了吧。师妹就忍了，不也没事吗？关键是不忍也没别的办法，因为她连发抖的力气都没有了，脑子异常活跃，但身体却处于休眠状态。她闭上眼睛，好像只要她不睁眼，不看见黑影，黑影就不会看见她一样。她缩成一团，大气都不敢出，心里祈祷着：不要看见我！不要看见我！我是毯子！我是毯子！但黑影走到了沙发跟前，她生怕它一屁股坐在她身上，那就知道她不是毯子了。但黑影没坐她身上，只用手碰了碰她，小声说：“你睡短的那边吧，如果你坚决不肯睡卧室的话。”

她听出是扎克，一下就来了劲，翻身坐起来，小声问：“怎么了？”

“你一个人睡这里不怕吗？”

“怕——怕什么？”

“生地方，总是有点怕的吧？”

“呃——还好。”她看清那一大团东西其实是他夹在臂弯里的被子，欣喜地问，“你也来这里睡？”

“嗯，给你做伴。”

“太好了！”

她立即换到L形沙发短的那边，把长的那边让给他，然后头朝他那边躺下。他也头朝着她躺下，两人头对着头，她盖他刚拿来的被子，他盖毯子。

他小声说：“Good night！”

她也小声说：“现在应该说good morning了吧？”

“嗯，good morning！”

她压低嗓子笑着回答：“Good morning！”

那一夜，她睡得很香甜。第二天上午，她是被厨房里“砰”的一声惊醒的，像什么爆炸了一样，她正要跳起来逃命，又听到按键声，然后是微波炉工作时的嗡嗡声，她知道是有人在做早饭。微波炉嗡了好一会儿，终于搞定，“嘀——嘀——嘀”地报告完工，接着又是“砰”的一声，微波炉被打开了。她抬头看了看沙发的另一边，扎克还蜷在那里睡觉，姿势跟昨晚躺下去时差不多，但毯子已经滑了一半到地上，只盖着上半身，像只顾头不顾尾的鸵鸟。她爱怜地一笑，悄悄溜下沙发，想把滑落的毯子捡起来，给他盖好，但他的两腿好像夹住了毯子的一部分，如果她使劲扯毯子，肯定会把他扯醒。她想了想，把自己的被子拿来，盖住他露在外面的部分。抬头一看，发现邵伯伯正坐在早餐桌前吃东西，已经看见了直起腰身的她。她对邵伯伯挥挥手，算是打招呼。邵伯伯有点不自在地笑了一下，继续吃早餐。她去上了趟洗手间，回来时邵伯伯已经不在厨房了，于是她躺回到沙发上，把资阿姨的parka（带帽棉大衣）拿来当被子盖上，继续睡觉。

第二次醒来时，已经太阳晒屁股了，身上盖的parka不见了，还原成她昨晚盖的被子，扎克坐在他那边的沙发上，睡眼惺忪，傻傻的，像个二愣子。她坐起来，小声说：“Good morning！ Happy New Year！”

他转过身，咧嘴一笑：“你醒了？”

“你没醒？”

“我半睡半醒，正在想我这是在哪儿呀？”

她笑起来：“你在自己家里还会这么想？”

他揉揉眼睛：“但我不是在自己卧室里呀。”

“你没在客厅睡过？”

“睡过呀，但是——你没睡我身边嘛。”

她开玩笑说：“那是我把你吓着了？”

“嗯。”

她一愣：“为什么把你吓着了？是我——长太丑了吗？”

他认真地看了她一会儿，说：“不是。”

“那是为什么？”

“我在回想为什么我们俩会睡在这里。”

“想起来了吗？”

“想起来了。”他定睛看了她一会儿，问，“你昨晚睡得好吗？”

“很好。不过你拿被子来的时候，把我吓了一跳。”

“是吗？”

“嗯，因为在夜里你隔远看就像一个——魔鬼一样，好大一个身子，像个气球，但又长着个人头——”

“我像个气球？”

“因为你拿着一床被子嘛。”

“哦——是这样！”

她凑到他跟前，小声问：“邵伯伯是不是——有梦游症啊？”

“梦游症？”

“就是——sleepwalking。”

“sleepwalking？没有啊。”

“但是师妹说她上次在这里过夜的时候……”她把师妹的话复述了一番，但不好意思说“上下其手”，也不好意思说“摸”，便用英语的“touch（触摸，碰）”替代。

他严肃地问：“真的吗？”

“反正她是那么说的。”

“那我要跟他谈谈！”

“跟谁谈？跟邵伯伯？”她急忙阻拦，“不用，不用，师妹并没说是邵伯伯，她说的是——是你。”

他紧皱着眉头没有说话。

她慌了：“喂，别听她的，她这人说话很不靠谱的，信口开河的次数不要太多，没人会相信的！她对我说的时候，我就一点都不相信，心想要么是邵伯伯，要么就是她——自己编出来的。”

他还是紧皱眉头不说话。她很尴尬，不知道现在该说什么，该做什么，只好傻乎乎地坐在那里，两个人像两尊菩萨。她心里懊悔不迭，真不该提起师妹的，这么祥和温馨的气氛，提那个烂人干吗呢？这下好了，一下把自己从天上摔到了地底下，还扯上个扎克做垫背。资阿姨适时地出现在厨房，然后是雀儿喜，母女俩好像一直守在监控前观察他俩似的，可能早就饿得不行了，但为了不惊醒他俩，一直在那里熬着。一旦发现两人都醒了，便齐齐跑了过来找吃的。几个人互道了早上好，资阿姨就问：“你们早饭吃什么？说了我好去做。”

她立即站起身：“我来帮忙吧。”

“你先去洗漱。”

她去浴室洗漱了一番，快速化了个淡妆，回到客厅来，看见资阿姨在做早饭，雀儿喜在整理沙发，扎克不见了。

她急忙走到沙发前，对雀儿喜说：“我来，我来。”

两人一起整理沙发，雀儿喜折被子，她折毯子。雀儿喜边折边问：“你们昨晚都在沙发上睡的？”

“嗯。”

“不是让你在我哥卧室里睡的吗？”

“开始我是在那里睡的，但我怕他人太长，沙发睡不下，就换他去卧室睡。结果他又担心我一个人睡这里会害怕，就到这里来陪我。”

资阿姨笑眯眯地说：“那就好，那就好。”

雀儿喜说：“Zoe，我没说错吧？”

“没说错，没说错。”

韦真好奇地问：“什么没说错？”

雀儿喜笑嘻嘻地说：“我对 Zoe 说，你和我哥是绝配！”

她脸红了，嗫嚅说：“别拿我开涮了！”

“这怎么是拿你开涮呢？事实嘛。你看你们两个在一起多开心，我好久没看见我哥这么开心了。”

“但是刚才——我可能把他——得罪了。”

资阿姨和雀儿喜都说：“不可能，不可能，你这么懂事，怎么可能得罪他呢？他也不是那么容易得罪的人。”

“是真的得罪了！怪我嘴贱，跟他提了一下师妹说的话……”

“是吗？师妹又说什么了？”

她很尴尬地把师妹讲过的“上下其手”的故事说了一下，当然，还是用“touch”替代。那两人马上石化了，目瞪口呆地站在那里。她百思不得其解，怎么了？难道师妹是巫婆，点到谁，谁就石化？

她尴尬地说：“说我嘴贱，我又贱了！这么喜庆的时刻，我提她干吗呢？应该说新年好才是。大家新年好！”

那两人应付性地回了句“你也新年好”，就又不说话了。她走过去帮资阿姨准备早饭，资阿姨也没客套。看得出，资阿姨手里在做着早饭，心根本不在那上头，后来干脆停手了，让她去干。过了一会儿，资阿姨问：“你说这个师妹——她——会不会是个很难缠的人？”

她不知道该怎么回答，说师妹不难缠吧，好像又不符合事实，也怕误导了资阿姨，该重视的事情没重视；说师妹难缠吧，貌似又没什么事实依据，而且也怕吓坏了资阿姨。关键是她不知道资阿姨她们在担心什么！知道了才能对症下药，该解释的解释，该安慰的安慰，该自我检讨就自我检讨。但她们到底在担心什么呢？

她模棱两可地说：“师妹嘛——就是有点爱——炫耀，再就是有点——说话不那么靠谱，别的好像——还行。”

“她有没有男朋友？”

“我也不是很清楚，以前在国内时有，后来吹了，她好像就是因为这个才出国的。”

“那她在这里没有交男朋友？”

她如实禀告：“她一直都有男生追，也跟几个男生走得比较近，但我不知道她有没有固定的男朋友。”

雀儿喜问：“她想找什么样的人呢？”

“呃——她学的这个专业，可能在美国不是那么好找工作，主要是身份问题，没绿卡，没工作经验，又不是从小就讲英语的，所以比较难找。她的几个师兄，就是禺杰他们，这次寒假都回国找工作去了，但她好像不是那么想回国去，所以——”

“她想找个美国公民结婚，解决身份问题？”

“可能是的吧。”

“美国公民多的是啊！她长得也不丑，好找得很。”

“嗯，她这人——生活水平比较高，可能也想找个——有钱的人吧。”

“有钱的也多啊！”

“她对我说过——美国的医生挺有钱的，所以我想——可能她想找个美国医生吧。”她已经说到这儿来了，就索性全盘托出，“我觉得她挺想找——扎克哥哥。”

那两人对望了几眼，又石化在那里。凝重的气氛，一直到扎克再次出现，才告一段落。四个人围坐在桌前吃早餐，是用昨天的莲藕排骨汤煮的韩国年糕，名字叫“糕”，其实不是糕，也不是通常见到的年糕片，而是些一寸多长的小圆棍，应该叫“年糕棍”才对。资家三个人的表情都恢复正常了，大家边吃边聊，谈笑风生，雀儿喜一路讲笑话，有听来的，有自己编的，逗得在座的几个人不时地呵呵大笑。但韦真总觉得他们是在表演，这里的“表演”，没有丝毫的贬义，绝对不是说那三个人虚伪，因为他们即便是在表演，也是那种很感人的表演，就像家里有人得了癌症，其他人都装作不知道，免得患癌的人难过；而患癌的人不知道其他人其实已经知道了，也在那里演戏，装作没生癌的样子，免得家人为他担心。患者和家属都心怀“鬼胎”，所以都在卖力地表演，一个个都显得挺开心，甚至有点过分开心了。只有她这个旁观者，对患者和家属双方的心情都清楚，看他们各自为了蒙蔽对方那么卖力地演戏，就觉得特别心酸，特别难过。

她直觉扎克以前应该是有过被人纠缠的前科，所以他和家人听说了师妹的胡言乱语，才会如此紧张。但她坚决不相信扎克真的有过性犯罪的前科，不可能！他这么清白善良孝顺，怎么会做出那样的事来呢？如果他有那样不堪的前科，医院怎么还会雇他当医生呢？就说昨晚吧，她自己主动凑上去吻他，半夜又自己找到他跟前来，他后来也自己找到她跟前来了，还跟她头对头地睡了一夜，如果他是个性犯罪者，难道还不利用这么大好的时机？

当然，也许真的跟师妹说的那样，扎克不是那种饥不择食的性犯罪者，他是有品位的，对方不漂亮到一定地步，他还懒得犯罪呢。这个想法太打击人了！难道我就那么不堪一摸？师妹就比我漂亮那么多？她虽然一直恭维师妹漂亮，自己也觉得师妹是很漂亮，但她内心深处也没觉得自己低师妹多少个档次，大家各有各的长处，各有各的漂亮法。但漂亮这种事，完全是各花入各眼的，情人眼里出西施嘛。如果扎克认为师妹比她漂亮，她也没办法，总不能为这个把他打死吧？

但她觉得师妹应该不是扎克的情人，因为扎克一点都不喜欢师妹，资阿姨和雀儿喜更是厌恶师妹。你听她们问的那话“师妹又说什么了”，一个“又”字，就说明她们对师妹的信口开河胡说八道非常反感。不过她马上想起师妹的那些话，也是她传给雀儿喜的，顿时非常心虚，好像自己为了击败师妹，得到扎克，到了不择手段的地步似的。她只好自我安慰：反正我传的那些话，也不是我编出来的，都是师妹的确说过的话，我不过是转述了一下而已。你要是怕别人知道你在背后说了什么，那就别说啊！说了就别怪人家传话。她想转移一下大家的注意力，加上也是没看见邵伯伯，便问：“邵伯伯不来吃早饭？”

雀儿喜说：“他早就吃了，现在要吃就是吃午饭了。”

“那我去叫他来吃午饭吧。”

资阿姨说：“不用叫，他早就去实验室了，不然我也不会允许他那么早就到厨房来弄早餐，把你们都吵醒了。”

“没事没事，我醒了一下，很快就又睡着了。邵伯伯工作这么勤奋，新年都不休息？是不是老板太 pushy（逼迫，强推）了？”

雀儿喜笑嘻嘻地说：“嗯，老板太 pushy 了，别人是 live and let live（自己活，也让别人活），老板是 die and let die（自己死，也让别人死）。”

她听室友说过一些有关各国老板的事，便猜测说：“老板是华人吧？”

“嗯，华人。”

“华人老板就是比较 pushy，反正自己没什么业余生活和爱好，就成天泡在实验室里，所以也逼着手下人全都像他一样卖命。”

雀儿喜说：“你说得太对了，老邵就是这种人！”

她愣了：“邵——邵伯伯就是老板？”

资阿姨说："也不是什么老板，就是一个小项目的PI（科研项目主领导）。"

她尴尬至极，急忙声明："这些关于华人老板的事，我都是听我roommate（室友）说的，可能她系里那些华人老板很pushy，但不代表所有华人老板都很pushy。我不该以偏概全，一竿子扫落一船人——"

资阿姨宽宏大量地说："你说得没错啊！你邵伯伯就是你室友说的那种人，自己没什么业余爱好，就成天泡在实验室里，不过他对手下人还是蛮好的，不会逼着他们新年也跑实验室去卖命。"

她已经不敢再做什么申诉解释了，因为她总是顾此失彼，解释了这件事，又引出另一件事。这样解释下去，可能一辈子都解释不完。她沮丧地发现，自己虽然不经常八卦，但只要开八，必然八出祸事来。这才多大点时间？就八哑了一个扎克，现在又八错了邵伯伯。这可怎么办？貌似那三个人并没见怪，还是有说有笑，雀儿喜还借题发挥，现场编了几个有关华人PI不苟言笑，成天钻实验室的小笑话，并感叹说："哇，我以前怎么就没想到老邵也是个极好的笑话来源呢？"

扎克揭短说："你编老邵的笑话还编少了？"

"但都是生活方面的啊！他这人生活能力那么差，总闹笑话，还用得着我编？都是现成的！"

几个人吃完早餐，坐在桌前聊了一会儿，扎克起身说要去耙草坪上的落叶，她也跟风："我也去，我也去！"

资阿姨说："外面挺冷的，你就别去了吧。"

"没事，耙耙树叶就不冷了。"

雀儿喜也劝她别去："就在这儿陪我们聊天吧，耙什么树叶啊？那是他们男人干的活。不过我这里说的男人，不包括老邵，他已经超越了性别界限了，他是工作狂人。"

但扎克很支持她去耙树叶："走，我们去耙树叶！"

两个人来到外面草坪上，扎克分工说："只有一个耙子，我来耙，你负责把我耙好的树叶装到袋子里去。"

"但我想耙！"

"那你来耙吧，耙累了就换我。"

"好的。"

她拿起那个竹子做的耙子，把草坪上的落叶往外耙，一直耙到草坪旁边的水泥地上，扎克就用个电动吹叶机把落叶吹成堆。还没耙完门前左边巴掌大的一块草坪，她已经开始冒大汗了，两臂也很酸软，但她不好意思这么快就换人，咬着牙继续耙。

扎克看出来了，走过来说："还是我来吧。"

她乖乖地把耙子递给他，自己去用吹叶机吹树叶，哪知那玩意儿也不是那么好掌握的，一不小心就把本来已经成堆的树叶吹得到处都是。扎克见状，笑昏了："哈哈——，你这是在搞破坏啊！算了，你别吹了，就站旁边看吧。"

她只好放弃吹叶机，找了扫帚和畚箕来，把成了堆的树叶往塑料袋子里装。两个人干得很愉快，战果也很辉煌，总共装了五大袋树叶，房前房后的草坪都变得干干净净。再看看邻居们的草坪，明显没这么干净，到处都是落叶。她更加自豪了。耙完树叶，扎克又拿出一个电锯一样的东西，修剪房子周围的小灌木，安排她把修剪下来的小树枝装在塑料袋子里。她嫌装树枝的工作太没有技术含金量，便撒娇地要求换工。

他不肯："这个不比刚才那个耙子，也不比那个 Blower(吹叶机)，这个是电锯，万一掌握得不好，会伤到你的。"

她只好作罢，但很不甘心，满怀艳羡地站在那里看他"枪打出头鸟"，把凡是高出整体的树叶都削剪掉了，只剩下那些循规蹈矩、"跟群众打成一片"的树叶。他修剪完了房前的小灌木，又转到房子的侧面，那里也有一丛一丛的小灌木，他扬扬手中的电锯："想不想来试试？"

"想啊。"

"那就来试试。"

"你不怕我受伤了？"

"我肯定会保证你不受伤嘛。"

她高兴地跑过去，他把电锯递给她，很重，不过还没到双手拿着都举不动的地步。她用两手握好电锯，他从后面伸出两臂，帮她固定，然后操控着她的手，去修剪树枝。她等于是被他搂在怀里，一下就晕了头，根本不知道自己在做什么，像个木偶一样，他搂着她往左边，她就往左边，他搂着她往右边，她就往右边。他这样搂着她修剪树枝，肯定比自己修剪累十倍，很快就有点气喘吁吁了。她浸润在他的体温和呼吸里，醉了。

他在她耳边说："我可不可以告诉她们我们俩在 dating？"

她没听明白："What（什么）？"

他关掉电锯，但还是那样圈着她，把刚才的问题重复了一遍。

她羞怯地说："可以啊。"

他立即扔下电锯，拉着她跑进屋里，找到那两位女士，郑重宣布说："We're dating（我们在谈恋爱）！"

雀儿喜问："Since when？（从什么时候开始的？）"

"Just now.（就刚才。）"

"不止吧？"雀儿喜对扎克说，"是不是早就看上真真了？"

扎克笑着不说话。

资阿姨笑眯眯地说："好，太好了！你们好好相处哈。天儿，你可不许欺负你真真妹妹。"

第七章　瘾士之殇

韦真这几天过得太兴奋了，像坐直升电梯上百层高楼一样，只听见嗖嗖的声音，只看见眼前的景物刷刷地变，完全没有时间静下心来回味和思考，更谈不上关心千里万里之外的老娘亲。

一直到扎克把她送回了家，在她那儿吃了晚饭，告辞离去，她重回一个人的世界的时候，才想起新年都过了，还没给妈妈打电话拜年呢。令她诧异的是，妈妈也没打电话给她。她起先以为是妈妈打了电话她没听见，但她查了手机的来电记录，根本没有老妈的号码，留言箱也没有。这就奇怪了，难道老妈也像她一样，陷入情网，忘了自己的宝贝女儿？但以妈妈的为人，即便是真的有了新欢，也顶多排在第五位，宝贝女儿总是第一位的啊，断不至于在辞旧迎新之际连电话都不给她打。

几分钟之内，她的心情就由内疚变成好奇，再变成担忧，马上给妈妈打电话。但没人接，她留了个言，又发短信，还上 QQ，十八般武艺都用上了，还是没联系上。她只好给爸爸打电话。她爸在跟她通话方面，一直是个副驾驶，都是她妈先打过来，或者她先打给她妈，两个女人聊够了，才问一句“想不想跟爸爸说几句”，或者“我也跟爸爸说几句吧”。而她爸爸呢，接过电话也没多少说的，一般就说个：“你在那边一切都好，我就放心了。”有时她开个玩笑：“我还没向你汇报呢，你怎么知道我一切都好？”老爸就很尴尬，还得老妈出面辩护“我们刚才讲电话的时候，他不是都听到了吗”或者“你的事我都对他说过了”。现在主驾驶不在位，她只好起用副驾驶，但也是打了好几次，爸爸才接了电话，说了个“喂”，就没下文了。她着急地问：“爸爸，妈妈怎么了？我怎么联系不上她了？”

“她……呃……”

她见爸爸“呃”上了，就知道大事不妙，如果没啥事，老爸会把手机递给妈妈，让她们母女去侃大山。但今天老爸是聊也不聊，转也不转，还“呃”上了，这绝对是不祥之兆啊！

她追问道：“爸，你别呃啊！是不是出什么事了？”

老爸又开始呃。

她急了：“到底是什么事，你就说呗！一个大男人，怎么这么唧唧歪歪的？是不是我妈病了？你再不吭声，我买机票回国了！”

这一招果然灵，老爸说：“别买票，别回国，你妈她没事儿！”

“我妈没事儿怎么不接我电话？是在生我气吗？”

“没有，没有，你妈怎么会生你气呢？她是在生我的气呢。”

她知道她妈经常生她爸爸的气，主要是觉得爸爸不上进，不肯学习，找不到工作。她还是很同情老爸的，出生在那个年代，从小学到高中都没读什么书，现在五六十岁的老人了，你叫他学习新技术，他学得会吗？再说她妈也没具体指出一个方向让老爸去学，就是那么泛泛地批评老爸不上进，那就算老爸想上进，也不知道往哪儿上啊！她觉得她爸主要是运气不好，生不逢时，如果放在“文革”之后，按部就班读上来，怎么也得弄个中专读读，那就能找到一个比较铁的饭碗了。

而她爸最“不幸”的，是家庭成分还不错，所以第一时间就招工回城了，不然的话，也会像她妈那样，绝处奋起，考大学考中专考出来。她爸妈那个学校那个年级的同学，凡是进厂当工人的，都没逃脱失业下岗的命运，只有那些进了别的单位的，像学校啊医院啊机关啊之类的，才保住了一个饭碗。所以说，塞翁失马焉知非福，塞翁得马焉知非祸。但她妈一向不这么认为：“我也是‘文革’期间上的学，我怎么就没弄成他那样呢？”韦真一般都是恭维老妈两句：“你聪明呗，哪里是人人都像你那么聪明，从小学到高中啥都没学，还能考上中专的呢？”她知道这话不中肯，因为还有很多跟妈妈同龄的人考上了大学的。但她也知道她妈那个学校那几年毕业的学生，没有一个考上大学的，所以她妈能考个中专，就算佼佼者了。她这招很灵，每次说到这里，她妈就只顾着回忆自己的艰苦而光荣的历史去了，也就放过了老爸。她估计她妈这次又是在生爸爸不上进的气，松了口气，说：“生个气也不至于不接我的电话啊！我又没不上进——”她正在为自己这句话后悔，怕老爸以为她也认为老爸不上进，正想解释呢，就听老爸说：“这次不怪她生气，是我不好。”

“你做什么惹我妈生气了？”

“我——犯了天下男人——都会犯的——那个错误。”

她差点跳起来，what？你成龙附体了还是咋的？你当我是小龙女啊？她觉得应该是老爸太悲愤，把主语用错了，本来是“你妈犯了天下女人都会犯的那个错误”，结果搞成了“我”犯了天下男人都会犯的错误。她更加惊慌了，为什么老妈不接电话，而老爸又这么忏悔的口气？是老爸一怒之下把老妈打伤了吗？天，只能是这样了！不然，老爸忏悔什么？她深深地吸了一口气，尽力平静地说：“别急，慢慢说，到底是怎么回事。”

“你先答应我一定不会——怪罪我。”

这越发坐实了她的想法，如果不是把老妈打了，怎么会乞求我不怪罪他？她厉声问：“你都没说是什么事，就要求我不怪罪你？你要是把我妈——怎么样了，我能不怪罪你吗？”

“我——我前面不是说了吗？”

“你前面说什么了？”

这简直是逼老爸再上断头台！

老爸叹口气，艰难地说：“就是我——犯了那个——天下男人都会犯的错误。”

这次她终于听懂了：“你是说你——出轨了？”

“嗯。”

太不可思议了！老爸一大把年纪了，又没正式工作，脸上还被滚油烫出个大疤，她作为亲女儿，平时都尽量不去看老爸的脸，而且打心眼里佩服老妈，还敢跟这样的男人同床共枕，这要不是爱情，啥是？这样的男人也能出轨？

她不相信地说：“是不是我妈误会你了？”

“不是。”

“那你是真的出轨了？”

“嗯。”

她的好奇心占了上风，打探道：“和谁啊？”

“对门那家的——保姆，不是以前那个，是新来的，你不认识。”

“多大年纪？”

“三十多。”

“比你年轻这么多？你是怎么跟人家——”她简直没法说出“搞上的”几个字，但也想不出更文雅的字眼，只好留给老爸去填空。老爸已经迈出了第一步，胆子似乎大了许多，居然能不打磕地说：“我自己都不知道是怎么回事，只能是鬼迷心窍。真真，你知道我跟你妈是多年的夫妻，我对她从来没有过二心，这次的事，我已经向她赔礼道歉了，保证不会再有类似的事情发生，但她就是不原谅我，你帮我劝劝她——”

她生气地说：“你现在知道害怕啦？当时干什么去了？我妈这些年对你不离不弃，养着你，照顾你，哪点对不起你了？你怎么好意思做出这种事来？”

“我——知道你妈对我好，但她是在报我当年的恩，其实她早就不喜欢我了，打心眼里看不起我。”

“谁说我妈不喜欢你了？业余合唱团那么多人追她，她都不为所动，不就是因为她喜欢你吗？”

“喜欢不喜欢，我比你清楚。唉，不说这个了吧，我落到现在这个地步，跟你妈离了婚就没活路了——”

她的气又上来了：“你这是什么话？难道你只是因为找条活路才跟我妈守在一起的？难道你不爱我妈了？”

老爸沉默了一阵，说：“都是快六十的人了，哪里还有什么爱不爱的？守在一起都是出于习惯，再就是——不得已。”

“你胡说！可能你跟我妈守在一起是为了讨碗饭吃，但我妈绝对是因为爱你！你太辜负她了！这次肯定是你把她气病了。快说！我妈在哪里？是不是病得很厉害？”

“她就在这里，我把电话给她。”

她听见那两人在低声争执，老妈叫老爸撒谎，说自己不在现场，但老爸力劝老妈接电话，最终，老妈大概也意识到躲不过去了，接了电话：“真真，我没事，你别担心。”

“那你怎么不接我电话呢？”

“我想等这事理清个头绪再告诉你。”

“难道你以为我会几天接不到你电话还不打过来追问？”

“呃——现在你知道我没事了，好好过新年吧，我过两天打电话给你，慢慢聊。”

“你要跟爸爸离婚吗？”

“这不还在商量吗？”

“他想离吗？”

“他就是不想喽，他想离还用得着商量？我又不是养不活自己。”

“他为什么不肯离？是不是那个女的不要他？”

“那个女的还是愿意要他的，但他不想跟那个女的去。”

“那个女的是哪里的人？”

她妈说了个地名，是Y市附近乡下的。韦真打鼻子里哼出一声：“难怪他不想跟那个女人去呢！因为那里是乡下。”

老妈反过来帮老爸说话：“那也不是因为这个，他还是念旧情的，这么多年来，我们的感情一直不错，他还是真心爱我的。只怪那个女人，三十如狼，四十如虎，一个人在外面打工，老公不在跟前，难免想打打野食。”

“她想打野食，干吗不打她自己的东家，要跑到我们家来打？她的东家不比我爸年轻帅气？”

“她又不是武则天，想打谁的野食就打谁的野食？”

“哦，贺叔叔跟保姆一个屋里相处，都能顶得住保姆的诱惑，我老爸还隔着两个门呢，就顶不住了？”

“你贺叔叔哪里会单独跟保姆相处呢？白天上班，晚上下班回来，杜阿姨也就回来了。在老婆的眼皮子底下，他敢偷腥？但你爸白天都在家，而那女人三天两头跑过来说家里水管堵了、厕所水箱漏了、抽油烟机坏了什么的，让你爸过去帮她修……”

“她叫他，他就去？不会拒绝？”

“对门住着，你爸会修，又有时间，怎么好意思拒绝呢？”

“他去修，可以，干吗修到——人家床上去了？”

“她凑到他跟前来挨挨擦擦，又穿得很暴露，哪个血性男人受得了？”

她想起扎克，她不也是凑上前去挨挨擦擦，还跟他睡在同一个沙发上，人家也就拥抱拥抱，亲吻亲吻，并没弄到滚床单的地步啊！人家才三十出头，那才是血性男人，老爸快六十的老头子了，血个什么性啊？

韦真满肚子的无名火，不知道是在火老爸晚节不保，还是在火老妈含糊不清，或者是在火扎克不够血性。貌似三股火都有，烧得最旺的竟然是第三种火：难道我连个三十多岁的乡下保姆都不如？人家一个有夫之妇，竟然能搞得年近花甲的老爸春心泛滥。而我，一个——啥？也快三十了？那不马上就成少妇了？

她安慰自己说：“马上就是”和“已经是”还是有很大不同的，怎么说我也才二十多，虽然比二十多出很长一截，但毕竟还没到三十，所以还是年轻人。但为什么扎克一点没春心泛滥呢？

难道是我魅力不够？还是他真心爱我，所以尊重我，珍惜我，要等到入了洞房才会走出那一步？她当然是宁愿相信后一种可能的，但考虑到美国长大的人，在性方面都是比较开放的，这种可能又太不可能了。

她妈肯定不知道她在想什么，哀求地问：“那你说我该怎么办呢？离婚？那你不是成了——单亲家庭的孩子？”

本来她也没肯定地认为父母必须离婚，但听到妈妈用她来做不离婚的理由，一下就火了，气呼呼地说：“单亲家庭的孩子怎么了？现在单亲家庭的孩子还少吗？也没见人家活得比谁差！”

“但即便是我跟他离了婚，他还是你爸呀！如果他一个人流落在外，无依无靠，也没生活来源，到处讨米要饭，你——看得下去？”

她估计自己是看不下去的，但也吞不下这口气，狠狠地说：“那是他自找的！”

妈妈自我检讨说：“这事我也有责任，这些年，只在批评他不上进，也没好好帮助过他，找个学让他上，或者找个培训班让他读。他挣不到钱，靠我养活，心理上压力挺大的……”

她怒了：“你真是一点原则都没有！他又不是孩子，怎么就该你去给他找学校找培训班读呢？他自己不会找？他这么对你，你还为他说话，还自我检讨？难怪他出轨呢！有你这么窝囊的老婆，他不出轨都对不起你！”

她妈哭了起来。她爸勇敢地把电话接过去：“真真，你有什么火，都冲我发，这事是我的错，我来承担责任，你别对你妈发火。她这几天已经是心力交瘁了……”

“你还知道她心力交瘁？那你先前干什么去了？你在跟那个女人——瞎搞的时候，就没想到过这一点？”

老爸突然强硬起来：“那你的意思，是一定要我跟你妈离婚了？”

其实她从开始到现在，从来都没想明白这个问题，只是顺着心里的无名火在发泄罢了。现在听老爸这样一问，就张口结舌起来："我——你——你们的事，我不管！"

"你不管就好。"

她更生气了，你是过错方，你还这么凶？仗着我妈心疼你，珍惜几十年的感情，你就这么猖狂？要不是看在我妈的分儿上，我坚决撺掇你们离婚，还立马跟你断绝父女关系！

她妈察觉到父女双方的剑拔弩张，赶紧接过电话："真真，这事急不得，你容我们慢慢商量。"

"随你们的便，这是你们的事，我不干涉！"说完，她就挂了电话。

但她心里那团无名火，还在熊熊地燃烧。这世界到底是怎么了？男人为什么都这么花心？而女人都这么卑躬屈膝？难道世界上除了这个男人，就找不到别的男人了吗？她从父母的狗血剧情，联想到这些年听到看到过的狗血剧情，顿时对自己和扎克的未来担起心来。

她想起《老友记》里的一个情节：莫妮卡和钱德勒暗中相好很久了，床单是老早就滚了，但还没向大家公开。后来大家都猜出来了，决定使个计谋，逼他们公开，于是叫菲比去勾引钱德勒，迫使他露馅。而莫妮卡和钱德勒猜出了其他人的诡计，决定来个将计就计。最后的结果就是钱德勒露了馅，对菲比说：我不能跟你睡觉，因为我爱莫妮卡。菲比欢呼说：我以为你们只是滚个床单而已，原来你们是真心相爱呀？太好了！莫妮卡听了钱德勒的爱情宣言，也是又惊又喜，说明莫妮卡事前也没想到这一点。这个情节给韦真印象很深，因为对她来说，两个人连床单都滚了，那就是相爱了。看了《老友记》，她才知道原来滚床单并不代表相爱，还是要以说出那三个字为准。

现在扎克连床单都没跟她滚，更别提那三个字了，她算是他的什么呀？虽然他向家人宣布两人在 dating 了，资阿姨和雀儿喜也很支持的样子，但 dating 毕竟不是 I love you，更不是结婚。现在连结婚都不能保证爱情不变，一个 dating 能算个什么？况且他对她的态度也没什么变化，他送她回家，两人一起吃饭，有说有笑，很和谐，但也仅限于此。

除了新年夜他拥抱过她、亲吻过她的脸颊之外，他还没有任何更亲热的举动。而新年夜的亲吻和拥抱，也只是在回馈她，因为是她先主动亲吻拥抱他的。现在她后悔极了，新年夜不该主动的，应该等他先主动，那样就可以知道他究竟想不想拥抱亲吻她了。但如果他不主动呢？那怎么办？不是错过一个机会了吗？

韦真又羡慕起她妈来，老妈好像就没经历过这种猜心的折磨，起先根本没注意到老爸，自然不用猜心，然后老爸就救了老妈，也不用猜心，再然后老爸老妈就成了男女朋友，还是不用猜心。

不过，老爸老妈从救人与被救到谈起恋爱，这中间是怎么过渡的，她还从来没听老妈讲过，感觉就是瓜熟蒂落水到渠成地就谈起恋爱来了，以前没多问，现在倒很想知道这中间的每一步每一步了。正想去问妈妈，又想起老爸出轨的事，顿时心灰意冷，还问个什么啊？不管当时每一步是多么成功，多么甜蜜，最终都是这么个结果，那借鉴他们的恋爱经验，又有什么意思呢？

她乱七八糟地想了一通，也没想出个头绪来，决定把爸妈的事告诉扎克，看他有什么反应，说不定可以据此看出他在这方面的态度。她知道他很忙，也没想占用他太多时间，只想借此机会，跟他联系联系。于是，她给他发了一个短信，把爸妈的事说了一下。他很快就回了信，说很抱歉听到这样的消息，叫她不要着急，然后很美国化地问："Do you want to talk about it ?（你想谈谈这事吗？）"

她有点好笑，真是书呆子，我们这不是在谈吗？但盛情难却，而且也很希望能有机会跟他说话，便回答说："Yes, of course .（想，当然想谈谈。）"

他回信说："Do you want to meet at the nursing home or your home ?（你想在哪里见面，老人院还是你家？）"

哇，这是面谈的节奏啊！她还以为就是在电话或短信上谈谈呢，那就已经很让她满足了，居然是面谈！那就不只是满足，还满手了！

她想了想，觉得还是在上班的小镇面谈比较合适，他可以少开点车，于是回答说："那就 nursing home 吧，你可以少开一点车。"

"好的。"

下班之后，韦真一直在办公室等，等到快七点半的时候，扎克打电话来了，说已经到了，在停车场。她立即跑到停车场，看见他的车就停在大门前，没熄火。他招手让她上车，她上去后，他问："吃晚饭了吗？"

"没有，一直在办公室等你呢。"

"那我们找个地方吃晚饭吧。"他把车开出老人院，问，"想吃什么？"

"随便。"

"呵呵，我奶奶最恨我这样说了，每次问我吃什么，我就说'随便'，等她做好了，叫我去吃的时候，我一看是我不爱吃的东西，就对她说：我不吃这个！”

“那她不是很生气？”

“是啊，所以每次都要骂我：你说随便的呢？”

“那你怎么说？”

“我就说：我说的随便就是 anything but this（什么都可以，就是不吃这个）。”

“你奶奶懂英语吗？”

“她不懂，所以就更要骂我了。”

她好奇地问：“那你干吗不直接说你想吃什么，而要说随便呢？”

他一笑：“因为每次她来问我的时候，我都正忙着玩呢，根本没听见她在问什么，听见了也没工夫想自己到底要吃什么。”

“哈哈，不过我说的随便，是真的随便，我什么都吃的。”

“那好，我们去吃中国 buffet（自助餐）吧，你可以自己挑，就不存在 anything but this 的可能了。”

“哇，你好狡猾啊！”

说笑之间，已经来到了那家中国自助餐餐馆，两人拿了食物，坐下吃饭。

他问：“现在不那么生气了吧？”

她都忘了这次 talk 的终极目的了，诧异地问：“生什么气？”

“不是你爸爸——cheated on your mom（背叛你妈，出轨）吗？”

“哦，是的，我当时是很生气的，但现在——已经不那么生气了。”

“那就好。”他很内行地说，“你可以让你爸爸去看一下性心理医生，他这是一种病，但他自己不知道，你们也不知道。”

“什么病？”

“Sex addiction.”

她听到“sex”这个词，就有点不好意思多谈了，但看他一本正经的样子，又觉得自己心术不正，如果害羞地不谈，就会让他也觉得她心术不正了。

她问：“什么是 sex addiction？”

“就是对 sex 有一种——不可控制的——需求。”

韦真直觉老爸不是这种病，但她不好拂了扎克的好意，便做出很认真探讨的神情说："但是中国有没有这种医生呢。"

"肯定有。这是一门很成熟的学科，中国这么大，应该有这方面的specialist（专家）。"

"好的，我待会儿告诉他。"

他看看表："你现在就可以给他打电话，有些不明白的地方，我可以跟他谈。"

韦真非常为难，她还没对父母说起跟扎克dating的事，更没对父母说已经把家丑外扬给扎克了，怎么好让扎克跟老爸讲电话呢？再说，他们要讲的话题，不是柴米油盐酱醋茶的家常，或者"今天天气哈哈哈"的寒暄，而是性，并且是不正常的性，这得是多尴尬啊！

她支支吾吾地说："这个——恐怕——"

扎克很有悟性："如果你不想我跟他谈这个，I understand（我理解）。你跟他们谈吧，就说是我建议的。"

"但是——我还没有——告诉他们——我们的事呢。"

"我们的事？"

"就是我和你在dating的事。" 她怕他误会，赶紧声明，"不是我不愿意告诉他们，我今天打电话给我妈，就是告诉她这事的，但是——哪知道，我妈不接电话，最后是我爸接的，我爸一接，就告诉我他cheating（出轨）的事，所以就……"

"I understand."

他一口一个I understand，还真把她搞糊涂了，他到底understand什么了？是不是生气了？

两人默默地吃了一会儿，他说："你可能不知道，我的biological father（生父），就是一个——sex addict（性瘾者）。"

这个她是真的不知道，她只知道他的生父比较水性杨花，情人多，但不知道他是sex addict，她吃惊地问："是吗？"

"嗯。他对sex有着一种无法——控制的欲望，所以他——会跟不同的异性——have sex（发生性关系）。"

"但是——那不是因为他太滥情了吗？就是常说的——花心。"

他不同意她的观点，坚持说："不是这样的，他那是一种病，需要的是医生和药物，还有其他 sex addicts 的帮助，而不是——unemployment（失业），他们 fire（开除）他，是不正确的，那样不会帮助他，只会毁掉他。”

扎克说得振振有词，而且很真诚，说明他的确是信这个的。但她知道他说的这些，完全不符合中国的国情，连现在的都不符合，更别说几十年前的中国国情了。她能理解他为什么这么想，因为他生在美国，长在美国，虽然从父母那里学到一些中国文化和语言，但思维方式还是更趋向美国的方式。

他可能是怕她不相信，接着说：“他是一个很有才华的人，不可多得的芭蕾舞演员，如果他们不fire他，他可以取得很大的成功。我这里有他演出的照片。”

他从手机里找出一些照片让她看，都是芭蕾舞剧照，可能是因为上了妆，他的生父看上去非常英俊，比他更像老外。他指着一张俊男靓女的黑白合影说：“这是我的 paternal grandparents（父方的爷爷奶奶），他们都是 professional dancers（职业舞蹈演员）。”

韦真接过手机，把照片放大了仔细看，感觉他爷爷完全是个老外，但他奶奶应该是华人。

他仿佛知道她在想什么，解释说：“我爷爷是苏联人，Caucasian（白人），他和我奶奶是因为 dancing（跳舞）相识的，他们生下了我的 biological father——”

“哦，原来是这样！难怪我觉得你爷爷——他很像外国人呢。”

“他是苏联的功勋演员，得过列宁奖章的。”

“你奶奶——后来回到中国了？”

“嗯，他们都去中国了。”

“那‘文革’时……”

“我奶奶自杀了，我从来没有见过她。”

“你见过你爷爷吗？我的意思是你生父的爸爸。”

“也没有，他 20 世纪 50 年代就离开了中国，我奶奶和他失去联系了。”

她完全可以想象出他生父当年的风头，中苏混血儿，舞又跳得好，那还不迷倒一众女生？资阿姨肯定也没逃过扎克生父的魅力，爱上了他，虽然违心地与当官的结了婚，但也是为了保护他，暗中并没断绝来往，所以有了扎克。如果怀孕的事被当官的丈夫发现，资阿姨肯定会遭大殃，腹中的孩子也难保性命，当官的随便踹两脚，就可以让扎克一命呜呼。而那个肇事者，即扎克的生父，更会遭到报复，所以资阿姨只好冒死外逃。当官的最后肯定还是知道了真相，所以狠狠报复了扎克的生父，把他开除出文工团，使他流落到街道工厂去打工。那个打断了扎克生父腿脚的人，说不定也是当官的指使的。

她把手机还给扎克，关心地问："那你在中国见到你生父的时候，有没有对他说这个呢？"

"说哪个？"扎克问。

"就是——他是一个 sex addict？"

"没有，因为我那时也不知道。"

"那你是什么时候知道的？"

"后来，他去世之后。"他很遗憾地说，"我没有帮到他。"

"你妈妈没有想过跟你生父——破镜重圆？"

"破镜重圆？"

"就是和好，像一面破碎的镜子，重新黏合在一起。"

扎克很快弄懂了"破镜重圆"的意思，说："没有，我妈没有这样想过。她很固执，不相信我的生父是——sex addict，她认为是 moral（道德）的问题，是感情问题。她说他背叛了她，背叛了很多很多回，所以她不再爱他了，她爱我的 dad。"

"Mr. Anderson？"

"嗯，我只有这一个 dad。"

"你 dad 有过 cheating（出轨）吗？"

"没有。他是一个 family man（很看重家庭的人），总是待在家里。"

她觉得资阿姨的选择是对的，一个是处处留情的花花公子——到后来连公子都算不上了，只是一个花花乞丐，另一个是专一且温柔善良的白人帅哥，不仅接受了资阿姨，还接受了资阿姨跟别人生的孩子，爱他们母子，爱他们的家人。如果一个女人不选择安德逊，而去选择那个花花乞丐，那就真是脑子有病了。

他催促说："你给你爸爸打电话吧。"

她尴尬地说："我觉得——我爸——他跟你的生父不同。"

"How？（怎么个不同法？）"

"他——从来没有 cheating 过，就是这一次，而你的生父——是很多次很多次。"

“次数没关系的，次数只是一个机会问题。有的人机会多，有的人机会少，但他们从根本上是一样的，都是一种病。”

她还是没勇气打这个电话。

他看了她一会儿，问：“你不想救你的爸爸吗？”

“怎么救？”

“让他去看医生，参加 SAA。”

“什么是 SAA？”

“就是像 AA 一样的 therapy（治疗），不过是针对 sex addict 的。”

“AA 是什么？”

“Alcoholic Anonymous .（匿名戒酒会。）”

“Alcoholic？不是酒鬼吗？”

“对，就是酒鬼，AA 就是——酒鬼们的一种 therapy，大家聚在一起，谈自己的酗酒的历史，订计划戒酒，互相鼓励，互相监督。”

她终于懂了，在电视上看到过，一群酒鬼聚在一起开会，每个人站起来，自我介绍：“我叫 ×××，我是一个酒鬼。”然后大家都鼓掌：“欢迎你，×××。”再然后，该酒鬼就讲述自己酗酒的历史，其他人也讲，还亮出奖章，说这是我多久多久没沾酒的证据。她在电视上看到这些的时候，只觉得很搞笑，怎么搞得跟妈妈讲过的“文革”办学习班一样，大家聚在一起批评与自我批评，这能戒酒？

她没想到扎克这么信这个，又不好表现出不屑一顾，便认真地问：“那 SAA 是不是 sex addict 的 AA？”

“是 Sex Addict Anonymous（匿名性瘾戒除会）。”扎克答道。

“美国还有这种协会？”

“有啊，中国没有吗？”

“我没听说过。”

“应该有的，这是非常有效的 therapy。”

她许诺说：“我先上网查查，如果有的话，就叫我爸去参加。”

“你可以先让你爸做个测试，网上就有的，很方便，叫 SAST，sex addiction screening test(性瘾者测试）。”

“是吗？英语的？”

"嗯。"他说着就在手机上找到那个网页，指给她看，"我不知道有没有中文的，你可以找找，如果没有的话，你可以帮他翻译成中文，再让他做。"

她点了几个"next(下一页)"，看到最初几个问题，无非是问性别性向之类，再后面是问为什么要做这个测试，是好奇，还是性方面有问题，接下去就开始问性习惯等问题了。

她估计很难说服老爸做这个测试，但还是许诺说："好的，我会试试，让我爸做这个测试。"

"You promise？(你保证？)"

"Yes.(保证。)"

"太好了！"

两人吃完饭，走出餐馆，扎克提议说："太晚了，就在这里住一晚吧，你就不用今晚开车回去，明早又开车过来。"

韦真积极响应："好啊！但你明天不是得很早起来？"

扎克却不解风情地说："我今晚开回去。"

她大失所望："你今晚就回去？那我也回去吧，我不想一个人住在这里。"

"是吗？那我也住这里，明天再回去吧。"

两人来到老人院对面那个小旅馆，就是上次韦真住过的那个。韦真还是等扎克去开房间，知道抢也没用，扎克在付账方面是比较中国化的，会跟人抢着付账，而不搞AA制。再说，就算抢得过他，也不知道开几个房啊！开一个怕他觉得她小气，开两个又怕他觉得她见外，还不如让他去开房，也可以知道他想不想跟她住一个房间。他只开了一个房间！她欣喜而激动地跟着他来到楼上，是她上次住过的那个房间，像是他的保留房间一样。

进了门，他问："你想要哪个床，靠窗还是靠门？"

她有点失望，原来是要各睡各的床啊？那跟开两个房间有什么区别？但她马上想到自己什么都没带，连内裤都没换的，又觉得分开睡也好，免得他嫌弃她什么。

她看了看两张一模一样的床，说："随便。"

他笑了一下，说："那你睡靠窗的那个吧，比较靠里。"

"好的。"她走过去坐在自己的床上，不知道下一步该做什么。

他指点说："你先用bathroom(浴室)，用完了我用。"

“好的。但是——”

他很有悟性地问：“要不要出去买些什么——过夜的用品？”

“呃——现在能买到吗？”

“只要不是 Victoria’s Secret（维多利亚的秘密，内衣名牌），就能买到。”

“是吗？”

“嗯，那边有个 24/7（每天通宵营业）的 Wal-mart（沃尔玛）。”

“那我们去买点吧。”

两人又开车出发。

他问：“你上次是怎么解决的？”

“上次？”

“就是下雪那次，你不是在这住了一晚吗？也是临时决定的，你肯定也没带过夜的东西。我那天快到 Greenleaf 了才想起这事，但开回来带你去买就太晚了，你肯定睡了。”

“哦，那天啊？”她有点不好意思地说，“那天我把那个——洗了，晾在通风的地方，第二天早上就能穿了。”

“哦，那天你带睡衣了？”

“没有啊。”她如实汇报说，“那天睡觉时我什么都没穿。”

扎克没吭声。

韦真见他没嘲笑自己，大胆地说：“其实今天也不用去买，还是可以像上次那样。”

他仍然没吭声，但也没把车往回开。来到沃尔玛，他去男装部，她去女装部。她随便拿了一条棉质内裤，就到男装部去找他，发现他什么也没拿，也不像在寻找什么，就站在那里，很悠闲的样子。

她问：“你不买东西？”

“不用，我经常到处跑，随身带着的。”

“哦，是这样，那我也不买了吧，把你的借我一条就行了。这种刚买的，也不能马上就穿，还得洗过一次才行。”

“哦，我没想到这点，那就不买这些了，去买支牙刷就行了。”

两人开车跑了一趟，就买了一支牙刷。回到旅馆，扎克打开箱子，找了一件衬衣给她：“看看这个行不行。”

“肯定行，就是睡个觉嘛，又不是去 party。”韦真接过来，到浴室去洗澡刷牙，然后换上他的衬衣，有点害羞地走了出来。

扎克正躺在床上看电视。见韦真出来，便从床上跳起来：“It's my turn（该我了）！你要看电视吗？”

“不看。”

他把电视关了：“那你先睡吧。”

“好的。”

她钻进自己的被子，听他在浴室洗澡，墙壁不那么隔音，能听见哗哗的水声和抽风机的呼呼声。他洗澡的时间比她还长，搞得她很不好意思，不知道他会不会觉得她不讲卫生，洗澡这么马虎。但她觉得自己洗得够认真了啊，再洗就要洗掉一层皮了。也许他们美国长大的人就是爱干净，连男人洗个澡都比她洗得久。最后，水声终于停止，响起了电吹风的声音。又过了一会儿，他才从浴室出来，穿着一件浴袍，头发吹得很飞扬，脸上容光焕发。

他见她还睁着眼睛，便问：“还没睡着？”

“还早呢。”

“那就看会儿电视？”

“好吧。”

他把电视打开，问：“想看什么频道？”

“随便。”

他一笑，调了个新闻台，就躺到他自己床上去看电视。她估计他今晚是要做柳下惠了，有点失望，但也不是特别失望，毕竟才约会不久，稳重点好。而且她听说老外不在乎你是不是处女，像她这样没经验又不懂技巧的女生，老外并不喜欢，别搞得第一次上床就把她看白了，一脚踢开，不如等交往久了感情深了再说，那时感情是第一位的，技巧什么的，就是第二位的了。她闭上眼睛，很快就进入了梦乡。

半夜里，她醒了一次，上了趟洗手间，出来看见他躺在床上睡得很安稳，突然有点气恼：你还真睡上了？一点辗转反侧都没有，好像本姑娘不存在似的，这也太鄙视人了吧？她走到他床边，拉开被子就往里钻，把他钻醒了，蒙眬地问：“怎么了？”

她不吭声，装作睡糊涂了的样子。他没再问什么，自己往一边挪挪，给她弄出一个位置。她很高兴，在他身边躺下。他拍拍她的背："快睡吧，过一会儿又得起床了。"她往他怀里钻了钻，钻到他臂弯里，发现他已经把睡袍脱了，只穿着短裤，上身赤裸。她闻到他身上很好闻的男人气味，触摸到他胸上的肌肉，感觉很甜蜜很温馨。

第二天一早，她被他起床的动静弄醒了："这么早就起来了？"

"不早了，再不起来上班要迟到了。"

"真不好意思，昨晚应该让你开回去的。"

"一样的，昨晚开回去，今天可以晚起会儿，但昨天会晚睡会儿。"

她从床上坐起来："我还穿着你的衣服呢！我脱下来还给你吧。"

他连声说："不用不用，下次见面时给我就行了。"

"下次什么时候见面？"

"Up to you .（你决定。）"

她撒娇说："我想时时刻刻跟你见面。"

他走到她跟前，搂住她："我也是。"

她紧紧缠住他，在他耳边说："Do you love me ?（你爱我吗？）"

"Yes，of course.How about you ?（爱，当然爱。你呢？）"

"Me too .（我也爱你。）"

两人搂了一会儿，他说："我该走了，别忘了让你爸爸做 SAST（性瘾测试）。"

"好的。"

"我到了就不给你报平安了，免得把你吵醒，等你上班了我再发message(短信）给你。"

"不用等，我要你一到那里就给我报平安，不然我会惦记你的。"

"好的，我一到就发 message。"

"I' ve already begun to miss you .（我已经开始想念你了。）"

"Me too .（我也是。）"

他走到门边，她从床上跳起来，追过去，从背后搂住他。他放下手里的东西，转过身搂住她，小声说："I' ve got to go now .（我现在得走了。）"

她不得已地放开他，他在她脸上吻了一下，指着床说："快，回到被子里去！"

扎克走了之后，韦真想回头再睡会儿，但怎么也睡不着了，决定给爸妈打电话，把扎克的建议匿名地提一提，算是完成他交给的任务。

她先对妈妈说这事，因为妈妈比较开明一些。

妈妈一听，很感兴趣："真的？是美国医生说的？"

她知道老妈被忽悠了，以为是美国的性心理医生说的，那也就是专家说的了，没想到只是一个外科医生的鹦鹉学舌。但她不敢提扎克的名字，便继续忽悠说："嗯，是美国医生说的。"

"那肯定是有道理的！美国的科学这么发达，又是正儿八经的医生，这么说肯定有科学依据！我就说你爸怎么会做出这种事来呢，我们两个好好的几十年，血气方刚的时候都没出过事，怎么会老了老了，还做出这种事来！"

"你觉得爸爸会不会答应做那个测试？"

"有什么不答应的？这是为了他好！"

"那你现在就问问他。"

她听见她妈在跟老爸商量，老爸很生气："她怎么把这拿到美国医生那里去说？怕人家不知道？"

她生气地说："妈，你让我爸听电话！"

她妈刚把电话交给她爸，她就训斥说："我找美国医生，还不是为了你好？你不想跟我妈离婚，我才想办法救你，你要是怕家丑外扬，就不该做那事！"哪知她爸一点也不受吓："我已经做了，再怎么后悔也没用，如果你和你妈一定要把这事揪着不放，我宁愿离婚，不然还不成了你们的下饭菜，想起来就把这事拖出来拿捏我一顿？"

韦真更生气了："行啊，你要离婚就离婚吧，离了没人养活可别回头来找我妈。"

"这个你放心，我穷死饿死，也不会回来求你们。我这些年低声下气受够了，如果不是你妈说离了婚对你不好，我早就跟你妈离婚了。你们都能干，有本事，就我没用，那就你们走你们的阳关道，我走我的独木桥！"

"哇，这还搞成你在怜悯我了？离吧离吧，现在离也不晚，反正这些年你也没关心过我养育过我，都是我妈在操持。"

爸爸把电话交给了妈妈："你女儿叫我们离婚！"

她不等她妈妈乞求解释，斩钉截铁地说："你跟不跟他离婚，那是你的事，但我肯定是要跟他断绝父女关系的，他这些年没挣钱养家都不说，平时也没关心过我，我学习如何，个人生活如何，他什么时候关心过？"

妈妈解释说："他不是不想关心你，是自卑，觉得自己又挣不到钱，又没读什么书，哪里有资格管你的事呢？"

"你别替他辩护了！关心跟钱和学历有什么关系？难道他挣不到钱，就连爱心都可以没有了？世界上哪有这样的道理？再说他挣不到钱，既不是你的过错，也不是我的过错，凭什么我们就得迁就他？放任他？如果我是他，就算是到外面扛苦力，我也要挣钱回来养家。"韦真反驳。

"那个不怪他，他也是说要去外面扛苦力，但我怎么好意思让他去干那个呢？别人不说我们母女俩——冷血动物？"

"哼，你放心好了，没人会说你是冷血动物的，只会说你窝囊，把个老公当什么一样养着供着，结果他在外面——跟别人的保姆——劈腿！"

妈妈满怀希望地问："你不是说他那是一种病吗？"

"什么破病啊！我那是看在那个医生的分儿上，传达一下他的关心罢了。我才不相信什么病不病的呢，根本就是生性猥琐，得寸进尺，你让着他，他觉得你好欺负！"

妈妈又哭起来："那你说我该怎么办？"

"跟他离了吧，还愁找不到比他好的？"

"但是离了——他上哪儿找饭吃？"

"他这么能干，能勾到三十多岁的保姆，还找不到一口饭吃？就在外面出卖色相也行嘛。"

"真真，你怎么能这么说你爸？"

"我已经说了跟他脱离父女关系，他不是我爸了，我马上去把我的姓改成张。"

那边已经乱作一团了，吵吵嚷嚷一阵后，妈妈回到电话上，哭着说："你看你，乱说乱说，把你爸气跑了！"

韦真也不示弱："跑就让他跑，又不是小孩子，还怕他跑丢了不成？他跑饿了自然会回来。"

"他不会回来了，箱子都提走了——"

"他这么有骨气，还提箱子干吗？箱子不是你买的吗？里面装的衣服鞋袜肯定也是你买的。”

“你到现在还贫什么嘴啊？

“我一点都没贫嘴，说的都是大实话。如果他这次有骨气，真不回来了，我还对他保持一点敬意。但你放心好了，他肯定会回来的，你是他的长期饭票，他不回来只能去喝西北风！”

她妈哭哭啼啼地说：“真不知道我上辈子造了什么孽，这辈子——要受到这样的惩罚。辛辛苦苦几十年，我为了谁呀？还不是——想保持一个完整的家庭吗？”

“保持一个完整的家，也不是你一个人想保持就能保持的。他不想保持一个完整的家，光你一个人努力有什么用？”

“唉，我一辈子要强，做什么都想做得比别人好。人家找的丈夫会赚钱，我找的丈夫赚不到钱，已经很没面子了，一直都是靠感情好在支撑。现在还连这么个人都拢不住，我这脸往哪儿搁啊？”

“你要真的讲脸面，简单得很，跟他离了婚，找个比他强的，什么脸面都要回来了。如果你这么卑躬屈膝地求着他，他会越来越凶，越来越胆大，越来越不把你当人，反正你也不敢把他怎么样，那他还不是想和谁出轨就和谁出轨？等他找到愿意要他的人了，他肯定会一脚把你踢开，跟那个人去。”

“难道在你心目中，你妈就这么——不堪？”

“这又不是我的看法，我不过是在分析他的德行。”

“难道我在你爸心目中——就这么不堪？”

“这不是你不堪，而是他猥琐。你的德才貌哪点不比他强？哪点不比那个破保姆强？他要出轨，是他自己贱，关你什么事？人家那些好莱坞的女明星，难道还不够年轻漂亮？她们的男人不照样出轨吗？”

她给老妈讲了很多女明星女名人老公出轨的例子，这招还真灵，老妈平静下来了，叹息说：“唉，连这么年轻漂亮的女明星都拢不住她们的老公，更别说我们这种平常人了。”

“只能说这些男人贱！不懂得珍惜身边的女人，你别助长他们的歪风邪气。自己强势点，去寻找真正属于自己的爱情。你又不老，歌又唱得这么好，还愁没人爱你？”

正在安抚老妈，扎克发短信来了，韦真急忙叫停老妈，去查短信。他说他到了，还说昨晚过得很愉快，最后还有个“love（爱你）”，把她开心死了，马上给他回了一大串“Love”过去。

忙完了扎克这边，她又继续给老妈打气，打了一阵，终于把气打足了，老妈自我吹嘘说：“你妈胖是胖点，风度还是不错的，并不是没人看得上的老女人。我们团里好几个人想追我呢！我都是看在你爸的分儿上，从来没给人家一个好脸色看，哪知道，我这么扒心扒肝地对他好，他却在外面做这种不要脸的事——”

她见她妈又奔祥林嫂的老路子去了，马上截断：“你们团里那个老董，他现在再婚了没有？”

“没有啊。”

“肯定是在等你！你现在无牵无挂了，可以给他一点好脸色了，我保证他奋不顾身来追你！”

“其实老董还没老孟歌唱得好，孩子也不大成器——”

“那就老孟！”

“老孟就是年纪大了点。”

“那就老白！老白不是挺年轻的吗？反正追你的人多得很，你随便挑。”

两人像在菜市场挑萝卜一样随便挑了一会儿，她说：“不早了，我要上班去了，等下了班再跟你聊。”

“你现在还没出门去上班？那还来得及？”

韦真撒谎说：“我在路上呢。”

“那你一直是开着车在跟我讲电话？

“快挂了快挂了，专心开车！”

“你没事了吧？”

“我没事了，能有什么事？跑了一个负担，我还轻松些，少养一个人，就可以多剩下些钱来寄给你用。”

“你不用寄钱给我，我的钱足够我用了。你把钱用来拾掇自己吧，买点高档的护肤品化妆品，买个健身房的会员证，锻炼锻炼，又健康又美丽，想找谁找谁。”

晚上下班后回到家，她又给老妈打电话，老妈忧心忡忡地说：“你爸一夜没回来，也不知道有没有地方过夜……”

她想到老爸拎着个箱子在街头踯躅的样子，也很担心，但还是硬起心肠说：

“别管他，既然他跑出去了，那就是他自己的事了，是死是活与你我无关。”

但她妈硬不起心肠来：“你说他会不会去寻短见啊？”

“嘁，他要寻短见，早八百年就寻了，还会等到今天？你现在一定不能到处去找他，要看他下一步怎么走。如果他跑回来求你，那他以后肯定会老实一些；如果他跑了不回来了，那说明他根本就不想和你在一起过了，你找他干什么？”

其实她心里也很纠结，跟老爸把话说到那个地步，也是情势所逼，双方都不肯示弱，才会一步一步升级到闹崩。如果她爸有自知之明一点，在她和她妈发火的时候忍让一下，这事就过去了。嘁，你出轨在先，我们作为受害人，只不过发点脾气，你都不能忍受？那我们凭什么要忍受你的出轨？我就不信如果我妈出轨的话，你会这么礼貌地对待她。

晚上，扎克给韦真发短信，他不会读写中文，所以两人只能用英语交流。寒暄了几句，他就切入正题，问她爸做了那个测试没有。

她回答说：“我爸不肯做那个测试，还怪我不该把这事告诉别人，说家丑不可外扬。”

他不解：“但我不是别人啊！我妈和你妈是好朋友，我和你又在 dating，你爸就像我爸一样，怎么是家丑外扬呢？你是不是没把我俩的事告诉他们？”

她只好说：“我告诉他了，他还是不肯做那个测试，最后还提着箱子跑掉了。”

她供出了事实，非常后悔，心想他这下要逼着她叫人去把她爸找回来了，就算为了做那个测试，他也会逼着她去把老爸找回来。但他没有，而是义愤填膺地说：“看来他这个人是无可救药了！既然他 deserted your mom（遗弃了你的妈妈），他就 totally on his own（好自为之）。”

她发现自己很不适应老美的思路，经常是南辕北辙，但偶尔又歪打正着。

他解释说：“I hate those who desert their families！（我恨那些抛弃家庭的人！）”

她赶紧说：“Me too .（我也是。）”

过了两天，她爸又回来了，还恳求她妈别告诉她。她妈当然守不住这么大的秘密，马上偷偷地告诉她了："你爸回来了！"

她松了口气，但嘴上仍然很硬："他回来干什么？不是很会跑吗？那就彻底跑出去，再别回来啊！"

"说这些干吗呢？好歹也是自己的亲爸，他知道错了，愿意改正，咱们应该给人家一条出路，对不对？"

"你要给出路就给吧，但如果他还敢那么猖狂，我是坚决跟他断绝父女关系的。"

"他不会了，不敢了。在外面待了几天，尝到了无家可归的滋味，又不好意思去亲戚朋友家，怕人家笑话，只好在汽车站火车站到处转，人都瘦了一大圈——"

"活该！"

她妈嗔道："哪有这么说自己的爸爸的？难怪你爸千叮咛万嘱咐，叫我别把他回来的事告诉你——"

"这是能瞒得过去的？"

"他说他一直都是很疼你的，只是觉得自己没读过什么书，又挣不到钱，很多话都不敢说，怕你瞧不起他。他还说一直都是爱我的，也是觉得自己没本事，挣不到钱，配不上我，才会觉得那个保姆挺看得起他。他说经过这一闹，他知道我一直都是爱他的，没有瞧不起他，他感到很内疚，说要好好跟我过，要上进……"

她不知道她爸的誓言有多少含金量，但经过了这几天的惊吓，她也降低了自己的要求，只要一家人平平安安就行了，如果老爸真的寻了短见，她良心上也过不去，老妈更会大受打击，搞不好也寻了短见，那就惨了。

她把爸爸回来的事告诉给扎克，以为他也会为此高兴，但他却说："I don't trust him anymore. You and your mom shouldn't either，at least before he's completely cured. But if he refuses seeking help, how can he get cured？（我不相信他了，你和你妈也不该再相信他，至少在他彻底治愈之前，是不能相信的。但如果他拒绝寻求帮助，他又怎么可能治愈呢？）"

她再次发现自己的思维跟不上老美的节奏，又南辕北辙了。

她问："你——这么眼睛里揉不得沙子？"

"沙子？"

"就是——不能容忍我爸这样的人，像眼睛里不能进沙子一样，进了就会不舒服，一定要弄掉才行。”

他好像是懂了，解释说：“Because I know too many similar cases .（因为我知道太多类似的事例了。）”

“是吗？什么 cases（事例）？”

“Men, sex addicts, they cheat on their wives,get caught, promise to change,but never change .（男人，性瘾者，出轨，背叛妻子，被抓住了，就许诺改过自新，但他们从来没有改过自新。）”

韦真知道美国离婚率很高，可能他看多了这类事件，对人性已经持悲观失望态度了。但她很高兴，既然他对出轨和抛弃妻子这么痛恨，他自己当然不会做这样的人了。

扎克坚持要韦爸爸做那个测试，说如果不愿意做，就说明他不想治好自己，那你和你妈就不能相信他改过自新的誓言。韦真没办法，只好答应说服老爸做测试。但她知道这只是个空头支票，说服老爸做测试是不太可能的，她也不想亲自为老爸翻译那些难以启齿的问题和答案，便决定自己替老爸做个算了。

如果老爸真是性瘾患者，那就想办法送老爸去治疗，但她觉得多半的多半，老爸不是性瘾患者，或者说，她心里就不相信出轨是一种病。

如果是一种病，那老爸以前为什么没出轨？年轻的时候，性欲不是更强一些吗？扎克说是机会问题，但老爸那时有的是机会啊！老爸招工回城，老妈还在农村，没人看着，又没婚姻约束，不是可以想出轨就出轨？即便是后来老妈回城了，两人结婚了，老爸也有大把的机会出轨，他在外面开店开出租车，要出个轨还不容易？

关键是那时候中国还没这么多出轨的，不像现在，出轨的越来越多，作为已婚男人，没出过几次轨都不好意思出来混了。中国人是很爱从众的，如果很多人都在干一件事，大家就会跟着去干，干了就有种时髦感，跟上了潮流，不干就会被人嘲笑老土，落伍了。

她上网找到那个 SAST，发现都是一些选择题，你是男是女啊，是同性恋异性恋还是双性恋啊，你自己认为你有没有性方面的问题啊，别人认为你有没有性方面的问题啊，你是不是经常想到性啊，有没有因为沉溺于性而影响工作啊，等等。

她按照自己对老爸的了解，草草做了一通，网页给出的结论是：你不是性瘾者。

她在心里说，嗯，设计这个测试的人，脑子还没进水，测得挺准的。

她怕不保险，又在网上查找“sex addiction（性瘾）”的权威定义，还是感觉老爸不是性瘾者，因为性瘾者的表现至少要符合以下一种或多种情况：

1. Serial Infidelity（一系列的出轨）

2. Compulsive Masturbation（强迫性手淫）

3. Cyberporn/cybersex Addiction or Abuse（网络色情片/网络性行为成瘾或滥用）

4. Anonymous Sex（与陌生人的一夜情）

5. Sexual Boundary Problems（医患性行为）

6. Voyeurism（偷窥癖）

7. Exhibitionism（露阴癖）

8. Prostitution/Escort Addiction（召妓成瘾）

这八条，有七条她都能猜出意思，就是第5条，她不是很有把握，在网上查了一下，发现是指医生对病人的性行为的，包括曾经的病人，还包括言语方面的挑逗。

她觉得老爸一条都不符合，应该不是性瘾者，但中国很多男人倒是很符合这些定义，比如一系列的出轨，网络色情片或者网络性行为成瘾，与陌生人的一夜情，召妓成瘾等等，实在太多了！

要按这个定义，中国至少有百分之二十的男人都是性瘾患者！不过她不希望这个理论被介绍到中国，免得那些男人更加有恃无恐，也免得他们的老婆更加纵容他们：病嘛，有什么办法？

她把测试结果报告给扎克，生怕他看出她在弄虚作假，从此把她看白了。哪知他很好哄，一下就相信了：“不是就好！”

这下搞得她很惭愧，人家这么信任我，我说什么就是什么，而我却对人家撒谎，这不成了利用人家的单纯和信任了吗？该打！

寒假快结束了，她超额完成了120个小时的volunteer工作，得到了约兰达和凯尔的高度评价。约兰达还难分难舍，告别的时候，眼泪都快出来了。两人互送了小礼物，互留电话号码和电子邮件地址，约定有事一定通告。那些回国过寒假的人也都陆陆续续回到了Z市。

最先回来的是室友，别的没带，就带了两手的冻疮回来，抱怨说："南方啊，没暖气，冷死人了！手都冻坏了，手套都戴不进，我怎么做实验啊？"

她除了表示同情，再就是做顿好吃的慰劳室友，也没别的办法。禹杰也回来了，好像把上学期的爱恨情仇都留在了国内似的，完全忘记了最后一次是绝尘而去的，像没事人一样，打电话给她报告平安到达，还说给她从国内带了点小礼物过来，如果她方便的话，他就给她送过来。她少不得又是备饭备菜，招待禹杰，以及禹杰的影子朱小亮，还有禹杰的师妹田睿。几个人吃得很欢，边吃边讲回国的见闻，朱小亮家里给他找了个女朋友，所以成了大家打趣的对象。

讲着讲着，师妹问："阿杰，你妈没替你找个对象？"

禹杰不屑地说："干吗给我找对象？我有那么困难吗？"

"呵呵，我知道你心上有人，即使你妈给你找个对象，你也不会要。但你可能还不知道，你的心上人已经名花有主了。"师妹说。

全桌人都把眼光投向韦真，她的脸腾一下红了，装作不懂的样子，继续低头吃饭。

禹杰也分辩说："别听她瞎说了，我没心上人。"

室友问她："是不是真的？就这么几天，就名花有主了？"

"你知道她在说谁呀？干吗问我？"

师妹直通通地说："我就是在说你啊！你和扎克不是好上了吗？"

禹杰问师妹："你听谁说的？"

"喜妹说的。我前天跟她电话聊天，她说她哥和真真在dating。"

韦真不知道该骂喜妹还是该感谢喜妹，喜妹公开她和扎克在dating，应该说是一种支持和肯定。而且她和扎克都没说这事要保密，所以喜妹没有保密的责任。但这么早让师妹知道，也不是件好事，谁知道师妹会戳出什么娄子来？禹杰把头转向她，没说什么，但满脸都是质问和谴责，好像她做了什么对不起他的事似的。她有点不快，我又不是你什么人，你干吗这样看着我？

那几个人开始议论扎克一家，各种闲言碎语，各种负面新闻，完全当韦真透明。她试着辩白几句，解释几句，但那几个人根本不听，照样闲言碎语负面新闻。最后师妹还说起感恩节那次，扎克对她上下其手的事来。

她烦了，站起身说："你们无凭无据，在背后这样乱说人家，真是太不厚道了。”

那几个人都笑嘻嘻地说：“我们又没说你，你急个什么呀？”

“既然你们知道我和扎克在 dating，你们还当我面说这些，真是太不把我当人了！”

禺杰大惊小怪地说：“哇，你终于承认在和扎克 dating 了？刚才不是还说那是瞎说的吗？”

师妹也说：“我们这是激将法，不这样议论他，你会承认 dating 的事？”

她不知道那几个是真的在使激将法，还是用这个做借口来遮掩刚才不负责任的背后议论。反正她已经把脸拉下了，没本事像他们一样，立即把脸拉上去，干脆一直拉长着脸，把碗里没吃完的饭菜倒进垃圾桶，走到洗手间去了。

那几个一点也不尴尬，继续吃她做的饭菜，只有室友跑到洗手间门口，大声问了一句：“你没事儿吧？”

“没事儿，活着呢。”

她一直待在洗手间生闷气，直到那几个把饭吃完。她绷着脸走出洗手间，叮叮当当地把脏碗拿到水池去洗。

那几个像没长眼睛一样，兀自坐在那里闲聊，也不来帮个忙。师妹还嘻嘻哈哈地说：“要不要我们给你打下手？要的话，我就跑来打一下你的手。”

她气昏了，在心里暗下决心：从今以后，再也不给你们做饭吃了。得罪了就得罪了，没的朋友做就没的朋友做，你们几个太不像话了，从来都是白吃不感恩，还故意当我面污蔑诽谤我的男朋友，我没杀你们几个就算客气的了，还想我给你们做饭吃？哼，没门！

那几个走了之后，室友对她表示了一点支持和同情：“他们几个人太不像话了，就禺杰给你带了一点礼物，其他人都是空手跑来白吃！”

室友的安慰完全是隔靴搔痒，没安慰到点子上。她愤愤地说：“白吃不白吃，倒不是最重要的，关键是他们故意当着我的面，瞎说扎克，还有资阿姨他们……”

“他们这是嫉妒！”

嗯，这话还差不多！

她对室友掏心掏肺地说：“这是最后一次了，我再也不会做饭给他们吃了。”

室友大力支持："我早就想劝你别给他们做饭了！这几个人，最忘恩负义了，你辛辛苦苦做饭给他们吃，他们为你做什么了？什么都没做过！"

两个人成了同一个战壕的战友，顿时感觉强大了许多。但她们的"敌人"好像也结成了统一战线，快到周末的时候，没有一个人打电话来，如果按上学期的规律，早就纷纷致电给她，询问周末聚餐的事了。她心里还是有点失落的，可能潜意识里希望自己厨艺了得，他们离了她做的饭菜就没法活，最终会来讨饶。但人家并没来讨饶，着实对她打击不小。

她把这事告诉了扎克，他安慰说："没事，可能他们知道你现在有车了，就不用来开车载着你到处跑了。"

她说："我不是在意车的事，而是觉得友谊太脆弱了，经不起一点点风浪。"

他回答说："世界上有各种友谊，有的经得起风浪，有的经不起。你会遇到经得起风浪的友谊的，因为你是一个非常值得交往的人。"

她很开心，撒娇说："我觉得他们是在嫉妒我，因为我在和你 dating。"

他说："I' m flattered .（过奖了。）"

几个酒肉朋友不来这了，但她一点也不觉得孤独，因为她和扎克的 dating 进展很顺利，他每天都会给她发短信，打电话，视频，每个周末都会见面。他现在没在老人院做义工了，可以到 Z 市来跟她度周末，不过仅限于周六一天，因为他星期天总要赶到 Greenleaf 去，开一个什么会。

她知道当医生的都很忙，他能停掉老人院的工作，匀出一整天跟她在一起，已经尽了他最大的努力，她很满足。刚好室友周末都在医院做 intern（实习），没人打扰他俩。他们一起做饭，一起吃饭，有时还到校园里逛逛，到市里血拼血拼，到近郊游玩游玩，十分惬意。

曾经的曾经，成语谚语格言警句等，要用到韦真身上，都是要经过一番篡改的，比如"情场不幸赌场幸"之类，对她一个从来不上赌场的人来说，就得篡改成"情场不幸友场幸"才用得上。

但这一次，一个耳熟能详的成语，未经任何篡改，就恰如其分地应用到她头上了。这个成语，应该是所有人都最惧怕的成语，至少是所有正在行大运的人最惧怕的成语——好景不长！

对她来说，好景就是和扎克 dating。一个大龄剩女，找到了一个才貌出众的男朋友，又那么爱她，还那么体贴浪漫，那就是好景中的好景了。但才dating了几个月，就传来一个惊天炸雷般的噩耗，正应了“好景不长”的说法。而报告这个惊天炸雷般噩耗的乌鸦，不是别人，正是她的室友何纯芳。

自从开学前那次五人聚会之后，她就没再邀请那几个MBA来家吃饭了，那几个也没毛遂自荐跑来吃，双方基本没了来往。这使得她和室友的情谊更显得弥足珍贵，两人一直是同一个战壕的战友，隔三岔五地在一起说那几个MBA的坏话，她星期六做饭做菜款待扎克的时候，都要特意多做点，给室友留一份。

那天是个周末，确切地说，是星期天，晚上，室友从V市医院做了intern（实习）回来，像往常一样，从冰箱里拿出她特意留下的饭菜，在微波炉里热了，开始吃晚饭。如果是往常，室友都是等到头一碗饭下肚，才有闲心跟她聊天，两人会聊到室友吃完第二碗饭，然后室友就去实验室搞科研，而她则在家收拾残局。但今天室友还没吃完第一碗饭，就迫不及待地开聊了：“过来，过来，我有一个重大的新闻告诉你！”

她以为又是医院那些八卦，无非是有关医护人员和病人的一些花边新闻，虽然不是很感兴趣，但也不好拂了室友的面子，只好装作热心地走过去，坐在饭桌的另一边，做洗耳恭听状。

室友说：“我真的是不敢相信，但这是Lily Zhu说的，肯定是真的！”

这个Lily Zhu，她已经不是第一次听室友提起了，可以说室友每次播报的八卦，有百分之九十来自这个Lily Zhu，中文名叫朱金媛，中国来的，据说很不简单，在国内读的医学院，做过多年医生，来美国时已经快四十了，英语也不是很好，但硬是通过顽强努力，又花了不少钱读各种培训班，最后终于通过了board exams（考板；美国的医生资格考试），得到住院医职位，做了四年residency（住院医），在V市General Hospital（总医院）找到了工作。

大概因为都是华人，而且都是中国来的，貌似老家也离得很近，室友和朱金媛接触比较多。朱金媛知道医院的很多八卦，也比较爱对室友讲，室友就拿回来对她讲。反正同住一室，总得有点话说才好，所以她也不是特别反感听这些八卦，毕竟是扎克那个医院的八卦，相干不相干的，听着都有一种亲切感。但今天的八卦不是关于扎克那些同事或者病人的，而是关于扎克本人。

室友以报道广岛原子弹爆炸的口吻说：“你知道不知道？你的男朋友扎克是个——sex addict！”

如果放在以前，她听到这样的新闻，肯定会惊得跳起来。但来美半年多，她经过了师妹“sex offender”和“上下其手”的一再提及，又亲自为老爸做过“sex addict”的测试，胆子变大了，耳朵变麻木了，居然没有惊跳起来，而是很镇定地问：“这是朱金媛说的？”

“嗯。”

“她怎么突然想起对你说这个？”

“因为我以前一直没提起你和扎克 dating 的事，今天才提起。”

她心说你也太爱八卦了！八你们医院的事就算了，还八到我头上来了？但她想起自己也对扎克八过室友的事，虽然扎克于她和朱金媛于室友，不是同样的关系，但八卦的本质都是一样的，所以她跟室友也是半斤八两，道德上并没占据制高点。

她缓和了口气问:“你提到我和扎克 dating 的事,她就对你说——那些了？”

“嗯，她问我跟你关系怎么样，我说挺好的呀，我们是铁姐们。她就说，那你对你室友说一下，叫她别跟 Dr. Anderson dating 了。我问她为什么，她不肯说，只说这是看我的面子，是为了我室友好。”

“那 sex addict 的事，是你自己猜的？”

“当然不是！我怎么会这样猜他？是 Lily 告诉我的,因为我一直问一直问,她只好告诉我，说他是 sex addict。”

韦真心里发堵，挣扎着问：“她有证据吗？凭什么这样说扎克？”

“我也是这样问她呀，我说你有证据吗？这可不是闹着玩的。她开始不肯说，我问了好几遍，说这关系到我室友的爱情和婚姻，又说如果她不拿出证据，我室友绝对不会相信，还会怪我瞎说，她才说她有个朋友，应该是情人关系吧，所以她开始不肯说。她说那个朋友做 residency 的时候，跟扎克在同一个医院，她是听那个朋友说的。”

“她那个朋友怎么说？”

“她那个朋友说扎克是 sex addict，是被贬到 V 市来的，不然的话，他毕业于名校，又是在有名的医院做 residency，那边早就决定留他了，他肯定不会到 V 市这种 under serviced（缺医少药）的破地方工作，这相当于自我流放。”

她不相信地问：“如果他是个 sex addict，V 市总医院还会雇他做医生？”

“在美国人眼里，sex addict 只是一种病，又不是什么罪行，怎么不能雇佣他？他技术好，牌子又硬，V 市总医院上哪儿去找他这样的人？但医院也有前提的，他必须参加 SAA，又得做 community service（社区服务），不然医院也不会雇佣他。”

听到 community service（社区服务）几个字，她就想起扎克和凯尔“sort of”的说法了，心里开始发毛。

见鬼！早就对这个“sort of”生疑，没想到还真是有问题！但她马上想起曾经问过约兰达这事，而约兰达斩钉截铁地说过“不是”。她正要理直气壮地把约兰达的回答拿出来反击朱金媛之流，突然想起自己当时问的是“sex offender（性犯罪者）”，而不是“sex addict（性瘾患者）”。虽然只是一词之差，但这两者之间还是有很大区别的。一个是罪犯，一个是病人，应该算差之毫厘失之千里了。

凯尔和约兰达都是美国本土长大的人，从小受的教育就是不能随便谈论他人隐私，所以当她问到这事的时候，一个说自己没权利谈论，另一个只回答了是不是 sex offender 的问题，但没顺便说句他不是 sex offender，而是 sex addict。但没说不等于不是啊！

她深吸一口气，问：“朱金媛那个朋友怎么知道扎克是 sex addict 的呢？”

“因为有人告了他！”

“sex addict 又不是 crime（罪行），有什么要告的？”

“好像是他以前诊治过的一个病人告的。Lily 说这事本来会闹得更大的，但扎克他们家出面找了那个女的，一把鼻涕一把泪地求人家庭外和解，还给了不少钱，那人是个华女，比较好说话，就撤了诉。不然他现在肯定在坐牢，至少吊销了行医执照。”

“那个华女控告他什么罪行？”

“好像是 sexual assault（性侵）。”

“Sexual assault？有证据吗？”

“肯定有证据，不然他家干吗要去求人家庭外和解？”

她还是不愿意相信：“我觉得他不是这样的人，我和他……”

她想说她和他经常同居一室，但他从来没有性侵过自己，连做爱的要求都没提过。但她完全没法说出口，而且知道即使说出来，室友也不会相信，搞不好还会成为笑柄，说她没吸引力，连 sex addict 都不愿意碰她。

室友报告完了所有已知细节，又添油加醋地评论了一阵，才警告说：“我把这事告诉你，是为你好。你可得小心点，跟他分手要分得和平点，别把他得罪了。他这种人，是很爱 assault（攻击）的，死在这种人手里不合算。”

她心烦意乱：“别说得这么可怕了。”

“不是我说得可怕，你想啊，他被人告过，如果再被人告一次，肯定就不是庭外和解的问题了，所以他肯定怕你也去告他，肯定会先下手为强，想法封住你的口。现在他知道你住哪里，要干掉你还不是易如反掌？你不为自己着想，也得为我想想，我可不想受到连累。”

“这怎么会连累到你呢？”

“怎么不会呢？这事是我告诉你的，他还不恨我一头包？我们住在一起，他跑到这里来报复你，捎带就把我一块收拾了。就算为了灭口，也不会放过我。”

韦真生气地说：“那你趁早搬到别处去吧！”

室友也生气了：“凭什么我要搬到别处去？这是我租的房，你还是后搬进来的，要搬也该你搬！”

“我搬可以啊，但你不是说是你告诉我这事的，他不会放过你吗？那我搬走有什么用？他还是可以到这里来收拾你！”

室友气得翻白眼：“你——你这个人，怎么这么不讲道理？我一直都叫你别跟他来往，你偏不听，偏要跟他来往。现在你搞成这样，害了你自己不说，连我也受到牵连，你还叫我搬家？”

“你又说这里住着危险，你又不肯搬家？那你想怎么样？而且你什么时候说过，叫我不跟他来往？”

“反正我不管，我要是有一丁点事，都要你负责！”

室友说完，就像买好了高额人寿保险一样，大义凛然地去实验室了。

如果世界末日在这一刻来临，韦真也不会比现在更恐慌更难过，说不定还会感到一种解脱，因为大家全都死翘翘了，她也死翘翘了，那么，扎克到底是不是 sex addict，又有什么关系呢？

可惜，世界末日暂时还没有到来的征兆，她还得为这事受煎熬。她强迫自己冷静下来，理性思考。回想起种种蛛丝马迹，她心里已经有几分相信扎克的确是 sex addict。首先是他在老人院做义工这事，他自己和凯尔都说是“sort of”义工，或者是“kind of”义工，也就是说，不是真正意义上的义工。如果他是因为医院的要求而去老人院做工的，那当然就不是真正意义上的义工，只是“某种意义上的”义工了。或者这样说，如果他不是sex addict，那么，他肯定不会去老人院做工，因为他是医生，那么忙，怎么会去老人院做工呢？第二个是他每个星期天都要赶到Greenleaf去开会，他没详细说过是什么会，她也没问过，但每个星期天召开的会，总不会是业务上的会议，或者工作上的会议。即便是星期六和她在一起的时候，也经常有人打电话找他，讨论第二天开会的事，还有人好像是在向他求救，而他则耐心听人述说，还给点建议和指导，教人如何分散注意力，使自己不要老是想着“that thing（那件事）”。她当时没注意这些，以为是病人在向他求助，而他在回答病人提出的问题。现在想来，应该是SAA的学员打来的。她在影视上看到过，AA（匿名戒酒班）的学员经常结成对子，老学员帮助新学员。可能他就是一个老学员，在帮助某个与他结成对子的新学员，只不过他不是AA的学员，而是SAA的学员。第三个蛛丝马迹，就是那次在资阿姨家，她提到师妹说的“上下其手”事件，资家人都非常紧张，好像很怕被师妹告状一样，说明他以前就被人告过，全家人都是“一日遭蛇咬，十年怕井绳”。他为什么被人告呢？肯定是因为“上下其手”之类的问题。而如果他不是sexual addiction（性瘾），那就没法解释他为什么会对女生上下其手了。

她决定给约兰达打个电话，询问一下这事。扎克去老人院做工，肯定要得到那里的批准才行，总不能自己想去就跑去开工。而他要得到老人院批准，肯定要报告实情，所以约兰达应该知道。结果她还没拿出手机，师妹就来了，气喘吁吁的，好像是一路跑上楼梯似的。

师妹兴高采烈地问：“听说扎克出事了？

她没好气地说：“出什么事？”

“不是——那个——sex addict吗？”

“你听谁说的？”

“你室友说的啊。”

“她不是去做实验吗？吃了饭就跑，碗丢给我洗，结果却是跑你那里聊大天去了？”

“不是聊大天，她是去向我求救的。”

“求什么救？”

“她想搬过去跟我合住，说住你这儿不安全。”

“有什么不安全的？”

“她说她把扎克是 sex addict 的事告诉你了，你肯定会跟扎克吹，那就把扎克得罪了，他肯定会来收拾你，可别连她一起收拾了。前不久不是有个女生，被自己室友的前男友杀害了吗？”

她气得要命，这个何纯芳，简直就是一个高音喇叭，这才多大会儿工夫啊，已经跑去向师妹播报了，现在还不知道在向谁播报呢。

师妹半开玩笑地说：“你帮我给资阿姨传个信哈，叫她趁早提点款给我，不然我也去告他儿子！”

“你告他什么？”

“告他猥亵我！”

“你有证据吗？”

“有证据我还拖到今天？早就把他告上法庭了！”

她听说师妹没证据，心里一喜：“你没证据告个什么？”

“我没证据，但他有前科啊！像这种 he said ，she said（公说公有理，婆说婆有理）的事，法官就只好看前科喽。”

她的心又吊了起来，劝说道：“你干吗要告他呀？他全家都对你那么好！”

“他们对我哪点好了？以前请我吃饭，是想我做他们家的儿媳，后来见我不鸟他们，就连饭都不请我吃了，真小气！”

“你告了他对你有什么好处？”

师妹笑嘻嘻地说：“不是说他家上次就是庭外和解的吗？我也可以庭外和解啊。”

“我看你是想钱想疯了！”

“呵呵，我才不是想钱想疯了呢，我这是伸张正义，懂不懂？”

她看着师妹那张得意的脸，杀人的心都有了。这种人渣，留在世界上只能是个祸害！但她知道现在不是意气用事的时候，关键是要说服师妹别去告状，便尽量缓和了口气说：“也许他有梦游症，所以才会对你做出那样的事，这个只要有医生诊断，法官是不会判他刑的。到时候你是竹篮打水一场空，搞不好还落个诬告的罪名，把你从美国赶出去！”

“呵呵，他家不会等到上法庭的，他们会庭外和解，因为上法庭对他们不利。”

她知道师妹绝对干得出这种事来，不由得心急如焚。正在这时，禺杰也跑来了，很不客气地对师妹说：“你跑这里来干什么？”

“那你跑这里来干什么？”

“我找她有事。”

“我也找她有事。”

“你就别在这里添乱了！”

师妹做个鬼脸，跑掉了。她按捺着满腔的火气和恐惧，冷冷地对禺杰说：“如果你是来对我说‘早就告诉你，天上不会掉馅饼’的，那你免了吧，我不需要你来教训我。”

禺杰很委屈：“难道在你心目中，我就是这种幸灾乐祸的小人吗？”

“那你来干什么？不是老早就不跟我来往了吗？”

“哪里是我不跟你来往？是因为你有了男朋友，我怎么好跟你走那么近呢？不怕引起他的误会？”

她见禺杰满脸真诚，心顿时就软了下来，鼻子发酸，说不出话来。

禺杰说：“我不相信他会性侵那个华女，可能是那个女人诬告他。”

她的鼻子更酸了，强忍着泪水点点头，没说话。

禺杰说：“我刚才来之前，还在网上查了一下 sex addict，以前没听说过，不知道是咋回事。不过从我查到的情况来看，应该也不是什么大不了的事，主要看他是属于哪一种了。如果是爱自撸，那个其实不算很大的问题，未婚男人，谁不自撸？如果是爱出轨呢，那就严重点，但如果他真心爱你，说不定就不出轨了。再说，即便他改不掉，还是出轨，只要你不计较，也没什么。现在有几个男人不出轨的？连成龙都说了，这是每个男人都会犯的错误。”

她想说 sex addict 的出轨，可不是偶尔出个一次两次，而是习惯性的！她感觉自己还是无法接受扎克出轨，尤其是习惯性的出轨，哪怕只是因为病，也接受不了。更何况她从内心深处根本不相信出轨是一种病，如果是病的话，为什么夫妻感情好的时候不出轨呢？为什么刚结婚的时候不出轨呢？说明还是感情问题，思想问题。凡是感情和思想能支配的言行，都不是病。

禺杰说：“就怕他是爱召妓那种，就比较麻烦点，搞不好连你都传染上性病了。”

“他肯定不是召妓那种，顶多是——处理不当，跟病人有了那种关系。”

“那个也比较麻烦，搞不好会把工作搞丢，因为他是医生，总要跟病人接触的——”

“我觉得他现在已经戒掉了，不然医院也不会一直雇着他。”

“嗯，那方面可能戒掉了。我比较担心的，是他对 sexual assault（性侵，性攻击）上瘾，那个——真是防不胜防，分分钟可以把自己搞进牢里去，赔钱可以赔得你倾家荡产。”

“他绝对不是攻击性的人！他——”

“但已经有人告过他一次了，现在又有师妹这档子事——”

“师妹对你说那事了？”

“早就说了，我一直压着她，不让她去告。”

她很感激，但尽力平静地问：“为什么你压着不让她告？”

禹杰不出她之所料地回答说：“因为我不想你受连累。你那么喜欢扎克，跟资家又那么好，如果她把扎克告进大狱，那你该多伤心！”

她感动得热泪盈眶，但还是很担心：“你压着她，她就不告？她会这么听你的？”

“我自有办法。”

“什么办法？”

“她有把柄捏在我手里。”

她放心了些：“我知道师妹没证据，但毕竟扎克被人告过一次，法官可能会倾向于相信她的说法。”

“肯定的，所以关键是不让她去告。”

“你说你有办法不让她去告，那这事就拜托你了。”

“没问题。你——打算怎么办？”

“我也不知道，我想先问问约兰达，她是老人院的社工，肯定知道这个。”

“嗯，她肯定知道。那你给她打电话吧，我回去了。”

她把禹杰送出门，马上给约兰达打电话。约兰达接了，开始跟她寒暄，但她听见背景里有小孩子的大呼小叫，知道约兰达正忙着照顾孩子，很不好意思打搅人家，便说：“我没什么事，就是问个好。你去忙吧，我挂了。”

约兰达不让她挂电话：“你一定有什么事，如果没事的话，你不会这个时候打电话给我。说吧，什么事？我早就对你说过，当你需要一只倾听的耳朵的时候，就来找我。”

她非常感动，简要把室友的话转述了一下，恳求说：“约兰达，这事关系重大，请你一定要告诉我实情，扎克他真的是 sex addict 吗？”

一向不排斥八卦而且刚才还亲切体贴的约兰达一下就变了腔调，公事公办地说：“这是个人隐私，我不能跟你谈这个。你最好去问扎克本人。”

她没再追问，知道约兰达在原则问题上是不含糊的。

她鼓起勇气，给扎克发了个短信，把室友和朱金媛的话扼要转述了一下，然后恳求说：“请你如实告诉我，她们说的是真的吗？”

一直到此刻，她还在希望他否认这事，并拿出证据，证明室友和那个朱金媛是在胡说。

但他回信说：“It' s true. I am a sex addict. Sorry you found it out this way. I should have told you at the very beginning .（她们说的是事实。我是性瘾患者。很抱歉你是以这种方式得知这个消息的。我应该从一开始就告诉你。）”

第八章　暮色苍茫

奇怪的是，听到扎克亲口证实自己是 sex addict，韦真的心情反而平静下来了。

可能就像癌症病人一样，发现自己生了肿块，但尚未确定是癌的时候，心情最烦乱，每天马不停蹄地到处求医问诊，今天有人说是良性肿瘤，就欢欣鼓舞一把；明天有人说是恶性肿瘤，又跌入绝望的深渊。如此这般，周而复始，像坐过山车一样，每天都在提心吊胆等宣判，没有一刻的安宁，那滋味可不好受。一旦证实是癌症，心情反而平静了，剩下的无非是在自己经济条件许可的范围内，尽力延长生命，寻找最好的医生，接受最好的治疗，同时，该吃的吃，该穿的穿，该玩的玩，享受临终前的宝贵时光。她看了扎克的短信之后，就是这么一种心态。

好吧，扎克自己都说自己是 sex addict 了，那就不用猜测来猜测去，也不用找这个找那个打听了，剩下的就是决定如何处理这件事。其实 sex addict 也没什么，不就是一种病吗？生病不丢人，吃的是五谷杂娘，谁还没个病病灾灾的？只要他愿意接受治疗，彻底把病治好，就啥事都没有了。

她觉得他是愿意接受治疗的，不然也不会每个星期跑那么远去参加 SAA。他那么愤恨那些不愿悔改的 sex addicts，说到那些人的时候，是一副深恶痛绝的样子，说明他自己是不愿意那样的。等他治愈了，说不定比一般男人更忠实于爱情和婚姻。他现在应该算治愈了吧？他在她面前那么规矩，那么克制，一点不像个对性上瘾的人。他在别人面前肯定也是很规矩很克制的，不然医院不把他开除了？她兀自在那里推理，忘了及时给他回信。

他见她老半天没回信，又发了一条短信过来："If you want to break up with me, I understand， even though I' ll be very very sad .（如果你想跟我分手，

我理解，尽管我会非常非常伤心。）”

她鼻子一酸，赶紧回信说：“No，I don't want to break up with you！I love you！（不，我不会跟你分手！我爱你！）”

“I love you too！You are my savior！（我也爱你，你是我的救星！）”

他们来来回回互发了很多条短信，互诉衷肠。他说他这些年都生活在twilight（暮色，半明半暗）中，觉得自己就像werewolf（狼人），长着人形的外貌，但胸腔里却藏着一颗野兽般的心，使他无法全身心地融入文明的人类社会中去，因此对生活失去了信心和热情，只是为了家人尤其是母亲才挣扎着活在这个世上。是他亲爱的真真让他看到了一线光明，发现自己有变成文明人的愿望和能力，让他重新燃起生活的热望。她被震撼了，没想到自己对他这么重要！

她撒娇地问：“那你是什么时候爱上我的呢？”

他回答说：“不知道确切的时间，但自从我妈讲到她和你妈的友谊起，我的脑海里就有一个印象，在大洋的那边，有个阿姨，她跟我妈从小就是好朋友，在我妈被人孤立被人歧视的年代，她勇敢地跟我妈站在一起，结下了深厚的友谊。后来，她们都结了婚，我妈生下一个儿子，你妈生下一个女儿，那就是我和你。上一辈的友谊通过血脉，传给了下一代。再后来，我知道你要来美国，而且看到了你的照片，听到你的故事，我仿佛在苍茫的暮色中，看到一个女神，在召唤我，让我走向光明。我知道我配不上你，你是女神，而我只是一个狼人，所以我只在远远的地方关注你，听我的家人讲述你的故事，一点一滴，都像甘露一样，滋润着我。我愿意沐浴在你的光环里，一心向善，脱胎换骨，成为一个真正的人。跟你见面之后，我又觉得你不是高不可及的女神，而是一个从上界下凡到人间的天使，是专门来拯救我的，你变成了一个美丽聪明可爱的小姑娘，并非无所不能战无不胜，你也需要关怀和帮助，而我能给你这些。

“我关心你，帮助你，照顾你，你让我感受到一种被需要的自豪，我想跟你在一起，过正常人的生活，像我的mom and dad（爸爸妈妈）一样，相亲相爱一辈子。我本来是想一开始就告诉你，我是一个sex addict的，但我妈和喜妹都劝我不要告诉你，怕把你吓着了。她们说我已经治愈了，就不算sex addict了，干吗要用已经过去的事实来惊扰你呢？我觉得她们说得有道理，所以就没告诉你。为此，我非常抱歉，我这是欺骗，不诚实，你可以用任何方式惩罚我，但请不要为此受伤，更不要因此对人类尤其是男人失去信心。”

她看短信看得泪流满面，打心眼里感激室友。如果不是室友揭穿这件事，她怎么可能听到扎克这番发自肺腑的表白呢？她谦虚了一番，说自己也不是什么女神，有很多很多缺点，但她对他的爱，一点也不比他少。她愿意跟他在一起，像他的 mom and dad 一样，相亲相爱一辈子。

正聊着，有人打电话进来，她一看，是禹杰，马上紧张起来，怕是师妹又闹出了什么幺蛾子，赶紧对扎克说："我们今天就聊到这吧，我有个重要电话要接。"

他乖乖地答应了，道了晚安，结束了对话。

她急忙来跟禹杰交谈："禹杰，是你啊，有什么事吗？"

"我就是想看看你给你们那个约兰达打了电话没有。"

"打了。"

"她怎么说？"

"她不肯说，叫我去问扎克本人。"

"你问了吗？"

"问了。"

"他怎么说？"

"他承认了。"

禹杰呼出一口气："承认了就好。看来他还算个直率人。"

"嗯，很直率。"

"那他同意跟你分手吗？"

"他说如果我要跟他分手的话，他能理解。"

"嗯，我也觉得他还算个 gentleman（绅士），应该不会为这事找你麻烦。再说他外在条件不错，要骗到一个女朋友也挺容易，犯不上为了你大动干戈。"

"但我没跟他分手。"

禹杰的声音一下提高了："是吗？为什么？"

"因为我觉得他是真心爱我的。"她把扎克的 twilight 说法转述了一番，不无得意地说，"不是说救人一命，胜造七级浮屠吗？我能救他，干吗不救？"

禹杰生气地说："你也太好哄了！他现在为了留住你，当然要拣好听的说。"

"至少他还想留住我，而且为了留住我还能拣点好听的说。这比那些留都不想留我，或者即便想留也不拣好听的说的人，还是强点吧？"

禹杰沉默了一会儿，问：“你是在含沙射影地说我？”

“你说是你就是你。”

“我是没拣好听的说，但那不等于我不会说。我是个实诚人，不喜欢把好听的话成天挂在嘴上，但那不等于我心里没那些话。”

“你这是在说你心里还是想留我的，只是嘴上没说出来？”

禹杰不正面回答：“我这是在告诉你，不能相信他那些保证，男人的誓言，本来就不可信，更何况还是他这样的男人！老实对你说，我就没听说有哪个sex addict被治好了的！好莱坞那几个有名的sex addict，还有Tiger Woods（泰格·伍兹，著名高尔夫球选手），他们该是多有钱！看得起最好的医生，吃得起最好的药，但他们被治好了吗？还不照样在外面乱搞！”

“那是他们不愿意被治好。你不是说了吗，现在有几个男人不出轨？你能保证你今后不出轨吗？即便你能保证，我也不会相信，因为你刚才还说了，男人的誓言，本来就不可信。”

“那你干吗要相信他呢？”

“他至少还承认自己有病，还愿意接受治疗，而且我能帮到他。”

“那你就慢慢帮他吧！到时候把他帮到监狱里去了，可别跑来对我哭鼻子抹眼泪。”

“我什么时候对你哭过鼻子抹过眼泪？”

禹杰把电话挂了。她“嗤”地笑了一声，也把电话挂了。

她知道会有很多人来劝说她，只要是认识她的人，或者知道了扎克病情的人，或者既认识她又知道扎克病情的人，都会来劝说。就算是探个消息，看个稀奇，都不会错过这个机会。但她不怕，这世上也没几个有资格劝她的人。既然这么多人在出轨，又能有几个人的配偶是绝对忠诚的呢？就算到目前为止还是忠诚的，也不能担保今后永远忠诚。

可以这么说，有资格劝她的人，都在坟墓里，或者她们的配偶在坟墓里，或者她们和她们的配偶都在坟墓里，因为只有盖棺了，才能肯定地说：这个人没有出过轨。她宁愿给扎克这个真心爱她的sex addict当savior，也不愿意给禹杰那种勉为其难接受她而且会犯“天下男人都会犯的错误”的人做老婆。她没把这事告诉老妈，知道老妈会担心。她准备能瞒多久瞒多久，最好能瞒一辈子。

但她妈像有神助一样，很快就发现了这事，打电话来询问：“听说你在跟扎克谈恋爱？”

“怎么了？”

“听说他有那个什么性瘾病？”

“你听谁说的？”

“你甭管我听谁说的，你先告诉我这是不是真的。”

“是真的，怎么了？”

她妈一下就哭出来了：“真真啊，你怎么这么不懂事呢？放着好好的禺杰不要，偏要去招惹那个流氓！你这是找死还是咋的？”

“谁说扎克是流氓了？”

“他都被人告上法庭了，还不是流氓？”

“但告他的人不是撤诉了吗？”

“人家是撤诉了，那还不是因为他家贿赂人家了吗？”

“一个接受贿赂的人，会是什么好人？你还相信她说的话？”

“那还有你师妹呢？他对师妹做下那事，你不嫌恶心？”

“谁说他对师妹做下那事了？师妹不会造谣？”

“人家一个大姑娘，干吗要造这种谣？这多损害自己的名声！”

“师妹还什么大姑娘？天知道跟多少男人上过床了。她早就想嫁给扎克了，外科医生有钱，又能帮她搞定身份，她上哪儿去找这么合算的人？肯定是她挑逗了扎克没成功，才想出这么个毒招来。”

“这都是那个扎克说的吧？”老妈恨铁不成钢，“你现在是鬼迷心窍了！他说什么，你都相信。”

“这根本不是他说的，是我自己根据师妹的为人，推理出来的。”

“不管是谁占主动，反正这事女的说了算。他有前科，如果师妹告他，他肯定是吃不了兜着走，医生执照被吊销，你得一辈子养着他！”

“养着他怕什么？你不也养着老爸吗？老爸不是也对那个保姆耍流氓了吗？如果那个保姆告他，还不是可以把他告上法庭。”

她妈斩钉截铁地说：“你给我马上跟他断掉，不然的话，就等着每个星期去探监吧！你不嫌丢人，我还嫌丢人呢！好端端的大姑娘，干吗找个流氓囚犯？你这是没人要，还是怎么的？”

“你别说我了，你自己怎么不跟老爸断掉？”

她妈气昏了，结结巴巴地说："你——你不听——我的劝，要是把我气——气出病来，我看你——我——我要你负责！"

她心里还是很害怕把老妈气病的，但嘴上不肯告饶："你要生气，那是你的事，我可没叫你气出病来。"

韦真虽然跟老妈唇枪舌剑，把老妈杀得片甲不留，落花流水，但心里其实是虚的，既不知道师妹和扎克那事，究竟谁是过错方；也不知道如果扎克被吊销执照，她有没有能力养他一辈子；更不知道如果她养扎克一辈子，他会不会变成她爸那个德行。

她那时就是跟老妈斗气斗红了眼，只想着把老妈驳倒驳哑，就不管不顾地乱说起来了。等到老妈气得挂了电话，不理她了，她才开始后怕。万一真的把老妈气病了怎么办？万一老妈为此寻了短见怎么办？万一老妈从此不认她这个女儿了怎么办？她试着再给老妈打电话，想赔礼道歉，但老妈不接。她更慌了，只好厚起脸皮，给老爸发短信，问老妈怎么样了。

老爸见女儿肯跟自己联系，不禁受宠若惊，急忙回说："别担心，她没事，哭了一会儿，现在在拖地。"

她知道老妈的规律，跟谁闹了矛盾，就拿地出气，使劲拖，狠狠拖，一直拖到精疲力竭，就扔下拖把，洗个澡，睡觉。等一觉醒来，气也差不多消了。现在听说老妈在拖地，她就放心了。不过，心还才放了一半，就又悬了起来：因为师妹那事，还没解决呢！

她从来没把师妹的事告诉老妈，连自己在和扎克 dating 的事也没告诉过。但老妈什么都知道，肯定是这边有人打了小报告。是谁的嘴这么快这么贱？应该不是室友，因为室友自从知道她不会跟扎克吹之后，就不再担心遭报复，甚至支持起她和扎克的事来，很有"我和你男朋友是同事"的味道。应该也不是师妹告的状，师妹只想敲资家一笔钱，没想过把她和扎克搞散，就让她和扎克好着，资家人就又多一个惧怕之处，怕扎克上法庭，她会跟扎克吹，那样，就更有可能庭外和解。用他们 MBA 的话来说，这个叫作 collateral（抵押）。

只能是禹杰告的了！禹杰知道这事的方方面面，什么前科啊，什么"女方说了算"啊，什么吊销执照啊，等等，估计朱小亮那样的智商，想告都告不了这么全面彻底。为什么禹杰要向她妈打小报告呢？明显是为了拆散她和扎克。

而禺杰为什么想拆散她和扎克呢？当然是为了把她弄到手。有那么一刻，她甚至有点飘飘然，虽然禺杰的手段卑鄙了点，但目的是为了得到她，也算情迷心窍，爱到走火入魔了吧？

历史上，小说中，两个男人为了抢一个女人大打出手的典故，不要太多！自己能有幸成为两个男人抢夺的对象，还是挺不简单的！何况这两个男人条件都还不错，能不让人飘飘然吗？但她刚飘了一会儿，就飘不动了，啪地落到了地上，因为这两个男人现在不是势均力敌，扎克的命运掌握在禺杰手中，禺杰越想得到她，就越会对扎克下狠手。千不该，万不该，就是不该在禺杰面前秀恩爱，秀忠贞，不该跟他针锋相对，搬起他的石头砸他的脚，不仅伤了他的心，还伤了他的面子！如果他一气之下不再压着师妹，甚至撺掇师妹去告状，那不是害了扎克吗？

虽然她对老妈推理说，是师妹勾引扎克，但她心里并不是很相信自己的推理。首先，如果真是师妹勾引扎克，怎么会那么理直气壮呢？比如她自己，新年夜那天，是她主动凑上去吻扎克的，她就绝对没法对人说是扎克先吻了她。如果怕说出真相会丢人，那她可以不对人说这事。但如果要说，她就只能说是她自己主动，没法说是扎克主动，因为那不是事实，她说不出口。就算师妹脸皮厚，可以颠倒黑白，但扎克呢？如果他没做那事，干吗不直接告诉她，说“我没做过这事，是她造谣”或者“是她勾引我不成，反咬一口”。说出一个事实，就那么难吗？但扎克没说！说明不是师妹勾引他。不仅如此，连资阿姨和雀儿喜听到这事也都没反驳，没声明，直接就吓哑巴了，面面相觑，一副做贼心虚的样子。所以，她认为扎克还是做了那事的，但不是有意的，而是梦游症，或者性瘾症犯了，在无法自控的情况下做的。这样才能解释为什么师妹那么有恃无恐，而扎克和资阿姨他们却那么胆战心惊。

她越想越觉得自己重任在肩，师妹这事，靠扎克是没法化解的，因为他是当事人，肇事者；靠资阿姨和雀儿喜可能也不行，如果行的话，她们就不会那么恐慌了。这事只有靠她了，她是扎克的 savior，又是师妹的朋友，她最有机会化解这事。而师妹之所以会去扎克家，也是因为她，不然的话，师妹根本就不认识扎克和资阿姨她们，也就不会去他家，那就不会发生那事了。所以说，她是肇事者，又是救星，她既有责任也有义务搞定这事。关键是挽回禺杰！

她决定亲自找禺杰谈谈，如果能让他相信，她其实是爱他的，愿意与扎克分手，跟他好，他可能就会压着不让师妹告状。虽然她一万个不愿意跟扎克分手，但为了他的前途，她只能这样。她怀着革命先烈上刑场的悲壮心情，给禺杰打了个电话，说做了点家乡菜，请他一个人过来尝尝。她怕朱小亮也跟着跑来，搞得她无法说话，特别强调了一下“一个人”这几个字。禺杰心领神会，果真一个人跑过来了。

还没动筷子，禺杰就问：“你今天找我来，不是为了请我吃家乡菜，而是有什么事吧？”

她坦率地说：“是有事。你学 MBA 的，最有商业头脑，我就不跟你玩虚的了，直说了吧，我今天找你来，是为了扎克的事。”

“扎克怎么了？”

“我不知道他到底对师妹做过那事没有，但不管做没做过，他有前科，如果师妹告他，都会对他很不利。”

“你找我来，是想我为这事安慰你几句？”

“当然不是。你曾经说过，师妹到现在都没去告扎克，是因为你一直在压着她。”

“没错，是我一直压着她。”

“你还说过，你压着师妹不让告状的原因，是——为了我——是为了——不伤害我。”

“我是这样说了。怎么，你过了这么久，终于感动了？”

“我一向都很感动。从我到美国的第一天起，你就帮助我，照顾我，我又不是木头，怎么会不感动呢？”

禺杰好像也有点动情：“我一向都是各人自扫门前雪，休管他人瓦上霜的，但我从见到你的第一天起，就一直想方设法帮你！”

她心说你也就是开车载载我而已，但我也没白让你载啊，我每个周末做饭给你吃，难道还没抵消你载我的恩惠？但她当然不会这么说，只低眉顺眼地附和：“所以我一直都很感激你。”

“也就是感激哈？”

“当然不止，其实我一直都是很——喜欢你的，我妈也很——看好我们两个——”

“但还是敌不过高富帅哈？哪怕他是个大流氓，哪怕他玩的女人遍天下！”

她差点又要跳起来争辩，但及时忍住了，装作改过自新的样子说："我妈也这样骂我了，把我骂醒了。"

"你妈怎么说？"

"她说扎克是——流氓，说我跟着他没有好下场。"

"到底是过来人，看问题就是比初出茅庐的人清楚。"

"所以我——决定跟他吹了。"

"那你找我来是干什么？向我宣布你跟他吹的决定？"

"我是想让你知道，我其实——我妈她——希望我们——"

"干脆点，你是不是想做我的女朋友？"

"是。"

他笑起来："呵呵，早说了多省事，还绕这么大个圈！"

她见他没拒绝，还很高兴，便抓紧时机说："不过我有一个条件，你要保证不让师妹去告扎克才行。"

他一声不吭地盯着她，她生怕他会借此机会扑过来，逼着她当场就跟他合欢。

但他猛地叫道："我看你是脑子进水了！"

她吓了一跳，差点回敬他一句"你才脑子进水了呢"，但她知道不能图口舌之快，现在是她求人，不是人求她，只好强压住火气，听凭他教训。他拉拉杂杂地训了她一通，无非就是说她给脸不要，敬酒不吃吃罚酒之类。这些，她都受了，忍了，为了救扎克。但他话锋一转，讥讽地说："你以为我在跟扎克抢你？为了得到你，才想着除掉扎克？嘁，别矫情了！你也不看看自己多大一把年纪，长什么破样，整个就是一没人要的'齐天大剩'。现在有个流氓性瘾症要你，你就以为自己多大一坨糖了！实话告诉你，我是想过追你，但只想搞了你再甩你，煞煞你的傲气，我禺杰还从来没有说追谁追不上的，绝对不能在你一个老剩女面前马失前蹄！现在你为了救扎克，就假惺惺地来求我要你，你以为我会上你的当，给你当备胎，等你的扎克安全了，你再把我一脚踢掉？哼，别做梦了，我现在连搞了你再甩你的兴趣都没有了！"

她气得浑身发抖，手脚冰凉，想大喝一声"你给我滚出去"，竟然发不出声来。

禺杰嘲笑说："呵呵，看你那熊样！就你一个学 Social work 的，成天跟老弱病残打交道，自己都搞成弱智了，还想斗得过我们学 MBA 的？"

他掏出一个小录音机，在她面前扬了扬：“看见没有，你一叫我，我就知道你葫芦里卖什么药，我是有备而来的，你求我的那些话，我都给你录下来了，做个证，证明我禹杰从来没有追不上的女人。”

她终于骂出一声：“你个流氓！”

“我流氓？呵呵，我算有良心的了，不然继续陪着你演戏，一直演到你脱光了求我上你，我全都录下来放到网上去，那才够你喝一壶！”

她冲上去抢他的录音机，但他早有准备，迅速收回手去，边向外走边说：“又老又丑的傻B，送给我都不要！”

韦真气疯了！这真是奇耻大辱，奇耻大辱啊！她活了这么多年，还从来没被人当面骂得这么惨，更没向人乞求过爱情，现在两样占全了，人生完整了。等禹杰把录音放到网上去，她就成名人了。她现在很能理解人为什么会杀人了！她现在就很想杀人！再不济也得扇那个王八蛋几耳光才解恨！

但她很快就从自己的羞辱和气愤中跳脱出来，因为她想到了扎克。既然她没能骗过禹杰，还让他录下了她求他放过扎克的那些话，那就对扎克非常不利，因为他可以用那盘录音来做旁证，证明连她都承认扎克对师妹做过那事。这不是弄巧成拙了吗？怎么办怎么办怎么办？她仓皇地急了一阵，发现没别的办法，只能孤注一掷，直接找师妹。如果师妹坚持要告扎克，那怎么办？恐怕只有杀人一条路了。不管怎样，只要能救扎克就行。

她不敢延误一分一秒，马上打电话找师妹，说做了点家乡菜，请师妹过来品尝。她生怕禹杰已经把刚才的事告诉了师妹，那就惨了。但貌似禹杰还没这么快，也可能正陶醉在刚才的胜利之中，或者正忙着上传那段录音呢。

师妹很快就到了，一进门就说：“好久没吃你做的饭菜，太想念了！都怪阿杰，他自己不愿意上你这儿来吃饭，还不让我们来，每次我说上你这儿来吃饭，他都说‘别去，别去，别让她情场友场都得意，那她还不把头昂到天上去了？’”

“哈，昂到天上怕什么？该我摔跤，又不该他摔跤！”

“就是。嘁， 他只顾着吃醋，害得我好久都没上你这儿来打牙祭了。”

“他吃谁的醋？”

“当然是吃你的醋喽，还能吃谁的？”

“他吃我的醋？我有什么醋值得他吃的？”

“你不懂我这个说法？我的意思不是他吃你的醋，而是他为你吃醋，就是吃扎克的醋，因为他辛辛苦苦追你半年，你却跟了那个破人，他能不吃醋吗？”

“他追了我半年？”

“你不知道？那你也真是太迟钝了！要不要我替你们传个话？”

“不用不用。其实我也没瞎到看不出他的意思的地步，只不过我觉得他这人嘛——别的还好，就是有点——自以为是，爱当头头，总想管人。他爱管着我，也就算了，毕竟我们学 Social work 的没他学 MBA 的有领导才能。但他连你也要管着，这就不靠谱了，你凭什么要听他管？”

“我才不听他管呢！我也是学 MBA 的，比他还有领导才能！我每次做项目，都是跟美国同学一起做。他呢？人家美国同学根本不要他，他只能跟小亮一组。”

“是吗？但他说你才是没美国人要，都是跟中国人一组呢。”

“放屁！我什么时候跟中国人一组了？”

“他说刚开始还有美国人要你，但后来人家就不要你了，说你是 free rider（搭顺风车，占便宜）。”

师妹更生气了，哇哇地骂起禺杰来。她知道自己说的话有挑拨离间的嫌疑，但没有捏造，因为禺杰的确就是那么说师妹的，只不过她平时没传话而已，现在一古脑全传了：“他还说他掌握了你的把柄，所以你不敢不听他的话，他指东，你不敢往西。”

“是吗？我看他是脑洞大开了！我有什么把柄给他掌握？”

“我也是这么问他，但他不肯告诉我。”

“你别听他瞎说！我又没干过什么见不得人的事，怎么会有把柄捏在他手里？”

“反正他这么说的，他说他一直压着你，不让你去告扎克，我说师妹这么听你的？他说你有把柄捏在他手里。”

“哈哈，他骗你的！昨天他还叫我去告扎克呢！他这人，就是又阴险又贪心，暗里两边都坑害，明里又恨不得两边都讨好！”

“他昨天还叫你去告扎克了？”

“是啊，他说一定要把扎克告进大牢去。”

韦真紧张极了：“那你怎么说呢？”

“我？我没他那么恶毒，我把扎克告进牢里去，对我有什么好处？”

她心里一喜："还是你懂道理！"

"我不是早就叫你给资阿姨她们捎信了吗？你可能以为我在开玩笑。"

"你的意思是——你不会告扎克，但要跟他们——庭外和解。"

"对呀，我说的话你都没当回事？"

"我以为你在开玩笑呢。那你——想要多少钱？"

她心说只要是钱能搞定的事，就不是大事，她愿意想办法搞一笔钱，在师妹闹到扎克家去之前，就把这事平息，因为他家经历过上次的风波，肯定都大受其伤，不能让他们再经历一次伤害了。

但师妹说："其实钱对我来说，也不稀奇，我又不缺钱用。而且就他家那个穷样，也要不出多少钱来。我估计他们上一次庭外和解把钱都花光了。这才几年时间，能存下多少？真要他们赔，也顶多赔个一二十万。"

"美元？"

"当然是美元，难道我还让他们换成人民币赔我？"

她听得心惊肉跳，这师妹的牙齿也太深了吧？被人摸了两把，就要人家赔偿一二十万美元，嘁，你以为你是皇后娘娘，龙体凤体，摸一把就值十万美元？她知道自己家里就算刮锅底卖，也刮不出这么多钱来，但她家的房子有可能卖到这么多钱，问题是怎么好意思把爸妈赶到街上去，把房子卖了替扎克赔偿师妹呢？

看来只能卖她自己了。为了扎克，她愿意出卖自己，就怕没人肯出那么高的价钱，因为她这不是要人包养，一点一点地往外掏钱，而是要人家一次性地拿出一二十万来，她活了这么大，还没遇见一个愿意出这么多钱买她的人。

她硬着头皮问："一二十万你还嫌少？那你想要多少？"

"我已经说了，钱对我来说，不稀奇。"

"那什么才稀奇呢？"

"身份，绿卡，公民。"

她如梦初醒，怎么把这事忘记了呢？这不明摆着的吗？真是谈场恋爱笨三年啊！

她主动说："那你可以先和扎克假结婚，半年之内就能拿绿卡，三年就能拿到美国公民，等拿了公民，就跟他离婚，你的身份问题就解决了。"

师妹说："哇，你比我还懂啊？你找扎克是不是就打的这个算盘？"

她顾不上发表爱情宣言，而且觉得对师妹这样的人发爱情宣言也没用，只能换来一顿嘲笑，便放过闲篇不提，紧扣正题：“你对扎克说这事了？”

“还没有，怕你不肯跟他分手。”

韦真悲壮地说：“这个你放心，只要你保证不去告扎克，我会主动跟他分手。”

“你当真？”

“当然当真。”

“你别指望你这样主动一把，就会感动我。”

“我不是要感动你，我知道你们MBA只讲商业效益，不讲感动的，我只想让他避免这个麻烦，毕竟你是我带到他家去的，我有责任。”

师妹半开玩笑地说：“真的呢，我可以连你一起告。”

她心说给你二两颜料你就想开染房了？嘁，我怕你告？如果不是为了扎克，我早把你一脚踢出去了！

师妹说：“好，那我们就这么说定了。但你不要对他明说，不然他肯定不好意思同意分手。你就找他个茬，跟他吵一架，然后自然而然地分手。”

她担心地问：“如果我跟他分了手，但他不愿意跟你办假结婚怎么办？他们在美国长大的人，在这些方面都是比较——跩的，他妈当初要跟喜妹的爸爸办假结婚，他就坚决不同意的。”

“最后不还是同意了吗？”

“那是为了救喜妹。”

“他为了救别人都能同意假结婚，现在他是为了救他自己，能不同意？”

她不相信扎克会那么自私，但她不想跟师妹辩论这些，便交代说：“嗯，好吧。但你要保证，我跟他分手的话，你不会去告他。”

“我都准备跟他结婚了，还告他干吗？就算告了也没人信啊！”

她想想也是，这下好了，一劳永逸，即便三年之后师妹想告，也没人相信，如果他曾经猥亵你，你干吗跟他结婚呢？分明是人家跟你离婚，你在搞报复！她终于放了心。

但想到要跟扎克分手，她又觉得非常非常不舍，只好咬紧牙关，安慰自己说：这是为了救他才不得已采取的措施，他们只不过是假结婚，他心里还是爱我的，而且三年之后就会跟师妹离婚，回到我身边。

就怕这样不明不白地跟他分手，他不知道个中缘由，以为她是在嫌弃他，或者不再爱他了，那就惨了，说不定他会真的跟师妹好起来，毕竟师妹对他还是有生理上的吸引力的，不然他也不会去对师妹“上下其手”，他可能只是心理上无法接受师妹，因为他的理智告诉他，师妹跟他不是一路人。但如果师妹跟他假结婚之后，真心爱上了他，又受了他的感化，改邪归正，变成了一个好女孩，那他就会从生理上心理上都爱上师妹了。怎么办？

她左思右想，还是觉得救扎克要紧。分了手，能救他，还有百分之五十的希望跟他破镜重圆；如果不分手，固然没了他跟师妹爱上的危险，但也没了逃脱官司的可能。他去坐牢，出来一辈子不能行医，就跟她爸一样，全废了，就算他能跟她在一起，又有什么意思？损人的事不能干，损人又不利己的事，更不能干。她想明白了，感觉脑子清爽了，心里轻松了，剩下的，就是制订一个方案，天衣无缝地跟扎克分手。

那个周末，确切地说，是星期六，扎克像往常一样，很早就来到韦真的住处。也许是因为知道今天是最后一次见面，她感觉空气中都弥漫着一种忧伤的气息，而他显得比平时更帅更迷人，更让人不舍。她迫不及待地投入他的怀中，紧紧搂住他的腰，把脸埋在他胸前。

搂了一会儿，他轻声说：“来，还是像上次那样，你坐回床上去，我把早点端给你。”

“不用。”

“那就去餐桌边吃？”

“嗯。”

她赖在他怀里不肯挪窝，他笑了一下，用胸膛顶着她，慢慢往餐桌那里走。

她想到他起得早，又开了这么长时间的车，为了赶时间，可能买早点时都没下车，直接开到窗前买，买好就拿走上路，肯定饿了累了，只好放开他，跟他一起来到餐桌边，把早点在桌上摆开。是麦当劳的早餐，一个是 Big Breakfast（经典大早餐），有松软的炒鸡蛋，喷香的煎鸡肉肠，还有一块金黄色的 hash brown（碎土豆煎饼），另一个是 Chicken Sausage McMuffin（鸡肉香肠松饼），还有两杯咖啡。

这将是她和他最后的早餐，她感到鼻子发酸，心里发堵，但装作什么事都没有的样子，掏出手机，拍了几张，自嘲地说："呵呵，吃货就是吃货，先拍再吃。"

他躲在一边，等她拍完照，放下手机，才在桌边坐下，指指两份早餐，问："你想吃哪份？"

"我两份都想吃。"

他有点尴尬："那就——都给你吧，下次我多买点——"

她呵呵笑起来："不是那个意思，我哪能吃这么多？我就是不想跟你分开吃。"

他也笑起来："那就——中国式吃法？"

"嗯。"

两个人比中国式吃法还中国式吃法，是恋人才有的特殊吃法，你吃我一勺，我吃你一勺，过会儿又你喂我一叉，我喂你一叉，再过会儿还坐到一把椅子里，用嘴喂起来了，吃得香艳无比。吃完早餐，也不用收拾碗筷，把那些纸袋子团巴团巴，扔垃圾桶里就行了。

休息了一会儿，他问："今天想去哪里玩？"

"哪里都不想去，就待家里。"

"看电视？"

"也不看电视。"

"那干什么呢？"

她搂住他："就干这个。"

两人热烈拥抱了一会儿，他开始坐立不安，想挣脱："嗯——我们去你们学校的 Botanic Garden（植物园）玩吧。"

"去过了，不想去。"

他提议了好几个地方，她都不肯去。他又提议了几个从来没去过的地方，她还是不肯去。

他黔驴技穷，她噘起嘴问："为什么你总要到外面去？就跟我一起待在这儿不好吗？"

"好啊，但是，这样站着——很累。"

"那我们去床上躺着吧。"

"嗯，躺会儿也行，就怕一躺就睡着了。"

“睡着就睡着了呗，反正也没什么任务要完成。”

“嗯，也是。”他说着就往沙发那边走。

她拉住他：“就睡床上吧。”

“你不睡？”

“我也睡。”

他摊开双手，面有疑问。

她厚着脸皮说：“我们都睡床上，不行吗？”

“但那是个 twin（单人床），太小了。”

“不小。”她低着头问，“为什么你不愿意跟我一起呢？”

“我没有啊！从星期天到星期五，我都在等着星期六这一天，半夜就睡不着了，很早就起来，开车往这里跑，不就是为了跟你在一起吗？”

她指指床：“我的意思是——你不愿意跟我——在那儿一起。”

他懂了，低头看着她，有点不自在。

她问：“是不是我——很难看？”

“当然不是！”

“那是因为什么？”

他很尴尬，摸摸头，咧了一下嘴，没说什么。

“是不是我对你——完全没有吸引力？”

“当然不是！”

“那为什么这么久了，你还没有——我们还没有——make love（做爱）呢？是不是你那个 SAA 不让你 make——”

“不是啊！ SAA 不排斥正常的——活动。”

“那就是你自己不想跟我 make love。”

“Oh，no no no no no！（哎呀，不是不是不是不是不是！）”他搂住她，“It’s not what you think！（不是你想的那样！）”

“Then what is it？（那是因为什么呢？）”

“It's just that——that I promised not to do it.（只不过是因为我起过誓不做。）”

“Forever？（永远不做）？”

“Of course not! Only two years .（当然不是，只是两年之内不做爱。）”

“Why two years ?（为什么是两年？）”

他搔搔头：“No particular reason, It' s just that ——two years seemed pretty long for me.（没什么特殊的原因，就是当时觉得两年很长很长。）”

“You promised to whom ?（你向谁发誓来着？）”

“To myself .（向我自己。）”

“Why ?（为什么发这个誓？）”

“Because I——I wanted to cure myself .（因为——我想治好自己。）”

“Of what ?（治好什么？）”

“You know what .（你知道是什么。）”

“I don' t know.（我不知道。）”

他尴尬地说：“Sexual addiction.”

“So sexual addiction means making love to whom you love ?（那‘性瘾症’的意思就是跟自己所爱的人做爱？）”

“Of course not .（当然不是。）”

“Then what is it ?（那是什么？）”

她见他答不上来，进一步敲打说：“Oh, I see. It simply means you don' t love me .（哦，我知道了，就是你不爱我。）”

“Of course I love you !（我当然爱你！）”

她调皮地盯着他，看他手足无措样。他想了想，说：“You are right. I' m being illogical——I mean—— ridiculous .（你是对的，是我犯糊涂了，我的意思是——荒唐。）Do you want it ?（你想吗？）”

她点点头。

他想了想，抱起她，来到床边，把她放到床上。接下来的情景，有点像她在影视中看到的做爱场面，但比那个更生动具体，更浪漫。一言以蔽之，他很温柔，很耐心，也很内行，让她体验到做女人的极致欢愉。

然后，两人紧搂着躺在一起，她闭着眼睛问：“这是不是你——最好的？”

“嗯，从来没有这么好过。”

“别骗我！”

他有点委屈地说：“我从来没有骗过你！”

她赶紧说：“我知道，我知道。我只是不相信自己——能让你觉得——最好。”

“你就是最好！”

“那就好。”

又躺了一会儿，她问：“你——跟很多女人——这样过吗？”

“没有。只跟你。”

“我不是说——love，我是问——making love。”

他想了想，说：“Yes, when I was a werewolf .（是的，跟很多人做过，当我还是个狼人的时候。）”

“One night stand ?（一夜情？）”

“Some of them——one night; some——more than one .（有的——是一夜情，有的——不止一夜。）”

“Did you love them ?（你爱过她们吗？）”

“Not the way how I love you.（不是我爱你这种爱法。）”

虽然她从小憧憬的都是一个从来没爱过任何别人、也没跟任何别人做过爱的男人，但眼下能从他那里得到这样的答案，她已经很满意了，因为她知道他是个老实人，不会违心地说一点都没爱过那些女人，更不会说从来没跟别的女人做过爱。

她依偎在他怀里，小声说：“I want to have a baby——with you, a baby of you and me .（我想有个孩子——跟你，我和你的孩子。）”

“Isn' t it a little bit too early ?（是不是太早了点？）”

“No, not at all！ It' s very late. I' m almost 30 .（一点也不早，我都快三十了。）”

“No, you are not !（不对，你不是快三十！）”

她把国内计算年龄的方法对他解说了一遍，在娘胎就已经待了十个月，所以生出来就是一岁了，然后，进入一个新的年头，就按那年的生日算，所以多出近两岁。

他笑了起来：“那是我奶奶计算年龄的方法。”

“Have you ever thought of being a father ?（你想过做爸爸的事吗？）”

“Not until I met you .（在遇到你之前没想过。）”

她唐突地问：“Then what were you thinking when you slept with those women ?（那你跟那些女人睡觉的时候在想什么？）”

他很认真地想了想，说：“Nothing，just releasing myself .（没想什么，只是泄欲。）”

都是她想听到的答案，好像有人事先对他漏题了一样。她本来还想问他以后会不会背叛她，但她觉得没必要了。既然已经决定跟他分手了，还问什么今后呢？今后的事，今后再说吧。现在说了也没用。两人恩爱了一整天，又一整夜。

第二天，他很早就起床去 Greenleaf，她要跟他去，他就带她去了。

很严肃的场合，大家都一本正经地汇报自己最近一周的表现，交流经验，吸取教训，表达决心。

刚开始，她有点想笑，主要是她已经不习惯看到一群成年人这么正儿八经地检讨自己汇报自己了。但过了一会儿，她就受了传染，觉得戒瘾班真是一个和睦亲爱的大家庭，每个人都那么天真，那么单纯，那么一心向善，那么关心他人。

他已经是那里的 senior member（老学员，高级学员）了，是好几个人的 sponsor（介绍人，发起人），跟好几个新学员结成了对子，帮助他们，指导他们。他在那个班里有很高的威望，让她想起班长团支书之类的角色。特别是今天，他把自己的女朋友带来了，更说明他已经戒瘾成功，得到了她的认可，步入了正轨。他像个先富起来的土豪，又像个极富感召力的精神领袖，被全班同学尊重仰望。绿叶县的活动搞完之后，她又跟他去 V 市玩，一直玩到室友下班，她才坐室友的车回家。

路上，她抱着最后一线希望，再一次问室友：“还是去年感恩节的事，我就想确定一下，那天晚上，扎克到底对师妹——动手动脚没有。”

“我不是已经告诉过你了吗？我睡着了，什么都不知道！”

“但师妹说你知道，还说你可以给她作证。”

室友叫起来：“我什么时候说过我会给她作证了？我根本就没看见，怎么会给她作证？那不是作伪证吗？作伪证要判刑的！”

“师妹说你那夜睡在外面，但扎克嫌你丑，没动你，隔着你去动她，所以你一定知道。”

“哪里有什么外面里面？那个房间里只有床头靠着墙，其他三面都是——敞开的，怎么叫我睡在外面？”

她知道最后一根稻草也顺着河水漂走了，只好狠了狠心，回到家就给扎克发了个短信，说她妈坚决反对她跟他好，已经气病了，进了医院，她不得不跟他分手。他马上回信，提了很多说服她妈的办法，包括马上订票，跟她一起回国看她妈，他当面申诉，当面请求，等等。她狠下心，一个一个否决了。但他还在不屈不挠地提各种措施。

她只好撒谎说："不光是我妈反对，我自己也觉得不合适。"

他蔫了，说如果是因为他的性瘾症，他可以理解，但请她一定不要放弃他，请她一定不要把他一个人留在 twilight 里，她是他脱离 twilight zone（暮色地带，昏暗地带）的唯一希望。韦真忍不住哭起来，想象他一个人，像个迷路的孩子，孤独地行走在苍茫的暮色之中，看不到出路，也没有路径，每走一步，都撞在树上岩石上，头被撞破了，身上被荆棘划出一道道血痕……

韦真坚持了三天，没有回扎克的电话或短信。他终于认命了，发了个短信来，说同意分手，并祝她幸福，祝她妈妈早日康复。

她提心吊胆，怕他旧病复发，或者破罐子破摔，每天都上他们医院的网站查看若干次，看到他的名字下注明"in hospital/on call（在岗 / 电话听召）"，才能放心。但她也有点失落，和我分手了，他还能正常上班？看来我在他心目中也就这么点分量，有我当然好，没我也能过。照这样下去，过不了几天就把我彻底忘记了。这跟她的预计或者说期望大相径庭！

当他承认自己 sex addict 的时候，她以为他会高尚地提出分手，不连累她，须得她苦苦劝说，千百次的表态，才能打消他分手的念头。但他压根没提分手的事！当她主动提出分手的时候，她以为他会彻底崩溃，一蹶不振，须得她回到他的身边，他才能重新振作起来。但他一点也没崩溃，还像往常一样上着班！到底是 ABC 就是这样的，还是他并不是很爱她，或者二者兼而有之？

她安慰自己说：分手不就是为了他好吗？现在他挺好的，你怎么反而失落了呢？难道要他寻死觅活有个三长两短你才高兴？到底是你的虚荣心重要，还是他的前途和性命重要？

想通了这个道理，她释然了，开始实行下一步计划。她把自己跟扎克分手的消息告诉师妹，但师妹不相信："不会吧？你当了这么久的剩女，好不容易网到一条大鱼，你会舍得放掉？"

"我妈坚决不同意我跟他好，我可不想把我妈逼疯了。"

她从手机上找出分手的短信给师妹看，师妹还是不相信："我怎么知道短信是他发给你的？你不可以开个新手机，自己给自己发短信？"

"这是他的电话号码，你可以打电话向他求证。"

师妹想了想，拿起手机，拨了扎克的号码。电话通了，双方自报姓名，礼貌寒暄。

她听见师妹说："呃——我这个电话是帮真真打的，她说她——想跟你break up（分手），但是她——不好意思亲自对你说——啥？已经说了？你同意了？哦，那就好，算我多事了，保重。"

师妹挂了电话，但不吭声。

她问："这下相信了吧？"

"还是不信，你可以跟他串通好了骗我。"

"我干吗要跟他串通好了骗你？"

"反正我不信，我得调查调查。"

"那你调查吧，调查清楚了再说。"

过了几天，师妹兴高采烈地来找她了："调查清楚了，你们俩的确是吹了。"

"你向谁调查的？"

"向你室友。"

"我室友？"

"嗯，她在他们医院找人调查的。"

她估计室友是找朱金媛调查的，但她不想说出朱的名字，免得师妹又觉得她跟室友和朱金媛也串通好了。她也不想问朱金媛是怎么知道扎克真的跟她吹了的，因为外人都能看出的原因，肯定是些让她心酸的原因。她只想尽快了结这事，尽快结束这场噩梦。

师妹得意地说："哈哈，我早就料到了，扎克是为了行孝才跟你dating的。"

"行孝？什么意思？"

"意思就是他是为了他妈才跟你dating的！因为你妈以前救过他妈，他妈想报答你妈，又没什么别的方式可以报答，就让他来娶你这个剩女，也算了结你妈一桩心愿。"

"根本不是这样！是他自己想和我dating！"

"是吗？如果是他自己的意思，他怎么会这么快就跟你分手呢？"

“你没看见那些短信？分手是我提出来的！”

“嗯，从技术层面讲，是你提出的。但从实质上来说，是他甩你，因为不管从哪方面的条件来讲，你都配不上他！”

韦真气到快疯，但想到自己的计划，决定不跟师妹纠缠这些：“算了，究竟是谁提出分手的，现在一点都不重要了，重要的是我已经问过他们了，他们要你付八万美金，才肯跟你办假结婚。”

师妹叫起来：“八万美金？我看他们是想钱想疯了！”

“他们说市价就是这样的。”

“他们跟我谈市价？以为我是傻 × 吧？别忘了，我可是学 MBA 的，不谈市价还好，谈到市价，他们几个人合起来都不是我的对手！”

“你知道市价是多少？”

“当然啦！单身不带孩儿的，顶多五万，那还是人在中国的。像我这样人已经在美国的，四万就可以办下来！”

“这个可不是由你说了算的，你没办过假结婚，又不是律师，你怎么知道市价是多少？”

“嘁，没吃过猪肉，还没见过猪走路？这么说吧，我认识一个律师，他说的就是这个价。”

她好奇地问：“你已经问过律师了？”

“当然啦。”

“你不是想跟扎克办假结婚的吗？怎么又去找律师？”

“不懂市场运作规律了吧？无论什么方案，都得有个 back-up plan（备胎计划）。”师妹得意地说，“我就知道资阿姨他们穷疯了，会狮子大开口，所以先找个内行搞清楚行情，不然不被他们宰了？”

“但是律师说的就绝对是对的？这可是——见不得人的东西，他懂这方面的行情吗？”

“当然懂！人家干这个好多年了，我们系以前就有系友请他办过，可厉害呢，成功率是百分之百！阿杰他们都是请的他。”

“禺杰也准备办假结婚？”

“人家那律师又不是光会办假结婚，他什么都会办，假政治避难，假驾照，假文凭，只要你想得到的，他都能办。我觉得像你这样的，也应该找他帮忙。”

“我这样的？你是说学我这个专业的？”

“是啊，你这个破专业，比我们更难在美国找工作。”

“那倒也是。你把那个律师的联系方式给我一个吧。”

“可以，但你到时候要把我列为你的介绍人。”

“介绍人有回扣？”

“有一点，不多，总比没有好，主要是不能埋没我的功劳。”

“没问题。他电话号码是多少？”

“他从来不用电话跟人联系，只有 E-mail。”

“那就把他 E-mail 地址给我吧。”

师妹当场用手机把律师的 E-mail 地址传给了她。

韦真说：“也许你找这个律师办假结婚可以省点钱，但天知道他会给你找个什么老弱病残的假老公。”

“所以我才优先选择扎克喽，但他居然还问我要钱！你是不是没对他说我要告他的事呀？”

“说了啊。”

“你没对资阿姨他们说？”

“都说了。”

“你说了他们怎么还会这么脑残地问我要钱呢？难道他们以为我是在开玩笑？我可是说到做到的！现在的局势就是：我不求他们，也能办到绿卡；但他们不求我，扎克就得进监狱！”

她淡定地说：“这个我也对他们说了，但他们不怕，说他们有证人，能证明感恩节那个晚上不是扎克——猥亵你，而是你——骚扰扎克，被他拒绝了，所以你恼羞成怒，想诬告他。他们说诬告在美国是犯法的，谅你也不敢。”

师妹不相信地问：“他们有证人？谁？”

“邵伯伯。”

“别瞎扯了！他半夜三更跑客厅去干什么？”

“哈哈，你承认是你骚扰扎克了？”

“我承认什么？”

“不承认你提客厅干什么？”

师妹愣了一下，辩解说：“那是因为你说是我骚扰扎克，我才说客厅的，他那晚不是睡在客厅吗？”

“但你怎么也在客厅呢？”

“谁说我在客厅了？我在卧室里，跟你室友一起！”

“但邵伯伯看见的可不是这样！”

师妹气急败坏：“他——他——造谣！”

“他还说你在造谣呢。”

“我——反正——问心无愧。他们是一家人，他的证词有什么用？”

“但是你连一家人的证词都没有呢。”

“我是没证人，但是扎克有前科，不信我们就试试，看法官到底相信谁。”

“那你是不想出这八万块美金办假结婚了？”

“八万绝对不办！”

“那你想出多少？”

师妹得意地看她一眼：“我就猜到八万是你自己叫的价，是不是想从中渔利？这么说吧，我一分钱都不想出，他们愿意办就办，不愿意办我就告扎克！”

韦真从口袋里掏出手机，按了几个键，屋子里响起两人刚才的对话。

师妹愣了片刻，冲上来抢手机：“原来这是你设的计啊？我就说你怎么会同意跟扎克分手呢！”

她跳到一边：“呵呵，你抢我手机也没用，难道你不知道我用 iCloud（苹果云端服务）的？刚才录下的东西，都在我的 iCloud 账号里。你想删掉，最好去找 Apple（苹果公司）的 CEO（总裁），一般技术人员都没权限删的。”

师妹住了手：“你想怎么样？”

“我不想怎么样，只是告诉你，如果我把这个录音交给学校，你就等着被开除学籍回国吧。”

“你不会交给学校的，不然扎克他们一家也脱不了干系，因为他们也是其中一方，要说犯法，双方都犯法。”

“他们为什么脱不了干系？这上面有他们的声音吗？”

“那就是你提出的，你也脱不了干系。”

“你没听说过‘钓鱼执法’这个词？”

“哼，你又不是执法人员，凭什么钓鱼执法？冒充执法人员执法，也是违法的！”

“那也没什么，我愿意跟你同归于尽。”

“就为了那个扎克？”

“是啊。”

“你也太傻了，他那种——花花公子，sex addict，难道会爱你一辈子？”

“这个就不用你操心了。”

师妹沉默了一会儿，朗声笑起来：“哈哈哈哈——这一招还真灵！我荣幸地通知你：你通过考验了！”

韦真愣了一下，不解地看着师妹。

“考验你对扎克的爱情到底有多真有多深啊！”

“你这是在搞爱情考验？”

“当然啦。”

“谁叫你搞的？”

“阿杰叫我搞的。”

“他干吗叫你搞这个？”

“他想看看你是不是真的爱扎克，如果是真爱，他就退出；如果不是，他就——接盘。”

她想了想，说：“那我替扎克谢谢你和禺杰了。这个录音，我就不交给学校，直接交给 FBI（美国联邦调查局）吧。”

“干吗交给 FBI？”

“那个律师不是给人办假结婚，假驾照，假文凭吗？正好是 FBI 管辖范围，说不定还可以给你一个 reward（奖赏），因为是你提供的信息——”

“哈哈，那个律师是假的，E-mail 账号也是假的！”

尾　声　晨光熹微

当天晚上，韦真就开车去V市，在扎克租住的公寓里找到了他。

他瘦了，从没见过的络腮胡子冒了出来，面容憔悴，无精打采，完全没有了往日的阳光风采。

她感到非常欣慰，马上想起*Friends*（《老友记》）里的一个情节：莫妮卡和老爸的朋友理查德忘年恋，如胶似漆，但理查德因为年龄问题，不想生孩子，莫妮卡只好跟他分手。分手后的莫妮卡非常难过，特别是听到理查德留言机上有女人的声音时，更是痛不欲生，难以入眠。一直到有一天，老爸来看她，说理查德也非常难过，已经崩溃了，莫妮卡才感到欣慰，跟老爸说着话就睡着了。

看来天下女人都有点虚荣心，不是心狠，也不是望人穷，只是发现自己有力量让一个男人失魂落魄时，免不了会感到骄傲和自豪。没事儿，既然我能让他萎靡不振，我也能让他重新振作起来！

扎克看见是她，很吃惊："你——怎么来了？"

"开车来的呀。"

他笑了一下："我知道你开车来的，我是问——你——吃饭了吗？"

"在路上买了个麦当劳吃了。"

"那我给你做点什么吃吧。"

"不用，不饿。"

她投入他的怀抱，他紧紧搂住她。

温存了一会儿，她仰起脸，问："Did you miss me？（你想我了吗？）"

他点点头。

"How much？（多想？）"

"Too much．（太想。）"

“Liar！（骗子！）”

他摇摇头：“I wish. I mean, I wish I were a liar——a good one .（我希望如此。我的意思是，我希望我是个骗子——一个高级骗子。）”

“Why？（为什么？）”

“Then I could lie to myself——my heart and——my body——that——nothing happened——we are still together .（那样我就可以骗我自己——骗我的心——还有我的——躯体——什么也没发生过——我们仍然在一起。）”

“That's not a lie. It is true！Nothing happened. We are still together .（那不是骗，是真的！什么都没发生过，我们仍然在一起。）”

“We are？（我们还在一起？）”

“Of course we are！（当然在一起！）”

“How is your mother！（你妈妈现在怎么样！）”

“She's fine .（她挺好啊。）”

“She—— is no longer against——you and me？（她不再反对你和我？）”

“Er——I don't know. I haven't talked with her since last time. But don't worry. I'll convince her that you are——a wonderful person and you——really really love me. That's all she cares .（呃——我不知道。自从上次打电话后，我还没跟她交谈过。不过，你别担心，我会让她相信你是一个——非常好的人，而且你——真的真的很爱我，她只关心这个。）”

“I won't let you down. I'll help you to convince her——with the rest of my life .（我不会让你失望的。我会帮着你来说服她——用我的一生。）”

“Thank you！（谢谢你！）”

“Thank you！（谢谢你！）Thank you for everything you've done for me！And sorry for all the trouble I've brought to you（谢谢你为我所做的一切！同时为我带给你的所有麻烦抱歉。）”

她捂住他的嘴：“Remember, there is no you or me, only we and us. No matter what happens, we'll always be together .（记住，没有你或我，只有我们，无论发生什么，我们都不分离。）”

“Forever！（永远不分离！）”

图书在版编目（CIP）数据
暮色苍茫 / 艾米 著 .-- 北京：北京时代华文书局，2016.6
ISBN 978-7-5699-0920-3

I. ①暮… II. ①艾… III. ①长篇小说—中国—当代 IV. ① I247.5

中国版本图书馆 CIP 数据核字 (2016) 第 099284 号

暮色苍茫

著　　者 | 艾　米
出 版 人 | 杨红卫
选题策划 | 金丽红　黎　波　安波舜
监　　制 | 姚常伟
责任编辑 | 陈丽杰　张　维
助理编辑 | 孙　岩
装帧设计 | 郭　璐
内文制作 | 张景莹
媒体运营 | 刘　峥
责任印制 | 张志杰
出版发行 | 时代出版传媒股份有限公司　http://www.press-mart.com
北京时代华文书局　http://www.bjsdsj.com.cn
北京市东城区安定门外大街 136 号皇城国际大厦 A 座 8 楼
邮编：100011　电话：010-64267955　64267677
北京长江新世纪文化传媒有限公司
北京市朝阳区曙光西里甲 6 号时间国际大厦 A 座 1905 室
邮编：100028　电话：010-58678881
印　　刷 | 北京正合鼎业印刷技术有限公司
（如发现印装质量问题，请与印刷厂联系调换）
开　　本 | 710 毫米 ×1000 毫米　1/16
印　　张 | 18
字　　数 | 294 千字
版　　次 | 2016 年 6 月第 1 版　　2016 年 6 月第 1 次印刷
定　　价 | 39.80 元
版权所有，侵权必究